MONKEYS WITH TYPEWRITERS

如果猴子拿到打字機

HOW TO WRITE FICTION AND UNLOCK THE SECRET POWER OF STORIES

從柏拉圖
談到《駭客任務》的
小說創作心法

SCARLETT THOMAS

史嘉麗・湯瑪斯 —————— 著　嚴麗娟 —————— 譯

目錄
Contents

第一部
理論
THEORY

第二部
練習
PRACTICE

神是否存在、悲觀主義等問題，我覺得不該由作者來解決。作者的功能僅在於描述由誰、以何種方式，以及在何種情況下討論神和悲觀主義的問題。對筆下的人物及其話語來說，作者只是公正的見證人，不能提供評斷。

——契訶夫（Anton Chekhov）[1]

引言
Introduction

一個星期二的雨天，在肯特郡坎特伯里，我在幫三年級的學生上課，課程內容是羅蘭・巴特（Roland Barthes）的《作者之死》（*The Death of the Author*），或許不是明智之舉。一位資深同事最近發現我在創意寫作課教文學理論，不太高興。「妳在想什麼？」一群學生為了簡報解構主義的研討會向她借沙發後，她這麼問我。「老天，就教他們第一人稱和第三人稱的差別，放他們去寫不就得了。」

之後有了新規定，簡報時不准用家具。

那是我教書的第一年，和我原本想的不一樣。我本來想像，我走進教室，台下的學生飽覽群書，都想成為瑞蒙・卡佛（Raymond Carver）或雪維亞・普拉絲（Sylvia Plath）。結果我發現，他們都相當羞怯，大多數沒聽過瑞蒙・卡佛或雪維亞・普拉絲。這些學生有一些很棒的點子，本人通常也個性迷人且富有魅力。但一下筆，輕鬆自然的語態就成了拘謹、嘮叨、笨重的文字。「這是給姨婆的信嗎？」我會對他們說。我開始出些「後設小說的中心思想是什麼？」之類的申論題，想鬆動些什麼，沒成功。所以我什麼都願意試試，連羅蘭・巴特都端出來了。那時候我有個理論，如果學生能增進閱讀能力，寫作能力也會進步。不僅於此，我覺得這能幫學生摒除「作者即天才」的想法，包括遠離自傳式讀物，不然學生會以為要有錢或美貌過人或人生經歷複雜才能寫小說。我希望學生能明白，落於紙頁上的字句本身多有分量。

用《作者之死》當教材，其實不太順利。專題討論的時候，我講了「無限猴子定理」給學生聽。這個定理說，隨意按下打字機按鍵的猴子總有一天會打出莎士比亞的作品，只要給的時間夠長。我要學生想像，一隻猴子在純屬偶然的情況下產出了《哈姆雷特》（*Hamlet*）。如果《哈姆雷特》是猴子用打字機寫出來的，仍有其意義嗎？有，當然有，經過一陣頻頻皺眉和思索，我們決定答案是肯定的。或許只是我一個人的決定，不管了，總之我說，「無限猴子定理」證明，文字本身才重要，而非作者。《哈姆雷特》是誰寫的，其實不重要：這齣戲深刻、動人、神祕，是基於紙頁上的那些文字，無關其他。

最後我得到一種那段期間經常出現的奇怪感覺，即每次教了很重要或很有趣的東西，效果卻不如我預期。我不禁懷疑，該不會同事說得對，我應該放手讓學生寫就好。畢竟她的學生表現尚可，寫了一些像樣的短篇故事，而我的學生似乎都在開展些題材罕見的長篇小說，主題是來生。

然後，辦公室的門上傳來敲門聲，是一個總尊我為湯瑪斯教授的美國學生，即便我當時只不過是個初級講師。我請他進來坐下。

「湯瑪斯教授，不管再怎麼努力，我就是不懂《作者之死》。尤其是講到猴子的時候。」他口氣沮喪。

「噢，這樣啊。抱歉，那個例子很奇怪，但錯不在羅蘭．巴特，那個例子是我舉的，以為會有幫助。總之用心讀他的文章就好。」

「但是，為什麼猴子在太空裡打字？」

「不是太空，是無限，不過我猜沒差吧……」

「但是究竟為什麼？」他問。

我回想課堂上的情況。嗯，猴子和打字機的舉例有點不對勁，但我無法確切指出是哪裡。或許是因為即使不會數學，憑直覺也知道，要讓打字機「隨機」誕生恰好是整部《哈姆雷特》的字母組合多不可能。事實上，從數學的角度，你需要幾百萬個宇宙和幾百萬隻猴子才可能使之成真。光是「香蕉」一詞，猴子能隨機打出的機率也只有一百五十億分之一。但我們堅持說服自己，這個思想實驗意味了作者不重要，莎士比亞也不重要，儘管每個人都想成為作者，或起碼當個寫作者也好。從數學和哲學的角度，莎士比亞不重要，但我想我們都能感知他的重要性。莎士比亞本人就是自然界的隨機存有，基因序列跟猴子幾乎一樣，卻用了不到一年的時間就寫出《哈姆雷特》。

不論如何，大多數人都同意，紙頁上的詞彙和句子才有意義，而不是作者的想法（想什麼你也無從得知）。但這名學生的意見和大家不一樣。他就是一臉茫然。

我對他說：「好吧，先想想看布列特．伊斯頓．艾利斯（Bret Easton Ellis）的《月亮公園》（*Lunar Park*）。透過研讀我們知道這本書是在寫虛構化、現實的極限、父子關係等等。好，想像現在艾利斯走進來，說這部小說其實在寫金魚或曬衣夾。光是這些話就能改變這本書嗎？只因為他是作者？不可能，對不對？因此，閱讀時不能考慮到作者的意圖，因為意圖可能會改變，因為作者可能也不清楚自己的意圖，或忘了當時在想什麼。我們不要文字受封閉，而要開展……」

我注意到那名學生似乎有點發顫，不能專心聽我講話。

「你沒事吧？」我說。

他看著我說：「湯瑪斯教授，真的嗎？如果布列特現在走進來，布列特本人？我會不知道該怎麼辦，我愛死他了。」

那時我想通了。

我們都愛作家。

對語言的疑心不論多重（也有很正當的理由懷疑），我們仍愛作家。

為什麼？為什麼我們愛作家勝於隨機的文字產生器，勝於那些無所事事、只會永久亂敲打字機按鍵的不死之身？為什麼任何有理智的人都不會想看電腦生成的小說，儘管電腦可能做得到？我發覺，我們有自己最愛的作家，因為他們是人，他們努力把重要的東西傳達給我們。知道他們是人，我們明白他們跟我們一樣有感覺。我們知道他們懂得企求一個不可得之物，或者愛上不該愛的人、遭到誤解、受苦、窘迫、孤單等意味著什麼。作家對我們很重要，因為他們看世界的時候看到有趣之事，設法寫成文字，充實了我們短暫的生命。不論我們心目中的美是什麼，我們知道作家跟我們一樣欣賞美的事物，因為他們是人。人不會閒坐著隨機亂寫直到時間的盡頭。我們脆弱、有限，且感到恐懼。我們會經歷苦痛。

我發覺這是我需要教給學生的。我們和大猩猩、黑猩猩、人猿一樣，屬於人科的巨猿家族。我們有動物的欲望，想要性、食物、巢穴、某種形式的財富或地位，這些欲望就是虛構故事的根本。我們不會永遠活下去，但至少我們學會了怎麼用打字機，也有話想說。或許，我們無法得知作者真正的意圖，閱讀時也不覺得這些意圖重要，但蒼天在上，我們寫作時最好能意有所指。至於我們的意圖，也是本書往下會逐步談到的，要具備雄心同時虛懷若谷：要能提出大哉問，而非無足輕重的答案。

別怕大哉問。每個人看著天空，都納悶過天上有什麼。每個人都想過自己是誰。大家都想過死亡、老去、愛情、難過、歡欣，各種我們在優秀作品裡碰到的想法。這些問題不是只有「特殊」的人會思考，也不只有創意寫作課程裡的人會想，所有人都會有這些問題。但要寫得讓別人能感受到你的感覺，或用你的思考方式想事情很難。首先，語言有其限制。如果某個東西沒有專屬的詞彙，該怎麼說？結構也不好處理。要多少結構才能看出這是一本小說，但那結構又不會多到讓小說落入俗套？或許最重要的是，有了種種奇妙的見聞和體驗以後，怎麼決定要寫什麼？又該如何將之轉成虛構的故事？

最後我放棄了用《作者之死》當教材。但我仍認為，除了叫學生「動手寫」，我們應該可以教他們更多。教他們「提筆之前」該做些什麼尤其受用。多年來，我沒想到會碰到這麼多人就是不明白自己有趣在哪，辨認不出自己有什麼「特殊知識」（而每個人真的都有）。現在在小說寫作課上，我會先叫學生列出他們知道的東西、遭遇過的戲劇性事件、有什麼「特殊技能」、有哪些與眾不同的知識等等。方法之一就是我放在附錄一的矩陣，你可以現在先去填填看，然後先擱著，後面我會教你怎麼用矩陣來鋪陳小說、短篇故事、電影劇本或其他虛構故事的情節。當然，你不一定要寫出作品，但就算你不是作家，這個過程也有很趣，了解自己若想寫作能寫些什麼。而你的矩陣對你而言，可能看起來有點無聊，有點普通，大多數人都這麼說。我也教過不少學生沒注意到養蜂、箭術、鋼琴檢定七級、專業園藝資歷、高階數學這些有趣的事情潛伏在他們的矩陣上。課堂上常有學生分享了自己的知識後，大家都說：「哇，真好玩，有這種書我想看。」

我的概念比較明確了，關於可以在創意寫作課程上「教」什麼，而重點在於寫作的準備階段。你要寫什麼，又該如何進行？大多數人想通以後就能做得還可以，但花在這點上的時間不夠。我剛開始教書的年代，創意寫作教學通常就是把明信片傳下去讓學生描述，或給他們三個不相關的物品，要他們寫一個故事，連我自己的課有時候也這樣。這種類型的創意寫作，任何聰明人都能自己輕易執行，或與朋友合作，找一本最時興的創意寫作書來看看也行。為什麼要到大學裡學？我花了不少時間想像托爾斯泰或契訶夫到大學上寫作課程，結果寫不出來。我提醒自己，事實上雪維亞．普拉絲還曾遭寫作課程拒絕。偉大的寫作課程應如同偉大的小說，能改變人的一生。

我發現，說到創意寫作，大家都知道一整套規則（「演出來，不要光說」「寫你知道的東西」「別用陳腔濫調」「把副詞都刪了」等等）。大家甚至「知道」要寫小說的話，就不要讀偉大的小說。碩士班的學生問我他應該怎麼辦，他說：「我想讀海明威，但是妳知道，我很怕自己會沾染太多他的表達方式。」當然，這麼容易就能學到別人的寫作風格，這個世界上早就有一大堆偉大的作家了（但缺乏獨創性）。我對這位學生說：「不用擔心，愛讀什麼就讀什麼。你絕對不會變成海明威。」當時我們都笑了。但他繼續寫下去，猜猜後來怎麼了？他沒有變成海明威，從他的作品看來：他變得更有自己的風格。

其他一些挺粗淺的道理也被忽略了，比方說虛構的故事就是在講受苦、矛盾、戲劇性事件——我們正因這些才有人的樣子。這要怎麼教？現存的「規則」就這麼拋出來，無法解釋從何而來，也無法解釋這些規則有時候根本大錯特錯。為什麼展演比說來得好？要怎麼寫自己所知又避免寫出一本自傳？陳腔濫調和副詞又有什麼不好？在《瓶中美人》（*The Bell Jar*）裡，主角愛瑟．葛林伍德說：

「我的飲料濕濡，而且令人憂鬱。」按一般的創意寫作標準來說，這「寫得不好」，因為很抽象，不夠具體，但語境來看非常出色，正適合這個角色和當下的情境。我覺得在教創意寫作的時候，除了辨認寫法的好壞，也要能分析寫法和理由。我也要鼓勵新進作家冒險，多一點野心。我要他們明白，寫作是很深奧的溝通行動，不光是技巧的練習。

但我也希望他們寫得開心，培養出輕快的筆尖。肯特大學開了短篇小說課程，學生會研讀契訶夫、凱瑟琳．曼斯菲爾德（Katherine Mansfield）、瑞蒙．卡佛，然後創作自己的短篇故事。之前教這門課的時候，大家最喜歡的故事幾乎都是瑞蒙．卡佛的〈羽毛〉（Feathers）。故事裡的年輕情侶傑克與法蘭，去拜訪帶著幼兒住在鄉間的夫妻巴德和歐拉，他們養了一隻孔雀當寵物。歐拉想讓孔雀進屋，巴德說：「妳可能沒注意到家裡有客人吧。他們可不想要一隻天殺的老鳥進屋來。那隻髒兮兮的鳥……人家心裡會怎麼想？」從歐拉的回覆可以看出，巴德以前不曾說過孔雀「髒兮兮」，現在這麼說，只為了在客人面前表現一下。最後，孔雀可以進來了，陪嬰兒玩起來。我們發覺這是快樂的一家人，雖然有點反常。然而，學生留下深刻印象的場景，是歐拉抱嬰兒出來給傑克和法蘭看的時候。

嬰兒站在歐拉大腿上，隔著桌子看著我們。歐拉把手移到嬰兒的腰上，讓他能來回踢蹬一雙胖腿。我從來沒看過這麼醜的嬰兒，難出其右。醜到我說不出話來，一個字都吐不出。不是說那孩子有病或畸形，都不是，就是醜。大大的紅臉、凸眼、寬額、嘴唇肥厚，說脖子沒脖子，雙下巴堆了三四層。他的下巴直堆到耳下，禿頭兩側一對招風耳。手腕上的肥肉顫顫巍巍，手臂和指頭也胖，只說醜還算抬舉他了。[1]

我教過的學生讀到這一段都開心得要命。此後，即使過了數星期或數月，只要對他們說「醜嬰兒」，他們仍會笑得前仰後合。為什麼？有一點似乎讓學生很高興，就是像卡佛這樣的嚴肅作家居然會興致盎然地描述一個奇醜的嬰兒，這是任何成熟世故的人為了保持禮貌，稍經大腦都不會做的事。彷彿存在一個文氏圖（Venn diagram），上面一組「嚴肅文學中能找到的東西」和一組「真實生活中好笑的東西」互有重疊，愚蠢而奇特，但也有某種程度的嚴肅。

我開始注意到閱讀清單上的其他故事也引起類似的反應。喬治・桑德斯（George Saunders）寫過一個絕妙的故事〈海橡樹〉（Sea Oak），故事主人翁的姨媽死了，變成殭屍，對著他大喊：「拿你的老二出來」（他在男性上空酒吧上班，但他知道提供「額外服務」的話可以多賺一點）。在馬格努斯・米爾斯（Magnus Mills）的小說《我們都是生活的困獸》（*The Restraint of Beasts*）裡，幾個蓋高張力籬笆的工人不小心連番殺了人，然後把屍體埋在門柱下面。在妮可拉・巴克（Nicola Barker）的小說《離外面的希望五英里》（*Five Miles from Outer Hope*）裡，少女梅德維愛上一個渾身抗菌劑味的男人，卻又因為一場失控的惡作劇而嚇跑了他——她從陰道裡拉出塑膠蜈蚣。還有契訶夫的《羅柴爾德的提琴》（*Rothschild's Fiddle*），開場便寫：「這是一座小鎮，還比不上一個村落，居民主要是老人，幾乎都不死，真的很惱人」。

當我向學生重提醜嬰兒，他們會出現如下的對話：

「噢，老天啊，醜嬰兒。醜嬰兒！」

「我好喜歡那個故事。」

「雖然有點惡劣。」

「對啊，可是笑死人了。」

「我愛死醜嬰兒了。」

「我也是，好可愛。」

「故事裡的人叫什麼名字啊？法蘭和……」

「傑克？」

「對，他們不是最後也生了一個暴躁糟糕的嬰兒？」

「沒錯，過了那天晚上，她是不是說：『用你的種子填滿我！』」

「好噁。」

「而且他們的嬰兒最後還有種『狡猾的傾向』。」

「法蘭把頭髮剪了，人也胖了。」

「對啊，後來他們真的很慘。」

「那隻孔雀呢？」

「不是有天晚上飛到樹上不肯下來？」

諸如此類。

〈羽毛〉是卡佛比較傷感的一個故事，但也討論嚴肅的問題，例如與家庭有關的選擇，以及美在生活中的作用。學生讀完故事後會想到這些問題。他們思索請人來吃晚餐會怎麼改變你的人生，觀察別人的舉動會如何影響自身的行事。不過醜嬰兒是他們的起點，大家都愛醜嬰兒。醜嬰兒讓人疏離熟悉的嬰兒模樣，卻不脫自然，很真實，讓我們有點驚嚇，精神一振，更細心閱讀接下來的段落。像這種戲謔、無禮的時刻，是虛構故事中的一大樂趣。這些時刻不只出現在現代作品裡，也不光用於凸顯性愛和死亡（不過這兩個題材很普遍）。《愛麗絲夢遊仙境》（*Alice in Wondrland*）裡的睡鼠、《孤星血淚》（*Great Expectations*）裡的溫米克先生、珍・奧斯汀（Jane Austen）在《諾桑格寺》（*Northanger Abbey*）裡諷刺志異小說的仿作、阿蘭達蒂・洛伊（Arundhati Roy）的《微物之神》（*The God of Small Things*）裡寶寶克加瑪（Baby Kochamma）的「蝴蝶袖」（「寶寶克加瑪緊抓著前座的椅背。車子開動時，她的蝴蝶袖晃來晃去，有如晾著的沉重衣物在風中晃動」[2]），誰看了不哈哈大笑？的確，偉大的小說裡都有詼諧橋段。要學寫作，就要思考怎麼處理玩笑與幽默。

今日，似乎還沒有人寫出一本包山包海的寫作大全。不過市面上相關書籍很多，有些重點在「允許自己寫」，有些談無意識的自動書寫，有些教人練習洞察力和一般技巧，當中有些甚至非常好。我鼓勵所有的學生都要讀史蒂芬・金（Stephen King）的《史蒂芬・金談寫作》（*On Writing*）、詹姆斯・伍德（James Wood）的《小說機杼》（*How Fiction Works*）、琳恩・特魯斯（Lynne Truss）的《教唆熊貓開槍的「，」》（*Eats, Shoots and Leaves*）。但沒有一本書納入所有我覺得學生應該知道的東西，所以我要他們讀柏拉圖和亞里斯多德學情節設計、讀斯坦尼斯拉夫斯基（Stanislavski）學角色塑造、讀尼采（Nietzsche）學悲劇、讀契訶夫學構句，用這種方法來組織。我們讀維克托・什克洛夫斯基（Viktor Shklovsky）關於陌生化的經典論文，其他的也讀了不少。可是這些文字都需要解釋，我也會加不少自己的教材，尤其當代的例子，可以解讀舊有的或困難的想法。

因此我開始講課，這在創意寫作課程上並不常見。我覺得很刺激，找方法解釋電影《駭客任務》（*The Matrix*, 1999）訴說的故事為什麼很像柏拉圖的《洞穴寓言》（*Simile of the Cave*），黛安娜王妃之死怎麼會和《伊底帕斯王》（*Oedipus the King*）一樣遵循悲劇法則。我分析經典文學，也分析流行文化，除了讓課程內容更簡單明瞭，也因為我希望學生能從周遭生活中觀察到情節、結構、寫作技巧。電影《玩具總動員》（*Toy Story*）或許不如《傲慢與偏見》（*Pride and Prejudice*）或《孤星血淚》那麼深刻複雜，卻真的遵循不少相同的「法則」。小說《達文西密碼》（*The Da Vinci Code*）的步調很快，也提出嚴肅的問題，從各方面來看結構都算穩固，但寫作手法也不脫俗套（甚至可說很爛）。八卦小報或許不擅長提供深度分析，卻有整版精煉而能引發聯想的散文。我們說故事時只有固定幾種情節（我覺得有八種，但一種、兩種、三種、五種或七種也各有支持者），但用來塑造人物和意象的名詞和動詞幾乎沒有上限，而正是這些人物和意象賦予故事意義。

講課最後證實，寫得好的作品一定最具人性，因此，也最具獸性。編寫程式叫機器說出「她很難過」，一點也不難。但機器無法產生探究悲傷的原創影像。機器無法看著世界，見到傷心之事加以描述，而不光使用過時而平常的形容詞。機器可以用演算法創造悲劇的結構，但創造不出決定性的細節。要機器寫出《哈姆雷特》，花的時間會超過用打字機的猴子，就是寫不出來。人類才能寫出《哈姆雷特》。機器可以寫「很久很久以前，有一個男人去拜訪朋友，發覺朋友比他快樂」之類的，可是永遠無法創造出醜嬰兒。

有時候校外人士會寫電子郵件給我，說很喜歡我的書，問能不能來旁聽課堂。我的回覆就是把講課的書面內容寄給他們。過了一陣子，我發覺這才是體驗課程的最佳方法，畢竟這些都是書面文件，不是條列式清單。而且內容愈來愈長，我會讀出來，最後一定瘋狂編修，刪掉一段又一段，好在五十分鐘內講完。然後三年級的學生來向我要一年級的課程內容，以便複習。碩士班學生通常沒上過正式的創意寫作課，或者沒在肯特大學上過，我也會每人發一份。然後我再改寫，每處加幾個例子和解釋。講課內容變成論文，我發覺這些論文可以集結成一整部，我再細細修改，最後發現我寫了一本書。從一開始到這裡，花了七年的時間。

我熱愛這本書裡的資料。這本書不光適合學生，任何想研究小說以便精進寫作技巧，或想閱讀得更透徹，都可以看這本書。本書的重點是小說寫作，但即便不想寫小說，沒有創作意願，仍能有所收穫。然而一旦你讀了這本書，我希望你能學會如何建構出好的句子、好的隱喻、好的場景、好的情節、好的角色。在這本書裡，我從頭到尾都不會假裝創作一本小說（或只是深入閱讀）很簡單，因為真的不容易。可是，如果你知道怎麼處理自己獨特的素材，思索過其他小說的建構過程，就簡單多了。如果你能明白小說的構造多半出自偶然，也很有幫助，每個人開始寫小說後就會明白這一點。

家母最近以六十三歲高齡取得博士學位，她決定把研究成果寫成大眾的歷史書。她發覺她得要像小說家一樣說一個故事，可是她不知道該怎麼辦。儘管一輩子讀過幾千本小說（她是那種度假時會先讀最厚的一本，以便不用再扛回家的人），她不知道說故事的基本法則，連可以選第一人稱或第三人稱，過去式或現在式都不知道，遑論其他。因此這本書也是為她寫的。我父親和繼父都有意寫小說，所以這本書也為他們而寫。還有哈瑞（Hari）、尼雅（Nia）、山姆（Sam）、喬（Jo）、黛西（Daisy）、席拉（Sheila）、維巴爾（Vybarr）、大衛（David S），和其他我知道暗地裡計畫總有一天要寫一本小說的人。這本書也獻給想找到方法把思緒和感覺化為文字的人，包括參與創意寫作課程的學生，以及想上創意寫作但受限於經費、膽量、時間或恐懼的人。如果你曾問過我：「妳的靈感從何而來？」這本書也是為你們而寫的。

寫書時很多人幫過我。最要感謝的是洛德・艾德蒙（Rod Edmond），他的愛與支持非常寶貴，更要感謝他對我的初稿提出經過深思熟慮、充滿洞察力的評論。感謝我的母親法蘭切絲卡・艾舍斯特（Francesca Ashurst），幫我列好參考書目。我也很感謝我最棒的編輯法蘭西斯・畢克莫（Francis Bickmore）以及了不起的經紀人賽門・特列溫（Simon Trewin）和丹・曼德爾（Dan Mandel）。蘇西・費（Suzi Feay）是我多年來的好友和組稿編輯。我也要感謝Canongate出版社的每個人，尤其是諾拉・派金斯（Norah Perkins）和我的審稿編輯洛蘭・麥坎（Lorraine McCann）。經過開研討會、講課、在走廊上討論無數次，你來我往，針鋒相對，有時同聲放棄之後，才產出這本書。在某些情況下，我試了很多教法，才突然找到有用的方法。因此，我要感謝過去至現在在肯特大學的每一位學生和同事，特別是山姆・羅素（Sam Russell）、岡薩羅・賽榮・賈西亞（Gonzalo Cerón Garcia）、凱倫・唐納荷（Karen Donaghay）、艾米・利爾沃爾（Amy Lilwall）、愛麗絲・弗斯（Alice Furse）、賽門・史密斯（Simon Smith）、派翠西亞・德布尼（Patricia Debney）、艾米・薩克維勒（Amy Sackville）、大衛・弗拉斯費德（David Flusfeder）、大衛・赫爾德（David Herd）、阿里安・米登堡（Ariane Mildenberg）、珍妮・巴徹勒（Jennie Batchelor）、莎拉・莫斯（Sarah Moss）、阿都拉薩・耿納（Abdulrazak Gurnah）、簡・蒙特費歐（Jan Montefiore）、大衛・艾亞斯（David Ayers）、卡洛琳・魯尼（Caroline Rooney）、唐娜・蘭德里（Donna Landry）、安娜・卡塔琳娜・沙夫納（Anna Katharina Schaffner）以及大衛・史塔魯普（David Stirrup）。

——史嘉麗・湯瑪斯

二○一二年寫於肯特郡

THEORY

第一部
理論

在柏拉圖的洞穴裡

Inside Plato's Cave

所有偉大的故事情節都是很棒的惡作劇，把讀者騙了一次又一次……有人惹上麻煩，然後脫身了；有人經歷失而復得；有人受到冤枉，然後沉冤得雪；有人經歷灰姑娘情節；有人倒大楣，每況愈下；有人相愛，受到許多人阻撓；正直的人受害，被控訴有罪；罪人在別人眼中成為好人；有人勇敢面對挑戰，結果成功或失敗；有人說謊、有人偷竊、有人殺人、有人通姦。

——寇特．馮內果（Kurt Vonnegut）[1]

作家，你要遵循傳統，或發展出本身能保持一致的東西。

——賀拉斯（Horace）[2]

曾有人讓你心碎，還是你傷過別人的心？你是否曾爭論贏了，後來才發現自己錯了？你曾否在眾人面前跌倒，或把葡萄酒灑在別人的地毯上？你是否想對某人伸出援手，但對方不想接受協助（或對方其實很希望有人幫忙）？你惹過麻煩嗎？大小都算。你是否曾覺得陷入困境？你是否講過八卦，又覺得講八卦不對，然後發現自己才是八卦故事的主角？經歷過這些情境，你是否發現自己反覆思索究竟發生了什麼事，有何含義？你是否曾在腦中重組你的人生，納悶要是說了另一句話或做了另一件事，情況會變成什麼樣？如果是另一個人改了言語或行動呢？有時候，你一直思索人生，思索你和別人怎麼活，是不是快把自己逼瘋了？

如果上述問題的答案都是肯定的，你應該就具備了當作家的基本條件，能了解別人如何以及為何寫作。為什麼？你知道什麼是戲劇性事件，你受過苦，最重要的是你已開始分析這些事情。

不過，你目前的生活體驗或許有點像一堆鋼管，四周散落了幾顆螺絲和螺帽，如果有人要你用這些東西造一座橋，我猜你造不出來。那當然不容易，當你第一次動手寫小說、短篇故事或劇本，我覺得就像造橋，材料都有了，但你不知道該怎麼使用，上下也分不清楚。即使走過幾千座橋，你還是不知道怎麼造一座橋。要學習造橋，當然有個方法，就是細看幾個例子，了解運作原理。寫出好小說的人多半用這個方法學會寫小說。在這本書裡，我們也會依樣畫葫蘆。一開始，我們要拆解各種不同的敘事手法，從托爾斯泰到《玩具總動員》，了解這些故事怎麼拼湊在一起。等我們確切明白敘事的道理，才能開始思考作品的樣貌和給人的感覺，以及會給我們帶來什麼樣的改變。之後，我們也會花不少的時間來思索如何讓作品具有深度、幽默感、原創性。

我假設你看這本書是因為你想當作家，或者想變成更有見識的讀者。但在這本書裡，希望諸位別介意，我會假裝你真的想當作家，而且不是為了賺錢。我知道，你的目的可能不一樣，然而我誠心希望你會寫出小說，而你說的故事或多或少能改變其他人的生命。但事實上，你可能想寫通俗小說（那並不是全世界最糟糕的事）；你或許想當編劇；你或許想知道怎麼把小說技巧套用到敘事的非小說上；你或許想當英文老師、書評家或記者，或為了其他的理由想深入了解小說的原理，或純粹基於好玩，這本書都可以幫助你，我希望如此。但為了簡單點，我的口氣會像說給想寫小說的人聽。而且，如果你想寫好的小說（或從事前述的那些職業），你要做的就是明白敘事的基本道理，這就是本章的重點。

現在，我先把「敘事」定義成「說故事的方法」。敘事「述說」一個故事，意思是敘事不等同故事。在《理想國》（*The Republic*）的第三卷裡，柏拉圖說故事「有兩種：真實的故事和虛構的故事」[3]；在希臘文裡的故事ψεῦδος（pseudos）指「虛構的故事」或「謊言」。作為切入點，這個想法頗為深奧。我們當然都聽過《灰姑娘》的虛構故事，但日常也會聽到虛構程度各有高低的故事，或許是新聞故事、八卦、兵工廠足球俱樂部昨天晚上的表現、怎麼用冥想技巧變得更放鬆的故事，這些還只是從報紙上看到的。開車上班途中可能會聽廣播，聽到有人挑戰登山的故事，或許真有其事，也可能還沒發生。或許路邊的廣告牌會講故事給我們聽，要是買這棟公寓，或那個牌子的早餐穀片，我們全家會有多快樂。其他的廣告牌或許含蓄地（或許也沒那麼含蓄）要人聯想到熟悉的故事：一身華服的公主、開快車的英雄。故事顯然不一定是「編造出來的東西」。可能也算，如果你能領會到「編造」等於「組合」或「構造」，不光是「虛構」而已。「編造」當然也可以指照著版型做出洋裝，或按著食譜煮食，兩者的構造方式與小說相去不遠，接下來我們就會看到了。

發生了一件事，然後因為這件事而發生了另一件事，就是故事。我們講述故事，就變成敘事。儘管花了很長的時間討論術語，以及如何分解敘事的每個元素，但我們可以先說，基本的敘事包含故事，通常會組織成情節。非常基本的敘事可能沒有意象、主題、角色塑造，以及其他我們要在這本書裡討論到的元素，故事可能就等於情節。因此，最基本的敘事是什麼樣子？「貓坐在墊子上」

不是敘事，因為說不出故事：並未發生什麼事，沒有變化，只是一句陳述。「貓坐在墊子上，然後出去看鳥」是兩句陳述，儘管發生了一件事，卻不是另一件事引起的。換句話說，因果關係不成立。「墊子上的貓被趕出去了，結果牠決定到外面看鳥」是敘事，因為說出的故事有因果關係。貓現在在外面，也是因為牠之前坐在墊子上。這個故事很簡單，按著時間順序，沒有情節。「貓在外面看鳥。牠本來舒舒服服坐在牠的墊子上，結果瑞秋一來就把牠趕出去了」是有情節的敘事，不光按著時間順序。在這段敘述中，過去排在現在後面，而不是前面。其他的作家和理論家對這些區別會有不同的看法。[4]但我覺得這個方法對作家最有幫助，可以用來觀察敘事。

我們到後面才會討論動機，現在先記著，在我們最基本的故事裡，貓兒有離開墊子的動機，因此出現變化。變化是虛構故事很重要的面向，能幫我們了解基本的按時序故事和一連串陳述之間的區別。變化會出現，總有某個原因。因為那樣，發生了另一件事，然後又發生另一件事。所以，先來探討這種按時序故事與情節之間的差別；俄羅斯的形式主義者稱前者「fabula」，變化出現在簡單的時間軸上，後者你可能會看到「sujet」或「sjužet」的說法。俄羅斯文學評論家托馬舍夫斯基（Boris Tomashevsky）說：「情節與故事有區別。兩者包含同樣的事件，但在情節裡，事件經過安排。」[5]

舉一個簡單的例子來說明故事和情節的不同之處，就用《哈利波特》的系列小說吧。按時序的故事會從哈利出生前開始說起，佛地魔和食死人出現，或許還要更早，回到鄧不利多出生和霍格華茲魔法與巫術學院創立的時候。然而，在系列首部《哈利波特：神祕的魔法石》（*Harry Potter and the Philosopher's Stone*）裡，第一個場景設定在更晚的時候，哈利已經長大，與姨丈姨媽同住。情節一開始，哈利發現他要去霍格華茲上學，按時序故事的諸多元素則後來才揭開。我們後面會看到，多數敘事並非「從頭」開始。儘管多數敘事一開始就會提出關於主角未來的問題（他／她會墜入愛河嗎？會拯救世界嗎？會逃走嗎？），情節複雜的敘事通常會在某個時間點問起過往，也就是讀者不知道的「背景故事」。寫作的一個主要技巧是知道要隱瞞什麼，以及何時透露。

《傲慢與偏見》的戲劇效果在於主角伊麗莎白．班奈特（Elizabeth Bennett）不知道背景故事（讀者同樣不知情）。要讓她真的愛上達西先生（Mr Darcy），她必須發覺達西先生和韋克翰先生（Mr Wickham）過往的「真實」故事。誰背叛了誰？一開始她相信是達西背叛了韋克翰，後來才發現都是韋克翰不好。在這樣的敘事裡，「真實故事」不到小說結尾讀者都非全知。情節裡有好幾條相互競爭的故事線——伊麗莎白．班奈特故事線與達西的交集、韋克翰故事線與達西的交集，以及達西故事線與韋克翰的交集等等——有了這些競爭，才有戲劇性。如果珍．奧斯汀單按著時間順序告訴我們發生了什麼事，從達西是個善待僕人的貼心孩子開始，長大他和韋克翰去劍橋念書，然後如實寫出韋克翰的墮落，最後遇見伊麗莎白．班奈特，我們不會覺得這本小說有這麼扣人心弦。

情節賦予故事戲劇性。以犯罪小說為例，敘事的情節會安排成主角絕對不知道按時序的故事是什麼樣，通常讀者也不知道，到最後一章，情節才揭曉一直以來隱藏的故事。按時序的故事或許是這樣的：懷特先生的同事欺負他；然後下雪了；[6]懷特先生殺了同事，逃窗而出，在雪地上留下腳印；偵探來了，看到腳印，逮捕懷特先生。在安排好情節的敘事裡，我們會先看到偵探在調查案件，然後看到了腳印，再來是懷特先生被逮捕，接著才明白謀殺的理由。我們要等到故事結尾才知道開頭的模樣，故事整體可以說包含所有角色的誕生，以及他們所有行動的一切動機。在整個按時序故事裡，敘事可能不包含某些部分。在《傲慢與偏見》裡，伊麗莎白的童年不占什麼篇幅，因為對故事沒有影響：不是任何一件事的起因。但是達西的童年很重要，因此我們看到了相關的敘述。

我們可以用幾個比喻，幫大家進一步思考按時序故事與情節之間的關係。敘事中故事與情節的關係，就好比縫紉時用到的布料和版型、烹飪時用到的食材和食譜、蓋房子用的建材與設計圖——基本的材料都按照計畫切割塑形，成果則是全新的東西。我說過，這都和「編造」有關，不過大家最好記著，這不一定意味著完全用想像力製造東西出來，事實上相去甚遠。之後我們會談到理由。現在，你們必須明白，寫虛構故事的時候，會用到熟悉的模式，即使你打算要很有原創性也一樣。偉大的時裝設計師做出來的洋裝我們仍認得出是洋裝，儘管之前從沒看過這件衣服搭這種布料。在時尚界，不會有人拿一捲布料說是洋裝，但開始創作的時候，這經常發生——我們忘了為故事塑型。模式和形狀不是說故事的重點，但我們一定要了解它們，學會怎麼運用。

我們在日常的敘事中已能很自如地使用模式與形狀，儘管我們不總意識得到。細看某些結構，我們就能進一步了解敘事的原理。你向朋友說起生活趣事時，也用到類似的結構。你可能碰到料想不到或麻煩的事，接著出現的「敘事問句」稍後會得到解答（「他沒穿衣服怎麼回家？」「大家真的都不小心聽到她怎麼講她的同事？」「他臉紅了，表示他對她有意思嗎？」）。通常這些趣事也是小小的悲劇，結局令人發窘——我們就是喜歡告訴別人自己的糗事。有位朋友最喜歡講一件趣事，她的愛犬吃了一本從圖書館借來的書。她每次講的方法都一樣：到別的房間接電話，單獨留下小狗和書，回來的時候發現書一半撕碎了，一半進了小狗的肚子。她總說，很可惜，因為那本書她還沒看完。她決定買一本新的送回去，解決了還書問題。大多數人都會在社交場合碰過情侶想說共同的趣事，他們會說：「你講啦，你講得比較好。」起碼在這種情況下，我們可以輕易看出敘事的構造方式有好壞高下（不然誰講都一樣）。

在《散文詩學》（*The Poetics of Prose*）裡，茲維丹．托多洛夫（Tzvetan Todorov）想找出敘事的「文法」，認為所有的敘事都有同樣的基本「原則」。他說：

> 「理想的」敘事會始於一個穩定的情境，然後遭到某種力量擾亂。為此失衡的狀態出現；藉由一股反向的力量，均衡重建起來；第二次的均衡和第一次的很類似，但兩者絕對不會一模一樣。[7]

朋友的趣事正符合這個模式，小狗吃了書，造成失衡，最後把書還給圖書館，則是重建均衡。細看講過的故事，你會發現自己常用同樣的結構。的確，看看你理解自己過往人生的方式，你可能會發現好幾個符合這個模式的故事。你在「根據事實」的新聞故事、八卦專欄、對話以及其他各種敘事中也能找到。甚至恐懼，通常也遵循熟悉的敘事結構——或許談恐懼時還要特別明顯。我們擔憂壞事發生，常只因為才剛碰到好事。開始一段新戀情令人興奮，但也讓人焦慮，因為我們知道開頭很美好的故事後來會怎麼樣。諸事很快變調，要維持平衡根本不可能（除非它出現在故事的結尾）。

因此，我們可以總結說故事的基本行動如下：拿一個在平衡狀態中的角色，弄得亂七八糟產生失衡，然後解決問題，回到新的平衡。角色辛苦歷經所有的狀態，也就是通稱的弧線（Arc）。我們可以從弧線的任何一點開始敘事——別忘了敘事的故事有情節安排，不光是按照時間順序。舉例來說，在史詩《奧德賽》（*The Odyssey*）裡，奧德修斯（Odysseus）出場時，已經在失衡狀態，但讀者知道在他前往特洛伊前曾有平衡狀態。哈姆雷特看到鬼魂時，一切已經墮入困境與混亂。這並不是說所有的敘事開頭都要符合古羅馬作家賀拉斯在《詩藝》（*The Art of Poetry*）中描述的「從中間說起」（in medias res）。有些敘事確實從最初開始（ab ovo）。[8]如果用倒敘方式訴說皮普（Pip）的童年，《孤星血淚》不會如此感人肺腑，發人深省；一定要從頭道來，不然我們不知道皮普一心為了成為紳士犧牲了什麼。或許關於故事，最基本也是最重要的觀察是：一定牽涉到變化。而敘事合理了該項變化。

如果敘事的結構良好，對讀者就有影響。關於這一點，柏拉圖在《理想國》裡寫了不少，也讓他的敘事者蘇格拉底[9]提出的故事影響力強大，以致必須由城邦控管。[10]蘇格拉底在虛構故事裡發現的第一個真正的問題，是對當時神話裡神祇行動的呈現方式。蘇格拉底認為，神必須是完美的存有（不然神的意義何在？），完美的存有當然不會害人，或落入戲劇性的多角關係，然而在最普及的神話裡，大多數神祇都這樣。蘇格拉底說：

> 我們也不能允許神祇彼此鬥爭、密謀、對戰的故事；那些很不真實，如果我們希望我們未來的守護者相信好鬥是最糟糕的一種罪惡，我們絕對不該讓他們聽到巨人族之戰的故事或繡在袍子上……相反地，如果要讓他們相信市民從不吵架，因為吵架有罪，老一輩的男女長者說故事給孩童聽的時候必須一開始就顧及這個結尾，我們必須強迫詩人在孩童的成長過程中告訴他們類似的故事。但下述故事即使只是寓言，也不能講給城邦裡的人聽，比方說天后赫拉（Hera）被兒子綁起來，赫菲斯托斯（Hephaestus）因想幫助挨打的母親而被父親丟出天堂，荷馬的天神戰爭故事也不行。[11]

在克羅諾斯（Cronos）的神話裡，克羅諾斯閹割父親後殺了他，吃掉自己的孩子，蘇格拉底認為這個故事應該避免，起碼要有所限制：

最好根本不要說，一定要講的話，選定幾個宣誓保密的人講就好，還要提高限制，宣誓儀式的祭品不能只是一頭豬，而是要大型且難以取得的牲禮。[12]

蘇格拉底接著繼續討論神話中描繪神祇的方式，並格外譴責那些神祇憑空創造罪惡、幻化外型、偽裝現身的故事。然後他談到駭人的故事會造成道德意志薄弱。

那麼，就這個題目看來，我們也應該控管說故事的人。我們必須要求詩人停止講述他們對來生的陰鬱說法，那些不僅不真實，也不適合培養鬥志，他們應該把說法改得更積極。[13]

今日在我們看來，這或許可稱為宣導文字；也就是提出有說服力的敘事來達成政治的結果。我們可以回想二〇〇一年九一一事件的新聞報導，提到劫機者被告知的故事，說他們死後會在天堂樂園裡得到獎賞。沒有人知道是否真有那些故事，但的確聽起來有說服力。[14]《理想國》本身是虛構的作品，認為城邦必須控管其它的虛構作品，在第十卷內也警告要禁絕講故事，自然是故意諷刺。

顯而易見，這是因為故事能影響人。不光描繪改變，也能改變人。故事讓我們改變心意，甚至改變感受。在《理想國》裡，柏拉圖從頭到尾或明確或含蓄地找出敘事的不同功能（有些值得理想國擁有，有些則相反）。簡略摘要，他說敘事可以作為：

1.（現實的）象徵[15]——鼓勵我們相信和認清[16]
2. 說服——鼓勵我們行動[17]
3. 哲學——鼓勵我們思考[18]
4.（事實的）近似值——鼓勵我們找出真相[19]
5. 戲劇——鼓勵我們感覺（愉悅）[20]

我們可以看到在蘇格拉底提出的理想狀態裡，不可以讓市民相信死亡很可怕，或覺得神的象徵神性不夠，因為他們的行動會受到影響（或許不想去打仗，或許敬神的程度不夠）。但蘇格拉底譴責的故事裡都有戲劇性和樂趣。故事也確實能提供樂趣。失衡世界乾淨俐落地恢復平衡，使我們著迷於那多半以快樂作結的苦樂循環之中（即便故事結果很悲慘也一樣，我們後面會看到）。[21]

故事不論真假，都含有一個或多個柏拉圖提到的功能，因此會改變我們。我們會有新的信念、行動、想法、知識或感受。現在來比較一下兩個像到令人吃驚的敘事，柏拉圖的《洞穴寓言》[22]和華卓斯基兄弟（Wachowski brothers，現為華卓斯基姊妹）一九九九的電影《駭客任務》，來明白情節會怎麼影響故事的功能，進而會怎麼影響我們。我先把兩個故事的摘要都寫出來，再試試看能不能套用本章介紹的名詞和想法。

《洞穴寓言》或許最好用意象來介紹，以呈現故事的精心設定。

柏拉圖的神話講到一群一出生就陷在洞穴裡的人。他們的腿和脖子固定住了，動彈不得，只能看到正前方。囚犯後面排了火堆，還有一條人來人往的道路，產生的陰影會投到囚犯前方的牆上。陰影其實並非來自路上的行人，而是他們手上拿著的雕像。囚犯反正不知道實情，便相信陰影代表「完整的真相」，也就是最高程度的事實，並推論他們聽到的聲音一定來自陰影。蘇格拉底在這段對話中問，如果一名囚犯被迫恢復自由，他會有什麼體驗？一開始會眼花撩亂，看不清現在能看到的事實——陰影來自立體生物拿著的立體物品，洞穴外還有更高的世界，灑滿明亮的陽光。但在被拖進陽光後，他終究會弄明白真相。然而，現在他的舊生活和新生活之間出現了衝突。他怎麼能把他的體驗解釋給從未離開洞穴的囚犯聽？他怎麼能解釋他們的精神生活非常貧乏？他怎麼還能回到囚犯的身分？這人或許會看起來像個傻瓜，含混不清說著「其他的世界」，再也不相信陰影。如果他想放走其他的囚犯，他們或許會希望他死了算了。

《駭客任務》裡面則有另一群囚犯。電影設定在未來，描繪社會裡的人類相信他們住在二十世紀末期的「真實世界」裡，但他們其實住在「母體」裡；母體是龐大的電腦模擬程式，讓人覺得很快樂，但人類不知道智能機器畜養他們的身體來取得能量。困在模擬裡的人不知道這是模擬，相信他們在真實世界裡。故事的主角湯瑪斯・安德森（Thomas A. Anderson），暱稱「尼歐」（Neo），是電腦駭客，在尋找母體的意義。他身在內部便無法明白，需要駭客崔妮蒂（Trinity）和莫斐斯（Morpheus）

來告訴他真相。他們給他藥丸，讓他的心智能斷開「連結」，等模擬分解後，他就能了解自己真實的處境：他的身體其實困在培養皿裡，處於宛若後世界末日的發電廠。脫離了培養皿以後，尼歐回去母體好幾次（在這部電影以及三部曲的續集裡），想拯救世界，但世界不知道自己需要拯救，或許根本也不想接受拯救。在第一部電影裡我們也看到賽佛（Cypher）這個角色，他希望他從未看到真相，也跟機器約定，如果能幫忙殺了尼歐，他要回到無知的狀態，再度進入母體。

儘管上述兩篇敘事看起來很不一樣，我希望大家能明白其述說的故事基本上差不多。在其各自的敘事中，社會裡的成員不知道他們是囚犯，以為眼前就是實境，事實卻不然，而其中有一人逃脫，發現真相。因此，兩者確實都從平衡狀態渙散成失衡，符合托多洛夫的說法。在這兩篇敘事裡都有真相不為社會上其餘成員所知，也很難告訴他們，而且他們必須同意要自己去體驗真相。在兩種情況下，故事主角都有某種程度的責任。既然知道真相，就需要知道該怎麼辦。失衡的狀態持續下去，主角奮戰不懈，要恢復新的平衡，即大家都知道真相，再也不是囚犯。

上述例子裡我們可以看到，相同的故事基本結構，經過敘事的處理能變得極為不同。《洞穴寓言》是哲學對話，其中的無名主角甚至沒離開洞穴，但讀者會忍不住想像要是他出去了會怎麼樣。《駭客任務》是好萊塢電影，說故事時已經有一個活生生、有名字的主角尼歐，他有幫手，也有敵人，以驚天動地的方式離開虛擬的牢房。在這個版本的故事裡，我們看到崔妮蒂和莫斐斯幫尼歐脫離幻境，而在《洞穴寓言》裡，我們從不知道是誰幫囚犯解開了鎖鏈。《洞穴寓言》暗指有反派（壞人），但故事裡一直沒說是誰鎖起了囚犯。主題意蘊似乎指向一股抽象的力量，例如「無知」，或許象徵性地說，囚犯其實自己俘虜了自己。《駭客任務》保留囚犯和俘虜者之間隱含的主題連結（從時間順序來看，故事一開始人類創造了人工智慧，最後卻成為人工智慧的奴隸），但戲劇性地把俘虜者改編為敵對的機器和穿黑西裝的「幹員」。

這兩篇敘事都有真實世界的隱喻性描繪：一個以很簡單的洞穴，展現出一個只能看到兩個維度而非三個維度的社會；在《駭客任務》裡，另一個世界則確實看起來很像我們的世界（也賦予電影一定程度的震撼力），但同樣也揭示了一個維度太少的世界。電腦模擬就等同於柏拉圖洞穴裡牆上的陰影。在這兩種情境中，囚犯原都以為他們過著富意義的人生，卻在捕捉到模擬外的絕對實境後，失去了意義。

兩篇敘事的情節（或多或少）一開始就都讓主角上場，升入真相燦爛的陽光裡。尼歐一開始不肯接受真相：他跟《洞穴寓言》的主角一樣「頭暈目眩」。柏拉圖的故事沒有結局，讓人心癢難搔，讀者只能當自己讀了一篇有關教育體驗的寓言，或一篇講述蘇格拉底冤獄的警世故事，或一篇談超凡啟發的勵志故事，或警告讀者以為自己能看到全盤真相的危險性。《駭客任務》提供足夠的細節和背景，讓我們能清晰解讀人工智慧會帶來的問題，[23]也能細細思索社會上媒體帶來的特定問題。然而，《駭客任務》的敘事也可以解讀成跟柏拉圖的敘事一樣想喚醒我們：兩者都暗示我們正在洞穴裡。很多評論家，包括華卓斯基兄弟在內，都指出《駭客任務》用隱喻手法探索佛家的啟發是什麼模樣，或如何逃離超真實境。[24]

儘管《洞穴寓言》和《駭客任務》都給我們「要是……會怎麼樣？」的情境，其中的虛構角色逃離隱喻的牢房（暗指無知的處境），兩篇敘事都指出，大多數人都不太可能得到絕對的真相。的確，可以說兩篇敘事其實都在講陷入洞穴或母體（或其他類型的牢獄）的體驗，身在其中不可能知道外邊的模樣。當然，這就是人類景況的本質：沒有一個人知道宇宙或我們有限的生命以外有什麼東西。有些人宣稱他們曾升入陽光又回來了，但多數人不會相信他們。

《洞穴寓言》這個「基本故事」可以引發許多不同的敘事。在佛陀覺醒的故事裡看得到，在《魔法奇兵》（*Buffy the Vampire Slayer*）之類的敘事也可以看到，科幻小說裡更常常出現。《楚門的世界》（*The Truman Show*）處理這種故事的手法很有趣，故事中只有楚門（Truman Burbank）一個人困在「洞穴」裡，其他人早就知道真相（他的人生是殘酷的肥皂劇，有劇本、其他演員、幾百萬個觀眾）。在虛構敘事裡找到這個基本故事後，一定會看到重大的主題，通常就是我們對實境的感知。但不一定每次都是同樣的主題。我們也會看到，同樣的故事配上不同的情節，功能也非常不一樣。《駭客任務》有高解析度的視覺畫面、原聲帶、打鬥場面、愛戀對象，讓這個故事比《洞穴寓言》更有戲劇性，可以說這是何以其敘事更能帶來愉悅。但是或許因為太好看了，如此強調戲劇性，我們更容易覺得這是虛構故事，以致我們抗拒其中一些哲學與主題元素。這兩篇敘事都有某種說服的作用（「我們必須想辦法逃出洞外」），哲學上的作用則涉及無知與知識的對立。兩者都代表我們認識的世界，只是背景通常用了許多隱喻（我們活在社會裡；社會用某種方法困住我們；如果我們知道的比鄰居更多，可能會被放逐，諸如此類），也都近似歷史上的時期，每個時期都有人關切眼前的「實境」隱瞞了什麼。

我們為什麼反覆講同樣的故事？作者會說，他們並沒有坐在那裡，故意重寫《洞穴寓言》、《灰姑娘》、《奧德賽》或其他的基本故事，但在所有的敘事中，大致都能找出基本故事（和基本情節，但情節不等於故事）。有一點或許很明顯，我們喜歡熟悉的故事。舒服縮在沙發上看浪漫喜劇，我們知道結局是什麼（一場美好的婚禮，或類似象徵）。如果重要的角色在結局到來前五分鐘突然死了，我們會大吃一驚，很不高興。伊麗莎白・班奈特從達西先生的彭伯里大宅返家時，不可能因為馬車意外而死亡，因為這不是那種故事。看到虛構角色逃離了「現實」，我們肯定很希望他或她能發現令人吃驚的真相，為什麼？只因為以前的故事這麼說，我們想再聽一次？還是因為這些基本故事真能觸及我們的基本焦慮？講故事能安撫我們，還是我們就想一直講故事，講到現實、身分、真相的棘手問題都解決了，從此高枕無憂？

可以確定一件事——故事不是敘事的核心。在故事裡，找不到令人興奮的新想法。但我們熟悉的故事提供了架構，附上範圍和邊界。如果虛構故事裡出現隨機的事物，那跟人生沒什麼兩樣。引用大家熟悉的故事，細心打造敘事，無論是透過重寫、改編、後設小說或互文性的手法，表示你必須為自己的想法設下框架。你等於在告訴讀者，他們不用太擔心接下來會發生什麼事。然而故事說得好，讀者應該會擔心接下來的情節，我們後面會看到其中的不同。為敘事加上熟悉的框架，表示你把敘事跟人生分開了，留出空間給藝術。

《駭客任務》或許重複了《洞穴寓言》的故事，但也創造出全新的敘事情境，讓我們更了解主角和他的世界，同時質疑科技與媒體帶來的問題，而我們的上一代顯然不會問這些。《駭客任務》呈現不一樣的意象，突顯我們要問的問題。隨之而起的想法比故事更多，而這基本上也不是壞事，有新想法比想到新故事好多了。所以要怎麼做？你會用你故事表現或揭露什麼樣的「真實」？你想用你的虛構故事鼓勵什麼樣的行動？你要用你的故事問什麼問題？你的虛構故事會激發什麼樣的感覺？我們可以透過虛構的故事讓讀者思考重要的事，可以是《駭客任務》式的大哉問，也可以是我們讀短篇小說時預期會發現的那類幽微問題。基本上，我們用虛構故事鼓勵讀者想像他們在某個情境裡，設想自己若是主角的話會怎麼做。這裡的「做」不光指行動，也指思考。當然，不是每個人都會用虛構故事問出大哉問，但你應該要問的。畢竟，言情小說已經多到氾濫，而人生苦短。

我要給大家的第一個建議就是：學習讀懂故事，但要明白故事只是常用的框架。你的故事可能沒辦法很有原創性。可是你的情節鋪陳、人物創造、瑣碎細節、用故事探索主題的方法，可以更有原創性。你可以當一個很有原創性的作家，但你創造出的故事不是全新的。沒關係，因為在接下來的三章我們會發現，情節鋪陳就夠難了。

與亞里斯多德共枕

Going to Bed with Aristotle

悲劇模仿的不是人，而是行動和人生。幸與不幸都在行動之中。

——亞里斯多德[1]

「好一個他媽的真實世界。首先，你寫了一部沒有衝突也沒有危機的電影劇本，你讓觀眾無聊到想哭了。再則，這個世界什麼事也沒有……你那該死的腦子進水了嗎？」

——《蘭花賊》[2]

亞里斯多德的《詩學》（*Poetics*）約著於西元前三三五年，可說是市面上實用寫作書籍裡最有用的一本，特別適合拿來學情節鋪排。而且這本書只有四十五頁，所以適合睡前閱讀。把棉被蓋好，一讀再讀。別人以為你在幹嘛，其實你偷偷拿著手電筒在看這本書，在黑暗中畫重點。等你讀懂了，你會更了解怎麼鋪陳情節，比什麼都有效。

還記得柏拉圖義正辭嚴地說哪些故事不適合小孩？好，《詩學》會確切指引你怎麼講這些類型的故事：古希臘的喜劇和悲劇，等同於今日的音樂喜劇和歌劇。這些感情豐富的敘事包括命運戲劇性的逆轉、頓悟的時刻，當然也包括淨化作用：故事改變你的過程，不靠理性、說服、深思（在理想的狀況下應該也有），而是在感受和情緒的層面上。你走出戲院，或放下書本，覺得精疲力竭，但心情愉快，覺得得到淨化，又非常滿足。你發現自己更懂得某個道理，因為你從虛構的形式細細查驗過了。對了，亞里斯多德口中的詩歌指敘事性詩作。這本書叫作《詩學》，但其實都在討論虛構故事。

包括好萊塢的多位編劇[3]在內，很多人相信亞里斯多德基本上就在教我們怎麼寫出好萊塢賣座強片。就某種程度而言，沒錯。他確實教我們怎麼設計故事情節，讓讀者從中汲取出最高程度的滿足。他告訴我們怎麼檢查情節中的錯誤，怎麼樣避免讓讀者「心生厭惡」，比方說讓犯下謀殺的壞人脫罪，或讓好人平白遭受池魚之殃。但到最後，我相信亞里斯多德會反對公式化的純娛樂，偏好更深刻的東西。後面我們會看到，真正的愉悅完全來自領悟。

現在，我要總結《詩學》前幾頁提到的關鍵時刻，解釋這些時刻與蘇福克里斯（Sophocles）的劇本《伊底帕斯王》、皮克斯動畫工作室（Pixar）的電影《玩具總動員》以及英國第四頻道（Channel 4）實境節目《超級保母》（*Supernanny*）有什麼關聯。在本章結尾，我會分析兩部經典的好萊塢歌舞片，第一部是《紳士愛美人》（*Gentlemen Prefer Blondes*），完美體現亞里斯多德的規則（儘管有點反常），第二部《銀色星光》（*There's No Business Like Show Business*）則打破所有的規則（因此是部大爛片）。左頁表格列出《伊底帕斯王》、《玩具總動員》、《超級保母》的開頭、中段、結尾。之後我們會看到為什麼每個故事都應該分成三段或三「幕」（acts），要有混亂，有挫折，有解方。

這三個故事裡，一個一看就知道是虛構，一個來自神話，一個則是真實故事，只是真相經過編輯以符合某個模式。從幾個方面來看，它們天差地遠。然而，我們或許已經從表格中看到，它們有許多共同點，這些相似之處大多也符合亞里斯多德口中好情節的特點。

模仿

亞里斯多德說，詩人（也就是說故事的人）「模仿別人行事」，創造出戲劇效果。[4]那麼，什麼是模仿？亞里斯多德在作品一開始就定義模仿（希臘文是μίμησις，mimêsis），並解釋說故事並未有別於其他的視覺藝術，兩者都模仿人生。這個模仿的概念看似淺顯——虛構故事不是真的，說得再具體一點，不是某件實事的真實記述——但事實上對我們了解故事非常關鍵。《玩具總動員》顯然不是真實故事，裡面描述的玩具有意識：不可能的事。《玩具總動員》裡的場景完全用電腦動畫產生。電影裡沒有「真的」東西。然而，我們也認為，《玩具總動員》確實「模仿」我們認得出來、熟悉的世界，裡面有房屋、街道、父母親、汽車、生日派對。安迪不是我們周遭世界中真實存在

	第一幕	第二幕	第三幕
《玩具總動員》	更厲害的玩具要來了，胡迪受到威脅。	為了趕走敵手，胡迪讓自己和敵手都陷入危機；他們迷路了，要趕在安迪一家人搬家前回家。	玩具解決問題，攜手合作，在最後一刻趕回家。
《伊底帕斯王》	伊底帕斯發現底比斯遭到詛咒，因為謀殺案懸而未決。	為了找出謀殺的真兇，伊底帕斯發現自己的人生有許多擾亂人心的真相，而且愈來愈多。	伊底帕斯發現他就是自己要找的殺人兇手，他放逐自己，情節得到完結。
《超級保母》	畢克斯里夫婦有個兒子布蘭登，他不肯吃飯。	為了解決問題，畢克斯里夫婦爭執不休，強迫兒子吃飯，結果情況更糟糕。	畢克斯里夫婦停止爭吵，不強餵兒子吃飯，讓家中更加和諧。

的小男孩，但也說不定真有此人。玩具當然不會走路講話，但這些玩具看起來像人類，就某種程度而言也可以想像它們栩栩如生，有別於耳塞或櫛瓜（除非皮克斯決定幫耳塞或櫛瓜加上眼睛，那就一切都有可能——在《玩具總動員》一開始也有盞會動的燈）。從某種意義來說，虛構的模仿（也有不是虛構的模仿，新聞報導就是，但我們在這裡不會討論）就是思考實驗：一連串「假使……」，並非指涉真人碰到的事情，而是看在特定的一組情境設定下結果會是如何。因此虛構模仿的一定是不存在的事物。亞里斯多德說：

> ……詩人的功能並非述說已發生的事，而是說出可能會發生的事，也就是按著可能性或必要性可能出現的情況。[5]

亞里斯多德的意思是，模仿的重點並非單單複製真實情況，而是要從符合真實或可信的事件中創造出故事。因此，從真實世界取材改成虛構故事時，你也就超越了真實，進入平行宇宙，裡面充斥著尚未發生但可能出現的事件。玩具不會講話，但如果會，在我們的想像中，應該有點像《玩具總動員》裡的玩具，也會相愛、鬥嘴、同我們一樣感受戲劇性。模仿的對象不是會講話的玩具，而是我們。

所以虛構故事跟現實有種隱喻的關係：虛構不是現實，但虛構酷似現實。要把我們認識的世界虛構化的時候該怎麼辦？亞里斯多德說：

……我們喜歡看到物品精確度最高的影像，看到物品本身時卻可能覺得苦惱（例如最低等生物的形狀，還有死屍）。這是因為領悟給人極度的愉悅，不光是哲學家，其他人即使理解力有限，也有同樣的感受。[6]

所以，有了領悟，就能得到達觀的樂趣，我們模仿事物，只為了更加了解。因此就某種意義而言，敘事是一種哲學的思想實驗，我們模擬了一輪後（或其實是模仿），找出自己對事物的感受。亞里斯多德說並非所有人都是哲學家，並不是自以為優越。的確有些人把思考深奧的問題當成一生職志，而有些人只想在閱讀（或用其他方法體驗）虛構敘事時思考。無論如何，如果亞里斯多德說的對，那麼最佳的虛構故事應該能直接對著我們所有人心中的哲學家講話。能帶來真正滿足的虛構故事會改變我們的領悟。

情節

所以，什麼樣的模仿成功，什麼樣的模仿不成功？第一點，也是最重要的一點，亞里斯多德在《詩學》中很在意的模仿，包括史詩、悲劇、喜劇，都一定要有情節。亞里斯多德把「情節」定義成「事件的排列」。[7]事件組成按時間順序的故事，情節則是訴說故事的方法（也就是我們在第一章讀到的方法）。亞里斯多德在《詩學》中指出有兩種情節：悲劇和喜劇。悲劇處理「偉人」的墜落，有時候則是有墜落之虞；喜劇則是「凡夫俗子」面對問題後圓滿解決，亞里斯多德所謂的「凡夫俗子」就是如你我一般、沒沒無聞也沒財富的普通人（包括伊麗莎白・班奈特）。悲劇結束時，主角死了（通常還有其他人也跟著死）；喜劇則通常以一場或好幾場婚禮作結。之後我們再研究簡單情節與複雜情節的差異，前者多半就是按時間順序的故事，後者則比較複雜。

好的故事（情節可以包含好幾個這一類的故事，不過通常只有一個是主要的）會講述施事者從好運變成厄運，或從壞變好。你可以想像兩張圖，一張上面畫了一只右高左低的碗；另一張畫了小丘，往下坡低去。碗形圖代表喜劇（在這本書裡指浪漫喜劇，而不是好笑的故事），其中不快樂的主角運勢先變糟再轉好。小丘圖代表悲劇，成功的主角運勢先變好，然後變得奇糟無比。我們憑直覺就知道情節應該這麼走，如果故事開頭感覺很順利，我們知道結局一定很糟糕，反之亦然。當然不光是虛構故事符合這個道理，在名人的相關敘事裡也一樣，如果我們不謹慎，也會套用到朋友和熟人身上。許多名人不明白為什麼大眾愛看他們亂七八糟的情愛關係、吸毒習慣、厭食症消息。亞里斯多德就懂。我們希望他們的好運轉壞，不是因為我們壞心腸，而是這是我們對敘事的期待。我們總期待看到變化。

情節處理的就是運氣的變化。所有的情節都一樣。試試看用在電視節目和電影上，你會發現都適用。在我們舉的三個例子裡，《玩具總動員》和《超級保母》裡的運勢變化都從壞到好，《伊底帕斯王》則相反。《玩具總動員》和《超級保母》是簡單情節；《伊底帕斯王》是複雜情節。

亞里斯多德認為，敘事中從運勢變化到角色塑造，一定要盡可能透過行動來表現。他說，所以情節是講故事時最重要的元素，而不是角色：「悲劇模仿的不是人，而是行動和人生。幸與不幸都在行動之中。」[8]如果你聽到有人說「演出來，不要光說」，這就是他們的意思。如果我要向你描述一個你不認識的人，光敘述她的身高、髮色、眼珠顏色、職業、家庭背景等等，或許會讓你覺得無聊。但如果我說起有天她為了閃躲蜘蛛跌到窗外，你可能還會比較有興趣。聽到角色做了什麼，更能幫我們了解這個人物。我們把人物置入小小的情節裡，講個小故事——這也是讓我們同意情節比角色重要的理由之一：透過情節我們才能對角色感同身受，而不是反過來。在卡繆（Camus）的《異鄉人》（*The Outsider*）裡，莫梭（Meursault）看著母親的屍體，還能一邊喝咖啡，我們對他就有了重要的認識。我們能從他的行動看出，他特立獨行；或許我們可以推論，他不怎麼在乎母親。因為其他角色也看到他的行動（沒有人可以看到純粹的「角色」這麼抽象的東西；其他角色也要透過行動去認識角色），情節就推動了。他受到批判，後來，也因為特立獨行遭到懲罰。在《瓶中美人》裡，愛瑟．葛林伍德不需要告訴我們她陷入憂鬱。我們看到她同樣的衣服穿了好幾天，連打通電話都有困難。

但就算我們接受這一點，照著規則透過行動來展現角色，我們仍需要知道怎麼安排這些行動來鋪陳情節，讓我們的角色從好運轉厄運，或從厄運轉好運。讓某人從厄運轉好運（或反過來）其實沒那麼簡單，希望故事讓人感到滿意的話更難。假設有這樣一個角色：一位富有而完美的年輕女性，從時髦的百貨公司走出來，一身昂貴服飾，對著手機笑得花枝亂顫。她當然屬刻板角色，但可以拿來當成例子。碰到這個角色，我們的敘事天線告訴我們，她一定有缺點，我們開始期待她會走下坡。說故事時，我們可以隨機讓她掉進坑洞裡，毀了她的人生。她在這兒，走在路上，然後就掉到坑洞裡。這個故事讓人滿意嗎？如果她是為了藏起她謀殺對手的物證挖洞，卻自己失足跌落，是否更讓人滿意？兩者都不是有趣的故事，但你應該能明白，人物自己挖洞失足跌落，比隨機掉進坑洞裡更讓人歎服。現在假設這個角色是《欲望城市》（*Sex and the City*）裡的凱莉．布雷蕭（Carrie Bradshaw），我們會明白，儘管這個角色享有美貌、金錢、很棒的寫作工作、風格獨特的住所，一開始看來具備完美的刻板條件，但我們知道她會碰到不少愛情上的「墜落」。的確，《欲望城市》的片頭就有預兆，凱莉穿著高級訂製服，一件白色的蓬裙，一台車經過，濺了她一身污水。在虛構故事裡，好運總會變成厄運（當然厄運也會轉好）。

亞里斯多德說：

> 悲劇是對一項**可敬、完整且具備一定格局之行動的模仿**。**使用令人愉悅的語言**……**由演員表演，並非透過敘述**；**透過同情和恐懼**讓這一類的情緒得以淨化。9

你會發現，虛構故事該含有的要素都包含在此了，不光適用於我們所認知的悲劇，也適用於大多數虛構情節。那麼以下就一一來談談這幾個強調的名詞。

單一的行動

我們已經看過模仿的意思。模仿（或故事）含有一個單一的核心行動（或又稱故事線），比方說迷路的玩具試著回家（進而保留他的勢力），一個人想找出殺人兇手，或一對夫婦試著讓兒子進食。敘事或許看起來複雜，但核心故事多半能歸納成一行的摘要（像電視節目表一樣）。這一行摘要含有情節的基礎，也就是單一的行動。《綠野仙蹤》（*The Wizard of Oz*）的故事是迷路的小女孩（桃樂絲）想回家。《哈利波特》系列小說是講哈利要打敗佛地魔。喬治．艾略特（George Eliot）的《米德爾馬契》（*Middlemarch*）講了很多事，但重點在於多蘿西婭（Dorothea）能不能跟威爾．拉迪斯拉夫（Will Ladislaw）結婚。電影《記憶拼圖》（*Memento*）的情節複雜，故事採倒敘，但其實只是在說一個人想為被謀殺的妻子復仇。《傲慢與偏見》是關於一家姊妹想要嫁得好。大多數行動都是角色想達成某件事。我在第一章提過，我喜歡把這個單一的行動用問題的形式表達，也就是所謂的「敘事性問題」（也一定要有主題性問題，之後再討論）。桃樂絲會回到家嗎？哈利波特能擊敗佛地魔嗎？伊麗莎白．班奈特會跟達西先生結婚嗎？皮普能贏得艾絲黛拉（Estella）的愛情嗎？尼歐能拯救世界嗎？

可敬的行動

這個單一的行動一定要可敬，一開始讓人很難理解，畢竟悲劇英雄的行動尤其稱不上可敬。難道其實不然？伊底帕斯的動機一開始確實可敬。他想找出誰謀害了他的父親拉伊俄斯（Laius）（拉伊俄斯的動機則是為了保障自己和家人的安全）。哈姆雷特決心找出誰殺了他父親時，也懷抱著可敬的動機。在薩克雷（Thackeray）的《浮華世界》（*Vanity Fair*）裡，貝姬．夏普（Becky Sharp）想提升社會地位。在托爾斯泰的小說《安娜．卡列尼娜》（*Anna Karenina*）裡，安娜想感受到熱烈的愛。亞里斯多德說得很清楚，悲劇英雄本人應該特別值得崇敬，所以當他們落敗時我們會覺得可惜。我們不在意愚蠢或軟弱的角色。我們在意那些試圖完成我們所理解的要事的角色，他們克服重重障礙，最後成功或失敗。我們特別喜歡故事裡的人比我們好看、有錢或有天份，他們想成就大事，一度也成功了，但最後仍會落敗。我們喜歡《異鄉人》的莫梭，因為他極度誠實。我們喜歡且尊敬安娜．卡列尼娜，因為她臣服於我們想壓抑或從未有過的感覺之下。

但我們也喜歡更平凡的人與我們認得的事物搏鬥的故事，裡頭也有佩服，起碼能認可。我們喜歡《BJ單身日記》的主角布莉姬．瓊斯（Bridget Jones）很可能特別是基於她的缺陷（她一直想戒菸、戒酒、減肥；一天到晚把自己搞得很尷尬），因而希望她墜入愛河，迎接好運。我們喜歡《紳士愛美人》裡面的羅蕾萊．李（Lorelei Lee），儘管她是拜金女，但她既誠實又天真。我們沒有理由阻止她去過更好的生活，對吧？你看，可敬的角色通常有缺陷，而他們通常也很誠實，我們能同理並贊同他們的欲望。下面舉幾個不受人尊敬的角色：《101忠狗》（*One Hundred and One Dalmatians*）裡的壞女人庫伊拉（Cruella De Vil）、《孤星血淚》裡的奧立克（Orlick）、《哈姆雷特》裡的克勞迪亞斯（Claudius）以及《傲慢與偏見》裡的韋克翰先生。有些作家認為，所有的角色都要受人尊敬，因為等我們深入了解某個人，明白他們的動機，對他們的認同就會大過批判，契訶夫就是其一。這一點我們之後會詳細討論。

完整的情節

亞里斯多德最為人熟悉的想法或許就是「完整」情節的概念化。「整體乃包含開頭、中間、結尾。」[10] 簡單好懂。這是基本的三幕結構，一開始時出現了糾葛（δέσις —— desis，意思是「打結」），結尾則解決了問題（λύσις —— lusis，意思是「解開」）。我們前面提過的托多洛夫平衡－失衡－平衡的論點，顯然非常接近。第一幕，問題浮現了；第二幕，主角想解決問題，好像快成功了；第三幕，主角成功或失敗，要面對後果。

從第三十九頁表格中的三個例子看來，情節都講出有清楚三幕結構的故事：開始、中間、結尾。每個都以一個麻煩起頭：有勢力的陌生玩具出現了，威脅原有的階級制度；有人遭到謀殺；小孩子不肯吃飯。注意在每個情節裡都有對稱性，確切解決出現的混亂。你可以把這些情節的開頭用下面的說法大略陳述：胡迪不開心；底比斯人不開心；畢克斯里夫婦不開心。但除非故事處理和解決不快樂的確切成因，否則就不算成功。舉例來說，可能到了節目的一半，畢克斯里夫婦中了樂透，他們會很開心，但布蘭登不肯吃飯的問題沒有得到解決，敘事就無法滿足大家。伊底帕斯注定結局悲慘，我們知道。但他的悲慘結局一定要來自找出謀殺的兇手。第三幕結束時可以讓石頭落在他頭上，效果跟他找出謀殺犯身分差不多一樣，但不能滿足讀者。他可以跌倒弄瞎自己的眼睛，但他卻選擇用妻子／母親的胸針刺瞎自己。

注意看，每一欄都很像，即便三個情節如此不同，還有故事中的難題變好前都會先轉壞（《玩具總動員》和《超級保母》），也有先變好再變壞（《伊底帕斯王》）。即使伊底帕斯的弧線與胡迪或畢克斯里夫婦不一樣，結構一樣對稱。我們也已經看到，每個情節都以麻煩浮現起頭，角色想解決問題。伊底帕斯有點不一樣，因為他想解決問題，似乎很順利，但我們能感覺到他最後會受苦。在另外兩個故事裡，角色想解決問題，但搞砸了，他們學到經驗，然後不管是什麼問題，都可以解決。順帶一提，這樣的分析並非為了把《伊底帕斯王》縮減到只有情節。其有趣之處在於，就連在這現存虛構故事中最深奧的一部裡，都能看出結構邏輯（以鏡像反轉解釋的時候）與《玩具總動員》的相似處。為好好求個完整性，情節必須有確定的結構。換句話說，必須遵循因果定律。在寫得好的故事裡，開始的事件導致中間的事件，中間的事件導致結尾。這也適用於情節，有時候挺複雜，因為故事和情節不見得是同一回事。比方說，《伊底帕斯王》的情節可以視為揭露了兩個故事（或者也可以說是一個很長的故事）：伊底帕斯的過去，以及他的現在。《伊底帕斯王》的情節跨幅不到二十四個小時，但整個故事橫跨好幾年。一個故事（現在）用來揭露另一個故事（過去）。儘管按時間順序，過去當然比現在更早，但在情節裡我們先看到現在，才明白過去。然而，你會發現，過去和現在的故事都透過因果來組織。因為先知警告拉伊俄斯他的兒子會殺死他，拉伊俄斯就找人殺自己的兒子。因此，數年後他們相見不相識。除了第一個事件（最早的預言），這個故事的每個環節都奠基於之前的事件。為什麼伊底帕斯會統治底比斯？因為他打敗了人面獅身的司芬克斯（Sphinx）。他怎麼會遇到司芬克斯？因為他逃離柯林斯（Corinth），前往底比斯，想避免預言成真。為什麼底比斯需要新的統治者？因為伊底帕斯殺了原來的君主。

請同時注意，我們這幾個情節裡的第二幕開頭都是「為了……」。在《玩具總動員》裡，胡迪想要弄走巴斯光年（Buzz Lightyear），害巴斯光年跌落窗外，結果他們一起上了車，前往披薩星球。在敘事中，想解決問題時，角色常常把情況搞得更糟，結果需要解決更多的問題。在比較後面講到角色塑造的章節，我們也會看到，不論角色的欲望多麼有問題，或他們想像的「改善」是什麼模樣，如果角色想改善情況，就會採取行動。

我想大家都知道怎麼使用因果關係，也知道要用得對有多難。比方說，你會學到在一個真的非常複雜的謊言裡，要圓一連串的因果關係有多難（說謊要則也是說故事的要則。一個因對一個果，反之亦然。你不能因為自己生病且車子壞了而跑去朋友家，只能選一個起因）。如果你想誇大其辭，或甚至只是要說出真相，但希望聽來可信或想免於責怪時，也會使用到因果。我們為自己的行動找藉口時，常常要編出能將其合理化的敘事。「我覺得不舒服，所以我哭著跑出去了」，這會令我們納悶是否還有其他的理由，但這樣的敘事仍算合理。「我無緣無故就哭著跑出去了」，任何人聽了都覺得沒道理。

亞里斯多德也警告大家不要用「片段式」情節，一段情節裡發生好幾件事，一件接著一件，但每件事情都不是前一件事引起的。他甚至教我們怎麼檢查情節，以確保別發生這個問題：「因此事件各個片段的結構一定要符合一點——調換或去除一個片段，就會弄亂並改變整體。」[11]換句話說，如果去掉敘事的一部分（一個場景、一個章節，或甚至一個角色），情節也不會瓦解，這部分就不該放在敘事裡。舉例來說，《伊底帕斯王》沒有可以刪掉的地方。試試看就知道了。《玩具總動員》的結尾給人滿足感，因為玩具用煙火逃走了（在前一個鏡頭，阿薛把煙火綁在巴斯光年身上）。如果碰巧有新角色經過，伸出援手，那樣就是「不太對勁」。所以阿薛綁煙火的戲份不能拿掉，不然結局就不合理；就這點本身來看，意味著這是好的一幕戲。要注意有些不成熟的故事裡充斥著「然後……然後……然後……」，比較好的做法是「因此……因此……因此……」。順便說，片段式故事容易寫，創作明確的故事（並組合成令人滿意的情節）則很難，這也是何以想靠講故事賺大錢的人成功的不多。

規模

亞里斯多德說：「美的組成，規模的重要性不亞於秩序。」[12]因此你的故事要大小得當。不是指長度——那不是亞里斯多德的意思。或許你寫了十萬字的小說，或許你寫的故事只有一段，都無所謂，重點在於故事，而不是實際的文本。他說，「一千英里長的動物」沒有用，因你無法一眼看全；東西太小的話也看不到。他說，好的情節應該能「一目了然」。[13]換句話說，看過電影或讀過書後，你應該能輕輕鬆鬆把故事概要講給朋友聽（也應該能激發他們的同情和恐懼，稍後會再討論）。因為電影和已經出版的書籍都已經聚焦，也就是單一的行動，很容易摘要說明，當然摘要少了很多細節。單一的行動應該有適當的規模。「有一個人的兒子死了，他想要復仇」，一目了然。「四百個人去遊樂場玩各種設施」則不行。亞里斯多德說，敘事的主要行動發生的時間愈短愈好，按需要補充背景。正確的規模能增強和諧的感覺，也是討論清單的下一個重點。

有人認為，情節會單單因為「只關乎一人」就有一致性，亞里斯多德反對這個想法。[14]一個人不等同單一的行動。一個要為橫死兒子復仇的人，很可能從小經歷坎坷，好不容易長大、戀愛，說不定剛丟了電話行銷的工作，說不定在參加慶典回家的路上迷了路，或許親眼目睹銀行劫案。把所有這些東西放進情節裡，情節也不會只因是同一個人的體驗就有一致性。有人對著你講述「他的一生」，你有興趣聽嗎？但如果他是與你分享一段悲慘的戀情，或不小心吃下迷幻蘑菇的經歷呢？你想在歷史課把一場戰爭從頭聽到尾嗎？像寇特・馮內果的《第五號屠宰場》（*Slaughterhouse 5*）那樣透過一個戲劇性十足的片段來探索戰爭，應該更有趣吧？[15]伊底帕斯的一生寫成按時間順序的故事，無法當成《伊底帕斯王》的結構，想想為什麼，對寫作會很有幫助。好的情節應該有明確的形狀，即便有某程度上的隱瞞，而且有一個主要的問題和一個主要的解方。《孤星血淚》講的不是皮普沒有條理的生平，而是把焦點放在他能否贏得艾絲黛拉的芳心上。當然，小說裡還有很多其他重要的事情（重要多了，而這點本身也是重點所在），焦點卻是皮普對艾絲黛拉的愛。耐人尋味的是，《孤星血淚》不只一個結局，卻都提及了皮普和艾絲黛拉之間的事，儘管最後皮普領悟得夠多，愛情的結果應該沒那麼重要了。

令人愉悅的語言

寫作時，應該用讀來給人愉悅感的文字。亞里斯多德認為，這主要關乎隱喻的使用，我們在後面的章節會詳細討論。不過，隱喻有個關鍵，通常會用具體的語言和我們可以視覺化的意象來探索抽象的事物（愛、權力、喜樂等等），用某種方法讓抽象的想法出現意義。別忘了，「愉悅」在這裡指領會的感覺，以及隨之而來的滿足感。因此，你使用的語言類型除了要能幫助讀者理解情節和角色，也要考慮到主題。整體來說，請記住令人愉悅的語言絕對不抽象。商業報告的語言和術語不會讓人愉悅，也無法給人領悟的感受。

亞里斯多德說，這些語言令人愉悅的故事，應該「由演員表演，而不是透過敘事」。[16]他再度強調「演出來，不要光說」的原則。而他並不是指一切都要改編成劇本實際搬上舞台，而是指要盡量用角色的行動來說故事，而不是由作者或敘事者告訴我們發生了什麼事。你可以說，這是古人用來打壓旁白的論證。我可以在故事的一開頭敘述：「保羅是個貪心的小男孩」，或者也可以寫一場戲，保羅偷了妹妹的糖果。保羅是演出這個動作的「演員」，透過這場戲，我們更了解他的個性，比直白的敘事更有效。在亞里斯多德的時代，當然沒有小說或大眾平裝本這些東西。一般人看的虛構故事都在舞台上演出。但故事的結構過去兩千年來都沒什麼變，偷懶的劇作家可以讓敘事者告訴觀眾某個角色嫉妒心很強或個性卑鄙，輕而易舉，像現代人隨便丟出一個抽象的字眼，就覺得完成了角色塑造。然而要注意，「演出來，不要光說」的原則主要用於角色塑造。在虛構故事裡，有時候說出來比演出來合理，不然一切都用演的，最後可能反而失去整體感。[17]

同情和恐懼

寫得好的情節都包含希臘人所謂的πάθος（pathos）：觀眾或多或少會體驗到角色所受的苦，產生認同感。想一想，在你熟悉的故事裡找找，或許你會嚇一跳，發現其敘事都跟痛苦有關。我們的三個例子都包含痛苦：胡迪的嫉妒心情、巴斯光年的認同危機、伊底帕斯發現可怕的真相、畢克斯里痛苦的用餐時間。故事裡這些角色幾乎都從頭苦惱到尾。亞里斯多德說，我們喜歡看虛構角色受苦。確實，我們必須感受到「同情和恐懼」（希臘文裡的ἔλεος和φόβος，eleos和phobos），才會覺得故事有趣，覺得感同身受。覺得某人不該遭受如此厄運，就是同情；覺得我們可能也會碰到類似的事情，就是恐懼。我們在悲劇和喜劇中都會感受到某種程度的同情和恐懼；事實上，經典喜劇情節都可以總結成「痛苦不斷，然後舉辦婚禮」；悲劇的痛苦則在後段出現。

在下一章，我們會更仔細討論悲劇。現在可以先從亞里斯多德身上學到怎麼開始鋪陳情節，透過模仿寫出別人想看的故事，讓其他人享受閱讀。再下面我們會看到刻意抑制這種愉悅的敘事形式，思索是否能和亞里斯多德的情節一樣發揮效用。同時我們也要思考，在這世界上我們到底被多少種亞里斯多德式的情節圍繞：存於廣告、體育、包裝中，書本和電影裡也有。尤其可以尋找一類故事，只跟一件事相關（具一致性的行動），而這件事來自因果關係，使得施事者從好運走向厄運，或從壞到好。下次去看電影的時候，試試拆解出三幕的結構。你常會看到敘事裡含不只一個故事，每個故事都有自己的三幕，特別在《安娜．卡列尼娜》或《孤星血淚》這樣的長篇小說裡。出色的小說家要懂得這種多重情節的鋪陳。

寫作時別忘了，雖然多數成功的作家有意無意地會把亞里斯多德說的技巧全用上，但偉大的作家能消除公式化的感覺。偉大的故事絕不會有典型的角色做出預料之事。你會看到複雜的角色用各種方法與生活拉鋸，運勢的變化有時候非常細微。你也會看到幽默、創新的語言，形形色色的事物。因此，光用老派的角色、老派的行動、老派的語言來遵循亞里斯多德的規則是不夠的。但他的建議可以讓你的情節更有趣，幫你把重心放在主題上。

拿兩部瑪麗蓮．夢露（Marilyn Monroe）的電影當例子，找找亞里斯多德的結構。一九五三年的《紳士愛美人》屬浪漫喜劇，風格有點怪誕，女主角羅蕾萊．李一頭金髮，是名可愛的歌女，希望有錢人買鑽石給她，讓她得到真正的快樂。儘管我們的文化習俗讓我們不認同這樣的人生目標（我們當

然也認為，浪漫喜劇裡的戀愛對象最後應該是男人，而不是鑽石），但我們也看得出這裡的諷刺元素，所以她的目標更耐人尋味。畢竟，以前的浪漫喜劇不都在談女人尋覓金龜婿嗎？女人想找有錢的男人，跟男人想找美女比起來，真的更膚淺嗎？整部電影也提到經濟管理，尤其是愛戀關係中的經濟，用財富交換美貌。我們或多或少能感覺到這些主題，雖然羅蕾萊很現實，仍得到觀眾的欽佩。我們也贊同她的誠實，從不偽裝自己的個性，所以我們希望她能成功。電影一開始，她與有錢但性格軟弱的小葛斯・艾德蒙（Gus Esmond Jr）訂婚，小葛斯規劃了兩人去巴黎的浪漫旅行。可是他的父親老葛斯・艾德蒙（Gus Esmond Sr）不贊成他們交往，最後羅蕾萊和同為歌女的朋友桃樂絲・蕭（Dorothy Shaw）去了巴黎，桃樂絲個性比較腳踏實地，一心要為愛結婚，不為金錢。老葛斯找私家偵探恩尼・馬龍（Ernie Malone）跟她們搭上同一艘船去巴黎，調查羅蕾萊的目的。在船上，羅蕾萊馬上認識了外號「豬仔」的比克曼爵士（Lord Beekman），他年紀比羅蕾萊大多了，已婚，擁有鑽石礦脈。左頁表格或許能用來呈現接下來的情節，方便檢驗，不過看過電影的人比較容易懂這張表。如果你看過電影，你會發現電影的架構錯綜複雜，好讓三幕能保持連貫。我們再看一次亞里斯多德說好情節應該是什麼樣子：

> 悲劇是對一項可敬、完整且具備一定格局之行動的模仿。使用令人愉悅的語言……由演員表演，並非透過敘述；透過同情和恐懼讓這一類的情緒得以淨化。[18]

這是一個接近真實的虛構故事（模仿），有一個核心行動：羅蕾萊想要安穩，而在她認為，安

	第一幕	第二幕	第三幕
羅蕾萊	想跟葛斯結婚以確保生活無虞，但上了船卻發現她抗拒不了豬仔太太的那頂鑽石皇冠。	羅蕾萊魅惑豬仔以取得皇冠，最後卻被拍下兩人的偷情照。她和桃樂絲施計從恩尼那裡取得照片，拿去向豬仔交換皇冠。很可惜，羅蕾萊到巴黎的時候，葛斯已發現了她的不檢點。她的信用狀被撤消，一切似乎成空。	必須在巴黎當歌女謀生，頗受歡迎，只是不久就因皇冠「竊案」被警察找去。桃樂絲要她把皇冠歸還，但她還不了，因為不在她手上。有人偷走了。羅蕾萊現在必須和葛斯結婚，或起碼從他那弄到錢買一頂皇冠賠償。訂婚一事死灰復燃。桃樂絲扮成羅蕾萊出庭，而羅蕾萊用誠實的態度討好老葛斯（「我嫁給他不是為了他的錢；我嫁給他是為了你的錢」），老葛斯同意讓她和兒子結婚。
桃樂絲	想讓羅蕾萊遠離麻煩（自己也和恩尼墜入愛河）。	沒辦法讓羅蕾萊不惹麻煩。發現恩尼是私家偵探。她以為他永遠不會愛上她；他一直以來都只對羅蕾萊有興趣。一切似乎是一場空。	假扮成羅蕾萊出庭，讓羅蕾萊有時間去籌錢買皇冠。原來豬仔把皇冠偷回去了，又陷害羅蕾萊，以便申請保險金。桃樂絲說服恩尼到機場攔住豬仔。她發覺恩尼也愛她，兩人結婚。
恩尼	想拍到能羅織罪名給羅蕾萊的照片（同時也愛上了桃樂絲）。	拍到他要的照片，卻丟失了。桃樂絲知道他是偵探後，似乎就不愛他了。她覺得他只是在跟蹤她。照片找回了，雖能成功結案，卻感到一切落空。	想證實自己對桃樂絲的愛，幫忙解決皇冠謎團。與桃樂絲結婚。

穩的生活要以財富為基礎。她一定要跟有錢人結婚，或起碼說服一個男人送她鑽石。注意，這是敘事中的主行動，整體的結構則圍繞著婚事打轉，與葛斯訂婚、解除婚約（因為她似乎又去招惹更有錢的人）、最後又結成婚，還有配角，他們的行動都為羅蕾萊的行動提供支援。桃樂絲想幫羅蕾萊，但她也想嫁給所愛。恩尼希望自己做對的事，卻會因此背叛羅蕾萊，但他也想和桃樂絲結婚。情節中有許多衝突，戲劇性十足。從上面的表格可以看到，情節的構造分明，有清楚的開頭、中段、結尾。一開始的問題（羅蕾萊如何順利嫁給葛斯？）到最後得到解決。次要的問題也用類似的方法組織。到了第二幕結束時，所有的角色都陷入危機。為了得到想要的東西，他們都得實際上先失去它。運勢一直在轉換，此時，看似每個人都在走下坡。而情節的結構確定，表示一切都會繼續變化，到第三幕就變好。正「因為」羅蕾萊一直保持誠實，最後解決了皇冠的問題，也因此碰到老葛斯，說服他她是最適合他兒子的女人。「因為」恩尼和桃樂絲相愛，他們才能解決皇冠的問題。恩尼本是羅蕾萊的對頭，因為他相信自己在幫桃樂絲，才願意幫助羅蕾萊。整個情節中有不少關鍵的因果關係，但上述幾點才是維繫情節的主要元素。注意，因為恩尼的角色，情節更加「完整」且具一致性。如果隨機出現一名警察來解開皇冠的謎團，觀眾不會覺得滿意。這是一個很好的逆轉（下一章我們會更深入討論逆轉）。恩尼讓羅蕾萊有了麻煩（他拍了照片），又幫她脫身。

這部片情節規模掌控得宜。電影沒有從桃樂絲和羅蕾萊在小岩城（Little Rock）出生開始，演出她們的童年，探索她們的人生為何有不同的動機，沒有演出恩尼的童年和豬仔在自家的鑽石礦裡等等。我們也看不到兩對情侶在劇末結婚後接下來發生的事。情節只有一個重心——不見的皇冠，以及問題怎麼解決——岌岌可危的事很清楚的只有一件：婚姻。

因為這是一部電影（改編自安妮塔・露絲〔Anita Loos〕的小說，但這裡先談電影就好），很難討論語言是否令人愉悅。但電影的確有風格，也有獨特的語言。令人愉悅的語言應該能突顯主題，用亞里斯多德的話來說，我們可以透過這樣的語言檢驗內容，讓我們更能領略作品。

這部電影的主題當然不如那些偉大小說複雜，但確實有主題。我們已經指出，關鍵的主題問題是女性和財富。女性身處一個大眾期待她們順從、免費做家事的世界，她們要如何賺取財富呢？年輕女性因為「魅力」而更有勢力嗎？若真如此，她們該不該用這股力量來累積財富，保障老年的生活？別忘了，在這個社會裡，人人都應該用魅力來爭取成功。在亞瑟・米勒（Arthur Miller）一九四九年的劇作《推銷員之死》（*Death of a Salesman*）裡，主角威利・羅曼（Willy Loman）將事業的成就歸功於「廣受歡迎」。而在五〇年代的美國，女性幾乎沒有事業，除了魅惑能靠著事業賺錢的男性，沒有其他的選擇。如果這會導致女性過度崇尚物質，代表什麼意義？電影透過自己的「語言」頌揚青春美貌和女性的「魅力」：美麗的戲服設計就是其中一環。在電影將結束前，羅蕾萊的精彩表演《鑽石是女孩最好的朋友》，用意象、比喻、可信的語言來強化整部電影的主題：「總有一天／鐵石心腸的大老闆／覺得妳美如天仙／但是沒有鑽石一切免談／股價高的時候／他是妳的好對象／股價開始下跌就要當心了／等這些爛人回到老婆身邊／鑽石就是女孩最好的朋友」這裡把女人青春的魅力拿來與高股價相比。比喻或許有些老掉牙，卻實在強調了經濟的主題，所以我們會問，如果妳只有美貌，是否該把握良機用來交換妳想要的東西。

這部電影裡的敘事少之又少，也決計沒有旁白這麼正式的元素。一切都透過行動和對話來展現。作家若能細看電影，會很有幫助，因為大多數電影沒有解說。不需要有人告訴我們羅蕾萊是什麼樣的人，自己看就知道了。羅蕾萊碰到豬仔的那一場戲相當有趣，因為我們早知道她對鑽石的熱愛，知道她會怎麼應對鑽石礦的老闆。桃樂絲想阻止他們結識的情節，反而更添趣味。

我們欣賞羅蕾萊和桃樂絲，或至少覺得她們與我們有共同點，我們會為她們感受到同情和恐懼。當然這部片不是偉大的悲劇，不然會有更劇烈的同情和恐懼產生。但我們確實很同情陷入困境的羅蕾萊。片中她碰到厄運時，比方說為了逃出恩尼的艙房而卡在舷窗時，我們希望她沒事。我們不希望有人看到她，讓她無地自容。我們對她有認同感，也同情她（摻雜了困窘與幽默）。有了認同，就會延伸出恐懼。我們擔心她被人發現（我們碰到窘境時，也擔心別人會發現，這種恐懼混合了我們的焦慮）；我們害怕她丟臉丟大了，不能跟葛斯結婚（進而擔憂自己會蒙受恥辱）；我們怕她被冤枉偷了皇冠要坐牢（就像我們擔心自己會碰到不公不義）。同情和恐懼讓我們感受到角色的苦難，亞里斯多德說，這也會讓我們感到相當愉悅，是一種情緒釋放（淨化作用）。

一九五四年的《銀色星光》也由瑪麗蓮．夢露演出。她仍演歌女，名叫薇琪．霍夫曼（後來用藝名薇琪．帕克），電影一開始的時候在衣帽間當服務員，最後變成超級巨星。然而，電影的重心並不是她的星路。主要的敘事重點是唐納休一家人，他們專門表演雜耍，成員有茉莉、泰倫斯以及他們的三個小孩提姆、史蒂夫、凱蒂。歸納這部電影的劇情[19]很容易，但也很無聊，因為一事接著一事，卻看不出明確的首尾。沒有必要為這部的敘事畫出三幕的表格，故事雜亂無章，訴說一家人（加上瑪麗蓮．夢露）的生活，除了提姆在中段（因為與薇琪交往）失蹤，並沒有主要的行動。把這件事當成中心行動就有問題，因為主角是提姆，但他不討人喜歡。角色醉酒也可以令人欽佩，起碼讓人喜歡（你看，在《我與長指甲》〔*Withnail and I*〕裡，我們都希望長指甲能過得更好；在電影《上流社會》〔*High Society*〕裡，葛麗絲・凱莉〔Grace Kelly〕的角色放開拘束而喝了太多香檳，很討觀眾喜歡），而提姆既不受欽佩，也不討喜。他的掙扎完全脫離我們的理解。如同薇琪向他點破的，他能上台表演靠的不是努力和特長，而是家人。這個角色除了醉醺醺，沒有明顯的特質，得不到我們的認同。薇琪除了抱負，也沒有什麼特色。我們欣賞她的抱負，卻也納悶她怎麼跟這麼沒有魅力的一家人攪和在一起。提姆能給她什麼？

這部片也缺乏決定性的結構。雖然與父親起爭執給了提姆消失的理由，卻沒有明確的理由可以讓他回來。情節大體上說來很不連貫：事件接踵出現，太多了，但缺乏強而有力的關聯。該有的對稱就這麼垮了；比方說，提姆跟父親吵架，和好的對象卻是薇琪。我們無法同理這些角色，也不清楚他們的利害關係，只知道他們一家人看似和樂。結果，故事中雖有行動，情節很薄弱，戲劇性也不高。這部片其實很無聊——不妨找來看看，驗證一下。相對來說，《紳士愛美人》則一點都不無聊。儘管兩部片的主題都很輕鬆（畢竟就是好萊塢歌舞片），但我們前面提過，《紳士愛美人》裡提到的經濟學頗有趣味，還有美國人認為個人魅力可以當作本錢的想法。就算最後你不同意電影裡的想法，覺得已不適用於二十一世紀，仍有一些發人深省的地方。電影的結構支持它的主題。誠實（及隨之而來的魅力）在眾人眼中是很重要的特質，讓角色能理直氣壯地拜金。只有在羅蕾萊想偷雞摸狗的時候（為了皇冠與豬仔交涉），才出了亂子。但到最後，她的欺瞞沒那麼嚴重，做錯的事也可以糾正。

拿這兩部電影做比較，大家覺得最有趣也最出乎意料之外的一點是，較為「公式化」，或說比較符合亞里斯多德形式的《紳士愛美人》，反而更令人耳目一新。在下一章我們會看到，亞里斯多德偏好「驚愕」，反對墨守陳規。大家都熟悉的結構仍能跳脫預料，說起來或許有些矛盾，而這樣的悖論就是說故事時一個非常有趣的元素。觀眾通常只能在結束後看到敘事的形狀。即使知道所有的「規則」，在結構良好的敘事中，你應該無法預料接下來會發生什麼事。

《銀色星光》什麼「規則」都不守，情節卻很容易被人猜到。我們知道提姆和薇琪最後一定會在一起，因為電影裡唯一另一名適婚年齡的男性是神父，另一名適婚年齡的女性則是提姆的妹妹。我們也知道如果這家人的兒子出了問題，最有可能跟酗酒有關。我們也「知道」一出什麼問題，醉鬼都會馬上出門，把車子撞爛。我們知道提姆會在片尾回來，因為這是一部音樂喜劇，應該有快樂的結局。我們也知道茱莉會原諒薇琪。《紳士愛美人》之所以成功，在於我們如此沉迷在它的戲劇性裡，幾乎忘了這是一部最後終會有婚禮的浪漫喜劇。的確，在好幾個地方，看似沒有人結得成婚。羅蕾萊似乎拿不到皇冠，拿到後出人意表地遺失了，丟掉後也看似尋回無望。《銀色星光》的評語和票房都一敗塗地，《紳士愛美人》則叫好又叫座。

電影的情節比小說更鮮明，因此很適合用來介紹這些原則，但電影會出錯的地方小說裡也會出錯。寫得很好的小說不論多精細，多麼不落俗套，大多數都有我們想投入的角色，帶有一致性且有重點，敘事清楚，有主題式的探問——亞里斯多德在《詩學》裡列出的多數基本特質。事實上，偉大的經典小說即使每一本都不一樣，都遵循這些原則。

悲劇與複雜情節

Tragedy and the Complex Plot

悲劇就是說某個故事
像舊書給我們的回憶
那人享有無比的榮華
卻從高處重重落下來
墮入悲慘且結局可憫……

——喬叟（Chaucer），《僧人的故事》（*The Monk's Tale*）

一九九〇年代有個流行音樂團體叫「跳跳舞」（Steps），他們翻唱比吉斯（Bee Gees）一九七九年的歌曲〈悲劇〉（Tragedy）。主要的副歌這麼唱：「悲劇！感覺沒了，你過不下去，就是悲劇。」至今我聽過兩次小孩子反覆唱著這段歌詞，彷若屬實。這個悲劇的定義好嗎？失落或沒感覺是不是悲劇的重點？抑或悲劇事實上就是感覺的氾濫無度？還是如尼采一八七二年所指，悲劇其實是最深刻的故事形式，絕非流行歌曲所能企及？你要怎麼著手鋪陳悲劇的情節？

我們要用三個故事當參考：《伊底帕斯王》、《哈姆雷特》，以及電影《危險性遊戲》（*Cruel Intentions*）[1]。我假設大家都知道《伊底帕斯王》和《哈姆雷特》的內容。《危險性遊戲》裡面有一對繼姊弟，薩巴斯丁和凱薩琳。凱薩琳打賭，薩巴斯丁沒辦法把新校長的女兒安妮特搞上床，安妮特是處女，堅持要等到婚後才能有性關係。如果薩巴斯丁能「毀了」安妮特，就能得到獎品——與凱薩琳上床。待薩巴斯丁察覺自己愛上安妮特已然太遲，雖然還有機會挽回兩人關係，但他先前所做的事情讓他惹禍上身（例如引誘凱薩琳前男友寇特的新女友瑟西兒，作為凱薩琳的報復環節），結果被在自己鼓勵下追求瑟西兒的音樂老師羅納德所殺。

在悲劇這種故事形式裡，主角在故事結尾會死掉——通常是真的身亡，但有時候則是一種比喻。喬叟的僧人知道這一點。他提醒我們亞里斯多德說過的話，悲劇裡的人物從高高在上落入悲慘的景況。也就是說，他們是「令人欽佩的」人，比方說國王、女王、名人等等。這點即使在《危險性遊戲》裡面也符合：薩巴斯丁和凱薩琳是住在曼哈頓的富裕青少年，在學校是風雲人物。

亞里斯多德指出，悲劇必須有下列要素：

1. 令人欽佩的主角
2. 令人驚愕的事件
3. 複雜的情節
4. 逆轉（情節的突然轉變）
5. 發現（猛然察覺到真實的情況）
6. 犯錯（悲劇的缺陷）
7. 歌隊

令人驚愕的事件

我們已經討論過令人欽佩的主角，現在來看令人驚愕的事物。當然，我們憑直覺就知道亞里斯多德會說什麼，也就是好的情節會包含近乎矛盾的東西：我們會對劇中事件感到驚愕，然而想想發生過的事情，卻又似乎其來有自。我們必須感受到同情和恐懼，「當事與願違，而且是基於環環相扣的時候」。[2]舉個例子，哈姆雷特要奧菲莉亞「進修道院吧」，我們或許會震驚又意外。[3]畢竟，他應該已愛上她，不是嗎？但似乎有兩個理由讓他這麼說：一、因為女性生出像他這樣的罪人，註定要受苦；二、因為女性讓男性做出可怕的事情：「如果妳一定要結婚，找個傻瓜吧。因為聰明的男人都明白，妳會把他們變成什麼樣的怪物。」[4]然後我們就清楚了，哈姆雷特氣他的母親（或許也在暗示，她也是殺死他父親的共謀，或起碼挑起了動機），因而把氣出在奧菲莉亞身上。這一場戲令人震驚，絕對讓我們感到驚愕，但細細考慮後，這其實是一連串因果的結果，導致哈姆雷特陷入這個可怕的處境。到了結尾，哈姆雷特終究死了，也令人驚愕。但也沒那麼令人驚訝，特別是哈姆雷特早預料到自己的結局。

在《危險性遊戲》裡，薩巴斯丁的死令人驚愕。然而，情節裡的一切都指向這個時刻，他之前（對瑟西兒和凱薩琳）的亂愛遺毒，終會毀滅他（對安妮特）的純愛。或許可以說，這個情節裡的驚愕更為強烈，因為一直到薩巴斯丁（在原著中的角色則叫作凡爾蒙）身亡前，情節似乎都朝著喜劇的結局走。有不少令人困惑的地方，我們發覺薩巴斯丁其實愛上了安妮特，當然唯一剩下的問題，就是他要向她解釋整體的情況。但你怎麼解釋你為了打賭和一個女人上床，獎品是和另一個女人上床？儘管如此，我們可能會問，要是大家確實都找到幸福美滿過一生的方法，薩巴斯丁和安妮特在一起，羅納德愛上瑟西兒，凱薩琳與寇特復合，不是更令人愉快滿意嗎？我想，答案很簡單，不行。就和哈姆雷特的丹麥一樣，凱薩琳和薩巴斯丁的世界從一開始就很墮落，在這個世界裡不可能有快樂的結局，除非有人推翻他們腐敗的優勢。之後我們會談到，在悲劇裡一旦犯下了核心的錯誤，其實沒有回頭路，硬轉成喜劇只會讓觀眾覺得噁心。

複雜的情節

亞里斯多德說情節可以分「簡單」和「複雜」，他提出了重要的區別。

> 有些情節簡單，有些複雜，因為情節的模仿屬性，裡面的行動也有簡單和複雜之分。簡單的行動是分明的、持續的、前後一致的，命運的轉變不會牽涉到逆轉和發現。在複雜的行動中，命運的變化會涉及逆轉或發現，或兩者兼具。[5]

亞里斯多德覺得，好的悲劇應該有複雜的情節，而不是簡單的。簡單情節的例子是我們之前討論過的《超級保母》，畢克斯里一家的命運由壞轉好，此外沒有什麼特別的事情，人物或故事也沒有更加突顯。改造節目通常很簡單，主角的運氣由好變壞，一般沒什麼問題，除了第二幕結尾慣常出現的危機，他們穿回可怕的衣服（諸如此類的事情），必須由主持人來「解救」。但肥皂劇和連續劇都要有「迂迴曲折」。簡單的情節多半是按時序的故事，透過線性敘事來訴說，而複雜的情節則會揭露過去隱瞞的資訊。在《孤星血淚》中，皮普發現他真正的贊助人是誰，情節就變得複雜了，引發未來其他的發現。到了小說結尾，我們的期望，與皮普的期望，都已經天翻地覆。在《傲慢與偏見》中，藉由韋克翰不為人知的過去遭到揭露，讓情節變得複雜。

逆轉

逆轉是「變成完全相反」[6]，在複雜的情節裡，從頭到尾會有好幾次逆轉，或轉折。

附帶一提，逆轉不好鋪陳情節，但對觀眾來說很令人滿意。好的逆轉會激發驚愕、同情與恐懼，通常也會強調故事裡重要的主題。舉例說明或許會更容易了解。在《危險性遊戲》裡，薩巴斯丁計畫背叛安妮特，以便與凱薩琳上床。但與安妮特上床的時候，他其實背叛了凱薩琳（因為他發現自己愛上了安妮特），此時劇情就逆轉了。在《哈姆雷特》裡，羅森克蘭茲（Rosencrantz）和吉爾登司騰（Guildenstern）要把哈姆雷特帶到英國處死，結果哈姆雷特回到丹麥，受死的反而是他們。有時候逆轉可以很微妙（且不光在悲劇中才能看到）。在《玩具總動員》裡，巴斯光年必須接受他是個玩具，模仿虛構的角色，才能有真實的生活。在《瓶中美人》裡，愛瑟．葛林伍德發瘋，想要自殺，因為她不像瓊安一樣「正常」；最後瓊安自殺了，愛瑟的情況好轉（但我們現在知道，這不是「真實」故事的結局，而是書本的結局）。在《孤星血淚》裡，皮普覺得他的地位比不上艾絲黛拉，後來才發現她的地位一直都比他低。

亞里斯多德舉例說明好的逆轉：

舉個例子，在《伊底帕斯王》裡，有人來告訴伊底帕斯好消息，讓他從與母親有關的恐懼裡解放出來，但透露了伊底帕斯的身分後，帶來的結果卻正好相反。[7]

在這裡，我們看到逆轉和大發現同時出現：伊底帕斯發現他其實是拉伊俄斯和茱可絲塔（Jocasta）的孩子，因此他其實殺了父親，娶了母親。這個發現連動出另一個重大的逆轉：博學的伊底帕斯決心要通曉一切，最後卻發現他連自己是誰，從哪裡來都一無所知。逆轉是戲劇中的關鍵，鋪陳得好，一定會引發驚愕、理解、愉悅。我前面用了一個例子，完美的女孩挖洞來隱藏她殺死對手的證據，卻自己掉進洞裡，也是逆轉。試試看，在你熟悉的敘事中尋找逆轉，尤其在寫實小說裡可以仔細找細微的逆轉。

發現

亞里斯多德說，發現就是：「從無知到知曉的轉變」[8]，也是悲劇中的一個要素。亞里斯多德指出，發現最好跟逆轉同時出現，上面在伊底帕斯的例子裡我們已經看到了。資訊揭露，至關重要，改變主角的關係，或改變他所認識的世界。例如，一對愛侶發現他們其實是兄妹（澳洲影集《遠離家園》〔*Home and Away*〕，一九八八到一九八九）。或拿廣播劇《亞齊這一家》（*The Archers*）幾年前的故事情節來舉例：有個女人，她的丈夫和另一個女人打情罵俏，讓她很嫉妒，便找男性朋友談心。她的丈夫拒絕了另一個女人，但這名妻子卻接受朋友的示好。等她發覺自己是出軌的人，不是丈夫，已經來不及。這個情節有逆轉也有發現。然而，真正的悲劇發現通常會比這些例子更加複雜，主角會有很深刻的領悟，發現自己鑄下大錯，或許要因此付出生命。

通常，在發現的場景裡，主角會清楚陳述他們碰到的事情，一般會用很有力的第一人稱敘事。在悲劇裡，你幾乎都會看到清楚的發現場景，通常發生在主角死掉前。這些場景或許隱隱約約，或許激動無比。《伊底帕斯王》裡的是這樣：

伊底帕斯：

啊，天啊！啊，天啊！真相終於大白！

噢，太陽，讓我再看你一眼，

我這個一存在就證明要受到詛咒的人，

婚姻受到詛咒，殺了他也受到詛咒。

安娜．卡列尼娜的悲劇發現延續數頁，書中以未必客觀的口氣訴說她的故事，讓情況更複雜（也增加了某些方面的悲劇性）。第六部的第三十章一開始的「又來了！我又懂了」之後：

「他想從我這裡得到什麼？不是愛，比較像是為了滿足他的虛榮心。」她想起剛開始聯絡時他說的話、他臉上的表情，就像順從的獵犬。現在一切都是佐證。「對，他贏了，有種成功者的虛榮。當然也有愛，但他多半只在意成功給他的驕傲。他拿我來吹噓。現在都過去了。沒什麼好驕傲的。沒有驕傲，只覺得羞恥。他把能拿走的都拿走了，我對他來說再也無利用價值。我是他的包袱，他在我面前盡量不要那麼卑鄙……他愛我，但要怎麼愛？『熱情已逝。』」她最後對自己說了一句英文……

這不是想像。在那刺眼的光線裡，她清楚看到人生和人際關係的意義。[9]

要好好分析這段文字，可能要花上幾個小時。但特別要注意托爾斯泰怎麼結合安娜的第一人稱主觀想法及自由的間接風格，還有這個發現為何會略帶諷刺意味。「刺眼的光線」只屬於安娜，揭露給她的「人生意義」一定只是虛妄。的確，人生虛妄的本質已經如此「清楚地」傳達給她，其中的諷刺意味更覺慘痛。在這裡，悲慘的發現在結構上就符合我們的期望。這是安娜的發現，到書末才出現，在她死前。但更深入探討，這個發現的反面還有什麼為「真」、什麼為「假」，也讓安娜反對自己。安娜看得一點也不清楚，只是告訴我們她看清楚了。托爾斯泰說的又不一樣。這是一場發現的戲，但安娜察覺的「真相」則是一切都屬虛妄。這本身就矛盾，無法為真。

在《危險性遊戲》裡，凱薩琳是薩巴斯丁發現的推手。她操控他，讓他假裝自己不愛安妮特，但當他去領獎的時候（他已經不想要這個獎品了），她告訴他遊戲和他想像的不一樣：「你深深愛上她了，而且現在仍愛著。但看你引以為恥，我覺得很好玩。你放棄自己第一個愛上的人，只因我威脅到你的名聲。你懂了嗎？薩巴斯丁，你只是玩具，我喜歡玩弄的小玩具。現在，你完全搞砸了和她在一起的機會。這大概是我這輩子聽到最可憐的事。」

因此，發現就是之前隱藏的真相就此揭露出來，不論是事實或感情。亞里斯多德說，此處的情節鋪陳有好幾種方法：[10]

一、**根據「標記」**。亞里斯多德說這是「最不具美感」的發現（儘管他也承認，是好是壞不一定）。「標記」可能是傷疤或項鍊等能確認某件事的東西，通常是關於某人的身分。[11]舉例來說，潔恩的父親是股票經紀人，遭人背叛，背叛者戴著很特殊的手環。他破產後自殺了。幾年後，潔恩愛上彼得，他們決定結婚。走上紅毯時，她發現——啊！手環。她居然要嫁給背叛她父親的人……這種情節的主要問題在於太仰賴機運（除非她父親的背叛者追求她其實別有心機，而她之前也沒看到手環）。這種發現雖然有（短暫的）驚愕，但沒有真正的深度。看完後沒有什麼可深思的地方，也沒有逆轉。

二、**根據直接的揭露**。亞里斯多德認為這種也很弱。由某個角色直接告訴主角真相——比方說，某人突然宣布他的真實身分（而不是透過事件發現）。因此，可能就在婚禮前，彼得的姊姊現身，告訴潔恩自己的弟弟害死了她父親。這裡的問題在於，潔恩什麼都沒做，就「賺到」了資訊，像個小插曲。線索堆疊上來，讓整個情節的意義浮現，感覺比較好。

三、**根據壓抑的記憶**。通常某件事觸發了遺忘的記憶，或讓角色明白他記得或忘記的某件事有什麼意義。在這裡，潔恩或許會夢到父親去世的那個晚上。那晚稍早從她臥房的窗戶，她看到父親的一位同事離開，那個影像一直困擾著她。那人戴的手環不知為何眼熟到令人發毛。不會吧……喔不，就是彼得！這種發現感覺也很偶然，很隨機。除非情節裡有什麼事物能勾起回憶，否則最好避開這類型的發現。

四、**根據推論**。角色用邏輯推論出某件事的意義。或許有天晚上，潔恩想看彼得的履歷表，他不肯。他說手邊沒有，或找其他藉口。她發覺他有所隱瞞，從這裡開始推論。這種發現有時候可行，但需要整體情節的細節提供基礎。這裡有個顯見的問題，如果彼得有什麼瞞著潔恩，他當初跟潔恩在一起的動機就讓人懷疑，難以自圓其說。

五、**根據敘事中的「複雜」行動**。亞里斯多德比較喜歡這一種。來看幾個例子。

a. 沒有人告訴伊底帕斯他身世的故事，至少沒來得及救他。沒有標記能證實他是拉伊俄斯的兒子。他沒有突然想起往事，但殺死父親的回憶卻浮現了。這些事情構成的複雜情節讓悲劇成功；加以伊底帕斯也把自己身上的可怕故事串了起來。他的動機在這裡很明顯，也牽涉到前面討論過的深刻逆轉：因為他急欲知道真相，拚命追尋，即使那意味著會發現自己一直活在謊言裡。

b. 在《危險性遊戲》裡，沒有人告訴薩巴斯丁他同時毀了自己與安妮特的關係（反正注定毀滅）和對凱薩琳的愛（也註定毀滅）。沒有標記。情節小心地把他置入徹底的困境，等他發覺真相，已經來不及了。

c. 在我們虛構的例子裡，潔恩和彼得都沒發覺多年前彼得曾背叛了她父親。潔恩很少提起父親，對過往絕口不提，只發誓要殺了那個叛徒。潔恩的職業和父親完全不同領域，但或許會與他的一位好友保持聯絡。這個朋友也幫過彼得，情節設定彼得因而認識潔恩。兩人真心相愛，但彼得後來發現（透過複雜的情節鋪陳），潔恩的父親因他而死。他該拿潔恩怎麼辦？或許他想抹滅過去的一切，卻引起她的疑心。她找到沒燒乾淨的紙片，以為他有外遇。星期五晚上他去哪裡了？事實上他是去找朋友談話，試圖挽回錯誤，但他不能告訴潔恩。突然之間，他要不就承認自己有外遇，要不就得告訴潔恩她父親的事情。他假裝自己有外遇，但潔恩發現他在說謊。到故事結尾，彼得可能死了，或起碼兩人的關係完了。

d. 不過，在《哈姆雷特》裡，沒有清楚的發現。在最接近傳統發現戲的場景中，哈姆雷特的好友赫瑞修建議他取消跟奧菲莉亞的哥哥萊爾提茲（Laertes）的比劍，哈姆雷特回道：

> 千萬不要。我們用不著懼怕預兆。縱使一隻麻雀掉下來也是天意。註定是此刻，就不會是未來；註定不是未來，那就是現在；若不是現在，總有一天也會發生。準備好，一切就泰然了。既然沒有人知道他死後會發生什麼事，哪裡有所謂最好的死亡時刻呢？隨它去吧。[12]

哈姆雷特在戲裡沒有犯下明顯的錯誤，或許除了他裝瘋的計畫以外。但他無法讓父親起死回生，無法改變丹麥的腐敗。的確，他或許承繼了人生的悲劇，唯一結束的方法就是他放棄生命。這麼一來，哈姆雷特就代表我們每一個人。我們沒有一個人能完全了解人生的意義，但我們周遭絕對不乏意義。

媒體上的名人故事常用悲劇結構描述。我開始注意到這一點時覺得很有趣，也發覺這些是鋪陳情節的敘事，而不一定是真實故事。大多數的故事內容是發現的「場景」或訪問，如果名人已經接受過訪問（如果沒有，名人啜泣和一臉苦惱的照片也可以）。電視節目《名人老大哥》（*Celebrity Big Brother*）的敘事按理說不是虛構，也沒有劇本。[13]但二〇〇七年出現一個出奇清晰的發現場面，當時潔德・古蒂（Jade Goody）意識到她走出宿舍大門就要出局了，因為她在節目上羞辱印度女演員席爾巴・謝蒂（Shilpa Shetty）（她之所以知道，一方面是老大哥罵她是種族主義者，一方面也是自己的推論）。這裡有種戲劇性的諷刺——儘管潔德本人還不知道，我們已知道她的贊助商這時都已經取消贊助，她的香水也下架了。在這個「場景」中，她在日記間（老大哥會在這裡跟房客溝通）裡哭了半個多小時。還有，她說「我好怕……這次很不一樣，因為之前我一無所有，什麼也沒有。可現在我擁有這麼多了，我不想從頭來過。」她從高處掉下來。我們也可以看看媒體怎麼報導琳賽・蘿涵（Lindsay Lohan）、老虎伍茲（Tiger Woods）、小甜甜布蘭妮（Britney Spears）。這些悲劇裡「死亡」的多半是當事者的事業，或許只是暫時性的。但當名人真的死了，比方說潔德・古蒂年紀輕輕死於癌症，打假球的南非板球運動員漢西・克朗傑（Hansie Cronje）死於飛機失事，他們的故事不再是悲劇，純粹只是讓人難過的故事（尤其他們的死因都不是犯下的悲劇錯誤導致，此時結構就崩解了）。

然而，黛安娜王妃的死就是徹底的悲劇，她的發現「場景」出現在一九九五年接受馬丁・巴希爾（Martin Bashir）訪問的時候。她說：「媒體的注目最讓人氣餒，大家都告訴我和我丈夫，訂婚後媒體就會安靜下來，結果沒有；等我們結婚了，他們說媒體會放過我們，結果沒有；然後焦點都放在我身上，我似乎每天都會上頭版，感覺被孤立了，媒體把你放得愈高，跌得就愈深。」黛安娜是悲劇主角的完美範例，因為她深受大眾喜愛，卻又有很多缺點。她知道站得愈高絕對會讓她「跌」得愈深。她犯下致命的錯誤，就是加入皇室，隨之而來的媒體注目讓她一輩子無法消受。但任何人置身她的處境，也會犯下同樣的錯誤吧？

錯誤

悲劇最殘忍的結局，以情節的術語來說，就是主角犯錯，接下來我們要討論這一點。亞里斯多德用「過」(hamartia)來形容錯誤，直譯是過失、錯誤或錯估。儘管很多人把「hamartia」翻譯成「悲劇性缺陷」或「致命缺陷」，亞里斯多德並未暗示這就是他的意思。的確，他很費心地指出，悲劇英雄「不能有」嚴重的道德缺點：

> 這種人品行不是特別端正，正義感也不顯著；另一方面，他的運氣從好變壞，並不是因為道德缺失或墮落，而是因為某種錯誤（過）。[14]

舉例來說，伊底帕斯不夠完美。畢竟，他謀害了在「三岔路口」碰到的人。但我們不會因此覺得他很邪惡（歌隊顯然也有同感），因為另一個人挑起紛爭，伊底帕斯只是為了自我防衛。或許伊底帕斯為預言而離開科林斯，就犯下大錯，如同他父親犯的大錯，為預言就把兒子送走讓人殺害。很多評論家也會爭論，是伊底帕斯「傲慢」的性格缺失導致他的墜落，或許吧，因為如果他不是一心想要通曉萬事，也不會發現可怕的真相。但同理可證，一如許多悲劇英雄，伊斯帕斯發現自己被周圍的力量打敗了：貧瘠的土地、不快樂的市民。他必須找到兇手；看似他別無選擇。在敘事中，他是否能停止追問呢？或許可以，或許不行。

《哈姆雷特》裡嚴重的致命錯誤很難找，大家都這麼說，除非你硬要說這場悲劇始自無為，看戲後哈姆雷特發現克勞迪亞斯（Claudius）獨自禱告時，不該饒過他一命。另個角度或許是思索丹麥「腐敗」的起因。我們必須回到前一代，查看老哈姆雷特的作為，他從老福丁布拉斯（Old Fortinbras）手上奪來丹麥。江山易主的重大時刻是否註定了這場悲劇的一切？老哈姆雷特對權力的貪婪是否播下種子，不只害死自己，也害死了妻子和兒子？

不過有些悲劇似乎比《哈姆雷特》簡單一點。比方說，大家都明白奧賽羅（Othello）不該信任伊阿高（Iago），潔德也不該回老大哥的房子。是嗎？這些錯誤在犯下的時候似乎不嚴重。或許奧賽羅不該這麼相信自己的力量，或者他應該信任妻子苔絲狄蒙娜（Desdemona）勝過一切。但你可以看到，他就是這個脾氣。潔德當然不該歧視印度人，但我們也明白，她在某些方面就是沒有安全感。要記得，悲劇絕不光是教人處事的「道德故事」。誰知道換成我們在這些角色的處境下會怎麼辦，或有什麼力量激使我們和他們採取某個行動，勝過另一個？所有的悲劇角色都陷入他們以為自己能控制的情境裡，或許，我們也以為如果自己是他們就能控制得住。黛安娜王妃一得到媒體的注意，就永遠擺脫不了；安娜．卡列尼娜跟伏倫斯基伯爵（Count Vronsky）在一起，受損的名聲也永遠無法挽回。

哈姆雷特一旦宣布自己「瘋了」，就失去對人生的控制權，儘管當時「瘋了」似乎是不錯的計畫。悲劇的結構或許很像上癮，抽一根香菸、喝一杯酒、把賭注押在一匹馬上，好像不錯，一時也還看不出什麼後果，所以你決定再來一次。你的人生似乎更棒了——你看起來很酷，或覺得更放鬆，或賺到錢，於是你一再重複。沒有人知道哪一次重複會把你帶入永遠無法離開的結界，在其中你不再有主控權。記得一個重點，悲劇放諸四海皆準。可以悲哀地說，人顯然終將會死，而哈姆雷特讓我們看清這點。但大多數人在人生中會體驗到悲劇結構：不是八卦報紙那種可悲荒謬的事件，而是要面對自身的上癮、變胖、感情受挫、欺騙、說謊。上癮的人、過重的人、渴愛的人，都不是罪有應得的「壞人」。他們只想過得更好，和我們一樣。悲劇不評斷壞人，而是碰到某些人毀了對自己重要的東西時，對他們感到強烈的憐憫。

歌隊

在古典希臘悲劇中，隨著劇情演進，文本一定由歌隊誦讀或詮釋。我們讀亞里斯多德時，很容易忽略祭酒神頌歌（悲歌）和歌隊等元素，因為現在已經沒有這些東西，不管也不會怎麼樣。但是，如果我們要找一首悲歌，《危險性遊戲》開頭百憂解樂團（Placebo）的〈每個你，每個我〉（Every You, Every Me）如何？在現代戲劇裡，或許沒有明確的歌隊，但絕對有不言明的歌隊。的確，《老大哥》的現場觀眾幾乎就等於「歌隊」（在家看電視的觀眾則補足其餘的部分——「由您決定……」的單元投票淘汰參加者），在二〇〇七年的事件裡，他們幾乎搶走了焦點，必須先將之排除。在實境節目

「戲劇高潮」或選秀節目裡入鏡的觀眾最像是現代的歌隊，因為他們會影響「角色」的結果（用投票，或影響其他人的投票）。推特也可視為當代的歌隊，尤其在名人生活的非虛構軼聞中，推特完全就像傳統的歌隊，隨著行動出現，他們會發表評論和產生影響。然而，《亞齊這一家》或最新的電視影集播出時，很多人會即時更新部落格和推特，歌隊效應變成副文本：位於故事之外。

你或許注意到在《伊底帕斯王》裡，歌隊就在戲劇情節裡，表達一般大眾的感受。歌隊迫使伊底帕斯採取行動，然後評判他的行動及其衍生的結果。你可以說，如果不是歌隊（真實的或隱含的），悲劇中主角的行動就沒有意義。或者換句話說：如果沒有人看，伊底帕斯弒父娶母，誰在乎呢？如果沒有人看，沒人評斷，你覺得他還會用金別針挖出自己的眼睛嗎？如果沒有人看，黛安娜王妃的故事永遠不會變成悲劇。在這個例子裡，媒體的歌隊不光評論她的行為，最後還害死了她。

尼采寫的《悲劇的誕生》（*The Birth of Tragedy*）熱烈激昂，有時候帶著詭祕，他在書裡說，希臘悲劇其實源自歌隊的想法，因為悲劇太共通了，把所有人連在一起。他認為，悲劇深深表達存在的「原始太一（Oness）」，理想的（或原初的）歌隊則是這種原始太一的表現形式。尼采和他的前輩叔本華（Schopenhauer）一樣，對世界有種「悲觀」的看法。尼采覺得，所有的存在都陷在苦難與痛楚的無限循環裡，我們的藝術愈歡樂、合乎邏輯、樂觀，表示我們愈想逃避存在的現實——我們在黑暗、可怕的原始太一之中有共同的命運，就是生來要受苦，然後死去。或許看了令人覺得不愉快，但尼采主張，最動人而深奧的體驗從不是令人開心的，但不表示就會讓人討厭。絕對不會。

尼采定義了兩種藝術表達的類型：太陽神式（Apolline，以太陽神阿波羅命名）和酒神式（Dionysiac，來自酒神戴歐尼斯）。太陽神式走安全邏輯路線，想用幾乎完美的方式來模仿事物。這幅畫裡面有一碗水果，看起來就像一碗水果——柏拉圖對此不太熱衷，因為這是模仿的模仿。這是一部結構完美的喜劇，每件事都有理由，最後大家都結婚了，快樂收尾。這種敘事會讓你放下書或離開電影院時頂多感到滿意（有時候則覺得作嘔，就是看了陳腔濫調後的那種感覺），但一點也不感動。太陽神式強調個人在萬事萬物或各種現象的世界裡是獨立的，傾向展現得到勝利的個體，就像閃亮廚房的廣告，或完成的拼圖，或蠟像館的世界，在其中我們只要眼睛瞇得夠久，真誠相信跑車和購物中心的價值，我們或許就真的會相信我們能永遠活著，且無人受苦。

另一方面，酒神式則追隨其吉祥物戴歐尼斯：代表美酒、美人、歌謠的神。尼采說，酒神式藝術比較接近音樂，而非語言，因為音樂的意味深長，不是單純的描寫。左方表格中可比較酒神式和太陽神式的更多差別。

太陽神式	酒神式
歡樂	悲痛
幻覺	真相
勝利	毀滅
字詞	音樂
現象	超乎現象
約束	無節制
自我	沒有自我或遺忘
存在	虛無
歐里庇得斯	艾斯奇勒斯

尼采認為，所有適合的悲劇英雄其實都是戴歐尼斯的表現，包括伊底帕斯和哈姆雷特，悲劇的主題複雜，最後一定要毀滅主角，重點則在於讓超越平凡存在和現象世界的事物能充滿戲劇張力。酒神式悲劇讚美死亡和毀滅，頌揚永恆的生命。純粹太陽神式的敘事讚美生命和秩序，頌揚「現象的永恆」。[15]

基本上：有個我們認識的萬物世界，在這個世界之外的一切我們都不認識，但能感覺得到。一個是語言和現象的世界；另一個則超越語言和現象。你必須超越語言和現象方能找到真相，但是超越了語言後，要表達真相當然不容易。

太陽神式的表達形式是語言，是模仿的。比方說，我可以用語言來模仿桌子，寫下「桌子」二字就好了。我可以用其他的方法模仿桌子：我可以畫圖，我可以雕塑一張桌子，我可以拍照。但怎麼用音樂表現桌子？做不到，因為音樂不會模仿。我可以寫一段旋律，對我來說意思就是「桌子」，但你永遠不知道它代表那個意思，你學再多語言也學不到這個意思。然而，尼采也說，音樂象徵超越音樂的東西，更為深奧的東西：「超越且領先所有現象的領域。」[16]因此，當悲劇含有音樂（例如華格納的歌劇），或以某種方式留存「音樂的精神」時，最能表現原始苦難和原始太一。

有一個方法可以賦予寫作「音樂性」，也就是當它不光是仔細堆砌連連看式的故事、主題、意象的時候。尼采覺得《哈姆雷特》和《伊底帕斯王》的成功在於令人費解，不易讀。過去四百年來大家都在納悶，哈姆雷特為什麼不早點殺了克勞迪亞斯：這部戲沒有簡單的「訊息」或「道德」能輕易辨識出來。你不能拆開悲劇的邏輯，說：「好呀，這是主角，他犯了這個錯，不幸的是接下來大家都死了。」或許適用於《奧賽羅》和《李爾王》（*King Lear*）（儘管這兩部戲當然有更複雜的地方，但是觀眾起碼能確切指出主角可以換個做法的地方，雖然你最後會得出結論，和我們先前得出的一樣，也就是下場不會有所不同）。

然而，《哈姆雷特》真的是個謎。有什麼你可以修補，讓艾希諾（Elsinore）的情況得以改善？找不到。你可能會想到，或許《哈姆雷特》裡的致命錯誤要回溯好幾代，早在老哈姆雷特打敗老福丁布拉斯時就種下。但這無法完全解開謎題，因為全戲的主角畢竟是做兒子的。尼采認為，我們在《哈姆雷特》裡看到的是一個在酒神狀態的人。酒神狀態看似憂煩、黑暗、困惑，但似乎知道的事超越了對俗世的察覺，提升了俗世的體驗。尼采說「酒神者」與哈姆雷特有共同點：

> 兩者都真實看見事物的本質，他們理解了，卻受限於行動；因為在事物的永恆本質中，他們做什麼都無法改變，他們認為自己理應恢復混亂世界的秩序，因而感到荒唐或羞愧。理解扼殺了行動，行動取決於一層錯覺的面紗——這就是哈姆雷特教給我們的，不是陳腐的詮釋，不是把哈姆雷特當成只會做夢但不切實際的人，那種想得太多，面對無限可能，因此採取不了行動的人。[17]

觀眾有種「不解」的感覺，故事難到看不懂，但最後讓你感受到存在與苦難的原始太一，尼采覺得這很重要。真正的悲劇不應該如亞里斯多德所說，讓你覺得得到愉悅的淨化感，也不該讓你「快樂流連在不自覺的默觀裡」。相反地，戲劇激發起同情和恐懼的效應，應該要更複雜。尼采說，實際經驗過真實悲劇故事的人會有下面的反應：

> 他看到悲劇英雄就在他面前，如史詩般清晰美好，但為他的毀滅而欣喜。他深深明白戲劇性的事件，但寧可逃入茫然不解。他覺得主角行動有正當的理由，但當這些行動毀滅始發者的時候，他更感到振奮。降臨在主角身上的苦難令他震顫，但卻也給他更高更強大的愉悅感。他比以往都更熱切更深刻地凝望，又希望能看不見。[18]

尼采覺得，透過主角的毀滅，我們才能真的感受到他的痛苦，與之合而為一。之後，我們會看到某些類型的寫實寫作以不同的方式表達憐憫，微妙的認同和頓悟跟全然的毀滅一樣充滿力量。但也要記得，恰當的悲劇應該要夠悲痛，虛構苦難裡有特別能挑動情緒的東西，能碰觸我們共有的情感。現代的作家都不喜歡把主角殺了。畢竟，花了這麼多年寫這些人，已經有了感情。殺死角色感覺有點像自殺，大多數作家甚至不會考慮。但請務必試試看編排悲劇的情節，看看會發生什麼事。當我要求學生做這個練習，他們通常會對接下來的發展感到吃驚。浮現的敘事通常比他們想到的更深刻複雜。知道你要在結尾時毀滅自己的角色，表示一開始時更有空間大展身手。[19]別忘了，悲劇主角一定充滿抱負，他們什麼都想做、什麼都想知道、哪兒都想去，或是會陷入熱戀。請盡全力讓他們受人欽佩，然後讓他們犯一個大錯。但是，不論你怎麼寫，都不要流於公式化。記著，最好的情節要有點神祕，有點玄奧。

尼采認為，說故事時過度合理化每個細節會扼殺真正的希臘悲劇，蘇格拉底的辯證法就是這樣。因為蘇格拉底認為，如果你的討論合乎邏輯，什麼都可以解決。柏拉圖顯然為了跟隨蘇格拉底學習，放棄寫虛構故事，然而我們也看到最後他寫的東西有點像虛構故事。但在他的作品裡，我們看到他編進劇本裡的人想讓這個世界合情合理。尼采認為這一切純粹就是太樂觀了：像科學方法，宣稱你只要坐得夠久，就能找出答案，什麼都在可知的範圍內。尼采說，歐里庇得斯（Euripides）的作品裡就能看到這種要讓一切都合理的欲望。歐里庇得斯是新艾提克喜劇（New Attic Comedy）的主要作家，艾斯奇勒斯（Aeschylus）過世後，這種風格的戲劇在希臘成為主流。尼采提到歐里庇得斯死後亞里斯多芬尼茲（Aristophanes）寫的劇本《青蛙》（*The Frogs*），以下扼要摘述，適合作為本章的結語。

在《青蛙》裡，戴歐尼斯（Dionysus）下到地獄，為死去的詩人艾斯奇勒斯和歐里庇得斯舉辦一場競賽，看誰的悲劇寫得好（就該回到地上挽救雅典）。他們輪流批評對方的作品。歐里庇得斯說艾斯奇勒斯太黑暗、憂鬱、過於激動，但艾斯奇勒斯證明歐里庇得斯的每個故事雖然聰明，但很公式化，老在講有人丟了一瓶油。重點似乎在每個公式化的故事一開頭都有一個後來會解決的衝突——比方說一瓶油丟了，又找回來。作家應該要知道怎麼創造戲劇，怎麼成功地鋪陳三幕劇的情節，但也要確保內容不只是在寫油瓶。我們可以從尼采和亞里斯多德身上學到，如果真的想打動人，就要超越公式。這並不表示要拋棄結構、塑形、傳統的情節（下一章會討論幾個方面），但我們要想想看，怎麼用這些情節做出新東西，我們鋪放其中的東西怎麼彼此建立真正的關聯。

如何把童話故事轉成方程式
How to Turn a Fairy Tale into an Equation

你相信每個故事一定都要有開頭和結尾嗎？在古代，故事只能有兩種結束的方法：通過所有的測驗，男主角和女主角結婚，再不然就是兩人都死了。所有的故事指涉的最終意義有兩面：生命的延續，與避不開的死亡。

——卡爾維諾（Italo Calvino），《如果在冬夜，一個旅人》（*If On A Winter's Night A Traveller*）[1]

如果你思索敘事夠久，最後可能會浮現以下想法：會不會我們經常重複使用的情節其實只有少數幾種呢？身為讀者，我們通常能猜到敘事接下來會發生什麼事，但要是很好的敘事，我們就不知道行動會如何產生。我們知道在亞斯坦（Fred Astaire）和羅潔絲（Ginger Rogers）的每一部電影裡，這兩名浪漫片主角到了結尾一定會結婚（真的結婚，或象徵性的）。作者會在主角一路上放置各種障礙，讓他們的結合看似無望，這也是這些敘事帶來愉悅的部分原因。我們知道什麼事一定會發生，但不知道能怎麼發生。我們知道什麼事一定會發生，是因為有意識或無意識地，我們熟知基本的情節結構。

《米德爾馬契》還不到第七百頁，我們就知道拉迪斯拉夫和多蘿西婭（Dorothea）一定會在一起，但是又似乎不可能。看起來無法「解決」的情境充滿戲劇性（適用於「解決」的各種意義）。拉迪斯拉夫太驕傲，不肯讓別人看到他在追求多蘿西婭的財富，接下來還有問題，就是前夫卡索朋（Casaubon）的遺囑，禁止多蘿西婭嫁給拉迪斯拉夫。拉迪斯拉夫去了歐洲，沒有歸期。或許，在這個情節裡，我們發現了浪漫喜劇的特色[2]（就算我們不知道該怎麼稱呼），我們的期望也相應而生。我們希望兩名愛人面臨的障礙能被克服。同樣地，我們不需要成為敘事理論家，就知道艱苦童年的故事可能會有「成年之後」或「由窮轉富」的情節，「一定」有成長與發展（在悲劇中，已經在受苦的孩子絕對不會因為自己的錯誤而送命）。我們憑本能就知道，當故事裡老師面對一班不合作的學生，結局不是老師失敗，就是勝利。我們知道大多數的情節都從困難或問題開展，後來或許能解決，或許克服不了。

這些幾乎都來自亞里斯多德的教導。我們知道喜劇和悲劇之間的差異，我們也知道在困境中的好人會解決問題，從此過著快樂的生活；值得欽佩而有抱負的人，則終究會落難。亞里斯多德也提到「史詩」，不像悲劇和喜劇有那麼精準的結構，因為篇幅較長（而且會誦讀出來，不是在舞台上表演），但大體上和我們今日所謂的「任務情節」有關。這三種形式當然涵蓋不了所有可能的情節結構吧？《瓶中美人》算哪一種？《東方快車謀殺案》（*Murder on the Orient Express*）呢？契訶夫的故事呢？《灰姑娘》呢？儘管在《灰姑娘》最後有一場婚禮，卻不太像亞里斯多德所謂的喜劇，「在喜劇中，就算有些人是故事中最刻薄的敵人……到最後也會和解，沒有人會被殺。」可是，灰姑娘的兩位繼姊被鴿子啄出了眼睛。

羅伯特．麥基（Robert McKee）在他的著作《故事的解剖》（*Story*）[3]裡列出所有他認為可能的電影

「類型」，從「愛情故事」到「運動類型」到「偽紀錄片」等等。在這些類型內，他列舉了情節的種類：「幻滅情節」「懲罰情節」「教育情節」「成年禮情節」「家庭劇」「復仇故事」等等。我們可能已經很習慣電影和小說用這些方法分類和討論，但我們也覺得這種分類有點不對勁。我們去租片店，或上**Amazon**購物網站，這些電影整齊地分成喜劇片、劇情片、動作片、恐怖片等等。在書店裡，科幻小說、奇幻小說、恐怖小說也各有自己的分區。現在甚至還有「黑色羅曼史」。但這些區別通常只跟美學標準的差異有關。動作片的主角可能被愛情沖昏頭，跟壞人對抗，救回愛戀的對象，從此過著幸福快樂的日子。浪漫喜劇的結構不也差不多嗎，只不過「壞人」可能是女主角的雙親，不是國際恐怖份子。很多科幻小說的敘事也有快樂的結局，男女主角結合，推翻腐化的機構或外來的威脅。[4]以漫長艱困旅途作為結構，可能出現在科幻片（《星際大戰》〔*Star Wars*〕），或奇幻小說（《魔戒》〔*Lord of the Rings*〕），或古怪的獨立製片（《史崔特先生的故事》〔*The Straight Story*〕），或一本關於去印度學瑜伽的書（《瑜伽學校的退學生》〔*Yoga School Dropout*〕），或電玩遊戲（《最終幻想》〔*Final Fantasy*〕系列）。或許美學和商業的分類其實與情節無關。如果我們要提出基本情節的理論，必須研究根本的結構。

分類法指把東西分成表格、清單、「基本類型」、分級等等，用在談說故事的方法上乍看不怎麼刺激。但如果你了解他人敘事的基本形式，就更能建構自己的敘事。要記得，沒有建築師在設計房子的時候，會只是單畫出他對「家」的概念。建築師要知道房子的各種不同外型，從這個基礎出發。一間蓋好有人居住的房子，要有家具、人、食物、寵物、所有物、凌亂痕跡，當然不能單靠手繪圖呈現。但沒有這幅手繪圖（或基本結構的概念），房子就無從存在。[5]了解基本情節，除了能為敘事奠定穩固的基礎，也能賦予良好的外形，並讓我們了解如何破格，比如顛覆期待，或在情節的層次上使用諷刺和逆轉（而不只是放入故事裡就好），或是利用後設小說。

卜羅普的基本功能

一九二八年，俄國民俗學者卜羅普（Vladimir Propp）出版了《民間故事的型態學》（*The Morphology of the Folktale*），非常有影響力。[6]他想把一百個十九世紀的俄國民間故事[7]縮減成無法再縮減的「功能」。他找到三十一種功能（也稱為「敘事單位」），主張每個民間故事都是由數種功能組成的。基本上，他找到了根本的情節，使用次數之多，辨識度之高，由他指出來的時候似乎真的顯而易見——年輕的主角踏上旅途，去找回遺失的東西，一路上要面對試煉。這趟冒險可以有形形色色的樣貌——但既然只有三十一件明確的事情可出現，卜羅普因此能製造複雜的方程式，展現童話故事的組合方式。將童話故事縮減成方程式看似古怪，但對於敘事結構的研究，卜羅普貢獻卓著：他認為敘事中的元素就像「變數」。從情節來看，有人得到魔馬，有人買魔豆，有人偷走魔劍，都無所謂，關鍵在於他們收到了（或得到了）魔法物品（什麼種類都好）[8]。或許這就是我們需要知道的基本情節的結構重點：在情節裡，有些東西是變數，其他的東西則固定。如我們所知，喜劇的結局一定是婚禮（固定），但這場婚禮可能有不同的形式，甚至只是個比喻（細節是變數）。

卜羅普從十八世紀的植物學家林奈（Carl Linnaeus）身上得到靈感，為他的童話故事創造分類系統，區別出固定的元素和變數。林奈發現，所有的植物都有生殖系統，所以他的分類以這些生殖的共通元素為基礎（以被子植物來說，就是花的結構）。所有的花都有花瓣（固定），但玫瑰的特色是五片規則的花瓣，豌豆花則有五片不規則的花瓣（變數）。光這一點，外加其他的差異，表示這兩種花能歸類到不同的植物分科。[9]在林奈之前，植物在不同的地方有不同的名字，分類系統模糊不清：可能根據顏色，或根據生長地。在卜羅普之前，民俗學者按著「主題」的重複性分類童話故事——比方說「巨龍擄走了沙皇的女兒」——或按著是「動物故事」「奇幻故事」「日常生活的故事」分類。但這樣歸納不出有用的系統，自然無法比較不同故事的結構元素。卜羅普反而主張，童話故事有「相當特別的結構」，[10]並加以拆解分析。他指出，童話故事有「看不見的單位」（暗示還有其他類型的情節），叫作「功能」。功能是角色在特定情況下採取的行動。童話可說就是這些功能的各式組合。

卜羅普怎麼推出這個結論的？他先排除和拋棄錯誤或無用的東西。比方說，「巨龍擄走沙皇女兒」的主題並非不可分割的單位，就不能當功能使用。卜羅普說：

> 這個主題可以分解成四個元素，每個都可以有自己的變化。巨龍可以用怪獸、龍捲風、魔王、獵鷹或巫師取代。綁架可以換成吸血鬼吸血，或其他各種導致女主角在故事裡消失的行動。女兒可以換成姊妹、新娘、妻子或母親。沙皇可以換成沙皇之子、農夫或神父。[11]

換句話說，「巨龍綁架沙皇的女兒」在敘事中的結構效應或許等同於「龍捲風帶走了農夫的姊姊」。[12]如果我們為了分類童話，而找出有巨龍擄走沙皇女兒的所有故事，方向就錯了。如果我們決定巨龍的故事是一個類型，有龍捲風的故事則是不同的類型，就會錯失「有關」巨龍的故事和「有關」龍捲風的故事裡共享的許多重要的結構相似處。卜羅普指出，重點應在於找出包含某種施事者的故事，以帶來某種消失的結果。就情節來說，消失本身比消失的原因重要多了。他的功能都是奠基於變數型的行動，我們等一下會列出來。舉例來說，第十五個功能是「主角肩負了艱難的任務」。艱難的任務有各種可能（不過熟悉童話的人就知道，常常是「到窗前親吻公主」[13]或「把頭髮送達海龍王那裡」[14]之類）。

很有可能，我們早就熟知虛構故事裡有這些類型的變數，即使我們可能從來沒想過這件事。希區考克（Alfred Hitchcock）在一九三九年的演講中，用「麥高芬」（McGuffin）來指稱在特定敘事裡的每個角色都想得到的東西。「麥高芬」是「在故事裡通常會突然出現的機械性元素。在行竊片裡一定是項鍊，在間諜片裡一定是文件。」[15]麥高芬的重點在於是什麼並不重要，只要全部的角色都出手爭奪就對了。在浪漫喜劇中，不管阻撓兩名主要角色快樂結合的障礙是什麼，只要有障礙就好。[16]之後我們會看到，你的虛構故事要有深度，你會非常謹慎地選擇特定細節。但現在要先明白，這些細節總有琳琅滿目的各種可能，只要你能明白這些細節如何構成敘事的結構基礎。

英國獨立電視台（ITV）的影集《發達師奶》（*At Home with the Braithwaites*）講述艾莉森・布萊特懷特（Alison Braithwaite）與丈夫大衛以及他們三個女兒維吉尼亞、莎拉、夏洛特的故事。艾莉森贏了歐洲樂透彩三千八百萬英鎊（相當於台幣十五億）的獎金。她決定用這筆錢成立慈善機構，而且要瞞著家人，尤其是她專橫而現實的丈夫大衛。這就是敘事的核心戲劇主題和故事線：她的家人什麼時候／會怎麼樣發現她是個億萬富翁？然而，家裡其他人也有祕密。維吉尼亞是女同志，私下和隔壁風情萬種的鄰居交往。莎拉寫情書給戲劇課老師，但他把信交給校長使她深深受辱，轉而纏上另一邊的鄰居，工人菲爾。大衛的祕密是他與祕書伊蓮有一腿。到了敘事結尾，所有的祕密都曝光了，一家人經歷了好一番震撼。菲爾的母親發現了大衛的祕密，又因為氣艾莉森帶莎拉去墮胎（菲爾的小孩），對艾莉森通盤托出。至此艾莉森覺得大衛再也不能對她發號施令，終於想說出自己的祕密了。我們可以做一個很好的練習，細看這一段，在所有可變動的元素下劃線。這些元素在敘事裡如何運作？在基本結構不變的前提下，可以怎麼改變這些元素？[17]

童話（或其他類型的敘事）裡的一些元素也可以改；巨龍和龍捲風的效果如果一樣，就可以互換。祕密通常是什麼都可以，只要揭露的時間得當。我們顯然需要研究大項，而不是細項，才能找到形成功能的必要行動。

我們也知道，不同的行動常常能帶來類似的效應，卜羅普警告我們，看起來類似的結果不一定屬於同一個功能。他舉了一個很好的例子：

> 舉例來說，如果伊凡娶了沙皇的女兒，對照一名父親娶了有兩個女兒的寡婦，完全不一樣。再舉一個例子：如果，在一種情況下，主角從父親那收到一百盧比，拿這筆錢去買了一隻聰明的貓咪；在第二種情況下，主角因為（在故事的尾聲）做了一件英勇的事，而受贈了一筆錢。我們面對的是兩個形態不同的元素——即便兩者有同樣的行為（金錢的移轉）。[18]

所以我們明白了，「婚姻」本身不是一種功能，「給主角錢」也不是。兩者都必須搭配故事的前後脈絡，功能才能浮現。例如，買貓咪的錢成全了「主角得以使用魔法道具」的功能；而另一筆錢可能是「消除匱乏」的功能，也可能等同於「主角結婚，登上王位」功能裡的「王位」。為了深入了解以上在說什麼，最好來看看卜羅普列出的功能。不過別忘了，他的功能針對的是十九世紀的俄國童話。

在「初始情況」後，行動逐項推進：

1. 一名家庭成員離家。
2. 主角被施予禁令。
3. 禁令遭到觸犯。
4. 反派的刺探。
5. 反派接收關於受害者的資訊。
6. 反派想欺騙受害者，以便主宰他或占有他的所有物。
7. 受害者受騙，在不知情的情況下協助敵人。
8. 反派導致一名家庭成員受害或受傷。某位家庭成員可能缺乏某物，或亟欲擁有某物。
9. 厄運或匱乏傳播出去；主角接受要求或命令；他獲准離開，或有人派他出去（連接事件）。
10. 尋求某物的該家庭成員同意或決定做出反擊。
11. 主角離家。
12. 主角接受考驗、盤詰、攻擊等等，為後續收到魔法道具或幫手鋪路。
13. 主角對未來贊助者的行動做出回應。

14. 主角得到魔法道具。
15. 主角得到轉換、遞送或引領，接近要尋找的物品。
16. 主角和反派正面對決。
17. 主角留下烙印。
18. 反派受挫。
19. 一開始的厄運或匱乏消除了。
20. 主角返回。
21. 主角被追殺。
22. 主角從追殺中獲救。
23. 主角回到家或來到另一個國家，沒有人認出他。
24. 假冒主角的人提出無中生有的聲稱。
25. 主角肩負了艱難的任務。
26. 任務解決。
27. 眾人認出主角。
28. 偽主角或反派的身分暴露。
29. 主角得到新的外觀。
30. 反派得到懲罰。
31. 主角結婚，登上王位。[19]

逐漸導向第八個功能的一連串事件其實是前置事件，或許根本不在故事裡——可能是未加敘述的「故事背景」，或完全沒被提及。第八個功能通常就是主要行動開始的地方。此刻，主角有理由離開，開始冒險：反派可能造成了匱乏（綁架新娘），或他發現自己的匱乏（需要一個新娘）。每個功能都有許多變形。比方說，在第十二個功能裡，主角受到考驗，這個考驗有十個截然不同的可能性，包括「瀕死或死去的人要求效勞」以及「有人要求主角的憐憫」。[20]

注意每種功能都與特定的人物有關。卜羅普認為有**七個關鍵的人物**，每個人物都有自己的「作用範圍」：**反派**、**贊助者**（會給主角重要的東西）、**協助者**、**公主和她的父親**（以作用範圍來看算一個人物，代表「尋求的對象」[21]）、**調度者**（為著某個理由把主角送走）、**主角**、**偽主角**。卜羅普知道，在一個故事裡，可能無法容納所有的人物（也很難把所有三十一個功能都寫進去）。人物不是固定不變：反派不經意把重要的東西給了主角，那一刻也扮演贊助者的角色。因此一個人物在敘事中不同的時刻，可能要扮演不同的角色。但功能的順序一定跟這裡寫的一樣，每個功能都連結指定的人物。因此在故事結尾登上王位的一定是主角，絕不會是反派：身分被拆穿的一定是反派，不是公主。

卜羅普這裡談的是按時間順序的故事，而不是情節（不過童話通常都會按時間順序）。當然，禁忌要先說出來，才有機會被觸犯，主角若沒發現少了什麼東西（寶藏、財富、新娘等等），便沒有理由踏上追尋之途。因此，或許就某種程度而言，卜羅普只是點出事實。但開始處理情節時，顯而易見的事實經常就是我們需要對自己講明白的事情。卜羅普提醒我們，故事中的重大時刻通常有種熟悉感，因為它們重複出現個沒完。他也讓我們發現特定的功能可以有多少可能的變化。大家可以回想第一章有關《洞穴寓言》的變化舉例，洞穴可以是任何代表圈套及愚昧的地方，從中逃脫可以用好多種形式。

卜羅普的研究檢驗了一種敘事形式，顯然還有其他的形式。他並不是說所有的故事都是童話，然而有趣的是，他的結構不限於童話。例如，荷馬的《奧德賽》就完全符合卜羅普的設計，我們可以看到卜羅普提出的功能出現在全書各處。在《傲慢與偏見》中，伊麗莎白．班奈特缺了個丈夫。她（間接）受到達西的考驗，也全數通過。韋克翰引起混亂，後來則揭露他是反派／偽主角。在《米德爾馬契》裡，我們也看到布爾斯特羅德（Bulstrode）的敘事解方，涵蓋「偽主角或反派的身分暴露」這個功能。透過卜羅普的架構來讀《孤星血淚》，別有一番趣味，的確很多元素都符合。皮普觸犯禁忌，無意間協助了「反派」（馬格維奇〔Magwitch〕）。郝薇香小姐（Miss Havisham）和艾絲黛拉讓皮普察覺自己缺乏教養，他下定決心要成為紳士。一路上有很多考驗，皮普的協助者是赫伯．波奇（Herbert Pocket），他教導皮普這個陌生新世界的「規則」，讓他在其中找到自我。最後則與反派（奧立克）對決。

按著卜羅普的架構讀完《孤星血淚》，你會想到一些有趣的問題。凡是傳統童話該傳遞的訊息，在這本小說的結尾幾乎都推翻了。沒有婚禮，沒有登上王位。喬（Joe）舉行了感覺理應屬於皮普的婚禮，艾絲黛拉依然難以捉摸，甚至看起來可能有好幾個結局。到最後，馬格維奇是反派、偽主角，還是協助者？他一開始占了反派的角色，但後來換成奧立克。或許，郝薇香小姐才是真正的反派。如果皮普為了艾絲黛拉而踏上這段旅途，值得嗎？艾絲黛拉很奇怪，結合了反派、偽主角、公主的角色。這些問題都很有趣。或許，因為艾絲黛拉占了「公主」的結構位置，事實上卻不是個公主，我們可以考慮讓她徹徹底底地逆轉。

在當代的虛構故事裡，我們絕不會創造出傳統的「公主」，但我們可能會決定在那個位置放入不同類型的角色，看看會怎麼樣。我們可能真的想探索「公主」的概念，不光是呈現一位公主。我們通常想要一種藝術性的不協調，像爵士樂裡的不和諧音。卜羅普解釋童話故事中的不和諧概念：

> 惡行及其清算（A－K）在長篇故事裡相隔很遠。在說故事的時候，若敘事者沒掌握好故事的脈絡，我們會觀察到元素K有時候對應不到一開始的A或a，故事彷彿走調了。伊凡出門去追駿馬，卻帶回一個公主……當前半部沒激起例常的回應，或取代的回應以童話標準來說完全不一樣或不尋常，我們就出現了不協調的現象。例如在第二六〇號故事裡，男孩被施了魔法，後面卻沒有破除魔咒的情節，他只能一輩子當隻小羊。[22]

把艾絲黛拉寫成同時是公主和非公主的人物，造成不協調，讓我們深思建構社會性格的方法。然而，在童話裡沒把變成小羊的男孩變回來，就不對了。[23]

《民間故事的型態學》展示了如何取用我們所謂的「基本情節」，用繁雜無比的細節定義情節的特性。我們現在知道俄羅斯童話確切的模樣及運作的方法。我們知道童話可能的元素（功能）有三十一個，可以任意組合，順序不限。我們也明白，基本的童話所含有的功能也可能用在其他形式的敘事裡。我們知道其他的基本情節要怎麼描述：每個都有靜態元素和變化元素。比方說，如果我們決定追尋是基本情節，我們可以說靜態元素是情節裡一定有旅途，目的地則是變數。

單一神話

一九四九年，喬瑟夫．坎伯（Joseph Campbell）在著作《千面英雄》（*The Hero with a Thousand Faces*）裡介紹「單一神話」（monomyth）的理論。單一神話是最基本的冒險故事原型，坎伯相信所有人腦袋裡都有這種故事。[24]坎伯主張，我們每個人都是主角，有自己的冒險，大家冒險的結構都一樣。

主角的神話冒險有標準路徑，只是放大了路程儀式的套路：「分離－啟蒙－回歸」——這或許就是單一神話的核心單位。

主角離開平凡的世界，冒險向前，進入超自然奇蹟的領域：驚人的力量等在那裡，將贏得決定性的勝利：主角結束神祕的冒險返家，有能力把利益贈與給同胞。[25]

坎伯認為，我們一再訴說（與體驗）的只有一個故事，一個偉大的神話。他聲稱，每個神話、故事，乃至個人體驗，結構都像一場旅程，或追尋。每個故事一開始都會「呼喚冒險」，主角一開始會拒絕。然而，主角收到一些超自然助力，獲得導師，才會回應呼喚，進而前往「第一個關口」，另一頭便是有危險和冒險的「異域」。主角走上「試煉之路」，走向「最深處的洞穴」（可能真是洞穴，也有可能是載了「怪獸」的太空船，甚至是校長的辦公室也可以）。主角回到原本的世界，帶回新的知識與眾人分享，也會帶回某種寶藏和愛戀對象。喬治．盧卡斯（George Lucas）在原創的星際大戰電影裡，顯然用坎伯的書鋪陳情節。

儘管坎伯用很不一樣的手法展示材料（他把不同的故事混合在一起，而不是想辦法拆解，因此書裡有很多開頭、中段、結尾，全都混在一起打轉），但最後他描述的結構很像卜羅普之前探究的結果。重點放在漫長而艱難的旅程上，充斥著試煉、個人成長、自我認識，有光明和黑暗的力量、異乎尋常的危險，結尾通常有特定的獎賞：性（婚姻）和金錢（寶藏、王國、「終極的恩賜」）。[26]坎伯不贊成悲劇和喜劇是涇渭分明的情節結構，而是把兩者都納入單一神話裡面的循環。[27]法國人類學家李維史陀（Claude Lévi-Strauss）在一九五八年也在他的著作《結構人類學》（*Structural Anthropology*）裡探究過這個想法，所有的神話都有同樣一個基本的結構。李維史陀和卜羅普一樣，特別想把東西轉成等式，只不過他選的是神話，而不是童話。[28]

五種基本情節

一九五七年，評論家弗萊在著作《對批評的剖析》（*Anatomy of Criticism*）提出包含五種基本情節的系統（他把情節稱為「mythos」，希臘文的「神話」）。[29]弗萊把五類神話分別連結到不同的季節，各有所屬：

春——喜劇
夏——浪漫傳奇
秋——悲劇
冬——諷刺文學和反諷文學

弗萊主張，在喜劇裡一對年輕情侶愛上彼此，但因為某權威象徵而無法在一起，比方說出手干涉的父親，或老派或限制性的社會風俗。最後，年輕的情侶終成眷屬，權威象徵的做法則被揭發出來，評為荒謬可笑。我們也知道，這種類型的故事結尾常常是年輕情侶的婚禮，弗萊也補充說，通常是一場派對，慶祝所有人聚集在一起，每個人似乎都配到適合的伴侶。莎士比亞的喜劇會走這個模式，美國的高中校園電影很多也是這樣（近幾年來，有幾部電影改編莎士比亞的喜劇，例如《對面惡女看過來》〔*10 Things I Hate About You*〕、《足球尤物》〔*She's the Man*〕、《失戀大不同》〔*Get Over It*〕）。在下一章，我們會更仔細探討當代的浪漫喜劇。

屬於夏天的神話是浪漫傳奇，便是我們前面提過的追尋或冒險故事。在浪漫傳說裡，主角前往發生衝突的地點，在那裡巨龍（可以用巨龍比喻的事物）威脅著王國或社稷，尤其是國王和他可能接下來就要送給巨龍當祭品的女兒。弗萊指出，這些冒險故事的人物刻畫通常會過分簡化，角色不是好人（擁戴主角）就是壞人（反對主角）。在這些故事裡，我們會看到魔法動物、巨人、樹精，以及其他童話人物。冒險的背景是大自然。重點會在數字三上面（三個願望、三次解題的機會、三兄弟等等）。到故事結尾，主角會「被殺」和重生，打敗巨龍，得到新娘（國王的女兒）和寶藏作為獎賞。弗萊和坎伯有相似的地方，兩人都會把這個結構描述成「具一致性的核心神話」，能納入所有的情節。這種情節的例子包括托爾金（J.R.R. Tolkien）的《魔戒》、荷馬的《奧德賽》、吳承恩的《西遊記》。

悲劇是秋天的神話，這也是死亡之季。我們已經看過亞里斯多德對悲劇的看法，弗萊全都同意。受人欽佩的人墜落了，這樣的故事就是悲劇，裡面有逆轉和發現，通常也有某種傲慢，弗萊的定義是：「驕傲、熱烈、執著或飛騰的心靈，帶來道德上顯見的墜落。」[30]弗萊提醒我們，悲劇的焦點在於個人，而不是群體。此外，悲劇主角會用某種方式孤立起來，沒有魔法生物或能幫忙的人。弗萊指出，其他故事的基礎都在於滿足願望，但只有悲劇不是，就這個層面來說，悲劇比其他故事更「寫實」。恰當的悲劇當然無法單單想成道德故事或警世故事，可說是最複雜的說故事模式，讓我們針對人類的景況問出最深奧的問題。弗萊提到黑格爾（Hegel）的「瞬間」（Augenblick）概念：關鍵時刻，觀眾看到主角有兩條可能的「道路」，一條通向毀滅，一條通往救贖。悲劇英雄當然一定會選前者；然而，如同我們前面所知，通常不是因為他「很壞」或「愚笨」，理由非常複雜。

諷刺文學是冬季的神話，這個季節大自然的運行停擺，戲劇性減少。通常在這一類的情節裡，主角不會體驗到轉變，好的壞的都沒有，通常也不想去改變世界。弗萊認為，他的每一個神話會慢慢流入彼此，跟季節一樣。因此，喜劇裡有很多障礙，感覺困難重重，或許很接近浪漫傳奇；浪漫傳奇裡的目標太有野心，主角為了達到目標可能回不來，就變成悲劇。在這裡他把輕快的諷刺連接到喜劇，陰暗的反諷連接到悲劇。弗萊說，諷刺文學強調人性勝於英雄事蹟。這是一種「來自表層之下的悲劇」，特色明確而真誠的寫實主義、宿命論及形而上的毀滅。喬治．歐威爾（George Orwell）和卡夫卡（Franz Kafka）的小說和故事，就屬於這種神話。

弗萊認為，諷刺文學跟喜劇一樣，要挑戰社會的常規。然而，喜劇通常很樂觀，讓觀眾看到群體解決了問題，而諷刺文學的焦點則放在群體面對的挑戰，鮮少有快樂的結局。影集《唉唷我的天》（*Goodness Gracious Me*）有一個「去吃英國菜」的橋段，用來突顯當英國人「去吃印度菜」的時候有多可笑。劇中一群年輕的印度專業人士「去吃英國菜」，問侍者菜色有多無味，還點了二十四份薯條。

到片段結束，沒有解決任何問題，也沒有人從此活得幸福快樂，但我們看到了之前未曾注意到的群體特質。「去吃印度菜」再也不算一件文化中立的事。令我們不得不開始思索，的確，站到另一個視角來看，當英國人說「去吃印度菜」多麼流露高人一等的感覺，甚至令人困窘。諷刺文學常用陌生化的逆轉和誇大（沒有人會「去吃英國菜」，二十四份薯條也多得可笑）來挑戰社會的常規、假設、習慣。

諷刺文學的敘事者也可以是「純真少女型」的角色：她沒發覺她描述社會的方法會讓社會看起來大有問題。瑞奇・熱維斯（Ricky Gervais）在英國影集《辦公室風雲》（*The Office*）裡演的大衛・布倫特（David Brent）就是一例。他不知道世界並不符合他的描述。他相信自己是「藝人」，也是受歡迎的好老闆。事實上，他乏善可陳，個性令人發窘、乏味，員工都不喜歡他。有一段他談論約翰・貝傑曼（John Betjeman）的詩《斯勞》（*Slough*）（英國小鎮，《辦公室》設定的地點）：

> 這首詩《斯勞》，約翰・貝傑曼爵士寫的。這人這輩子都沒來過斯勞吧。「炸彈啊，親切地落在斯勞，此處此時不適合人居。」最好是啦，我不覺得到處丟炸彈可以解決都市規劃的問題；他這樣寫只讓自己臉丟光了。接下來：「工人全心全意救回家園，他們的妻子一頭漂過的髮，在合成的空氣裡風乾，塗著指甲油……」她們愛漂亮——有問題嗎？他不喜歡女生嗎？「聊運動，聊車子品牌，聊各種虛假的復古風酒吧，沒有勇氣抬頭看星星，只顧嗝出肚裡的氣。」他想怎樣？沒打過嗝嗎？「炸彈啊，親切地落在斯勞，讓此地準備迎接耕犁。甘藍菜要來了，大地吐出氣息……」這裡只有他是無腦甘藍好嗎？他還得了個爵士封號，過譽了。

大衛．布倫特對這首詩的解讀顯然全錯，詩句的深度超乎他的理解。

但他外行的分析帶來一種幽默，包括他自認比貝傑曼更適合當斯勞的「專家」。幽默就像反諷，需要逆轉。在這裡，大衛．布倫特覺得他比這首詩更搞笑，但這首詩的逗趣和深奧都是他一輩子無法企及的。而他讓人覺得好笑的時候，又不是刻意的。並列貝傑曼和大衛．布倫特的語言更是幽默，儘管《斯勞》用的語體相當像對話，但比起大衛．布倫特的口語，幾乎可說是正式（「這裡只有他是無腦甘藍好嗎？」「……他這樣寫只讓自己臉都丟光了」）。在認真討論詩句時，我們不會期望看到這一類的語言。大衛．布倫特渾然不覺這首詩其實也在對他說話，問他敢不敢「抬頭看星星」，幽默就在這裡，事實上也有點悲傷。

我們站在哪一邊，大衛．布倫特或貝傑曼？既然諷刺文學最終的客體一定是自身（因為我們批評的對象終究是社會、習慣、常規），我們一定兩人都支持。在《辦公室風雲》的世界裡，貝傑曼對斯勞的看法一定比大衛．布倫特更「恰當」：節目的設定就展現這點。但是，每個人這輩子，總有機會站出來捍衛自己的家鄉，或者覺得詩句、繪畫或音樂有威脅感，就拿來取笑吧。我認為，最佳狀態下的諷刺文學應該同時表達憐憫和深情，雖然目的仍在於嘲弄失敗。我們都很失敗，我們生命中都有可笑的時刻。弗萊主張，諷刺文學尤其要詼諧，不能只是漫無目的的攻擊。

反諷與諷刺確實存在，弗萊用季節展示每個神話如何融入下一個，十分質樸而討喜。但我寧可把反諷和諷刺歸為風格，或是微調過的結構因子，而不是獨立作為深層結構。畢竟，兩者都無法提供故事的完整風貌。「經典」諷刺怎麼開始，怎麼結束？反諷怎麼開始，怎麼結束？諷刺和反諷文學也有婚禮、死亡、旅程嗎？按什麼順序？它們也沒有固定可辨的時刻。但我們知道兩者都會挑戰我們對事物的看法，甚至影響我們怎麼看相關敘事的結構。下一章我們會詳細討論。

七種基本情節

到目前為止，大家幾乎都同意，基本的情節至少有三種：悲劇、喜劇，以及任務／浪漫／史詩。克里斯多福·布克（Christopher Booker）也有同樣的想法，他的書《七個基本情節》（*The Seven Basic Plots*）二〇〇四年出版。布克的論點跟我們前面看過的不太一樣，不過他認同坎伯所說的，敘事的重點在於我們個人的心理成長。而布克認為，情節有好有壞。好的情節遵循普遍的模式，焦點在於個人的成長與克服自我意識。壞的情節（很多，包括瑪麗·雪萊〔Mary Shelley〕的《科學怪人》〔*Frankenstein*〕、梅爾維爾〔Herman Melville〕的《白鯨記》〔*Moby Dick*〕，以及卡夫卡的作品）沒有展現出主角（或悲劇裡的群體）從黑暗移向光明，而是反過來，或過程不夠完整。布克的七個情節每一種都是原型，包括裡面的人物和其他元素。因此有「黑暗」和「光明」的力量；有母親和父親、智慧老人、孩童、純真少女等等角色；（再次看到）「三的法則」；在敘事結尾，主角與他的阿尼瑪（anima，男人內在的女性能量）聯合在一起（或女主角與她的阿尼瑪斯〔animus，女性內在的男性能量〕聯合在一起）。

布克提出下列七個情節：

- 打敗怪獸
- 由窮致富

- 任務情節
- 旅途與返家
- 喜劇
- 悲劇
- 重生

我對於推薦學生讀《七個基本情節》有點遲疑。為什麼？畢竟，光看標題和簡介，他們就可以去圖書館借這本書。我在出版那天就買了，也是為了一樣的理由。這本書讀起來有趣，簡單介紹基本情節的想法，還不錯。讀完書裡第一部的朋友可以趁著週末爭論剛看過的電影是「打敗怪獸」還是「旅途與返家」情節。我發覺我的小說《流行公司》（*PopCo*）在這個系統裡可以歸類為「重生」情節，研究出來後，我覺得得到認同，有點激動。第一次為小說鋪陳情節的人確實會覺得很有用，可以認知到自己在寫的是「任務情節」或「悲劇」，布克對這些情節的分析肯定比弗萊的易懂，因為他引用很多流行文化的例子。

但《七個基本情節》有幾個問題，第一次讀到這些想法的人或許看不到。第一個主要問題，布克描述的其實不是七個「不同」的基本情節。一言以蔽之，這是另一個單一神話理論。除了喜劇外，每個情節都有五個分明的階段，一開始聽到了冒險的召喚（「旅途與返家」除外，這種情節一開始就「落入」冒險），接著是「夢想階段」「受挫階段」「夢魘階段」，最後則是解決之道（可能是「刺激的逃脫」加上從此過著幸福快樂的生活，或死亡）。喜劇只有三個階段：初始的混亂、更加混亂，最後是快樂的結局。布克自然提供了足夠的差別，因此我們可以爭論某個敘事遵循什麼樣的情節結構，就像我剛才說的，可以提供不少樂趣。但本質上這個論點很保守，虛構故事必須只是單一種，用某種方式「帶來進步」。布克自己也承認，他的情節每一個——

……開始時都讓大家看到主角有某種不完整，然後碰見黑暗的力量。在故事中，黑暗力量幾乎都居於主導地位，讓一切未解之謎蒙上陰影……到了末尾，黑暗力量被推翻，光明取得勝利。唯一的問題是，中心角色是否認同光明，如此一來，他或她最後得到釋放，變得完整；抑或他或她落入黑暗力量的掌控，無法回頭，結果就是滅亡。[31]

也就是說，「人類有訴說故事的衝動，此時遵循的原型模式終究還是中心」，[32]光明戰勝黑暗才是重點。當基本情節的所有想法都被削減，這點顯得沒有存在必要了。他的書長達七百頁，但其中的想法濃縮再濃縮，彷彿細火慢燉的醬汁，到最後只剩一個想法，故事情節只剩下好人要打敗壞人。布克引用的榮格理論本身比書裡提到的豐富多了，榮格有很多有趣的想法，布克並未為其增添光采。[33]

許多知名的敘事都遭到布克排斥，因為不符合他的體制，這很奇怪。[34]基本情節的理論提供的體制，自然能用來塞入（或許需要稍微扭一下）連貫的、大眾或古典的敘事，可以用這個體制來找出我們自己的敘事哪裡不成功，還是太僵化地遵循公式？布克的論點在其他很多地方也有問題。如果敘事就只是這樣（如果訴說結構良好的故事就是人性的根本），為什麼寫一本成功的小說那麼難？

為什麼不是每個人生來就能寫出《哈利波特》或阿嘉莎・克莉絲蒂（Agatha Christie）的偵探小說？為什麼有那麼多經典的敘事拒絕從「光明」和「黑暗」引出道德教條，但仍受讀者喜愛？[35]如果一個故事就能滿足我們的需要，我們為什麼要繼續編新故事？

八種基本情節
The Eight Basic Plots

「……那些討厭的小說！英雄踏上旅程，城裡來了陌生人，某個人想要某個東西，得到或得不到，意志與意志的競爭……」

——大衛．米契爾（David Mitchell），《雲圖》（*Cloud Atlas*）[1]

悲哀的趣劇！冗長的短戲！那簡直是說灼熱的冰，發燒的雪。

——莎士比亞，《仲夏夜之夢》（*A Midsummer Night's Dream*）[2]

二〇一〇年，我和大三學生一起讀馬格納斯．米爾斯（Magnus Mills）的作品，《我們都是生活的困獸》。故事相當簡單。譚姆、瑞奇和他們的無名工頭是搭建高張力圍籬的工人。他們從蘇格蘭到英格蘭，參與各家的籬笆工程。他們在路上碰到陰險的侯氏兄弟，侯家建造了七英尺高的籬笆，生產大量香腸。這三人就幫侯家工作，小說沒有明確的結局，讓人有不祥的感覺，主角就是野獸，要被自己所建造的籬笆困住（或許是真的困住，或許牽涉到論題的主旨）。雖然真相模糊，但我們有種感覺，或許他們也變成香腸了。

這本小說走極簡風格，就事論事，有很多地方重複。有幾次意外死亡，用冷幽默處理。此外，譚姆、瑞奇、工頭三人就是工作、抽菸、上酒吧，把所有的錢花掉，只好再去工作。他們沒有抱負，也沒什麼談戀愛的機會。以下摘錄一小段：

於是，又一天過去了，長長的籬笆慢慢繞著那座小丘的山腳長高。下一次苦盡甘來是星期三晚上在卡門斯度過。我一個字也沒向譚姆和瑞奇提起，但到了星期三下午，我可以感覺到期待的心愈來愈強烈。此刻椿錘又開始敲打，譚姆在旁嚴密監視，我們緊密的三人小組就這麼一段一段把圍籬建起來。到了四點，為了激發動力，我告訴譚姆和瑞奇，做完現在這段就可以打包走人。我第一次看到他們做這麼快。[3]

與學生討論的時候，我們的重點主題是晚期資本主義社會，以及圍籬的概念：限制、圈閉，而且缺乏逃離或超脫的機會。我向來會鼓勵學生幫自己寫的小說畫情節圖表，所以一看這本書，我們就納悶，《我們都是生活的困獸》中心是「什麼樣的情節」。乍看之下，似乎沒有；沒有光明的力量對抗黑暗的力量，因此這敘事對布克來說根本無法接受；在弗萊的系統裡，推測會被他歸到冬季。沒有人得到什麼，沒有人與什麼達成和解，沒有愛情。但這本小說扣人心弦，確實能給人滿足感。它具備了某種「形狀」，也有戲劇性的時刻（即便較為低調），差點就得了當年的曼布克獎。

我與學生一一檢視我們當時在研究的情節（悲劇、喜劇、追尋），看哪一種比較符合。我們發覺，這本小說可以當成悲劇或追尋來讀，很重要的是，這些讀法為我們閱讀這本小說的體驗增加不少深度。《我們都是生活的困獸》就各方面而言都可說是悲劇，但是屬於卑微的人物。我們知道悲劇有一個「規則」，就是特別突顯可敬人士的墜落。從傳統的意義來說，譚姆、瑞奇、工頭一點不值得欽佩。他們不出名、沒有錢、沒自信、不成功、不快樂，沒有可供墜落的高點。不過，他們很會造圍籬。他們也會搞笑，走冷面笑匠風格。我們在乎他們接下來的遭遇，就算我們對他們的感覺絕不會像尼采那麼在意偉大歌劇裡的悲劇角色。他們或許沒什麼抱負，但他們亟欲幫侯家兄弟工作，為多賺一點錢。這就是犯了大錯的地方：他們的過（起碼是工頭犯下的錯誤）。

如同悲劇的主角，這些人物捲進了一場對他們來說太模糊、太危險的陰謀，他們會因此死掉（結局也可能是死亡的隱喻）。如果我們真把譚姆、瑞奇、工頭當成悲劇英雄的角色，最後會得出關於晚期資本主義社會的深刻看法，如果你是工人階級，一點點的野心就可能讓你墜落，或許還能害死你。你根本還沒能享受當個英雄的滋味。在這裡我們看到微乎其微、幾乎察覺不到的抱負害死了書中的角色，而在同樣的結構裡，通常太危險的因素是雄心勃勃。這是情節層面的逆轉（改變至相反面），我會稱其為反諷情節。[4]

反諷的基礎在於逆轉，把事物顛倒。反諷就是陳述之意義正好是暗指之意義的反面。我想出去跑步，有人對我說會下雨，我說：「喔，太好了。」這句話帶著諷刺，因為我的意思與說出的話相反。反諷出現在情節層面時，結果就是情節的標準元素用相反的東西取代，例如卑微人物的悲劇，或追尋雞毛蒜皮事物的任務。寫得好的話，就不會出現「出錯」或不管用的情節，而能感受到逆轉的愉悅，且保持在結構的層面上。我們知道什麼「該」發生，就看到真的發生了。我們的腦子裡會形成一個模式，包括錯的情節和對的情節。我們的腦子裡會形成這種模式（如果形成的話），是因為這個過程牽涉到清楚的逆轉，而不是隨機偏離標準的情節。因此在《我們都是生活的困獸》裡，悲劇屬於卑微的人，而不是高高在上的人。而在此逆轉導致的崩潰裡，也有很不錯的主題深度。當代好的情節幾乎都有某種程度的反諷，其中也很多是後設小說的風格，我們會在這一章末尾討論。

為了能以有趣的方式閱讀（或寫作）情節，我們需要認識敘事的普遍形式。如果敘事要反對常規，我們先知道什麼是常規就很有幫助。因此，通常要細看不是戲劇高潮的地方，以及那些我們期待發生時卻沒有發生的事。為了這個目的，我們必須知道更典型的結構會包括什麼。這就是為什麼即使大家對於情節的數目和內容沒有共識，我依然覺得基本情節的理論有幫助。了解基本情節，就能更深入閱讀；尤其是能幫我們更懂得如何處理反諷、諷刺、後設小說。我們也能用這個理論在寫作時控制自己的情節，看看有哪些可能性可以拿來實驗。

下面是我認定的八種基本情節：

- 悲劇
- 喜劇
- 任務情節
- 由窮致富
- 成年禮
- 陌生人來到鎮上
- 推理
- 現代寫實主義

我們現在很熟悉前三種了。我全盤同意亞里斯多德關於悲劇和喜劇的說法，以及尼采對悲劇的說法，而弗萊對悲劇、喜劇、浪漫傳奇的看法我多半也同意，只是我覺得在這種情況下，「任務情節」比「浪漫傳奇」更清楚易懂。事實上，我仍覺得卜羅普的說法才是對任務敘事的最佳描述。由窮致富和成年禮的敘事實際上也可以用卜羅普的功能涵蓋，但我覺得它們不同於一般的任務敘事，需要獨立分出來。我們就從這兩個開始吧。

由窮致富

在由窮致富的情節裡，有個年輕單純的人，遭受某種壓制，通常這種壓制來自家庭。這個角色會接到特別的邀請。灰姑娘受邀參加舞會；《駭客任務》裡的尼歐要跟著小白兔走；[5]《孤星血淚》裡的皮普受邀前往郝薇香小姐家；哈利波特受邀到霍格華茲入學。[6]在由窮致富的故事裡，通常有某種奇蹟或「神仙教母」元素，主角[7]入選為轉化變身的對象，得到似乎是超自然的力量或「好運」，或就是相信自己是巫師、公主、紳士，或任何類型的特殊人物，無論是否為真。儘管一開始的冒險召喚與任務敘事裡的相似，後續情節則不一樣。由窮致富情節的主角通常不會拒絕他們收到的邀請，而任務情節的主角常會拒絕冒險的召喚。這是前者等了一輩子的邀請。

接下來的戲劇就可以把焦點放在主角慢慢習慣新的財富或力量。故事仍繞著家庭環境打轉，例如《灰姑娘》或《孤星血淚》。皮普確實要面對考驗和試煉，主要是文化上的，而不是自然或超自然的。他只有過一場戰役，對象是奧立克，而且是為了自衛。這種情節的焦點在個人的轉化上，從一個一無所有的人，變成擁有某樣東西的人。此時通常我們會看到很明顯的逆轉，在敘事一開始享有財富的人物（但不願意與主角分享）會失去財富。主角體驗到好運，對手體驗到厄運。有時候主角會幫助對手脫離厄運。其中也會有相關的愛情故事，但通常會遭到放棄、背棄或出乎意料之外地消失了。這個情節的重點在於個人與新財富的關係，不論是什麼樣的財富，這層關係最重要，任何其他關係都居於次要地位。

電影《奇蹟度假村》（*Lourdes*）講克莉絲汀的故事，她年紀輕輕就得了多發性硬化症，幾乎全身癱瘓。她搭長途巴士旅行，有一站是法國的露德，車上旅客各有不同的身體障礙。她似乎很喜歡搭車旅行，不在意去哪裡。事實上，她對帥氣的看護庫諾坦承，她比較喜歡文化旅程，不喜歡宗教之旅。她因癱瘓而沮喪，經常問「為什麼是我？」。她不勇敢，也不特別聖潔。神父問她：「妳認為能用雙腿走路的人自然就比較快樂嗎？」克莉絲汀的答案顯然是肯定的。她的信念僅限於「正常人」的快樂。既然克莉絲汀不相信奇蹟，在沐浴過療癒之水後，很諷刺地她的手臂和雙腿能動了。奇蹟出現了，但降臨在沒有信仰的人身上。接下來的情節帶著黑色幽默，非常發人深省。現在克莉絲汀能自主行動，參與「正常」的生活，她應該更快樂，對吧？然而我們都知道，正常的生活通常頗讓人失望。但得到奇蹟護佑後，可以對「正常」感到不滿嗎？此外，克莉絲汀到底該不該被選中得此奇蹟？為什麼不是有信仰的人得到？

顯然電影裡其他的「朝聖者」都找到相信奇蹟的方法，即便沒看過也沒體驗過。所以當奇蹟真的出現時（而且事實上降臨的對象不太對），「正常」生活的其他特色浮現了：衝突、嫉妒、猜忌、懷疑。在這裡，導演潔西卡・賀斯樂（Jessica Hausner）用細膩反諷的由窮致富情節，探究關於信念的深刻主題，以及蒙受奇蹟的人跟別人比起來，應該要更容易知足常樂：滿足於我們很多人都想超越的「正常」世俗生活。「能走路」就是生命中唯一的需求嗎？如果想要更多，是不是太貪心了？如果把正常當成奇蹟賜給我們，我們應該覺得滿足嗎？

由窮致富情節也會出現在非虛構的體裁裡。大眾文化向來很喜歡結構接近基本情節的真實故事。因此，公車司機麥格納斯．米爾斯（Magnus Mills）入圍曼布克獎，報導篇幅會超過其他更常見的中產階級入圍作家；[8]工作過勞的護士中了樂透頭獎，矚目度會超過公司老闆。改造節目的重點在於話題對象在改造前有多「窮困」（就其住屋、花園、衣櫥之類的東西品評）。體育評論員常提到有沒有可能出現「灰姑娘的奇蹟」，某隊看似輸慘了，但仍有希望轉勝。足球比數從三比零變成四比三，與四比零輕鬆致勝比起來，前者的贏家故事「更精彩」。在由窮致富的情節裡，「窮」與「富」的差距愈大，戲劇效果愈好。

英國裝潢改造節目《求救ＤＩＹ》（*DIY SOS*）有一集的主角是三位美麗而貧窮的少女，她們為了得住到祖父母家而難過哭泣。他們家慘不忍睹。父親本要自己動手改造廚房，也已經把廚房拆掉，卻病倒了。我們看到母親和父親都在流淚，祖父母也哭了。我們看到三姊妹在學校的舞蹈表演。一家人看起來都是好人，但是很不幸。《求救ＤＩＹ》團隊答應要幫忙裝潢廚房，卻在短短的時間內創造奇蹟，整修了整棟房子和花園。三姊妹現在有漂亮的臥房，樓下還有小小的舞台區供她們表演。

由窮致富情節有個特色，該得到獎賞的人得到的比他們預期的多，但是這些財富也有可能遭到濫用，像在《孤星血淚》，或弔詭地造成失望，如同在《奇蹟度假村》。由窮致富也提供驚喜派對的結構，某人的朋友一開始假裝忘了他或假裝對他不感興趣，好讓後續的派對更令人開心。有一年的耶誕節，我忍不住進了一家老店，裡面已經有很多人。店裡有人用麥克風「販售」昂貴的物品，第一個舉手的人可以用五英鎊買下。理性而言，我應該知道這是騙局，但由窮致富情節占了上風，對我和其他人來說，那個人是神仙教母，而我們很幸運，在對的時間來到對的地方。那人要大家都給他十英鎊，就能拿到「神祕禮物」，我相信大家都很期待，用相對小額的金錢換得巨大的財富。大多數人都掏出錢來。大家拿到看起來很廉價的「珍藏版」硬幣，應該一文不值。[9]儘管這個結構顯然能產出非常感傷的敘事，甚至可能非常虛假，但也會發人深省，去思考對得到財富（不論什麼類型）的人來說，財富意義為何。

主角收到一筆錢的敘事不一定就是由窮致富的情節。別忘了卜羅普說用來買睿智貓咪的錢和當作獎賞的錢不一樣。在電影《愛在紐約》（*It Could Happen to You*）裡，當警察的查理沒有足夠的錢給服務生依芳小費，他承諾隔天會帶兩倍的小費回來，或如果他贏了樂透，會與依芳平分。沒想到他真中了樂透，他的妻子不肯分給別人。然而查理很重承諾，他和依芳開始做善事，也墮入愛河。最重要的是，錢對他們不重要，他們只想讓其他人快樂，只關心彼此。到電影的結尾，資產負債表很清楚。每個人（複雜）的債務終究都找到清償的方法，[10]但查理的妻子拿走樂透獎金，全輸光了。查理和依芳又和最初一樣窮，但兩人得到了愛，而在電影的世界觀裡，愛比金錢更重要。這部片其實是部浪漫喜劇，到了最後，所有人一起向這對情侶表達敬意，一切回到正軌。[11]

成年禮

成年禮情節和由窮致富情節有很多重要的差異。在由窮致富情節中（在任務情節裡也很常見），主角被選中是因為他們很獨特。他們或許財務上、文化上或體格上可用貧乏形容，但他們已經享有某種財富（隱而不顯），因此變成更多好運的目標，或許背地裡是個公主，或許擁有魔力，或許像《駭客任務》裡一樣是「救世主」。也有可能，他們正因為貧困，所以值得得到好運。成年禮的主角則通常一點也不特別。他或她甚至沒特別受到壓迫，但缺乏重要的知識、技能或對世界的信任。甚至可能有一個人擁有財富，但必須將之拋棄，釋迦牟尼佛陀的故事就是這樣，或許是目前最經典的成年禮敘事。

釋迦牟尼的前身是希達多．喬達摩（Siddhartha Gautama），這位印度王子約生於西元前五世紀，生下來就享有安逸生活和榮華富貴。希達多從小個性慈悲，會照顧生病的動物，不明白眼前所見的痛楚和苦難（例如鳥兒把蛇吃掉）。他的父親想保護他，不讓他接觸世界，因為有人說，如果年輕的希達多看到老人、病人、死人或僧侶，也會希望出家為僧。國王幫希達多建造了他專屬的宮殿，讓女侍跳舞娛樂他。但就如同小說中所有的預言，這條預言成真了，希達多拋棄年輕的妻子與兒子，到荒野中尋找自己，為尋找生命一切大哉問的解答：我們為什麼要受苦，又為什麼會死？希達多一路走來犯過幾個錯誤。有一度他嘗試苦修，卻發現這不是通往啟蒙的正確道路。最後，他在菩提樹下冥想，生命的祕密終於向他揭露。由窮致富的主角要仰賴外在的助力，比方說提供財富的贊助人或神仙教母，成年禮的主角則必須從自己的內心找到改變的力量。這是靠經驗轉化的敘事，[12]是啟蒙的敘事，必得獨自承擔。

在《瓶中美人》裡，如果愛瑟．葛林伍德真的自殺了，結果就變成一場極度反諷的任務情節。

但在書裡，我們看到愛瑟接受成年禮。她做什麼都失敗，連自殺也失敗，她必須從內心找到益發強大的力量。她的問題與一般的苦難沒有關係。愛瑟的痛苦呈現於她提喻了一九五〇年代北美洲年輕女性的苦難。她怎麼能存在這樣的世界裡？她注定要嫁給巴迪．威拉德（Buddy Willard），變得跟他媽媽一樣，花好幾個小時織出漂亮的地毯，但只放在廚房裡當腳踏墊，不久就「弄髒了，變得晦暗，跟廉價商店不到一美金的墊子簡直無法區別」。[13]這裡會讓人覺得，如同釋迦牟尼的故事，愛瑟同時面臨太多和太少的危機：她似乎有很多選擇，但一個也不能選。她也遇到了一棵樹，但她得到的報償比釋迦牟尼少很多：

> 我看到我的人生在我面前，如故事裡的綠色無花果樹一般開枝散葉。從每根樹枝的頂端，美好的未來對我招手眨眼，宛如肥碩的紫色無花果。一顆是丈夫、快樂的家、小孩，另一顆是知名詩人，再一顆是才華橫溢的教授，還有一顆是很棒的編輯，另一顆無花果是歐洲、非洲、南美洲，另一顆無花果是康斯坦丁、蘇格拉底、阿提拉，以及一群名字怪誕和職業特異的愛人，另一顆無花果是奧運女子隊冠軍，還有更多無花果比這些更高更遠，我看不太清楚。
>
> 我看到自己坐在這棵無花果樹的枝椏間，要餓死了，只因為我無法決定要選哪一顆無花果。每一顆我都想要，但選擇其中一顆表示要失去其餘的果子，我坐在那兒，游移不定，無花果開始變皺發黑，一顆接著一顆，落到我腳下的地面上……[14]

一開始會覺得無花果樹簡直就是我們在任務或由窮致富情節裡會碰到的推進器；把某個東西從

樹上摘下來，等於選擇很重要的東西，這感覺很魔幻。但《瓶中美人》的戲劇性並非著重在愛瑟選擇一顆無花果後會如何，故事探索的重點是當她發覺自己不能做選擇的時候會發生什麼事。愛瑟不能做選擇，一個原因是她的憂鬱症，另一個原因則是當時的文化。在一九五〇年代的北美，女人很難同時有家庭、有充滿挑戰的事業、有機會旅行。我們已經在《紳士愛美人》裡看到戲劇呈現類似的問題，但《瓶中美人》的世界比《紳士愛美人》描繪的更真實，並沒有一大堆鑽石皇冠供人挑選。愛瑟找不到方法面面俱到，就發現自己一事無成。

多數回憶錄如果講述的是童年、青少年或成人初期碰到的難題（很少有回憶錄講到快樂或好過的時期），會用成年禮結構。小說《柳橙不是唯一的水果》（*Oranges Are Not the Only Fruit*）裡，年輕的主角珍奈（Jeanette）在家庭和身分認同的衝突中迎來了成年禮。她是同性戀，家人屬於聖靈降臨教派，相信撒旦侵入了她的身體。《安娜．卡列尼娜》由兩個截然不同的情節交織而成。安娜的故事當然是悲劇，但列文（Levin）的故事則使用成年禮情節。我們看到他掙扎於愛情、宗教、工作之間，而他只想學會怎麼過利人利己的好日子。他要透過理性經歷人生，因此和安娜不顧後果、熱烈而悲劇的人生完全相反。成年禮敘事的人物要經過相當長的時間，才會得到沉痛的領悟。大多數人不會只用兩三天就變得成熟。[15]

珍．奧斯汀的《艾瑪》（*Emma*）裡面有位年輕的女主角艾瑪．伍德豪斯（Emma Woodhouse），相信自己是專家，懂得良好的品味，也深知家鄉薩里郡海柏里小鎮的運作方式。她算是業餘的心理學家，自信能看出誰愛誰以及為什麼相愛。她的家庭教師安．泰勒（Anne Taylor）辭職，跟鄰居威斯登先生（Mr Weston）結婚，艾瑪覺得很孤單，身邊只有患了疑病症的老父，尚未走出妻子過世的傷痛。艾瑪跟佛陀一樣，日子過得很舒服，但不懂世俗之事。她找到新的女伴來取代泰勒小姐，哈麗葉・史密斯（Harriet Smith）來自附近的學校，個性單純，出自下層階級，艾瑪為她擬定了偉大的計畫。奈特利先生（Mr Knightley）善於處事而老於世故，也是伍德豪斯家的好友，警告艾瑪不要胡亂規劃。她不准哈麗葉接受農夫羅伯特・馬丁（Robert Martin）的求婚，也讓奈特利先生勃然大怒。艾瑪放在史密斯小姐身上的野心事與願違，她相信條件不錯的艾爾頓先生（Mr Elton）愛上了哈麗葉，但他卻宣稱自己愛上了艾瑪。整部小說從頭到尾，艾瑪必須學會她其實沒有自己想像的世故，世界也比她想像的複雜多了。

成年禮敘事通常包括某種頓悟[16]或啟蒙的場景，就結構而言可以說等同於悲劇的發現一環。《艾瑪》也有——

> 她的虛榮心令人難以忍受，相信自己能摸得清每個人的感覺；她的傲慢難以寬恕，想安排每個人的命運。她已經證實自己大錯特錯，基本上什麼也沒做——不過就是胡鬧。[17]

成年禮敘事裡的啟蒙場景占有的位置通常跟悲劇裡的發現場景一樣，結果卻大不相同。之前的「胡鬧」或錯誤都能修正，因此能帶來新的知識，而不是墜落。成年禮的主角一般心懷好意，行動不是為自己的利益，而是相信那對別人有利。艾瑪或許既傲慢又虛榮，但她也很有魅力。她關心別人，非常孝順父親。我們知道她人不壞，也不是注定的悲劇人物。在啟蒙場景後，她得到獎賞，即對自己有新的認識，也得到奈特利先生的愛。

在《米德爾馬契》裡，佛瑞德・文西（Fred Vincy）成年禮的獎賞是他小時候愛戀的瑪麗・加爾斯（Mary Garth）。他預期能得到一大筆財富，卻落空了。他對財富和地位的野心讓他麻煩不斷。他被貶得一文不值，必須赤手空拳建造自己的人格。不過，成年禮敘事的結尾不一定會舉行婚禮。啟蒙的獎賞通常是一種新的自由感受，而不是新的承諾。成年禮敘事或許會為一段愛情關係的結尾增加戲劇性，讓觀眾看到年輕的主角對自己有新的認識，從這裡（也就是敘事的結尾）或許能找到更有意義的愛。

在反諷的成年禮情節中，主角或許不會變得更聰明，也不明白還有多少東西要學。契訶夫的《帶小狗的女士》（*The Lady with the Little Dog*）講述狄米崔・古羅夫（Dmitry Dmitrich Gurov）和安娜・沙吉耶納（Anna Sergeyevna von Diederitz）的外遇戀情，兩人在雅爾達（Yalta）度假時認識。我們期待古羅夫在故事裡變成熟（或者遭逢悲劇的墜落）；畢竟，他一開始就已經學到了不倫愛情的教訓。

> 長久以來的反覆經驗其實很痛苦，也讓他明白，每場戀愛一開始雖然為生活帶來情趣和變化，看似一場迷人而無憂無慮的冒險，卻一定會發展成巨大、無比複雜的問題……[18]

兩人在雅爾達談戀愛，也同意分開後不再見面。安娜・沙吉耶納返回聖彼得堡，古羅夫則回到莫斯科。但回到家後，他忘不了她。他到聖彼得堡找她，兩人繼續戀情。古羅夫發覺自己老了，也發覺自己第一次墜入愛河。故事最後是這幾行：「看來，再多一點時間，就有解決辦法了，美好的新人生就此開始。兩人都明白，終點還很遠很遠，最複雜而艱難的時刻才剛要開始。」古羅夫學會了愛，這就是他的成年禮。但他還沒學會怎麼自由地愛，因此故事的結局並不快樂。故事的最後一個詞是「開始」，離解決辦法還遠得很。不過，如果把這個故事轉成跟《安娜．卡列尼娜》相同風格的悲劇愛情故事，也算直接了當，但契訶夫沒有這麼做。他讓我們跟故事裡的人物一樣，得不到滿足，沒有完整的悲劇，也沒有完整的啟蒙。但跟古羅夫一樣，這場體驗已經改變了我們。

陌生人來到鎮上

一如情節的數目有限，敘事開始的方法也有限。所有的開頭都有某種變化：讓情節能動起來的火花。通常像卜羅普示範的，敘事的開頭會承認某種匱乏。某人要某樣東西，就出發去取得。艾瑪少了同伴，找來哈麗葉．史密斯。佛陀對俗世缺乏真正的了解，出發去尋找啟發。但有一種獨特的敘事類別，開始於有個新人來到鎮上、家裡或社群裡，是這個人的到來讓這一群人發現嚴重的匱乏、欲望或問題，他們之前都不知道。

很多敘事的中心有新來的人或訪客：《傲慢與偏見》裡的達西先生、《米德爾馬契》裡的拉迪斯拉夫、《玩具總動員》裡的巴斯光年、《孤星血淚》裡的馬格維奇。但「陌生人來到鎮上」的基本情節不光是開頭有個陌生人突然出現的敘事。這個情節的戲劇性在於對外人的全然抗拒，以及查驗外人怎麼撼動公眾，讓他們變得更好。在這個情節裡，新人或動物的來到，擾亂了家庭或社區。新來的人通常一開始會遭到拒絕（但也並非一定）。他或她一定會受人誤解，有種神祕的感覺。他是誰？為什麼在這裡？從哪裡來？為什麼那麼奇怪？但慢慢地事情益發清楚起來，陌生人的出現使每個人的生活都變得更好。或許真相大白，謊言揭穿；或許大家被鼓動了，要活出真正的自己；或許他們有能力用新的方法去愛，去活。然而，公眾可能要先犧牲了這名陌生人，才發覺他或她幫了眾人大忙。情節的結尾總是陌生人死亡或離去，社群得到新的人生。

這個故事最古老的版本，也是大家最熟悉的，就是《新約聖經》。[19]新約講述耶穌基督的故事，祂是上帝的兒子，被送到凡間，為人類的罪受苦。我們看到「他無佳形美容，我們看見他的時候，也無美貌使我們羨慕他。他被藐視，被人厭棄，多受痛苦，常經憂患。他被藐視，好像被人掩面不看，我們也不尊重他。」[20]但是，祂改變了世界，在現在許多人生活的社會裡，他們遵循的信仰系統奠基於基督如何受人厭棄、如何受苦，以及祂給人的教誨。

陌生人來到鎮上的中心通常有個純真的角色跟陌生人結交，想保護他／她／它不被公眾攻擊。電影《E.T.外星人》（*E.T.*）講述來自破碎家庭的小男孩艾略特（Elliot）在花園小屋裡找到迷路的外星人。在E.T.返回自己的星球前，會教會艾略特一家人希望和愛的意義。他也會死掉，然後在太空船來到前復活。這種情節總是情緒澎湃，要處理已經破滅的深切純真（比如說E.T.太純淨、太脆弱，無法在嚴苛的地球上存活），或偉大的愛，可能遭到拒絕、揮霍、厭棄，或一度接受但最後卻被背叛或丟失。E.T.不光代表我們想幫助的那些「陌生人」，也是我們內心的陌生人：醜陋、笨拙、脆弱得無可救藥——注定要被主流社會排斥。

艾莉・史密斯（Ali Smith）的小說《迷》（*The Accidental*）講史瑪特一家人的故事，他們趁著夏天在諾福克租了度假小屋。一名謎樣的年輕女子安珀（Amber）現身，史瑪特夫婦夏娃（Eve）和麥可（Michael）各自假設她是對方的訪客。夏娃認為安珀只是另一個跟麥可有一腿的學生，麥可以為安珀要參與妻子最新的寫作計畫。安珀為全家人帶來深刻的影響。她和十二歲的愛思翠（Astrid）變成朋友，又與愛思翠感情受挫的哥哥麥格納斯（Magnus）有了性關係。不久我們看到，史瑪特一家人都愛上了安珀，即便她常粗魯對待他們，有一次甚至對夏娃說：「天啊，妳好無趣。」安珀有種古怪的誠實；她的謊言常比史瑪特一家人的誠心誠意更真實。她的行事也令人難以置信（救下想上吊的麥格納斯；把愛思翠的攝影機從高架橋上丟下去），就算誠實相待，卻沒有人相信她。儘管她傷了大家的心，最後還進了他們在倫敦的房子，偷走所有的東西，但很清楚的是，安珀改變了這家人，讓他們變得更好。麥格納斯打消自殺的念頭，愛思翠長大了，找到自己，夏娃學會魯莽，麥可更珍惜自己的家人。大家從此過著幸福快樂的生活，甚至能享受空屋子裡的回聲。就像安珀出現那個晚上，夏娃正在沉思：「有時候，能不能靠一個外人來讓一家人看到，他們是一家人？」[21]

安珀就跟很多來到鎮上的陌生人一樣，道德觀念模糊，比較像一劑猛藥，而不是神仙教母。在這種基本情節裡，陌生人當然可能討人厭，但更有可能被誤解。他或她有某種獸性或童心，也有可能異常天真。陌生人去造訪某個群體時，當然不遵守他們的規範和習俗，有可能是故意的（例如像安珀），也有可能就是無法遵守（E.T.）。在喬治．桑德斯的故事〈海橡樹〉裡，來到鎮上的陌生人是敘事者的伯妮阿姨，在搶案中身亡，變成殭屍回來要他、他姊姊及他們的表親更積極過活。伯妮在世時樂觀溫和，對生活沒有期許，從不講髒話，靠著最低薪資住在環境還算舒適的貧民窟裡，死後再回到家裡，目標也變得完全不一樣。

> 你們這些愛亂搞的人，我現在也要找男人了！跟電影裡一樣，肩膀寬寬的體格很好，夏天的度假屋，到處遊玩，早上房裡擺著一瓶鮮花，我要吹著海風，讓我的乳頭硬挺挺，吃精緻的

> 杯裝蝦子點心，你們這些王八蛋，我的愛人站在陽台上看我，寬寬的肩膀好閃亮，已經為我硬了……[22]

伯妮在這裡實現了陌生人經典的破壞功能。不光因為她是殭屍：她是處女殭屍，很想找人上床。她很煩，把「煩」發揮到淋漓盡致。

我們已經看過，基本情節總有主流或流行文化的形式，也有更「文學」、更賣弄知識、微妙或反諷的版本。我們在這裡看到，陌生人來到鎮上情節是鬼故事、恐怖電影以及大多數傳染病或疾病敘事的中心。來到鎮上的陌生人可能是瘟疫、連續殺人犯、鯊魚或會殺人的猿猴。但甚至在這種情節類型的傳統版本裡，陌生人一定有某種可怕、古怪或其他的地方。來到鎮上的陌生人絕對不平凡。他們無法融入。他們一定獨來獨往（通常在夏天）。他們沒有接到邀請就自行出現，就算得到邀請，大家也不想要他們出現（例如瑞蒙．卡佛的《大教堂》〔*Cathedral*〕，陌生人是盲人，來教敘事者怎麼用眼睛看東西）。陌生人不一定是外星人或有超能力，但從別人對待他們的方式來看，他們或許就像那樣異於常人。瑪莉蓮．羅賓遜（Marilynne Robinson）的《管家》（*Housekeeping*）裡的希薇（Sylvie）到處流浪，來到美國西北部荒涼的指骨鎮（Fingerbone）照顧孤兒茹絲（Ruth）和露西兒（Lucille）。茹絲負責敘事，她是兩姊妹裡比較離經叛道的那個。這個陌生人來到鎮上的故事很微妙，走反諷風格，希薇只改變了一個人，就是茹絲，最後她變得跟希薇一樣，四處漂流，一起離開指骨鎮。

對陌生人的恐懼一直不滅，或許就是這種敘事充滿力量的關鍵。有恐懼就有欲望，這種敘事的中心也常有愛的故事（例如艾略特對E.T.的愛，或麥格納斯對安珀的愛）。但陌生人儘管有「奇異」

或看似超自然的力量，通常很窮，物質上軟弱無力。因此，這種情節類型最生動地用戲劇方式呈現與「另一方」的遭逢（但很少讓觀眾從另一方的角度看事情）。與另一方的戲劇性相遇，結構上正好與殖民遭逢（colonial encounter）相反。在殖民遭逢中，強大的社群或群體的代表會出現在「陌生人」的家門口。的確，在西維亞．湯森．渥拿（Sylvia Townsend Warner）的小說《幸運先生的奇想》（*Mr Fortune's Maggot*）裡，可以看到這個情節的反諷版本，陌生人是傳教士，最後「入鄉隨俗」。但當「另一方」在大都會的設定中出現時，這個情節類型的真實版本就很明顯。在這種情節類型中，「異國的」智慧得以傳播；大家都學會放鬆一點，甚至會跳起舞來。用這個結構的「古典作品」極少，不過世界各地很多民間故事和寓言都用過這個結構。但要了解虛構故事，這也是很重要的一點，因為作者通常會把自己放在陌生人的結構位置上。

推理

推理或許是最原始的基本情節，或許也最得人認同。畢竟，每個敘事裡都有推理成分。推理是推動每個故事的引擎。我們翻開一本書，就直面謎團。這些人是誰？他們為什麼要做這些事？在我們發現有人犯罪或殺人前就開始面對這些了（如果有那兩個橋段的話）。誰做的？為什麼？如何做到的？這些都是人生的根本問題，不光是用於調查謀殺案。儘管如此，要把推理納入我的基本情節，我仍遲疑了一下。為什麼？因為大多數推理故事由於結構使然，在謎團偵破後會接上另一個非推理的故事，通常是另一種情節。大家常引用《伊底帕斯王》，說它是最早的偵探小說範例。確實沒錯，伊底帕斯調查謀殺事件，找出真相，那是它情節按推理規則運作的部分。但等真相浮現，情節便重新自我塑形成悲劇（並把推理吸收到這個更大的情節裡）。

這是在說《伊底帕斯王》永遠都只能是悲劇，我們應該忽略推理情節嗎？我不認為。《伊底帕斯王》同時用了推理情節和悲劇情節。同樣地，柏拉圖的《洞穴寓言》是另一個基礎的推理故事，開展後揭露了成年禮情節。謎團解開後，對「偵探」角色有深刻的影響，他因為發現真相，而得到啟蒙，徹底改變了。跟伊底帕斯一樣，他發覺推理的主題是他自己的身分，以及他對現實的覺知。我們也注意到，解謎基本上有兩種方法：像伊底帕斯一樣，用邏輯和推理，或者像洞穴的囚犯一樣，用體驗和實證知識。這就構成兩種推理敘事的基礎：一個是歸納推理（從證據創造出假設），一個是演繹推理（用經驗測試假設），兩者正好也是後啟蒙認識論的兩大策略（或說是知道事情的方法），當然也是最接近哲學的情節類型。這個情節和知識有關：從無知的狀態移到了解的狀態。重點是找到真相，或起碼是尋求真相。

其他類型的敘事不一定會「層疊」情節，比如說一個角色用成年禮情節，另一個則用悲劇情節。而推理一定有至少兩個最重要的情節，一個牽涉到偵查過程，另一個則是在過程中揭露的情節。亞瑟．柯南．道爾（Arthur Conan Doyle）的第一本福爾摩斯小說《血字的研究》（*A Study in Scarlet*），把兩個情節完全分開，分到第一個情節的是小說的第一部，第二部則是第二個情節，一開始看起來像完全不同的敘事。在第一部，華生醫生（Dr Watson）把我們介紹給福爾摩斯（Sherlock Holmes），一個緊繃而聰明的人，「他的無知和他的知識一樣顯著」[23]，當華生告訴他地球繞著太陽轉，他說，他不知道這件事，發誓要再度把它從腦海中抹去。

「但這是太陽系！」我一定要抗議。

他不耐煩地打斷我：「這與我又有什麼相干？你說咱們繞著太陽走。就算咱們繞著月亮走，這對於我或我的工作又有什麼關係呢？」[24]

福爾摩斯認為口耳相傳的知識不重要，只在乎基於經驗與實驗的知識。他這個人完全活在真實世界裡。一如他在一篇文章裡寫道，由華生讀出來：

一個人的手指甲、衣袖、靴子、長褲的膝部、大拇指與食指之間的繭子、表情、襯衣袖口，不論從哪一點，都能明白看出他的職業。把這些事實聯合起來，有能力的案件調查人還不能恍然領悟，真讓人難以想像。[25]

華生一開始不肯相信，福爾摩斯用他的方法解開真正的謀殺謎團時，他立刻改變心意。福爾摩斯對自己方法的扼要說明，正是這種推理情節的原理。偵查過程是詮釋學：找到深層意義的方法。兇殺案現場（如上面描述的男子屍體）就像文字，只有學會這種特殊語言的人（偉大的偵探）才能讀懂。換句話說，正確詮釋的線索或蛛絲馬跡方能揭露更多真相。這個方法（福爾摩斯稱為演繹，其實是歸納——如前面所見，洞穴裡的囚犯用的方法比較接近演繹[26]）是決定論，給人愉悅的感覺，或許也能讓人安心。有了正確的線索，什麼都能通曉、明瞭或甚至預測。對福爾摩斯來說，意思是「所有的生命都連在一起，看到一個環節就能知道生命的本質。」[27]

在《血字的研究》裡，倫敦布里克斯頓路上的民宅裡出現一具屍體。蘇格蘭場（即倫敦警察廳總部）的警探格雷森（Gregson）能力不足，請福爾摩斯來驗屍，幫忙破案。另一位探長雷斯垂德（Lestrade）苦苦思索現場留下的線索有什麼意義。然而，從華生沒看到的線索（也是讀者沒看到的），福爾摩斯推論出兇手的年齡、身高、膚色。不過，讀者也有好幾個地方可以參與。兇手用血在牆上寫了「Rache」。蘇格蘭場的警探相信兇手想寫「Rachel」，女性的名字；福爾摩斯卻知道，「Rache」在德文裡是「仇恨」的意思。如果讀者也知道，就能共享偵查的刺激快感。故事中也有一枚婚戒，機靈的讀者可以假設牽涉到一名女性。事實的確如此，等福爾摩斯逮捕了兇手，我們就去鹽湖城，進行小說的第二部，此時出現了幾名一夫多妻制、個性殘忍的摩門教徒、美麗的露西．菲瑞耶（Lucy Ferrier）以及要為露西之死復仇的男人。而透過推理揭露的這個情節，又是另一場悲劇。

推理情節還有一個重要的特徵，或多或少總有互動。自從第一本福爾摩斯推理小說出版後，這個特徵持續發展，根據給出的線索是否能為讀者所了解，推理也該「讓人滿足」。的確，其他類型的情節也要讀者參與：比方說，讀者必須愛上英雄或陌生人，情節才有作用。但只有推理情節會像一道謎題，讀者也能參與其中。為此，故事要提供很多具體的細節。正如福爾摩斯對格雷森說的話：

> 把怪異和神祕混為一談就錯了。最常見的罪行通常也最神祕，因為沒有新奇或特別的徵象可以從中演繹。如果被害者的屍體就這麼躺在大路上，沒有伴隨著這些超出常規和引發轟動的現象，使其特別引人注意，這樁謀殺案的難度就無限度提升了。[28]

一如任何良好的情節，推理是由具體而難忘的細節建構起來的。謀殺推理確實容易走向出乎意料之外，而不是寫實。比方說，密室推理在現實生活中幾乎看不到。跟浪漫喜劇一樣，推理仰賴障礙。推理提供的謎題對讀者／偵探而言必須有一定的難度，我們也看到，讀者和偵探其實合而為一。在推理情節一開始，我們不知道發生了什麼事：讀者和偵探都不知道謎題的解答。讀者和偵探合一，但偵探代表了讀者那個更活躍、愛追根究底的自我，只要得到正確的資訊，什麼都有答案。讀者只要多花點心思，就能成為偵探。

但還有另外一種推理：讀者跑得比偵探前面，更接近設定謎題的人（通常是對手，但不一定每次都是），而不是必須解題的人。《洞穴寓言》就是這樣：讀者先看到設定（也就是謎團的解答），才看到戲劇情節，囚犯找出自己位於什麼樣的處境。在他還沒發現前，我們就知道他能找到答案。電視影集《神探可倫坡》（*Columbo*）也走這個風格。每集開始都有一場謀殺，我們看到是誰幹的，然後怪探可倫坡現身，開始調查。如果我們熟悉這些推理的「公式」，就知道可倫坡會破案；我們當然也知道解答。我們不知道的是可倫坡從謎團移到解答的過程，從不知道變成知道，這才是能推動敘事的問題，而不是常見的尋兇問題。

我們已經看到，推理情節的重點在於揭露真相。但要是「偵探」或敘事角色一心想掩蓋真相呢？不光隱瞞我們，也要瞞著自己。如果敘事者把自己放在偵探的位置，事實上卻是眼前這場推理案件的真兇呢？碰到這種情況，敘事者不可靠，也讓敘事變成推理的反諷版本。詹姆士．萊思登（James Lasdun）的《獨角人》（*The Horned Man*）就使用我剛才描述的這種結構，卓伊．海勒（Zoe Heller）的小說《醜聞筆記》（*Notes on a Scandal*）也算。但並非所有的反諷推理情節都有這麼直接的逆轉，或有這麼不可靠的敘事者。

朱利安．拔恩斯（Julian Barnes）的小說《回憶的餘燼》（*The Sense of an Ending*）一開始就讓讀者跟在敘事者東尼．韋伯斯特（Tony Webster）後面，他回憶起一連串導致好友艾卓安．芬恩（Adrian Finn）自殺的事件：少了證據支持，然後一封信和一本日記喚起了他的記憶。東尼從開頭就承認，他不是很可靠的敘事者。在小說前面，艾卓安告訴我們，「記憶的缺陷碰到文件紀錄的缺失，就從這裡生出肯定的事，叫作歷史。」[29]這就是小說的戲劇性所在。我們在第一頁看到回憶，可以當成線索，但我們一直不確定這些回憶到底對不對，也不確定線索對不對。我們也不知道為什麼需要線索，因為我們不知道發生了什麼事。這似乎是沒有謎團的推理。到頭來，敏銳的讀者或許會比敘事者快一點點抓住發生了什麼事，但「發生了什麼事」並不算是小說的重點，重點在於探索中心主題：歷史和記憶。

我們在每間教室、每場研討會、每本博士論文中都能看到推理情節。教育把我們都變成偵探。我們擬定研究問題，透過推論來測試我們的假設（就像《洞穴寓言》中的角色，掙脫鎖鏈後，立刻想知道外面有什麼）。不然，我們就會投入所謂的「天馬行空」思考，跟福爾摩斯一樣，大多數偉大的作家也是如此。我們或許會細查人生的細節，看看能從中得到什麼結論（能產生更多探問更好）。

現代寫實主義

有時候，敘事可能打破我們目前已經看過的所有結構規則，卻大為暢銷，讓我們發覺，這是一種完全不同的情節類型。一個例子是大衛．尼克斯（David Nicholls）的小說《真愛挑日子》（*One Day*），在本書寫作時，全球銷量已經超過一百萬。小說從一九八八年展開，主角艾瑪．摩利（Emma Morley）和達斯．麥修（Dexter Mayhew）畢業典禮當晚，他們一起躺在床上。雖然她愛上了他，他對她卻不是特別傾心。兩人變成朋友，我們看到他們接下來二十年的生活。我們會在每年的七月十五日「拜訪」他們——這天也是聖斯威遜節，英文書名的「One Day」指的就是這一天。

艾瑪這個角色讓人一看就喜歡，得人尊重，有社會正義感，個性幽默。達斯自戀又不誠實，在整本書裡都沒變。小說裡，艾瑪至始至終都愛著達斯。但他當上了電視節目主持人，約會對象都是有名的美女，她則過得很拮据，男友是個不好笑的單人喜劇演員，是她在美式墨西哥餐廳打工認識的。達斯養成酗酒習慣；艾瑪後來到一所學校教書，跟校長發展婚外情。小說裡有些靈巧的結構文步。隨著小說演進，艾瑪走上類似由窮致富的軌道，達斯的故事則比較像悲劇。她變成暢銷作者；他的婚姻不快樂，酒愈喝愈多，後來主持工作也沒了。兩人最後終於在一起，不過達斯沒有真的改變，就敘事而言，似乎也「配不上」她。不過，兩人還是很快樂，想生個小孩。他們找房子打算一起買房。到這裡，我們覺得他們的故事應該結束了。可是還沒完。

二〇〇四年七月十五日，艾瑪騎腳踏車要去和達斯碰面，一起去看房子，結果出了車禍。章節這麼結束：「艾瑪．麥修死了，她的思緒或感受煙消雲散，永遠消失。」媒體對這本書的評論都把強調它能讓成年男人掉淚（事實上是所有人）。這本書的目的就是要讓人哭。但是為什麼？這不是偉大的悲劇故事，艾瑪不該這麼早死。她的死並非為了偉大的抱負：純屬意外。小說的結構到這裡變得耐人尋味，帶著酸楚。啊哈，我們明白了，這就是為什麼我們每年七月十五號要見到他們。這天是她過世的日子。這是很巧妙的結構時刻。但按著傳統的情節概念，仍然不對。艾瑪人太好，不該死；達斯沒那麼好，因此不該像結局那樣有所領悟。如果艾瑪的死屬於「達斯的悲劇」，那我們會納悶就道德和她的行事來說，她有什麼理由被放在本書的中心。

那麼，這本小說為什麼大受歡迎？亞里斯多德說過，其他百分之九十九我們看過的敘事也說，像艾瑪這樣的好人角色不會隨便就死了，也不該死。事實上，我們通常可以很放心，虛構故事不該讓主角隨便死亡。虛構故事應該有安全的結構，我們可以探究其中的想法和體驗情感，但不需要「真的」親身體驗。但艾瑪之死有點像「真實生活」。這就是人死的方式：措手不及，也從不易接受。看小說而感動流淚的「成年男子」或許正體驗到類似真實悲傷的感受，暫忘其虛構。或許這本書最後的推薦理由是「強烈的體驗」，而不是「寫得很好的故事」。

《真愛挑日子》各方面都很有問題，能大賣的理由也充滿疑點，[30]但它是個很好的例子，終於有一本避開常規情節的小說。然而，它不是後設小說，也不是諷刺文學。這本小說拋棄情節的方式如果成為批評的目標，都可以回應為「嗯，真實生活就是這樣，就會有這種事。」把「真實生活的樣貌」的優先順序提高，犧牲能辨別的情節，就符合我所謂的現代寫實主義類別。一如其他基本情節，現代寫實主義有較好和較差的類型。當然，它也不算是基本情節，因為故事裡沒有明確的情節；其有別於其他基本情節之處，在於找不到從一個狀態轉換到另一個狀態的亞里斯多德式結構。但它確實有一些鮮明的特色，可能是「一瞥」，例如現代的短篇故事，或小說長度的「沒發生什麼事」的印象派記述。也就是《蘭花賊》裡考夫曼的角色與（虛構人物）麥基對話時的描述：

先生，要是作家想創造的是沒什麼情節的故事呢？故事裡的人不改變，也沒有頓悟。他們苦苦掙扎，氣餒不已，什麼也解決不了，更像真實世界的反映。[31]

現代寫實主義不同於所謂的「古典現實主義」或「十九世紀現實主義」。事實上，對我來說，這些名詞比較接近風格，而不是結構。古典現實主義小說拆解後，通常是構造上錯綜複雜地結合了我們已經看過的基本情節。這類故事篇幅很長，也很有野心，想描繪真實的事物，但會透過敘事來達成，而非拋棄敘事。它們想用某種方法呈現出整個社會，詳細展現社會的運作。正如《米德爾馬契》有很多情節，不光是一個主題宏大、篇幅也長的類似的現代小說。我們透過一個或數個情節看著一個或多個角色的進展，同時探究現代生活。莎娣．史密斯（Zadie Smith）的《白牙》（*White Teeth*）或大衛．米契爾的《九號夢》（*number9dream*）等小說沒有單一的「情節」，而是採取複雜的敘事，由數個情節和多個故事構成。

現代寫實主義很不一樣，是藝術模仿人生的表現，作家或導演似乎在說「人生不會像藝術那樣發展，所以何不反映人生，反映出所有的失望與脫序？為什麼一定要讓每件事都該死的完美？」我在前幾章也說過，放掉結構可能會導致嚴重的問題。《銀色星光》的流水帳敘事，有點像「真實人生」，但無法豐富我們的人生，看到最後只覺得無聊。為了讓現代寫實主義有深度，能與真實生活有所區別，一定要有真實生活不會做的事。因此，現代寫實主義的焦點通常就是細細檢驗現實。在敘事裡發生的事情不多，表面下則暗潮洶湧。我們得以不受情節干擾地細讀意象、時刻、情感、想法、紋理等等。

在凱瑟琳．曼斯菲爾德（Katherine Mansfield）的《幸福》（*Bliss*）裡，柏莎（Bertha）和丈夫哈利（Harry）要辦晚宴。在準備晚宴的時候，柏莎有種無以名狀的幸福感，「彷彿突然吞下明亮的一大塊近傍晚的太陽。」[32]她覺得跟花園裡的一棵梨樹特別親近，那棵樹「花開到最滿最豐；站得完美挺立，彷彿襯著玉色的天空定靜在那裡。」[33]事實上，當柏莎穿好晚宴服，發覺自己幾乎就變成那棵梨樹，「白色洋裝，戴著一串玉珠，綠色的鞋子搭上絲襪。一切並非『刻意』。」[34]賓客當中有一位珍珠．富爾頓（Pearl Fulton），美麗、「奇怪」、金髮的單身女性，被描述成柏莎的「發現」。在故事裡，柏莎的幸福感從未動搖，晚餐後發現她第一次真的對哈利充滿渴望，但接著她看到珍珠．富爾頓在走廊上與哈利緊擁。他對她說，他非常傾慕她，兩人似乎計畫第二天要見面。這場戲被包在一段奇怪的插曲裡，另一位客人艾迪（Eddie）一直想向柏莎分享一首叫作《套餐》的詩，[35]第一行是「為什麼一定是番茄湯？」。在柏莎看到丈夫和珍珠．富爾頓在走廊的一幕之前，艾迪一直在努力思索詩句，走廊一幕之後，艾迪記起來了。

> 艾迪說：「有了，『為什麼一定是番茄湯？』這句說得太對了，妳不覺得嗎？番茄湯太可怕了，無所不在。」[36]

這是什麼故事？要我們付出什麼，又給我們什麼當作回報？當然不能立即做出詮釋。不像雪維亞．普拉絲的無花果樹，或佛陀的樹，在各自的敘事裡有其明確的象徵或文學地位，這裡的樹沒那麼容易讀懂。梨樹在這裡有什麼意義？一開始真覺得就像普拉絲的的樹，柏莎「似乎在自己的眼皮上看到那棵可愛的梨樹，花朵盛開，象徵她的生命」。然後書中列出柏莎擁有的一切（如梨樹般繁花盛開），結尾卻平淡無奇，「他們新聘的廚師做了超美味的煎蛋捲……」柏莎真的擁有一切嗎？故事裡沒說。我們猜並沒有，尤其到了結尾的地方，但我們沒辦法百分百確定。這是諷刺故事嗎？我們是否該對這些愚笨的「現代」人嗤之以鼻，因為他們的物欲強得可怕？還是該同情他們？珍珠．富爾頓在晚宴中看起來就像梨樹在晚間的模樣（她穿銀色），這是否意味著她掩蓋了柏莎的光芒？難道真如代代學生的遐想那樣，柏莎對她有欲望？[37]故事裡還有一個關鍵的意象，兩隻貓輪流跟在彼此後面，又是什麼意思？故事裡都沒說。

虛構故事大多會告訴我們讀法。比方說，福爾摩斯的故事為我們分解了偵查過程，好讓我們參與。這些故事和其他令人滿足的推理故事都給我們很明顯的線索（不過有時候太過分了，會讓人覺得被看扁了）。在《迷》裡面有一行：「有時候難道要靠外人來向一家人指出他們是一家人？」[38]，提醒我們這是陌生人來到鎮上的情節。在妮可拉．巴克的小說《清晰》（*Clear*）裡，人物閱讀卡夫卡的短篇故事《飢餓藝術家》（*The Hunger Artist*），想解讀魔術師大衛．布萊恩（David Blaine）在二〇〇三年的魔術特技表演「在下之上」（Above the Below），他把自己囚禁在玻璃箱裡，吊在泰晤士河上，禁食四十四天。讀者如果也讀過卡夫卡，讀這本小說就更有心得。小說一開始也引用小說《原野奇俠》（*Shane*）的開頭，一名陌生人來到鎮上了，跟布萊恩一樣。後面我們也會討論，《諾桑覺寺》指導大家怎麼讀哥德羅曼史，好讓我們更能欣賞其中的後設小說論述。

大多數主流敘事帶有副文本推進器（書籍推薦、情節摘要等等），告訴我們怎麼讀，怎麼得到樂趣。也使用各種非劇情的因子，電視節目會用令人毛骨悚然的音樂，讓我們知道什麼時候要感到害怕；喜劇可能會發出罐頭笑聲，告訴我們什麼時候該笑。主流娛樂總會告訴我們該有什麼感覺，該期待什麼。打開電台或電視，不消幾秒就能明白我們會體驗到什麼故事。現代寫實主義完全避開這些手法，但會給我們提點。在《幸福》中，我們聽到有人想寫這樣一齣戲：

> 一幕。一個人。決定要自殺。給出所有他該自殺和不該自殺的理由。在他決定好要自殺還是不要的時候——舞台上的布幕降下。這想法不算太糟吧。[39]

接著，我們馬上聽到晚宴賓客提醒柏莎一齣契訶夫寫的戲。或許，要用讀契訶夫小說的方法讀這個故事？或許，這個故事如同上面的自殺戲，沒有定論，或許「這想法不算太糟」？當這些參考資料都沒告訴我們該怎麼讀這個故事，我們便察覺到故事的風格。這是個要慢慢讀，好好想的故事。這故事就像真實的人生，而且更真實。

然而相比於其他許多現代寫實主義的例子，《幸福》的行動不斷，充滿戲劇性。的確，我們或許會辯論，這是另一種情節的顛覆版本。比方說，能不能當成反諷推理，即使沒有問題，我們也得到了答案（哈利和珍珠．富爾頓外遇）。我不覺得。情節的反諷版本涉及明顯的結構逆轉，我不覺得在這個故事裡可以看到。但我們要小心，不要把「怪怪的」、沒有定論的、或看似沒有情節的故事都歸類成「現代寫實主義」。瑞蒙．卡佛的故事儘管常被譽為無情節極簡主義的絕佳例子，卻幾乎都有能辨別出的情節。前面提過的《大教堂》，情節基礎是陌生人來到鎮上。〈羽毛〉似乎是反諷的由窮致富敘事。卡佛的故事幾乎都有狀態的改變，即使變化非常細微。卡佛的故事也很誠實，通常第一行就告訴了我們故事的目的。它們有清楚的敘事問題：冰箱壞了、車子要賣、有人想討論愛情。雖然故事通常沒有結論，但到了結尾，我們能感受到改變；情況變得不一樣了。

很多情節會回答敘事問題，留下主題問題。現代寫實主義小說則什麼問題都不回答。看完故事後，我們覺得劇中的一切就照常繼續，改變細微到對角色幾乎沒有影響。現代寫實的角色會體驗到小小的頓悟，而非大大的啟發。凱瑟琳・曼斯菲爾德的故事《玩具屋》（*The Doll's House*）裡面有兩個工人階級的小女孩，獲准去富裕人家觀賞他們的玩具屋，到了結尾，一名小女孩對另一名說：「我看到了小小的燈。」碰到這個情節類型時，這正是我們身為讀者的體驗：我們只想看到小小的燈，別無所求。現代寫實主義含蓄地暗示，大多數人沒那麼容易受到啟發而改變人生。的確，這種情節結構極少會允諾改變我們的人生。我們或許會碰到小小的頓悟：跟《玩具屋》裡的小女孩一樣，看到那盞迷你的燈，便沉默不語。我們看完現代寫實主義的電影，不會掉眼淚，不會發誓要學芭蕾，不會希望自己更有魅力，練出更多肌肉，或開始節食。我們不會在瘋狂翻讀最新的現代寫實主義小說時滴下防曬乳液。的確，許多現代寫實主義小說會故意用失意情節跟古典寫實主義小說對立。湯姆・麥卡錫（Tom McCarthy）的小說《C》還不到第五十頁，最迷人的人物就死了，在後續的篇幅內，我們只能陷在她弟弟複雜的喪親之痛裡。

現代寫實主義情節的功能有點像人生的「一瞥」，這些驚鴻一瞥常常看起來像是故事裡的片段，我們通常不需要看到故事的結尾才能知道結局是什麼。但現代寫實主義完全瓦解我們對敘事的期待。大衛・林區（David Lynch）就是現代寫實主義者的例子，他用電影電視作品呈現超越「共識現實」或「敘事現實」的東西。這是另一種真實：對他而言的真實。當然，藝術家這麼做的時候，觀眾必須能共享一模一樣的視野。我現在終於能承認，十六歲看《橡皮頭》（*Eraserhead*）的時候，我覺得好無聊，當時會看純粹因為看這部很「酷」。我根本不知道在演什麼。無聊就算了，我還覺得很疏離，快發瘋了。如果當時有人告訴我，我理應得到這樣的感覺，會有差別嗎？或許也沒有。[40]

後來去看電影《靈魂的四段旅程》（*Le Quattro Volte*）的時候，我不需要裝酷，也先讀了詳細的影評，了解該有什麼期待。影評說這部電影裡有很多山羊，沒有對話和敘事，用戲劇方式呈現畢達哥拉斯（Pythagoras）對生命四個階段的看法：人類、動物、植物、礦物。[41]一旦我明白了這一點，我就能「讀懂」電影（我承認，對我而言，就是從中建構出敘事）。電影的步調真的很慢，但給人深刻的感動。但是，如果我不知道怎麼連接自己看到的影像，我應該不會那麼感動。有個空間讓人思考，在生命的重大循環裡人如何變成山羊，山羊如何變成一棵樹，樹又如何變成煤炭，無疑很重要。我不確定為什麼有人不肯講明這就是電影的內容（尤其你得在記者會上解釋劇情的時候）。

現代寫實主義的文本就應該內建「閱讀指南」嗎，像《幸福》那樣？我不確定。現代寫實主義最好的例子都銘刻了許多可能的讀法，作者創造文字的能力不論多強，最好的作者不會確切告訴我們該怎麼讀他們的作品。但曼斯菲爾德時不時推讀者一把的動作依然很重要，起碼能引導我們找到慣例；讓我們玩一玩互文性，從不只一個，而是多個文本中，幫忙創造出巴特所謂的「組織，編織出來的構造」。[42]然而，我們要謹慎記住，在虛構故事裡，主題才需要深入閱讀，而不是敘事。最好的情節大多在敘事的層次上就清楚表達發生了什麼事，但在主題的層次上就非常複雜。《伊底帕斯王》如果就故事的層次來說很難閱讀，就一無所獲。我們完全知道伊底帕斯碰到了什麼事，但可能要花一生的時間思索其中的意義。《等待果陀》（*Waiting for Godot*）也一樣。我們清楚知道發生了什麼事，但不知道意義。現代寫實主義或許不符合常規，但仍想啟發讀者，而不是讓人更困惑。藝術應該要讓我們看到日常生活中難以看清楚的事物，而非把事情弄得就是很難看清楚。

顛覆

很多人沒有對基本情節的意識，也成功寫出小說。但每次我和學生討論基本情節，他們了解到這些塑形並加以運用時，都感到相當解放。我們前面說過，用反諷方式鋪陳情節，或想辦法「反抗」敘事的主題，而不直接使用，感覺更有趣。不過我們也要曉得（即使不能完全自覺到）自己在顛覆什麼情節，為什麼這麼做，通常才能看到效益。《奇蹟度假村》和《孤星血淚》都使用由窮致富結構，質疑財富的重要性。但典型的暢銷巨作，如賈姬．考琳絲（Jackie Collins）的《幸運》（*Lucky*），會讓角色（或我們）不需要帶回艱難的問題，就能獲得財富。因此很多浪漫喜劇的結尾幾乎都有自嘲意味，舉辦一場婚禮，接續更多其他所有角色的婚禮，有時候還接著一個或好幾個人懷孕了。多喜臨門。儘管我的學生都很不愛浪漫喜劇（他們覺得這是「最灑狗血的」情節結構），但可以達到很有趣的成效。

二〇〇四年的電影《王牌冤家》（*Eternal Sunshine of the Spotless Mind*）講述已經分手的喬爾（Joel）和克蕾婷（Clementine），經過手術去除了他們相戀兩年的回憶。一陣混亂，一如多數的浪漫喜劇，但他們還是又在一起了。電影問了一個問題：如果你知道一段感情只有缺點，值得繼續下去嗎？——大哉問，並用模稜兩可和深度處理。然而當然，沒有人知道答案。妮可拉．巴克的小說《離外面的希望五英里》也是另類的浪漫喜劇。梅德維和古怪的家人住在德文郡的島上，他們家是一間破敗的旅社。梅德維的母親不在身邊，父親則心不在家。那是一九八一年的夏天，笨拙的少女梅德維每天都在畫柴契爾夫人的馬克杯，總等著生活來點刺激的遭遇。來自南非的拉魯（La Roux）出現時，梅德維穿著「合成纖維做的廉價睡衣（這件衣服易燃性很高，如果我放屁，釦子都會叮噹作響）和一件鉤針編織、長及膝蓋的背心」，他可以看得到她的乳頭。後來，她看到他在讀《黑神駒》（*Black Beauty*）這本書，她——

一時無法集中注意力，因為看到他無由拉高的工作服中露出來的生殖器，掛在他左大腿上，軟趴趴的撇在一旁，就像一小袋壓碎的腸子，剛從火雞的屁股裡拉出來。[43]

這裡的兩個人迷戀著自身（和對方）的可憎。他們愛上彼此，卻發現他們陷入了一場較勁遊戲，而且走岔了。拉魯被趕回南非，多年後才會再見到梅德維。但他們還是重逢了。

了解基本情節，你就能創造出有趣的衝突，顛覆期望，但不會寫出令人失望的作品。也表示你可以探索後設小說，珍．奧斯汀在一七九八到九九年間寫第一本小說《諾桑覺寺》的時候就試過。《諾桑覺寺》需要讀者知道兩種不同的情節類型：戲劇和哥德羅曼史。[44]這本書一直要求我們反省編寫小說的過程：我們怎麼把自己和其他人寫進小說；什麼時候可能有用，什麼時候沒用。第一章讓我們準備好自我反省，後設小說大多有這個重要特色。小說一開始就說：「在凱瑟琳．莫蘭（Catherine Morland）嬰兒時期就看過她的人，都沒想到她會成為一名女主角。」[45]多奇怪的小說開頭。畢竟，這是我們應該要放下懷疑的時刻，不去把人物角色想成「主角」。這句話提醒我們凱瑟琳會以「女主角」的身分參與虛構敘事。小說並不假裝她是個「真人」，反而承認這是一個故事，直接打破了框架，也打破我們擱置的懷疑。這個操作營造出兩個層次。凱瑟琳這位浪漫喜劇的虛構女主角，將會想像自己是哥德羅曼史的女主角。我們會看到，奧斯汀在小說裡一直玩這個哏。彷彿奧斯汀在書頁上把寫作過程變成戲劇，只為了告訴我們，不相信也沒關係；你可以承認這只是故事或幻想（或許我們希望也能碰到同樣的事）。

接下來，少女凱瑟琳接受成為女主角的「訓練」，閱讀波普（Alexander Pope）、格雷（Thomas Gray）、湯普森（Francis Thompon）、莎士比亞。這裡奧斯汀俐落地操作了雙重虛實：這個想變成小說角色的「真人」（好讓「虛構」、戲劇性的事情發生在自己身上）說來說去早就是虛構人物，我們都知道了（小說的第一行就提醒我們）。調皮而聰明的敘事者告訴我們「當一名年輕女性要成為女主角，周圍四十名親友的頑強都擋不住她。一定會發生什麼事，把一位男主角丟到她面前。」[46]十拿九穩！畢竟這是虛構故事。事情確實也發生了，凱瑟琳被送去巴斯，遇見了亨利・蒂爾尼（Henry Tilney），一名能與她匹配的年輕富家子，住在諾桑覺寺。小說接下來採取浪漫喜劇的結構，凱瑟琳和亨利歷經一些難題後結為夫婦。值得一提的是，他們的幸福結局有一個障礙，就是小說本身。因著凱瑟琳對哥德羅曼史的喜愛，她住進亨利家的時候，就懷疑亨利的父親蒂爾尼上校殺害了自己的妻子。家人聽到她的懷疑，當然不開心了。

我們在亨利和凱瑟琳前往諾桑覺寺的路上，學到了哥德羅曼史的常規，對話長達三頁。凱瑟琳幻想諾桑覺寺是棟陰森可怕的哥德式大宅。在問過凱瑟琳是否「……準備好遭逢『在書上讀過的』建築物可能製造的那些恐怖？」之後，亨利介紹了這個文體的一些慣例。

但你應該會發現，年輕女性（不管用什麼方法）進入這一類宅邸，她一定不會和其他人住在同一處。當大家安適地成群回到大宅裡屬於他們的盡頭，她則會正式被年老的管家桃樂絲引上另一段樓梯，走過許多陰暗的走道，來到久無人居的房間，二十年前某位表親或家族成員在這裡過世後，就再也沒有人住在裡面。[47]

這種滑稽模仿常常出於後設小說：畢竟是有關小說的小說。[48]但也有諷刺的意味，我們愈熟悉亨利對哥德羅曼史的總結，就愈覺得好笑。我們需要略懂小說形式和基本情節，才能讀懂這本小說，但書裡的場景一路給我們指引，就像上面的引述一樣，或多或少就像入門課，幫我們了解哥德羅曼史。除了評論現代小說某些意料之中的元素，《諾桑覺寺》含有很多其他後設小說的策略，常被誤標為「後現代」，包括對讀者講話[49]及打破框架。[50]後設小說絕對不是後現代；存在的歷史幾乎就和小說一樣悠久。

電影《蘭花賊》講述查理．考夫曼（Charlie Kaufman）的故事，他是電影編劇，正在苦惱怎麼改編蘇珊．歐琳（Susan Orlean）的小說《蘭花賊》（*The Orchid Thief*）。歐琳的書是「偉大而蔓生的紐約客玩意」[51]，很難轉成一般的電影劇本。她想去看一株稀有的鬼蘭，可是沒看到。她想克服她的新聞客觀性，找到熱情，也失敗了。她追新聞的主要對象是蘭花賊約翰．拉若許（John Laroche），兩人變得很親近，但從未陷入愛河。電影到了後面有一幕，查理．考夫曼對編劇大師麥基說：「我想要簡單呈現，不要大的角色弧線或大肆渲染故事。我想要把花朵表現成上帝的神蹟。我要讓人看見歐琳從未得見盛開的鬼蘭。我想談的是失望。」麥基回答：「我懂了，那不是電影。你得回去多加一點戲劇性。」[52]

有趣的是，查理．考夫曼真的是本片編劇，就如同原文片名「Adaptation」，這部電影是關於他「改編」歐琳的書的故事。

考夫曼用經典的後設小說策略，把劇本創造的過程改成戲劇，放入劇本本身。電影一開始，查理．

考夫曼（由尼可拉斯・凱吉〔Nicolas Cage〕飾演）擔憂沒有好點子，而他又胖又禿，一事無成。他接受委託，要改編《蘭花賊》，但沒有靈感，只知道自己不想「把它變成好萊塢的玩意而毀了它，你知道嗎？《偷天蘭花賊》什麼的，或你知道的，把蘭花改成罌粟花，變成販毒片，你知道嗎？」[53]更糟的是，他的雙胞胎兄弟唐納與他同住。唐納在寫自己的劇本，標題是《3》（*The 3*）。他參加過麥基主講的研討會，全心全意地相信麥基的說故事原則。唐納相信自己的哥哥是天才，要他幫忙給點忠告。但查理一直不贊同唐納的工作，在他熱切談論麥基時不予理會（「我走恐怖片路線，你呢？」[54]）。但唐納還是很興奮地對查理描述他的「意象系統」，把麥基的「十誡」印出來，貼在兩兄弟的書桌上方。

我們常被引得要嘲笑唐納。在某一刻，我們聽到他想到不錯的主意：

> 我要加場追逐戲。殺手和女孩騎著馬逃走，警察騎摩托車在後面追。就像馬達與真馬的戰爭，就像科技與馬匹的對決。[55]

這裡的笑點也有一些來自期望遭到顛覆。我們期待唐納說「科技與自然的對決」，他卻說「馬匹」。因此我們發現，他對主題和角色的了解一點也不細緻。但不知道為什麼，查理不能和他心儀的艾美麗雅（Amelia）在一起，冒汗、擔憂、自慰，劇本寫不完，但在同時，唐納卻變得更受歡迎，找到女友，解除壓力，劇本也寫好了。壓倒查理的最後一根稻草則是經紀人採用唐納的劇本，賣了一大筆錢。查理也去上麥基的研討會，結果還是不懂。他到目前為止所有的體驗都寫進了劇本，所以電影沒有明顯的故事，而成為影射他自己，充斥憂慮的知識份子電影。查理的情緒盪到谷底之際，他找弟弟來看自己的劇本。「你會怎麼辦？」他問他。「就當好玩，偉大的唐納會怎麼結束這部戲？」[56]

此刻，影片調性出現戲劇性的變化，我們馬上明白，我們現在透過唐納的視野來看他哥哥的電影。我們發現蘇珊．歐琳和約翰．拉若許捲入一場受藥物驅動的愛戀關係。什麼藥？一種會發光的綠粉，用鬼蘭加工製成。拉若許和歐琳發現考夫曼在調查他們，就想殺了他。唐納救了他，卻犧牲了自己。最後一場荒唐的尾聲戲在沼澤裡，拉若許死於鱷魚之口。

最後，查理夢想中的細緻現實主義劇本一直無法成真，與鬼蘭一樣遙不可及。除了主題與原著一致（歐琳一直找不到熱情，也沒見著鬼蘭），整部片的題目還有好幾個層次。原文標題的「Adaptation」不只是改編放上大螢幕，也是生物性的「適應」。查理的劇本到了他弟弟手中就變種了，變得更鮮明、成功、有識別度；換句話說，變成更有機會存活的東西。「內行人」會解讀為諷刺文學，但效果會變來變去。我在課堂上播過這部片兩次，學生的反應有「我喜歡後半勝過前半——後半的行動比較多」，也有「到了後半有點蠢，也有點老套」。影片確實有些複雜的地方在第一次看的時候難以確實掌握，值得再看一次看出道理。

這不光是有關劇本的劇本的劇本（可以無止境下去）。這部片讓我們相信查理比唐納厲害，期待他的那些想法到最後會勝利。它們真的比較好嗎？在某個層次上不是，唐納掌控了電影的最後一段（就像麥基之前說的，「最後一場戲是電影的關鍵。最後讓他們驚歎，就是賣座大片。」）但同樣地，這些素材顯然高度天真，就是要我們笑，像我們從頭到尾都在笑唐納一樣。所以到頭來，查理贏了嗎？他是否證明他的電影比較優秀呢？呃，也不全然。畢竟，這部是他的電影。唐納的材料造就了定剪版本，用務實的角度看，一部片包含所有查理不想寫進劇本裡的東西（「性愛或槍支或汽車追逐……或角色學習深刻的人生教訓。或成長，或喜歡上彼此，或克服障礙，最終能夠成功。」57），票房應該當然還是會好過不包含這些因素的電影，即便是用反諷手法處理。和《諾桑覺寺》一樣，《蘭花賊》沒漏掉蹩腳小說能給我們的樂趣——把它批評得體無完膚後，後設小說給人的愉悅就非常明顯。

蘇珊．歐琳對電影的回應很妙。她說劇本——

> ……最後並未直接改編我的書，而是精神上的改寫，我希望有什麼東西抓住（或擴展了）本書主題的基本特色：了解自己、人生、愛、世界上的奇蹟的過程；便宜行事與做好事之間，持續不斷且令人惱怒的戰役；還有諷刺的世界觀與多愁善感的世界觀之間，從未停歇且令人惱怒的戰役。噢，還有蘭花。與蘭花有關，關於蘭花如何適應環境，有時候還發展出最怪異最奇妙的型態。58

多棒的想法，一部關於蘭花的電影可以是一部表現如蘭花的電影。就像電影裡出現的蘭花，《蘭花賊》本身也會適應，愈來愈有可能在殘酷而競爭的環境裡成功。現在我們應該明白了，情節反諷、諷刺、後設小說或戲謔的版本不是走歪的情節，也不會像布克所暗示的讓我們墮落，而能蘊含深刻的主題共鳴。但為了成為懂得開玩笑的作者或讀者，我們必須了解傳統情節的形貌。

小說很神祕，我們也要尊重這點。小說會自相矛盾。我們或許和凱瑟琳．莫蘭一樣，以為自己很了解熟悉的情節，然而偉大的小說使用了這些情節，依然出乎預料。基本情節的理論要稱得上好，必須頌讚訴說故事的神祕與矛盾，不是找到方法來解釋就夠了。好理論應該能廢除好壞與善惡對立的說教概念，採取有同理心的角度。在談角色的章節裡我們會看到，在真實生活裡沒有人看著鏡子會看到對手、禽獸、壞人或邪惡。所以為什麼小說角色應該採這種簡單的二維分法？為什麼結構基礎是一種人打敗另一種？《安娜．卡列尼娜》無疑是有史以來最偉大的小說之一，裡面沒有邪惡。契訶夫的作品或珍．奧斯汀的小說裡也沒有。[59]在這些文本中，黑暗（如果我們要用這個說法）通常屬於個人，也是自作自受。大家都想過好的生活，只是對安娜．卡列尼娜和許多角色來說，都大大失敗了。在《仲夏夜之夢》裡，精靈王奧伯朗（Oberon）到處用三色堇花汁，想修正所有的問題。他不邪惡，只是粗心。

在凱瑟琳．曼斯菲爾德的故事《時髦婚姻》（*Marriage à la Mode*）裡，有一對夫婦威廉（William）和伊莎貝兒（Isabel），幾乎不住在一起。太太和小孩住在海邊的房子裡，同住的還有一群不負責任的現代藝術家；威廉工作賺錢以支付所有的費用，週末會去探訪。在故事結尾，威廉寫了一封情書給伊莎貝兒，她笑著在朋友面前讀出來。事後，她覺得很糟。

> 噢，怎麼能做出這麼可憎的事。她怎麼可以！親愛的，但願我沒妨礙了你的快樂。威廉！伊莎貝兒把臉埋進枕頭裡，但她覺得就連肅穆的臥室都看穿了她，膚淺、吵鬧、虛榮。[60]

伊莎貝兒決定要回信給威廉，有機會在這個故事裡經歷成年禮情節。但在最後一刻，她和其他人去游泳了，決定「晚點再找個時間」寫信給威廉。伊莎貝兒邪惡嗎？當然不是。她只是犯了錯，每個人都會犯錯。這個錯誤很深奧。犯錯的（顛覆）結構已經廣為人知。

不只一個情節

我們仔細看的話，大多數小說都含有一個以上的基本情節。至於「大部頭」小說，通常不太需要太仔細看就能看到。我們已經觀察到，《安娜．卡列尼娜》顯然同時有悲劇和成年禮故事。然而，細看之下，會看到它還含有其他的結構，或結構的蛛絲馬跡。瓦倫卡（Varenka）和賽爾基（Sergei）之間有段比較次要的敘事，他因為她對蘑菇的評語，決定不向她求婚，這段敘事要怎麼分類？這一場戲就像打造精美的現代寫實主義。沒有人從此過得幸福快樂；每一個人都鬆了口氣。

卡爾維諾的《如果在冬夜，一個旅人》用了很多基本情節的片段。這本小說有種令人挫敗的愉悅，來自於我們發覺到，這些故事其實不需要很完整，因為我們已知道可能會發生什麼事。

我們怎麼會這麼了解情節？純粹是因為我們從很小就碰到了情節，或許在安適的情境下，漸漸就愛上了這種熟悉的感覺嗎？還是它們就是原型，符合許多基本情節理論家如榮格、李維史陀、坎伯、弗萊等人的論點？它們真的構成一部分的宇宙藍圖嗎？它們是否寫入了宇宙的DNA，所以個人和群體才有區別，「天賦」和「過錯」（及其他事物）的概念才會屬於物理學，而不是語言？敘事似乎暗示，異性戀和一夫一妻制可說是基本，但我不確定。採用這些想法的演化心理學家和文學理論家主張，說故事是適應行為：我們生來懂得怎麼回應情節，因為從穴居時代，人類就圍著營火學很多關於長毛猛瑪象的有用知識，因為是在熟悉的結構中學習，所以能牢記在心。但也可以說，說故事等於適應不良：在現代城市中出門看看，再決定說故事對我們的用處。這件事讓我們覺得開心，還是難過？肥滿還是單薄？絕對會讓我們誤解一些事情。[61]而且，我們指的到底是什麼故事？

我覺得，敘事有其文化性和歷史性。現代寫實主義絕非「基本情節」，乃因為後者應該自古為人們使用。現代寫實主義是一種在二十世紀早期發展出來的結構，推動的因素包括了全球性的戰爭、不尋常的科技進步速度，以及詮釋學的閱讀方法，例如「新批評」和心理分析。它基本上屬現代主義。由窮致富情節的文化和歷史意義也很特別；你得先要有經濟觀，才有由窮致富情節，正如你需要異化，才有現代寫實主義。的確，這兩種情節不算基本，需在已奠定基礎的複雜社會裡搭配市場經濟，才有意義。

這表示基本情節其實不到我列出的八個嗎？巴西小說家保羅．科爾賀（Paulo Coelho）認為只有兩種敘事：「發現的旅程，以及陌生人來到鎮上」，[62]確實可以用這種方法看故事：我去某個地方，造成改變；或有人來找我，造成改變。在Google上搜尋「陌生人來到鎮上」，會看到許多奠基在只有兩種基本情節這個想法上的文章。但我覺得這有點像把說故事整個縮減成佛洛伊德的「fort da」遊戲。意思是我們在思索《安娜．卡列尼娜》時，不需要想到悲劇；只要把伏倫斯基視為來到鎮上的陌生人，把列文視為踏上旅途的主角。但人生不光只有來來去去，我們需要了解悲劇，才能了解《安娜．卡列尼娜》。事實上，如果我正好在找一個能支持所有其他情節的基本情節，我不會選任務情節或陌生人來到鎮上，我會選悲劇。不是每個人都會踏上旅程，但每個人都會死。

我的八個基本情節奠基於生活中可能造成變化的主要基本力量。你或許會去旅行，或許有人會給你改變一生的禮物，或許你會愛上某個人，或許你會學到新的東西，或許你會犯下大錯，或許某天會有不認識的人找上門，或許會碰到神祕費解的事，或許無關緊要的事發生了。我不確定還有沒有其他的。仔細看這些基本情節（除了現代寫實主義）怎麼處理刺激的事物。奇怪的是，在大多數的故事裡，工作、繁衍、生存不能提供結構；不過，當然能提供內容。打卡上班，不足以展開一個故事；一整天堅持不懈做某件事也不是故事；生產讓生命來到世界上，但不是故事的開始；煮頓飯，很好，但不是故事；切花椰菜，抓不住任何人的注意力。一天的開始也不足以成為故事的開始。我們總想知道：今天有什麼不一樣，能展開一個新故事？有什麼改變了？我們的故事結構來自擾亂正常生活的事物。事情可以戲劇性地變好，或變糟。事物是不斷流動的。當然，現代寫實主義是例外，但它給了我們藝術，把日常生活轉得美好，發人深省，而且通常很逗趣。說故事，從來不會只給我們平凡的生活。

我的八種基本情節不能說是最可靠的分法。我用下方的表格摘要說明每一種的本質，但要組織和了解敘事，這只是其中一種方法。你也可以試試看，寫出自己的系統。

結構	摘要	經典範例	現代的例子
悲劇	個人被自己的野心毀滅	《伊底帕斯王》 《創世紀》（*Genesis*）	《微物之神》
喜劇	兩個人克服障礙，從此過著幸福快樂的生活	《仲夏夜之夢》	《王牌冤家》
任務	一群人由主角帶領，踏上旅途去完成重要的事	《奧德賽》《西遊記》	《最終幻想VII》
由窮致富	一個人得到禮物後改變了	《灰姑娘》《孤星血淚》	《奇蹟度假村》
成年禮	一個人必須得到啟發	佛陀的故事	《瓶中美人》
陌生人來到鎮上	陌生人的造訪，永久改變了群體，而他也犧牲了	《新約聖經》	《迷》
推理	必須有人發掘出真相	《洞穴寓言》《伊底帕斯王》	《回憶的餘燼》
現代寫實主義	藝術模仿人生	《等待果陀》	《史崔特先生的故事》

PRACTICE

第二部
練習

汲取靈感

How to Have Ideas

藝術家不該去做他不懂的事情。我們有專家來回答專門的問題；他們的功能就是討論農民公社、資本主義的命運、飲酒的罪惡、鞋子、女性的疾病。然而，藝術家必須只能處理他了解的東西；他的作用範圍受限，和任何其他專家一樣。

——契訶夫[1]

你見怪不怪，別人嘖嘖稱奇。

——音樂家賈維斯・卡克（Jarvis Cocker）[2]

我創作前五本小說時，不太不知道自己在幹嘛。這本書裡談的東西我當時幾乎都不知道。前三本只能說很險，希望我缺乏的深度（幾乎）能用情節補足，但我實際上也知道，我寫的並不是那種我熱愛的小說，具真實性且有深度的。[3]我知道每當我想到不錯的點子，通常都有種說不上來的古怪或顛覆性。接下來的兩本就好一點了。在《光彩年華》（*Bright Young Things*）裡，我用知名的敘事「幾個性格互斥的刻板人物受困荒島，試圖逃離」，想試試新花招（二十多歲的角色，都很像說要逃離荒島卻不好好採取行動，寧可坐著聊性愛、毒品、人生意義）。《外出》（*Going Out*）則用大家都知道的《綠野仙蹤》敘事法，以穿越洪水淹沒的英國小路為任務基礎，主角路克（Luke）一出生就對陽光過敏，要找到治療自己的方法。我一向很幸運，能靠直覺明白結構（或起碼發覺自己有這種理解力）。藉著結合這種直覺、對古怪事物的喜愛，以及許多精心構築的自傳性材料，我的書還算成功。[4]

然後自傳性材料用完了。呃，對啦，不會真的用完。當然，你也會繼續累積。但我寫了不少年輕的歲月和焦慮的感受，然後這些表層的東西沒了。我需要寫其他的東西，或至少找到新方法描述年輕與焦慮。[5]我有一種很強烈的感覺，下一本小說我要寫很大的題目，到處蔓延，複雜無比。我要試試看很有野心的東西，比我之前寫過的更重要、深刻、迷人。然後，不知哪來的我有了預感，知道我該怎麼做：我拿出大大的筆記本和筆，坐下來列出我在那個時刻感興趣的東西，不論大小都寫下來。然後我給自己一個挑戰：我要用這些東西寫出一本有意義的小說——注意了，全部的東西——同時，想出該怎麼連結它們。我列了以下清單：

- 破解密碼
- 行銷
- 填字遊戲
- 玩具公司
- 數學
- 海盜
- 細胞自動機
- 有靈感
- 船隻和航行
- 動物權利
- 純素主義
- 伏尼契手稿
- 很酷的祖父母
- 反資本主義
- 互動元素（或許在書裡加個填字遊戲？）
- 第二次世界大戰
- 少女時期
- 板球

這是我在二〇〇二年開始下筆那本小說時的主要興趣。我提到「玩具公司」，因為我在某處讀到，美泰兒（Mattel）和孩之寶（Hasbro）等企業苦於不知該如何打進青少女的市場。那時的青少女顯然都不買玩具。男生會買電玩、球類、滑板等東西，但女生只買化妝品和衣服。我好奇心大發。我喜歡挑戰，心裡就想，那麼我要賣什麼給青少女呢？我想到的是個性項鍊，讓別人看了就知道你是誰：類似吊在繩子上的臉書（那時臉書還沒出現）。當小說家有個優點，漫無目的的幻想可以找到用途。我一輩子都做不到這件事，但我可以寫出做到這件事的人。我可以讓小說裡的角色提出某個想法。所以有玩具公司，他們會安排「思想營會」（另一個我讀到的奇怪事物），才華橫溢的青年才俊接受挑戰，要發想出青少女喜歡的玩具。有人會想到項鍊。我知道這個人最後會放棄這個想法，因為她發現，自己其實不喜歡用青少年牟利的行銷手段。

光靠這個想法，小說會很薄弱，因此我開始摻雜其他的元素。我有一種感覺，這個想法很值得使勁推動，看似無法自然融入故事的元素，效益可能最好，在敘事面和主題面皆然。我寫下的東西都在我腦海裡滾動；不是隨機組合。我覺得真的會有所連結。那時，我還不確定作品的主題，但我希望能在這些連結中找到意義。最後，鋪陳小說情節感覺就像想完成難解的填字遊戲。但在這個過程裡，我發現連結出現在之前沒想到的地方，我自己的興趣和體驗也有很多寫了進去。寫作本身就像一趟冒險，許多有趣的事物等待發掘。我從來不會覺得自己已經知道某個問題的答案，於是把它寫進書裡。寫作本身就是問題成形的過程。

結果我寫出了《流行公司》（*PopCo*），主角艾莉絲・巴特勒（Alice Butler）由數學家祖父母養大（第二次世界大戰期間，其中一位在布萊切利園擔任解碼員）。背景故事有數學、密碼破譯、海盜的寶藏。小時候，艾莉絲拿到一條項鍊，上面有密碼，如果能解開就能找到寶藏。但她一直不知道答案，而她現在在流行公司工作，是一家玩具製造商。艾莉絲入選要參加達特穆爾的「思想營會」，但她不知道這裡有一群吃純素的反資本主義者，密謀要占領世界（但不是為了破壞）。艾莉絲最後成熟了，得到政治覺醒。小說裡有很多互動元素：讀者能學到很多密碼、數學、構思的知識。書末確實有填字遊戲。後續改版後，艾莉絲項鍊上的密碼也有了解答。

組合元素的過程一點都不輕鬆，也不迅速，但我最終是組起來了。比方說，我能用主題貫穿資本主義、數學，以及我著迷的海盜元素；我也探討了現代的行銷手法，把焦點放在青少女接受行銷的體驗上（我有過同樣的體驗）。我也發現我想寫同情心。二〇〇三年，我開始吃純素，讓我考慮到很多和動物權利有關的哲學問題。以同情心為基礎，創造出抵抗運動，也能為某些問題增添戲劇性。我也想細細探索創意產業以賺錢為名做出的荒唐事。我甚至聽說速食公司委任專家大規模研究排隊的心理學，以及最有效的整隊方法，讓顧客買更多東西。我奇怪的清單最後證實很有效益，《流行公司》或許不是完美的小說，但我在寫作過程中學到很多。

我在研究構思的概念時，碰巧看到創意矩陣的概念。在《流行公司》，我讓讀者看到怎麼用這種矩陣來創造玩具的新概念：

在我面前的桌上有一個矩陣，含有五欄如左頁表格。

每個人面前都有差不多的東西，因為我們一下午都在做這個矩陣，帶領活動的人叫奈德（Ned）。我們想到什麼就亂喊，填滿大多數的直欄，可是現在要自己把隨機字樣的那一欄整理好……奈德帶著我們「總結」匯編矩陣的過程，大多數人之前做過了，這次則加了新東西：隨機字樣的直欄，我們以前沒看過。

提到水平型或創意型思考，隨機的概念都很重要。一切匯集的重點在於，你不能完全信任自己的大腦，你自己想出來的東西可能只是爛點子，或者一點原創性也沒有。常規會扼殺創意想法，但想法本身顯然也會扼殺想法。我們的腦子並不能自行接通就變得很有原創性，但有了所謂的「亂拼」（當然是愛德華．狄波諾〔Edward de Bono〕的想法），就可以有很多出眾的想法。[6]

或許這裡說得夠清楚了，但開始研究構思這件事的時候，我想挖苦構思的技巧。我想讓構思過程看似蠢笨、沒有意義，或許也有點邪惡。我想在《流行公司》裡是有那麼一點。然而，當我在制訂故事裡的虛構矩陣時，我發現用它來創造艾莉絲對新玩具的點子居然那麼簡單。至少可以說，比靠我自己的腦子想出

產品類別	特殊能力	主題	小孩子的說法	隨機的說法
球	會發亮	海盜	酷酷的	圓的
桌遊	會爆炸	女巫／鬼怪	聰明的	草地
輪子（腳踏車、滑板等等）	會浮起來	荒野	可怕的	山
洋娃娃	很大	拯救世界	傻氣的	精靈
電玩遊戲	很小	動物／魚／環境	神祕的	複雜的
組合玩具	隱形	外太空／飛碟	粗俗的	毒蛇
活動組	快速	功夫	特別的	滅絕
絨毛娃娃／柔軟	「真實感」	取得／收集	可愛的	泡泡
機器人	會展露情緒	技藝	大人的	盔甲

「新玩具的幾種點子」簡單多了。或許常規會扼殺創意想法；或許《流行公司》沒有錯得那麼厲害。下面是艾莉絲的描述，告訴讀者她怎麼處理矩陣：

處理矩陣的方法是這樣的：像我一樣，把空格都填好，然後從每一欄取一樣，直到發展出全新的東西。比方說，你可以發想出一顆需要技藝的小球，給人獨特的感覺。所以這可能是一個品牌，每顆球都獨一無二，有獨特的圖案或設計（就像椰菜娃娃，每一隻都有獨特的「領養證明書」）。透過技藝，你能學會控球的花招，或許參加地區性或「街頭」競賽。如果從隨機欄取一個字，比方說「複雜」，讓產品學起來很複雜，富挑戰性。這就符合小孩的期望，想學特殊（祕密？）技能，「變成第一名」。這個產品也有收集／交換的吸引力，因為每顆球都獨一無二，或許可以慫恿小孩買特殊主題的一整組（海洋、太空、怪獸等等）。買的時候你不知道會拿到什麼，所以之後可能想找別人交換。為了鼓勵小孩多買幾顆，也可有一次使用多顆球的技巧可以學。

那「蛇板」呢？這種滑板有「真實感」，和動物有關，連接到「傻氣的」和「毒蛇」兩個關鍵字。這種產品適合九到十二歲的男孩，販售時採用「自行創造」的零件套組。「真實感」來自木頭和輪子等要素，孩子可以用各種方式組合。每一組蛇板都可以呈現好幾種蛇的外型與特徵，有蟒蛇也有奎蛇和其他蛇類。想加上「傻氣的」因素，可以為滑板加上「搖搖晃晃的輪子」「瘋狂的眼睛」「致命的舌頭」等特色。說不定踩下滑板的踏板，滑板也能射出「毒液」？

組合玩具能表達感情，是否能連結到環境和「可愛」這個關鍵字？那大概就會像是Meccano（會讓玩具創意人、工程師、建築師熱淚盈眶的法國玩具品牌，因為大家從小都用該公司的玩具學會建造，但現在已經停產）。然而，當你用它來造東西的時候，連動「快樂」或「哀傷」的感覺取決於一些特定因子。沒有窗戶的牆很「哀傷」，是嗎？組合材料如果造出對環境有害的東西，感覺也是「哀傷」嗎？我不確定這個想法是否可行，聽起來太執著於教育性，而且太過探討人工智慧。不過，組合玩具若特色是「可愛」應該不錯；女生一定會喜歡。我加上隨機字樣「精靈」，再花十五分鐘想產品，能讓女生建造迷你的精靈住所和店鋪，理論上可以造一整座城鎮，然後可以放到花園裡。就像餵鳥台——餵食對象是魔法生物！那時我又想到，你怎麼知道魔法生物來過了沒？我放棄這個想法，開始亂畫。[7]

原來，我們的想像力非常善於從我們提供的特殊素材創作出新東西，但不擅於自己生出新素材。你要用想像力去想一個「故事」，不是想不出來，就是想到很熟悉、很老套的東西：全是刻板的角色和肥皂劇的情節；或純粹的自傳。畢竟，預料也等於想像。不加指引的想像自然會走向陳腔濫調。在教書時，我會一直聽到學生的想法：有些很好，有些沒那麼好。最好的想法一定來自學生用創新的想法發揮自己的體驗、點子、感覺。不光寫下碰到了什麼事，而是把體驗、想法、感覺散布到不同的角色上，融入哲學的想法，加上自己的嗜好、興趣、獨特的世界觀。我在規劃《流行公司》時也是這麼做，腦海裡所有瘋狂獨特的東西都拿來用，但重新排列組合一下。大多數人都需要坐下來，拿紙筆寫出清單，只有極少數人不用。有點像面對字謎：有些瘋狂的天才可以在腦子裡進行；但我（你也一樣吧）要把字母寫下來，仔細端詳，才能解謎。

沒過多久我就發覺，我一開始構思《流行公司》的方法（納入所有我寫進清單的東西），與書裡艾莉絲處理矩陣的方法差不多。利用矩陣基本上模仿了寫小說的過程：拿你知道的東西、有過的經驗、覺得有意思的想法，用新的方法結合起來，產生敘事。歸根究底，偉大的小說一直都是透過這個方法寫出來。這個方法讓我們脫離陳腔濫調（那些我們單純「想像」會發生的事），但也讓我們把根基打在真正重要的事物（以及為我們帶來情感真相的事物）之上。這方法很誠實，除非我們太蠢，否則不會只為了錢做這件事（可憐的艾莉絲就是）。我們想藉此找出創新、真實、有趣的方法來審視這個世界。

多年來我在課堂上實驗過各種不同的矩陣。我的矩陣要學生在腦海中細細搜索「你碰過的問題」和「你目前最迷的東西」之類的事物。最新的一個則有問答欄，要大家反省他們對愛情關係、宗教、文化、哲學的看法。大多數文學小說確實呈現出某種「世界觀」，因此下筆前一定要盡可能自我探索出一個大略的概念，即使最後得出了自己何以沒有世界觀的理由。[8]我在這本書裡放的矩陣（見附錄一）是碩士班用的。我使用這個矩陣，因為我需要大家快快想出可行的故事構想，才能繼續思考鋪陳情節、人物塑造、改善句子以及其他複雜的問題，因為我們只有十個星期。通常我會要求學生把矩陣帶到課堂上來，給他們短短十五分鐘的時間想出一個情節。我很驚訝，在這種情況下，大多數學生想到的情節還不賴，是你在書店裡看到會想讀的情節；是經紀人看到，不會因為無聊、老套、任何人都可以寫，就立刻從收件匣裡刪掉的情節。[9]某個想法可能有點真實，也有點古怪。幾名學生來上課前，正用這樣的構想寫青少年恐怖小說，很可惜他們放棄了。但大多數人發現矩陣的效果不錯。

在肯特大學，我們透過科技，讓學生在第一堂課之前把他們完成的矩陣上傳到課程網站，我就可以看看他們是誰，平常有什麼興趣。只有我看得到這些矩陣，其他人不行，因此學生都很誠實，誠實到嚇人。看這些資料的時候，我覺得自己好像人類學家。我發現大家都很擔憂死亡，不只是我；百分之九十的女性擔心體重和外觀，不只是我；大多數人會擔憂家人，不只是我。有很多普遍的觀念。然而，就愛情關係來說，意見就分歧了。有些人（和我一樣）覺得愛情關係是生命中非常重要的事，無法想像有人沒有伴侶，或不想要伴侶。但有些人相信愛情關係會「阻礙你」，且多得驚人。太好了，如果某個人真的有這種信念，我想讀他寫的東西。對我來說，這個想法很特異。讀小說的時候，我希望小說處理普遍的想法，但也希望有一點奇特的東西。我想體驗和我不一樣的世界觀。你想一想，或許也有會同樣的感覺。用你自己的矩陣想出構想後，關鍵是把焦點放在更陌生、更特殊或古怪的東西上，起碼在一開始的時候。問題在於，你可能覺得一切都很正常，沒什麼好奇怪的。但想像一下有其他人在看，他們會挑哪三個東西？在你的矩陣上，有哪三個東西不太可能出現在他們的矩陣上？

學期一開始的時候，我要學生交換矩陣（我會先叫他們準備比較小、比較不會讓自己尷尬的版本），幫彼此的故事鋪陳情節。在實際嘗試之前，我本來覺得這可能不是個好主意，但其實蠻有用的。首先，透過別人的眼光，學生會發覺自己的想法其實很有趣，也會了解其他人覺得有趣的地方在哪裡，對素材得到客觀的看法。但他們也會發現，拿別人的材料寫作，結果一定很糟，因為我們的了解不夠深入。我們幫別人鋪陳情節時，必須做出種種假設，有時候一下子就變成肥皂劇了，或就感覺「不對勁」。我在準備《流行公司》的時候讀了一本書，提到第二次世界大戰的祕密反抗鬥士，被送進戰線後方假裝法國人。為了讓人信服，他們必須接受密集訓練。他們甚至連牙齒都經過特殊處理，因為英國的牙科治療法會洩露他們的身分。他們也得記住穿越馬路要先看左邊而不是右邊。如果你寫的是自己熟悉的材料，就不需要花大把時間研究人物的牙科治療法（或類似的東西）來提高可信度；熟悉寫出來的自然可信。然後你可以花更多時間處理寫作更重要的地方：增添美感，賦予意義。

為了讓讀者了解怎麼用矩陣想出小說（或故事）的主題，我自己做了兩個舉例（參見附錄二）。我從經驗中學到，用虛構的角色創造虛構的假矩陣行不通。矩陣要由一個人實實在在地完成。你會發現，每次出來的矩陣都不太一樣。大多數人有的材料都遠遠超出一個矩陣的容量；我們當然也會忘了填一些東西。不論如何，我想像自己回到十八歲，填好了一個，再用今時今日的心情填了另一個。一填完，我就發覺今天的自己填出的結果，可能會和昨天或三個星期前的不一樣，甚至依心情而不同。我也發現，對於十八歲的自己比較容易保持誠實（因為她已經不在了），對今日的自己就沒那麼自在。如果你發現你的矩陣不太對，就重填一次。別忘了，你不像我要在書裡發表出來，所以你可以盡可能誠實。你或許會想在每次要創作文字時，都填一個新的矩陣。最後，你可能會發現你再也不需要用這個技巧了，因為你的腦子已經習慣創意組合的練習。但目前先記著，光在腦子裡就能構思，看在別人眼裡好像很厲害，可是沒有人在看。

好，來看看我在一九九一年的矩陣吧。首先，先用最客觀的眼光來看整體。有沒有有趣的事要立刻記下來？小說的主題可能是什麼？在這裡，我馬上注意到，我們面對的是一位年輕的白人女孩，沉浸在黑人文化的要素裡。不盡然——但這人肯定有所了解。然而，這不表示因為她「有所了解」，就應該寫關於黑人文化的小說。她其實了解不深；她只知道努力去攀住那個圈子是什麼感覺，希望自己有個像「黑人」如此固著的認同身分。在不斷內省後，這個人想把體驗寫下來。回到矩陣，我們看到這個十八歲的女孩想讓人印象深刻，也想保持真實。這裡有些很不錯的張力，我在想能不能成為一本探索真實性的小說。這也符合白人女孩想變成黑人的主題。我還注意到另一件事，這個人的生活很複雜，各種家庭問題都有，可不可以寫成關於家庭的小說呢？

接下來：矩陣上哪些項目最怪異、最不尋常？（在你自己的矩陣上，可能看起來很正常，甚至有點無聊。如果你被卡在這裡，可以找朋友幫忙看看。）我會立刻從這裡拉出髮辮、板球俱樂部、市場攤位，這些是我絕對想寫進小說裡的項目。我也喜歡某人特別會記數字的想法，以及完美迴圈的概念。當建築師的助手也不錯，但我恰巧已經寫了一個相關的短篇故事。

這樣的矩陣有好幾個選項。但最簡單的是從每欄（半隨機）選一個項目，同時創造出簡單的故事線。作法是拿一個角色的名字，穿越矩陣為這個人建造故事線。記著，你在寫虛構的故事，不要選對你或朋友加起來就是「真實生活」的東西。比方說，從我的矩陣我們可以選艾比，在切姆斯福德郡板球俱樂部工作，當時西印度群島正在英國參加巡迴賽（不過我的矩陣上沒有這項確切的細節，一九九一年我在板球俱樂部工作時，他們真的在參加巡迴賽）。她愛上念政治系的黑人學生伊利歐特，他熱愛板球，支持西印度群島隊。她不懂板球，只好向俱樂部負責計分板的鮑伯學。他教她板球的規則，她則請他喝茶作為回報，有時候還加塊蛋糕。一切都還沒定案；只是腦力激盪。你會想到很多元素，可以當成需要進一步修改的變數。但從基本的想法，可以打造出作品。不要假設你一定要有很多角色；也不要太受限於你的矩陣。在大部頭的複雜小說裡，你可能需要用上每個元素；但一般並不需要。你也會用上大量沒有想到要寫下的材料（比方說西印度群島的巡迴賽細節），這沒關係。你也必須拋棄這個階段大多數的想法，這也沒關係。事實上，在理想情況下，你最後用的每一個想法，可能都是拋棄了二十個想法或細節後才找到。

在這個階段也可以考慮可以用什麼類型的情節，但不要先把話說死了。比方說，上面的板球很容易重寫成浪漫喜劇（或許障礙在於艾比和伊利歐特的跨種族戀愛）。可以採取陌生人來到鎮上的形式（或許西印度群島板球隊是陌生人，用某種方式通盤改變板球俱樂部裡的小小群體）。當然也可以是成年禮小說，艾比學習板球的規則，同時也更認識自己。或許她對伊利歐特的愛得不到回報。先記著這些想法，同時嘗試不同的點子。在這個階段，你不想被結構控制，但了解各種基本情節（如前一章列出的）可以幫助你找到方向，界定你的思緒。

如果你想設定更多故事線（通常需要一個以上，除非你寫的是短篇小說），重複這個過程，挑選角色的名字，從你的矩陣「給」這個人某樣東西。在上一段的構想裡，我一定要從我的矩陣分更多東西給伊利歐特和鮑伯。伊利歐特已經有「學生」和「政治知識」。或許他也是法國人；他可以在市場攤位上工作；或許他在巴金（Barking）長大；或許他擅長烹調。鮑伯可能之前是建築師，妻子剛過世。這裡要記著兩件事。第一，你應該在矩陣裡把項目連起來，但有別於真實生活中的連結。舉例來說，在真實生活中，我認識一個要把毒品走私到牙買加的人，但不是我的好朋友。但在故事裡，這人可能是我妹妹、我最好的朋友，或是我男友。她可能想把毒品走私到各地，也或許她走私的是稀奇的寵物或植物（不過這麼一來，我就得去研究稀奇的寵物或植物了）。第二，確定你會把後續的細節都連結到你想到的第一個角色。你的角色怎麼相遇？他們的生活怎麼交織在一起？戲劇性在什麼地方？

因此，在完全不同的情節裡，我們或許會看到克萊兒，住在切姆斯福德。她還在念書，課餘時間去當服務生。她熱愛編髮辮，一有時間就去附近的雷鬼俱樂部，對DJ賣弄她懂舞廳雷鬼樂。她的姊姊艾比經歷了一次很糟的墮胎，心情鬱悶，但克萊兒忙著學雷鬼樂，無法提供什麼協助。克萊兒的朋友有凱亞和查理。凱亞想當主廚，但她崇信拉斯特法里派的父親身心俱疲，很希望她能攻讀法律或政治學，「讓自己成材」。凱亞的白人繼父沉迷於板球，尤其是一九九一年的西印度群島巡迴賽（懂了吧？這項細節在這裡派上用場）。查理在市場擺攤，賣非主流／政治紀念章、T恤之類的東西。他母親得了癌症，由他負責照顧。他想當饒舌歌手，但他身負重責，無法好好唱歌。他和克萊兒幫彼此在頭上擦蜂蠟，凱亞卻想把頭髮拉直。後來凱亞認識喬許，他是外表光鮮亮麗的毒販，先說服她幫忙帶古柯鹼給監獄裡的弟弟，然後要她走私古柯鹼到牙買加。在最後一刻，她發覺自己不可以做這件事，但她已經吞了好幾包。克萊兒必須決定要不要帶她去醫院……（查理的媽媽呢？喬許發現的話會怎麼樣？這種情節有好多問題要問，有好多決定要做）。

善用矩陣，最後應該就有這樣的結果。構思出來會有點亂，開始動筆後也可能會全盤改變，理想情況下，最好下筆前就已完成變動。事實上，此時我努力克制，不要清得太乾淨，你們才能看到原料在塑形前的模樣。這時候故事看起來像是能寫成成年禮情節、現代寫實主義，或是悲劇。凱亞不一定要有人來救她，她可以在走私毒品的時候喪命。但你必須思考對這個角色來說，這樣安排符合實際的程度有多高。當然有人在走私時死亡，但你認識的人碰過這種事嗎？你自己有機會碰到嗎？這些問題的答案會讓你略為了解自身的情感真相。我知道如果我碰到凱亞的情況，我絕對吞不下那些古柯鹼。要是我吞了，或許一兩包吧，就會開始想天殺的我到底在幹嘛。

我永遠忘不了，看到朋友準備吞毒品的一刻，我真的嚇壞了，儘管我一語不發，假裝我早就司空見慣。當下我很希望自己是在家裡吃烤土司配馬麥醬，和媽媽說笑，撫摸家裡的一隻貓。這就是我在那個場景裡的真實情感。別忘了考慮你在特定情況下的情感。你的角色（都會有點像你）會有什麼感覺？他們會怎麼做？在一模一樣的情況下，如果你就是這個角色，你會怎麼辦？在這個階段，重點在於你有自己認得出來的角色，在你熟悉的設定裡，做你明白的事情，以及你碰到相同處境時會採取的行動。到了角色塑造的章節，我們會回到這一點。

如果你不喜歡你想到的第一個點子，把它改頭換面吧。同樣地，別讓矩陣上一看戲劇性最高的元素牽著你的鼻子走（青少女懷孕、毒品之類的）。你也可以用更細微的方法處理你的材料，從比較低調的情況和時刻創造出劇烈的張力與深度。因此，從同一個矩陣可以產生這樣的情節：克萊兒因為半夜偷溜出去，被寄宿學校開除了。校長認定她和男生私會，但她其實要去餵刺蝟（會不會太濫情？很難相信嗎？別忘了這只是腦力激盪，但要一直評估你的素材，找出哪些地方要改。基本上我們會看到，克萊兒退學的理由必須很「輕微」）。她要再等一年才能準備升學考試。回到切姆斯福德後，她必須找工作，可是她誰都不認識。她迷上了小辣椒（Pepper），留著黑人髮辮的仙氣女孩，每個星期六在市場賣衣服，但克萊兒一直沒有勇氣與她攀談。克萊兒想變得像小辣椒那樣。她覺得如果她能變成那個模樣，就能一帆風順，所以她也開始幫自己編髮辮。

她在一家老式的租片店找到工作，老闆鮑伯覺得她很有趣，她只看烹飪節目，因為她痛恨戰爭和暴力。鮑伯很迷電玩遊戲《快打旋風II》（*Streetfighter II*），每個星期五晚上都在後面的房間裡舉辦對戰。有天晚上小辣椒也來了，還打贏了。她與克萊兒聊起來，變成朋友。克萊兒也了解了小辣椒的過去。她本是優秀的政治系學生，但她最好的朋友想走私古柯鹼去牙買加，因而喪命，小辣椒也因此輟學。此時，伊利歐特現身，擾亂了鮑伯的生活。伊利歐特是他失散已久的兒子，來自劍橋。伊利歐特是個宅男，但長得很好看，目前就讀數學系。他一向很真實：他就是看到的這個樣子。但他母親過世了，他發現家裡的父親其實不是他的生父，覺得很困惑。他開始舉止脫序。這看似會變成一個成年禮故事，但也不一定。這也可以發展成怪異的推理故事，或許某人從租片店偷了很多恐怖電影，克萊兒、小辣椒、伊利歐特合力找出竊賊。或許伊利歐特的角色可以換成來到城裡的陌生人。或許這是浪漫喜劇，克萊兒覺得她愛上了小辣椒，小辣椒其實愛的是鮑伯，而伊利歐特的真愛是克萊兒。

指導學生處理矩陣時，我會挑一兩樣東西提問。看別人怎麼談論他們矩陣中的元素非常有趣，也能透過問題敲開普遍的概念，讓特殊細節浮現。最近我問學生，在投資銀行交易所擔任律師是什麼感覺（她目前的工作）。她告訴我的東西基本上就可以拿來寫小說了。好，假設我一九九一年的矩陣是別人寫的，我會拿種族主義那一欄問問題。為什麼這個人會擔心種族歧視？她是白人啊。我會發現，她的繼父是黑人，弟弟是黑白混血，我會告訴她，我想知道她的體驗，在一個多種族家庭裡身為白人的生活。她或許會告訴我，沒那麼簡單——就各方面而言，她都是局外人。她覺得自己到哪都格格不入。我會安慰她，作家都有這種感覺（就像所有的作家似乎都會經歷對抗憂鬱、焦慮、自我懷疑的時期）。她的小說要怎麼納入這種感覺（但不會變成個人自傳）？

我會問她的選書品味是怎麼回事。好吧，《寵靈的殿堂》（*The Temple of My Familiar*）是很好的小說。但是賈姬．考琳絲和露西．伊爾文（Lucy Irvine）？還有《多重結局冒險案例》（*Choose Your Own Adven-*

tures)?話說回來，這也讓我們更了解她。這個人喜歡相當簡單的書籍。她陷在戲劇性的人生裡，無暇閱讀有挑戰性或古典的小說，其實也覺得懼怕。但她讀過薩繆爾．貝克特（Samuel Beckett）和愛德華．阿爾比（Edward Albee）的劇本，很喜歡荒謬劇場奇特的對話節奏。她也喜歡粗獷寫實主義（gritty realism），以及許多清楚的細節。這也很適合她的小說，我會鼓勵她愈寫實愈好。我一定會開書單給她（我建議從《瓶中美人》開始）。但我可能也會建議她把她的小說結構設計成「多重結局冒險案例」……

事實上，十八歲的時候，我確實想寫小說，雖然裡面沒有多少來自矩陣的元素（只除了那個故事事實上是一個「多重結局冒險案例」沒錯）。小說名叫《安樂死》（*A Mercy Killing*），毫無保留地描寫暴力，偏向馬克思主義的女性主義小說，就是要推翻父權社會，讓男人洗碗。雖然我在每一份兼職工作都碰到性別歧視，我可以寫個好比在板球場經營球員餐廳的事，餐廳老闆一直隱諱對我說，桌子是用來「放肉餅的，不是放肉彈的」，球員常叫我坐在他們大腿上，但我被素材控制了。因此我寫的小說講的是一名年紀長我許多的家庭主婦（彷彿除了「家庭主婦」，其他人都不會碰到性別歧視似的），以及她符合刻板印象的丈夫。我只是在複製文化迷思，「性別偏見」的主題一定要放在家居設定的夫妻之間，她是受氣包，他殘酷施暴。我什麼新意都沒加入。我的角色老套，且很平面。

我有那麼多豐富的材料，為什麼偏要寫那個主題呢？我其實不認識任何殘酷暴力的男性；那時候，我父母的男性朋友都想當女性主義者（通常也不成功），這寫起來應該更有趣，因為是真的，但也不完全寫實，因為我會改寫成小說，然而其中有情感的真相，有真實性（或許也會搞笑）。在我的小說裡，我讓女人用各種生動殘酷的方法謀殺男人（別忘了，那是「多重結局冒險案例」，理論上來說，他可以有不同的死法），因為他不肯洗碗。但在真實生活中，真會有人殺了丈夫，只因為氣他們不肯洗碗嗎？我想每年被野生動物殺死的男性，應該多過為洗碗糾紛被女性殺死的男性吧。除了在電視劇裡，其實看不到這種事。尖刻而真實的口角更具戲劇性，遠超過完全沒有可信度的謀殺。因此要小心了，不要讓素材控制你。一直問自己，在這種情況下，真的會發生哪些事情，而不是設想《神探可倫坡》或《加冕街》（*Coronation Street*）裡的情節會是什麼走向。對自己誠實，面對你從經驗中已經學到和還沒學到的事。

十六歲的時候，我興起租一間公寓獨立生活的念頭。爸媽叫我別傻了；我不知道生活的隱藏成本，因為我從來不需要付瓦斯帳單或買衛生紙。他們當然說得沒錯，但要等到我自立，我才真正明白這一點。我花了好多年才終於獨居，因為我一直沒有足夠的錢。事實上，一開始搬出來住的時候，我住到朋友的爸媽家。所以可以想像，只過了兩年（還和爸媽住在一起）的我，卻試圖寫一部家庭劇，丈夫和妻子多半已分配好買衛生紙和倒垃圾這類事的故事。我其實一點也沒有概念。有好的想法，表示能決定你能寫什麼，不能寫什麼。通常你在某樣東西上能找到比較真實的角度，表示你並不需要完全放棄不真實的想法。假設你想探索老化，但你才二十一歲。理想上這故事要有較年長的主角，但你知道自己絕對寫不好。但老化對二十一歲的人來說想必也很重要，否則你不會有興趣。或許這本小說要講一個對老化特別關心的人，儘管只有二十一歲；或許這個二十一歲的人有祖父母，或年老的寵物，你想寫他們之間的關係。

我放了一個我在二〇一一年完成的矩陣，你可以看到年長的人寫出的矩陣和年輕人有什麼不一樣——雖然就這個例子來說，兩個都是我。我一開始本想給你們看二〇一一年矩陣的情節範例，但不管怎麼嘗試，都會變成我正在寫的小說——即便我已經努力把許多明顯的元素從矩陣拿掉。我想這說明了一點：當你心中的想法正炙熱時，什麼都無法讓你轉移注意力。不論如何，請好好看二〇一一年的矩陣有什麼不一樣。我的閱讀書目終於進步了，也體驗過一些人生大事：死亡、上癮、與伴侶分手等等，可以寫的東西比十八歲的時候應該更多了；但這也表示我要做出選擇。或許沒辦法全部放進去，但要是可以，不是很好嗎？

年紀比較大的人或許會發現他們的矩陣可能會變出長篇小說，例如《米德爾馬契》、《孤星血淚》、《安娜．卡列尼娜》等等。如果你碰到這種情況，很好；但初次寫小說的人想寫出這樣的規模，可能會覺得氣餒。不要怕，著重在一條主要的故事線就好，忽略矩陣上其他的細節，或含蓄地融入。你要知道，年紀和體驗都會給你力量。年輕的小說家可以把青少年放在家人爭執的中心：她在想什麼，有什麼感覺，做了什麼，還有她有多憤怒，多麼遭人曲解，以及為什麼。年長的小說家或許能真實呈現在這場爭執裡大家在想什麼，有什麼感覺。年長者的心思細膩，不論是父母、愛人、小孩還是其他身分，都經過許多次爭執，能深入這樣的場景。但十八歲的人只會甩頭跑出去，移到另一個場景。兩種手法當然都可以。但你要了解自己，知道自己可以寫什麼。為過去的自己填一個矩陣，也能幫你打開靈感的泉源，尤其是角色的背景，但我不確定我現在還能不能好好描述十八歲的自己。但填矩陣來描繪二、三年前的自己，會很有幫助。

如果你不喜歡用矩陣，就改列清單，我寫《流行公司》的時候就是如此。或許你已經有了靈感，我大多數的學生也是。然而，檢視你最初的想法，誠實面對自己。這個構想好嗎，還是很糟？糟糕的構想也包括那些你為了某個原因，認為自己「必須」寫的題材，或許你答應別人，你會寫出他們一生的故事，或許你覺得有義務寫某件事。一個人被迫、基於罪惡感，或因為（對自己或別人）做出承諾而寫，都寫不出好作品。如果舊有的想法不錯，你現在早就寫出來了。放棄這些想法，或把它們寫進矩陣裡，看看會變成什麼樣。

你怎麼知道你的想法好不好呢？當你心心念念，就是放不下它的時候。當你在腦海裡反覆思索那些角色，或極度渴望動筆的時候。當你早上五點就起床（或熬夜到凌晨三點），只為了繼續構思，或者乾脆開始寫了，即便這是你第一次寫小說。當你深愛你的角色，想盡可能和他們膩在一起。如果你寫的時候感覺自己是在工作或當成苦差事，那個想法就不夠好。就這麼簡單。如果你連這個階段都沒愛上它，永遠都不可能愛了。放棄這個想法，再想一個出來。我知道很多人這時感到恐慌，因為覺得自己生命中沒有「異國風情」或奇特有趣的東西，怎麼樣也想不到真正讓你刺激的想法。我只能說，你不孤單。把你的矩陣寫好，看看會有什麼結果。看看你能不能找到方法連結讓你興奮的材料，儘管你認定素材本身平淡無奇，而這就是好點子的關鍵。

敘事的風格
Styles of Narration

在觀察效應時，倘若是電池，通常需要換位置，與觀察中的活動所設定的位置拉開距離，審查特定的混合體或群體。我前進的目標團體就是迦勒·葛斯的早餐桌……

——喬治·艾略特，《米德爾馬契》[1]

現在，你找到了故事的靈感，要怎麼說故事？誰要當敘事者？你要用什麼敘事風格？要用第三人稱過去式的敘事（那時露西走下了山）？第一人稱現在式（我走下山）？或其他的組合？《瓶中美人》用第一人稱過去式，《孤星血淚》和《大亨小傳》（*The Great Gatsby*）也是。《米德爾馬契》用第一人稱過去式，還有《艾瑪》和《微物之神》。《迷》用第三人稱現在式，我的小說《光彩年華》和《外出》也是。大衛·米契爾的《九號夢》完全以第一人稱現在式敘述——長長的倒敘也不例外。在我的小說《流行公司》和《Y先生的結局》（*The End of Mr. Y*）裡，也用了第一人稱現在式。有些小說和故事用的敘事形式不只一個。狄更斯的《荒涼山莊》（*Bleak House*）有兩個平行前進的主要區段：一個用第一人稱過去式，另一個用第三人稱現在式。大衛·米契爾的《雲圖》裡有六個不一樣的敘事者。每一位開始寫小說或故事的作家最後都會找到可行的時態和觀點的組合。在理想情況下，他們不會不假思索就隨便選定敘事形式，或只為了讓老師留下印象。

我要老實說一件很糗的事情：以前我會要求學生只能用第一人稱。我很慷慨，讓他們決定要用現在式還是過去式，但很多人還是選擇了現在式，可能覺得這樣才對。我當時在寫什麼呢？沒錯：第一人稱，現在式。針對現在式的使用，我甚至和菲力普．普曼（Philip Pullman）起了一番有趣的辯論。[2]我為什麼那麼確定學生應該用第一人稱？好吧，因為我想要他們得高分，有可信度才有高分。用第一人稱比第三人稱更容易提高可信度，對吧？嗯，沒錯，通常是這樣。可惜的是，第一人稱也很容易過度敘事或過度解釋，光靠嘴巴，沒有動作，眼裡也不見結構了，尤其用現在式的話。如果你決定讓你的第一人稱敘事者變成連環殺手（或獨角獸），即使可信也不一定能拿到高分。現在我不會嚴格規定學生選擇的敘事方法。我也從第一人稱現在式飄走了（所以那是年輕人的風格？），改為更成熟自在和迂迴的風格，或許也讓我變得更圓熟。

我現在只要求一件事，我要大家好好思考他們選擇的敘事形式。第一人稱搭配現在式，沒問題。第三人稱搭配過去式，也可以。但你為什麼選這個組合？你試過其他組合才確認下來的嗎？比方說，你有沒有考慮過其他敘事風格的觀點，推論出怎麼處理時間？因為有這麼多要素，對於敘事風格出現一種很沉悶的共識，就是它其實不重要，我們所做的一切是為了述說故事，而不是創造故事。或許你的第一個句子不是「很久很久以前……」，但你可能以「亞曼達醒了，一身冷汗」開頭，你甚至沒發覺，寫下這句話，你已經做出至少兩個敘事風格的重要選擇。你選了第三人稱和過去式（除非這句話出自亞曼達伴侶的口中，就變成第一人稱和過去式）。[3]

第一人稱	過去式
第二人稱	現在式
第三人稱	未來式

開始寫作計畫時，我會在腦子裡選一個文法上的人稱[4]和時態，然後動筆。我腦袋裡的圖表看起來像上方表格這樣。

所以，我從第一欄挑一個，再從第二欄挑一個，就可以開始了。除了卡爾維諾在《如果在冬夜，一個旅人》，大多數人不會用第二人稱，很容易失敗，或至少會讓人感覺造作，但我也寫進我的表格，因為這個人稱就是存在，使用上也非不可能。[5]最後我也試了第二人稱，用在《Y先生的結局》，算是吧。未來式也一樣：我想有意識地排除它，而不只是因為奇怪而無意識地認定不可能。我喜歡這個表格，因為看似涵蓋了整個宇宙：有我、有你、有所有的人；有過去、現在、未來。在我們發現時間和存在的其他維度前，所有的敘事（和一切的生命）都必然發生在這幾個座標裡。

剛開始寫作的時候，我覺得對於每個新的計畫，都只有三個可能的敘事形式：第一人稱，現在式；第一人稱，過去式；第三人稱，現在式。那時對於第三人稱過去式，我有種奇怪的道德異議，覺得很「傳統」，太保守：「已作古白人男性」的語言。我錯了，等一下會說明為什麼。有很長一段時間，我也不考慮第一人稱過去式，因為我在犯罪小說裡用過，覺得這個組合受到詛咒。寫了《光彩年華》（第三人稱現在式）之後，我得出結論，現在式是我的「拿手」時態：我用這種時態寫得最好。因此，對我來說，有很長一段時間，基本上只能選擇第一人稱或第三人稱，因為我知道我會用現在式。只有《我們悲慘的宇宙》（*Our Tragic Universe*）改用第一人稱過去式。

如果你知道，某種敘事風格你比較得心應手，比方說用過去式寫作「行雲流水」，但用現在式「看起來不對」或「感覺很奇怪」，難以維持，那就堅持你擅長的形式，起碼現在先不要改。我教過一些學生，他們可能擅長第一人稱過去式，但到了最重要的三年級，突然宣布要「嘗試」多個敘事者和現在式。我問為什麼，他們說應該要給自己挑戰。他們說，不應該只走簡單的路。如果你很幸運，「找到自己的語態」，起碼先用它寫出兩本小說（或起碼等你先拿到學位）。將之細細打磨、挑戰極限，看看用它能寫到什麼程度。因為想嘗嘗挑戰的滋味，就放棄自己的語態，彷彿丟掉你穿起來最好看的衣服，只因為你覺得可以試試別的穿著，說不定也一樣好看。當作家不表示你有能力產出或複製世界上所有的風格，而是意味著你能充分表現自己的風格。但你也要能辨別，你一再使用的風格可能不適合你，無法讓你自在發聲。

就各方面來說，似乎你只需要選擇文法上的人稱和搭配的時態，就可以開始寫。我以前當然就遵循這個做法（某程度來說，現在也差不多）。你或許喜歡第一人稱過去式的語態，因為你喜歡《孤星血淚》和《瓶中美人》。你或許一直以來都用第三人稱過去式，接下來也不會改。但在你真正開始前，還有一個問題要回答：說故事的究竟是誰？同樣地，我們要留意沒說出口的共識：在第一人稱敘事裡，主角負責說故事，在第三人稱敘事裡，說故事的人絕對是作者，甚至有可能是上帝。沒那麼簡單。事實上很複雜，等你答出誰負責說故事，你已經決定了整體的敘事風格。

如果你的主角是調查罪案的偵探，你似乎「顯而易見」就該選主角當第一人稱的敘事者（當然，除非他是福爾摩斯，太沉浸在自己的世界和近期的研究裡，根本無心寫下他的經歷，但他很幸運有人會幫他寫），或要經歷成年禮情節的人（除非他們很不可靠，不明白自己碰到什麼事）。但如果你在寫陌生人來到鎮上的情節呢？就慣例來說，在這種情節裡，陌生人是中心人物，但他或她不太可能負責敘事。要是主要人物死了呢？能繼續敘事嗎？不太可能，但仍有一絲機會。有一個主要的角色，敘事的問題就夠複雜了，要是有好幾個角色呢？應該用多重的第一人稱敘事者嗎？要走全知視角嗎？還是你的寫作要受限於一兩個角色的意念，以便聚焦呢？事實上，既然說到這件事，把說故事「限縮於」一個意念或其他元素，到底是什麼意思？當面臨到選擇敘事者，敘事風格一事就突然變得更複雜，也更有趣了。

這些關於敘事的初期決定通常會擠在一起，稱作「觀點」，但除了知道誰負責敘事及其大致的做法，觀點含蓋的遠不止於此。「觀點」一詞已暗示了觀看先於講述：以傳統方式使用，也就是指「外邊兒」有故事，我們只需要把這個或那個角色的意念打開，如同打開房間裡的電燈開關，就會看到故事以他們的「觀點」播放出來。想要的話，我們可以把這間房間的燈關掉，再把其他地方的燈打開，就可以從另一個人的觀點看同樣的故事。但這不是寫虛構故事的方法。兩名角色絕不會從兩個不同的角度說出同樣的故事；他們會說出兩個不同的故事。故事是人說出來的，說出他們眼裡看到的，而訴說或鋪陳情節的方法，成就最終的敘事。你以為轉個觀點，還能留下同樣的故事，那就錯了。

在《米德爾馬契》的第二十九章開頭，喬治．艾略特的手段很高明，把「觀點」從多蘿西婭轉成卡索朋。的確，多蘿西婭的觀點在句子中間突然遭到捨棄：

> 來到洛伊克之後，過了幾個星期的某天早上，多蘿西婭——但為什麼每次都是多蘿西婭？關於這段婚姻，只能看到她的觀點嗎？[6]

喬治．艾略特（以《米德爾馬契》敘事者的身分）似乎暫時丟棄了多蘿西婭的看法，轉成卡索朋的，然而我們或許可以說這一段乃至全書，仍採用多蘿西婭的觀點，感覺還是支持她。多蘿西婭的觀點是不是「這段婚姻裡唯一可能的觀點」，這個問題有很多回答的方法。小說告訴我們，那不是唯一可能的觀點，卻是最好的觀點。畢竟，多蘿西婭能用全心去愛，卡索朋不能；她思維敏捷，很聰明，他腦袋遲緩，行事僵化；她個性和善，他心存惡意；她沒有怨恨，他卻在遺囑裡處罰她。這本書反覆比較兩個角色，結論是多蘿西婭比較好。儘管曾短暫宣稱採用了卡索朋的觀點，真的改變角度了嗎？[7]觀點不僅涵蓋敘事「鏡頭」的位置和方向，也暗示世界觀之類的東西。

觀點暗示敘事偏好哪一個角色，而不是哪一個角色負責敘事。在凱瑟琳．曼斯菲爾德的《時髦婚姻》裡，第三人稱的敘事大多透過威廉，不過在最後一個場景，我們進入他妻子伊莎貝兒的意念。然而，觀點一直都屬於威廉；在最後一個場景，我們發現伊莎貝兒背叛了他。在《大亨小傳》裡，尼克．卡洛威（Nick Carraway）很少從他自己的觀點敘事：基本上他沒有觀點。尼克說的不是他自己的故事；關於蓋茲比（Gatsby），他有所吐露，有所隱瞞。這本小說大多從蓋茲比的觀點敘事，儘管他從頭到尾都不是敘事者。我們可以說，像蓋茲比這樣的角色如果沒有像尼克這樣的敘事者，就無法存在，蓋茲比和他的「觀點」也只是虛構故事，捏造出來只為了支撐「尼克」的某些無味想法：他是生活嚴謹的美國人，從來不犯過錯。但是，每個尼克都需要他的蓋茲比。到最後，或許小說有自己的觀點，外於所有角色的觀點。每本小說都有立場，也就是觀點。[8]那不一定代表道德評斷，但大多數小說確實都有類似主角的人物，奇怪的是，這個角色就是大家最喜愛的。

即便我們推論出誰在說故事，怎麼用文法上的人稱、時態、觀點達成，也研究出每個角色和整個敘事的觀點，仍需要考慮給敘事哪些限制。在小說裡，如果有十個人物，為什麼我們只能聽到其中四個人的想法？為什麼我們每一章都轉換觀點，但不會在章節中間轉換？敘事時間的道理是什麼？有多少在故事裡，怎麼處理？你在寫的時候，這些問題自然都有了答案。我在寫我的第一本犯罪小說時，預設了我一定要用第一人稱，而且非常確定在選擇使用過去式的時候，沒有考慮清楚。該小說裡有幾處（可怕的）倒敘，從殺人犯的觀點說故事，也用過去式，但是用第三人稱（印刷時用斜體）。其後的作品裡，我花了比較多的時間推理殺人犯的觀點怎麼變成文本內的文本，但在第一本小說裡，就這麼出現了，沒頭沒腦。我也假設犯罪小說應該有幾個星期的敘事時間。早年我一直不想讓人物獨處幾個小時，更不用說好幾天或好幾個星期。《光彩年華》的主要行動延續不到一個星期。但《孤星血淚》開始於皮普七歲，結束於他三十七歲。[9]我們要怎麼決定這些細節？

現在變得很複雜，且先暫時拋棄術語，以便看清楚寫一部虛構作品，我們需要做出哪些決定。我覺得主要有下面這些：

- 誰負責說故事？
- 他們知道多少內容？
- 他們為什麼不知道其他的事情？
- 他們在什麼時候說故事？
- 怎麼會有人來讀這個故事？

你最後寫出來的作品，就是這些決定的結果，而它們又來自你對情節、角色、主題做的決定。如果《孤星血淚》的敘事者是喬或艾絲黛拉，會是同樣的敘事嗎？如果《米德爾馬契》用第一人稱現在式，從多蘿西婭的觀點來敘述，不會變樣嗎？在《瓶中美人》裡，如果愛瑟母親說的故事得到同樣的權重，會有什麼變化？因此，關於虛構故事，最有趣的問題就是，誰負責說故事？在考慮其他的問題前，我們應該問，誰在對我說這個故事？或許也要問，為什麼？或許還要問，這之於他們意義為何？我們已經開始思索這些問題了。但做出這些決定真正意味的是什麼？創造「觀點」（就各方面來說），究竟是什麼？

假設你已經粗略想好了情節和角色。為了舉例，這裡就用我在前一章〈汲取靈感〉裡提出的構想吧。前面說到克萊兒被學校退學，到租片店工作，老闆是鮑伯。克萊兒暗戀在市場擺攤的小辣椒。鮑伯久未見面的兒子伊利歐特是數學天才，在敘事的某一刻現身。你心裡的情節或許有更多細節，但在想法還是雛形時就思索敘事風格是個好時機，因為可能引出耐人尋味的變化。首先，要問有沒有主角。有：克萊兒。這個選項呼之欲出，她可以當敘事者，可以用第一人稱對我們說她的故事。這很簡單。但要是克萊兒言詞沒那麼便給呢？要是她很容易宣洩情緒，不時流露青少年的憂慮呢？或者相反，她太害羞，什麼都不想告訴我們？述說她的故事，她本人是最好的人選嗎？她的個性適合當敘事者嗎？

我們當然可以讓看似缺點的東西發揮藝術效果。比方說，情緒宣洩和青少年的憂慮也可以很好笑。或許，克萊兒表面上的口齒不清可以讓我們探索語言的主題——或許她有自己的表達方法，就像尼爾．格里菲斯（Niall Griffiths）的《凱莉和維克托》（*Kelly and Victor*）裡的維克托，第一人稱現在式的小說，有兩位敘事者輪流從自己的觀點訴說同樣的事件。

> 車頭燈照亮了我後面人行道上的活動，我面前是大海無邊無際的黑暗，一直捲進來。在這裡很容易理解自殺的念頭，在夜晚的海灘上，黑色的潮水拉著你，要把你拖進去，把你吞到某個東西裡，看似要給你希望，在你內心深處的目的地，很奇怪，像光。彷彿海浪下的冰冷爛泥裡，爬著拍動的凸眼生物會讓你找到溫暖而明亮的地方。你想永遠留在那裡，在那兒你永遠不會腐爛。[10]

安・唐納文（Anne Donovan）的作品《佛父》（*Buddha Da*）也差不多，第一人稱的敘事者用過去式訴說她父親怎麼在格拉斯哥變成一名佛教徒——用她獨有的口吻。

> 當佛教徒呢，一開始並不覺得對我爹有什麼不一樣。他以前習慣在星期二去酒館，現在他去佛教徒中心冥想。他同樣與眾不同。他不跟我們講，還是一樣的老爹，去上班，在家裡一樣過。他在他們的房間裡貼了一張佛陀的照片，有時候他進房間關上門，不是為了看電視——冥想，他說。[11]

在虛構故事裡設定限制效果總是很好，有恰當的理由效果更佳。如果你的敘事者有特別的世界觀，或意見與眾不同，在敘事中可以特別強調。馬克・海登的《深夜小狗神祕習題》（*The Curious Incident of the Dog in the Night Time*）就是很好的例子，敘事者是患有亞斯伯格症的小孩。顯然這意味著就算一開始的事件都一樣，他創造出來的故事依然不同於尼克．卡洛威、皮普或愛瑟．葛林伍德——但想想看，這些角色也有微妙的限制。你也可想想看自己有什麼限制。格拉斯哥人可以嘗試安．唐納文的寫法，但如果你來自薩里就不行。

所以，我想讓克萊兒說她自己的故事，我就得找出她可能有什麼樣的語態，我想不想寫這樣的東西。在大多數情況下，克萊兒有點像我，她的語態也有點像我，第一人稱敘事應該沒問題。第一人稱敘事，如同虛構故事的一切，永遠不可能百分之百真實。克萊兒會出現敘事者的語態，就如同人們電話裡的聲音聽起來會不太一樣，假設她對小辣椒傾吐自己一生的故事，用的語態與她敘述小說內容的語態不一樣，也算合理。的確，如果克萊兒站遠一點，用過去式敘事，比方說十年後吧，她的語態可能會更成熟，比描述當下的現在式更像大人。

《孤星血淚》的敘事和主要行動就有一點距離，皮普的成人語態與他的孩童時期不一樣，與他青年期的也不一樣。

下面的摘文裡用了不同的語體：

> 我走開了，走得很快，心想走開比我想像的容易，也在反省真不應該讓人把舊鞋子對著馬車丟來，整條大街上的人都看到了。我吹起口哨，停下腳步。但村子裡一片和平寧靜，薄霧正莊嚴地升起，彷彿要讓我看見這個世界，我那時很天真，很小，但外面的世界那麼陌生，那麼偉大，我立刻重重嘆了口氣，嗚咽了一聲，大哭起來。那裡已經到了村子邊上的指路牌，我把手放在上面說：「再見了，親愛的，親愛的朋友。」

上天知道我們不該覺得哭泣丟臉，那就是雨水，落在令人盲目的塵土上，蓋住我們剛強的心。12

開始的陳述看起來相當真實，儘管敘事者描述的是離家的感覺，一開始遠方的敘事者和角色（當然是同一個人，卻不是同一個人物）的情緒都不激昂。在「真不應該讓人把舊鞋子對著馬車丟來」裡，我們看到這一個場景裡皮普是個要離家的青年。但來到「我那時很天真，很小」，他突然又變回小男孩。這裡突兀卻精彩地讓我們與皮普同在，感受到他對過去的感受。然而分段後，更嚴肅的敘事者回來了，告訴我們不要因為流淚而覺得丟臉。在不到幾行的空間裡，我們先看到皮普的意念，是個成年人敘事者，然後是離家的年輕人，再來是男孩（用男孩的字眼「很小」），然後又回到成人敘事者。注意摘錄結尾的評論不在小說的主要敘事時間內，而發自一個朦朧不確定的地方，即小說敘事的位置。我們知道，因為淚水「是雨水」，這個想法是此時此刻的，用現在式，出現在敘事的時刻，而非與敘事的其餘部分一樣在過去。

在完全放下第一人稱前，我們先考慮一下，如果主角仍是克萊兒，但讓另一個人來訴說她的故事會怎麼樣。這位「另一個人」在敘事裡，還是敘事外面？換句話說，是另一個角色，還是我這個作者套入某個人物？如果克萊兒依然是主角，但小說裡另一個人負責敘事，這個人要有動機。比方說，會不會是克萊兒的妹妹，因為欣羨姊姊而講這個故事？會不會是伊利歐特，私底下愛上了克萊兒，對她那個夏天的一言一行都牢記在心？會不會是小辣椒，告訴我們很不一樣的故事，克萊兒對她既是暗戀者，也是初戀？這些都可以是第一人稱的敘事，但焦點是克萊兒，除了最後一個，最後一個比較像小辣椒的故事（或許到最後，會變成我真的很想寫的故事——所以在這個階段，不要排除任何可能性）。在某種意義上，這就是《佛父》的做法：故事表面上在說敘事者的父親，他經歷「成年禮」情節變成佛教徒的過程。但就如同《大亨小傳》，一定會跟敘事者扯上關係。

身為作者，接下來的選項是我可以決定我要自己負責敘事，而且用第三人稱。但小心不要過了頭。要記著，既然我是作者，我一定是說故事的人。只因為我假裝克萊兒在說故事，並不表示到最後其實不是我。從另一個角度來看，身為作者，我實際上可以永遠不要說故事，理由很簡單：故事是虛構的，我是真實的。喬治·艾略特說到多蘿西婭、利德蓋特（Lydgate）、瑪麗·加爾斯的時候，她描述的是自己想像的角色，不是真人。這裡有兩個不同的維度：真實和虛構，在虛構世界裡任何形式的第一人稱敘事者不太可能提到真實世界，會破壞架構（「這裡，我們在《米德爾馬契》的第二十九章，我覺得夠了，一直用多蘿西婭的意念來敘事，所以我要試試看卡索朋的意念。然後我可能會去喝杯茶。天啊，一直寫一直寫，我的手好痛。」[13]）。寫實主義小說的習慣畢竟仍要我們從各方面把虛構世界當成真實的，但不要相信是真的真實。大多數的虛構世界都要合乎邏輯，但保持封閉。我可以相信《米德爾馬契》裡的一切，但我不相信喬治·艾略特去過那裡，還碰到這些角色。因此她本人絕對不可能當小說的敘事者。她的第三人稱、侵入小說的敘事者事實上是個人物，不是一個人：另一個由作者創造的角色。

所以用第三人稱敘述故事是什麼意思——克萊兒和書中所有人都指名道姓，或用「他」和「她」，再也沒有公認的「我」？首先，我們寫句子需要用第三人稱：「克萊兒想喝杯茶」，而不是「我想喝杯茶」或甚至是「我不馬上來杯茶會死」。事實上，如果那是克萊兒說話的方式，她不只想喝杯茶，而是不馬上來杯茶會死，我們可以寫入第三人稱的版本：「克萊兒不馬上來杯茶會死」。現在狀況又變有趣了，也變得更複雜。第三人稱敘事有多少「屬於」第三人稱敘事者，多少屬於角色？到底是誰的語態？

通常，第三人敘事相當微妙，看起來故事彷彿由非特定人士訴說。艾略特（或可以說是她的人物）在《米德爾馬契》裡對讀者說話，但在很多第三人稱敘事裡，敘事者只靜靜留在背景裡，假裝自己不在場。他們不會把讀者抱到大腿上，從「很久很久以前」開始，也不會用預告片的語態來講話，比方說「克萊兒其實不知道，那天下午她會有什麼樣的驚喜⋯⋯」他們說故事的方法看起來就像沒有人在說故事：彷彿沒有明確的敘事者。但就算作者／敘事者離開行動的焦點，角色仍在那裡，位於一切的最前線。如果我用第三人稱敘事，把克萊兒當成主角，那麼我用的語言難免有些是出自克萊兒。我或許選擇了幫她說出她的故事，但我需要讓讀者知道她在想什麼，有什麼感覺。當然我可以透過行動展示克萊兒的想法，但敘事本身呢？

假設有一個場景是克萊兒在租片店裡。她把一些恐怖片放到架上，覺得封面相當噁心，或許用某種「寫作語態」來說，我會稱之為「令人毛骨悚然」。我可以寫「克萊兒開始把恐怖片放到架上。她心想：『這些封面真的很令人毛骨悚然。』」我或許不會寫成這樣，太笨拙了，但我用所謂的「直接敘述句」來表達克萊兒對這些可怕封面的感覺。我或許會寫成：「克萊兒開始把恐怖片放到架上，覺得封面真的很令人毛骨悚然。」這叫作「間接敘述句」，因為我們用間接的方式表達克萊兒對可怕封面的感覺。我們說出她心裡所想，但不把她的想法放進引號裡攪和。請注意到目前為止，在兩個舉例裡，我們都與克萊兒保持距離，並未脫離敘事者的語態，或許我們認為第三人稱敘事就該如此。這些封面令人毛骨悚然，是因為我有這種感覺，但我把這個想法給了克萊兒。

再來看看最後一個例子：「克萊兒開始把恐怖片放到架上。那些封面令人毛骨悚然。好像嘔吐物。」這叫作「自由間接敘述句」，或「自由間接風格」。在這裡，敘事者的語態和克萊兒的語態融合在一起。「克萊兒開始把恐怖片放到架上」是簡單報告出來的客觀事實。「封面令人毛骨悚然」一半屬於敘事者，一半屬於克萊兒。克萊兒這麼想／說，但仍用敘事者的語彙「令人毛骨悚然」。但「像嘔吐物」絕對是克萊兒的表達方式。注意這個句子就獨立存在，沒有歸屬。不是「克萊兒覺得看起來有點像嘔吐物。」（間接敘述句），甚或是「克萊兒心想，『真像嘔吐物』。」（直接敘述句）。自由間接敘述風格是不是高雅多了？我的意思是，我們顯然還在討論嘔吐物，但你應該會同意，我們的用句感覺比較有格調。

詹姆斯．伍德在著作《小說機杼》裡對自由間接風格的討論非常精彩，他論述看似「屬於」作者的字詞與屬於角色的有什麼差別。

> 自由間接風格解決不少問題，但也強調小說敘事中固有的問題：這些角色用字像他們會有的用字，還是比較像作者會說的話？
>
> 假設我寫：「泰德噙著愚蠢的淚水觀賞交響樂演奏」，讀者很有可能把「愚蠢」指派給角色。但如果我寫：「泰德噙著黏稠浮誇的淚水觀賞交響樂演奏」，這幾個形容詞會突然作者化得令人困擾，彷彿我努力想出最花俏的方法描述那些淚水。[14]

稍後討論寫作語句時，我們會看到，有些事情角色說會得到原諒，但如果是作者說的，讀者就不會原諒；過度使用形容詞和副詞也是作者的問題，但若能以有說服力的方式歸給角色使用則不成問題。但我們應該也能看出，自由間接風格讓作者可以選擇在敘事裡何時使用角色的用詞和表達，何時使用自己的。這就是不同於第一人稱敘事的地方，在第一人稱敘事裡，我們只能用一個角色的用語（加上其他人說的話）來說故事。儘管有時候差別沒那麼大，下面的例子來自凱瑟琳．曼斯菲爾德的故事《時髦婚姻》：

但是愚蠢而完全出乎意料之外地，他一點沒察覺到伊莎貝兒不像他那麼快樂。天啊，多麼盲目！他根本不知道在那段日子裡她其實恨死了那棟不便的小房子，她覺得胖保姆簡直在摧殘寶寶們，她寂寞到絕望，渴望新的人出現，渴望新音樂和新圖片。如果他們沒去莫伊拉．摩里森辦的工作坊派對——如果他們走的時候莫伊拉．摩里森沒說：「自私的男人，我要拯救你的妻子。她就像精緻的小仙后泰坦妮亞」——如果伊莎貝兒沒有隨莫伊拉去巴黎——如果——如果……[15]

我們可能會納悶，如果一切都可以交付到角色的語態裡，自由間接風格的重點在哪裡？為什麼不全部從威廉的觀點，以第一人稱來說故事？為什麼要做一半，到這個奇怪的位置，讓威廉心裡思索著這些事，但不肯直接向自己或任何人坦承？如同我們前面所提，在敘事裡不完全用第一人稱有好幾個理由：或許敘事者的語態讓人無法置信、令人手足無措或太不可靠。或許敘事者和角色的語態之間有值得探索的對比。但少有作者選擇自由間接風格，然後限制自己只去探究一名角色的意念

（還是有實例）。作者選擇這種敘事，多半是因為他／她想探訪不只一名角色的意念，此時自由間接風格最為有效，尤其在場景裡的時候。在《時髦婚姻》裡，威廉寫信給伊莎貝兒，我們要看到她讀信，但他不能在場，我們也要知道她收到這封信的感覺。

阿蘭達蒂．洛伊的《微物之神》有種流動性特別強的自由間接風格，可以隨時進駐任何一個角色的意念。事實上，有時候進駐的角色還不只一個：屋頂支架「咯咯作響，發出東西掉下來的噪音」，我們知道原文很可愛的「東西掉下來」（fallingoff）不光屬於年輕的雙胞胎兄妹瑞海兒（Rahel）和艾斯沙（Estha），就某種意義來說，也屬於小說裡的每個人。但這絕對不是敘事者的用詞；因為不中立。在小說裡，成人的表達方式常透過雙胞胎（應該等於「一般孩子」）的意念來處理。雙胞胎獲贈蘇西松鼠的書，但不怎麼喜歡，「隸屬重生基督徒教派的米藤小姐，說他們對著她大聲把書倒過來讀的時候，她對他們『有一點點失望』。」[16]原文裡把「a Little Disappointed」大寫，是微妙的自由間接風格形式。小孩子被責怪的體驗：成人對有一點點失望之事所給予的壓力（也要注意，這裡說「有一點點」，是反諷的意思，因此很好笑。如果有人特地用大寫字母來表示「有一點點失望」，你會覺得他們應該能承認，他們實際上失望透頂了）。大寫字在整本小說裡都可以看到，把成人的語句或想法幼稚化或去熟悉感。還有恰克（Chacko）的「Reading Aloud voice」（朗誦的聲音）、「Orangedrink Lemondrink Man」（香橙汁檸檬汁小販）、「History House」（歷史之屋），以及「Anything can Happen to Anyone」（壞事不長眼）與「It's Best to be Prepared」（最好未雨綢繆）。

但《微物之神》裡不只這個語態。角色獨處時（尤其是艾斯沙和瑞海兒），敘事者會用更傳統的自由間接風格讓我們更貼近他們。

看到阿慕抱著頭的樣子，瑞海兒看得出來她還在生氣。瑞海兒看看手錶，再十分鐘就兩點了。火車還是沒來。她把下巴靠在窗台上。她可以感覺到窗戶玻璃毛氈襯墊裡的灰色軟框抵著她下巴的皮膚。她摘下太陽眼鏡，好看清楚路上壓爛的一隻死青蛙。死透了，壓得好扁，看起來比較像路上一塊青蛙形狀的污漬，而不是一隻青蛙。[17]

在這裡我們看到經典的手法，混合敘事者和角色，也是自由間接風格的特色。有些想法由敘事者分派給瑞海兒，告訴我們「她可以感覺到窗戶玻璃毛氈襯墊裡的灰色軟框……」，但看到對青蛙的描述，我們發現這個想法或觀察並不屬於任何人。然而，我們知道我們在瑞海兒的意念裡，這些是瑞海兒的話語。能用瑞海兒的話語，表示敘事者也可以調皮和愛開玩笑。

但是，看一下同一本小說裡略微不同的敘事模式：

每個月（除了雨季），恰克都會收到貨到付款的包裹，裡面一定是巴爾沙木的飛機模型組。恰克通常會用八到十天的時間來組裝飛機，裝上超迷你油箱和馬達推進器。組裝好了以後，他會帶艾斯沙和瑞海兒去納塔柯姆的稻田裡，讓他們幫忙試飛。飛行時間從未超過一分鐘。一個月又一個月過去，恰克細心造出的飛機都墜落在綠油油的稻田裡，艾斯沙和瑞海兒就像受過訓練的尋回犬，衝過去搶救殘骸。[18]

這是比較成人的語態。一開始看起來相當客觀，純粹是敘事者告訴我們恰克的模型飛機怎麼了。但來到有關艾斯沙和瑞海兒的描述，發現他們「像受過訓練的尋回犬，衝過去」，我們警覺到我們已經漂向恰克的意念裡，因為這是他說的話，也是他眼中雙胞胎的模樣。他們看自己當然不是這個樣子。儘管在書裡讀者幾乎都透過雙胞胎的視角看世界，小說裡的觀點曲折變化猶如萬花筒，讓我們可以看著雙胞胎，也透過雙胞胎來看我們自己。在這本小說裡，我們不知道每個人從頭到尾的想法，但我們有可能知道。敘事者可以選擇告訴我們任何人的任何事。

這就是所謂的「全知」觀點。在牛津英語詞典裡面，「全知」的主要定義如下：「特別用於神：一切都知道，有無限的知識」。在文學批評裡用到這個術語的方法讓我有點懷疑，因為「全知」暗示，從其他的觀點來看（比方說「受限」的第三人稱敘事[19]，或者第一人稱），作者便不在如同天神的位置上。胡說八道。我們當然就跟神一樣。我們創造出自己的小小世界，在自己的世界裡就是神。我們確實有可能知道在某個時間點，每個人在想什麼做什麼。除非我們最後一頭栽進神學的兔子洞裡。就算是神，真有可能擁有無限的知識嗎？或許吧。但對我們來說，這種狀態根本難以想像。看到自己創造的東西，從不覺得驚訝、開心或感動，是什麼感覺？

我放棄全知的概念，約莫也是我第一次放棄作者為神的概念時，思酌著有幾個問題：不可能、太傲慢、難以相信。我使用第一人稱，後來也用嚴格受限的第三人稱（等一下就會討論），有一個理由，因為我不相信這股存在能快速移動地讀每個人的心。我不願意相信。我當時如此自我感覺良好，想像永遠沒人能懂我。我確實也把同樣的禮數套用到別人身上，覺得如果沒人能懂我，我也無法懂別人，我能給文學的貢獻就是我自己小小的、有限的第一人稱世界。

的確，在虛構故事裡有一種很可怕的全知觀點貶低了主觀性，而非予以頌讚（理查覺得他比傑克厲害，但傑克知道理查不知道的事情。他知道理查身後有頭巨大的怪獸，正想吃人肉。理查被吞下去的時候，他最後的念頭是他恨傑克。看到理查死了，傑克一點也不覺得遺憾）。但用得好的話——與「全知」相比，我喜歡簡單稱之「自由間接風格」——最能充滿同情心，也是包容度最高的敘事類型。這不是指自由間接風格不會選邊站：的確，在《米德爾馬契》裡，偏袒的對象是多蘿西婭，在《微物之神》裡，偏袒能真正去愛、自由去愛的角色：瑞海兒、艾斯沙、阿慕、維魯沙（Velutha）。但我們也看到其他觀點的可能性，我們也更能了解眾人為何出現這些行動，因為我們從他們的內在出發。《微物之神》裡的寶寶克加瑪背叛了代表愛與真相的阿慕和維魯沙。但我們了解她為什麼這麼做。她完全失去了愛的希望，對未來感到恐懼。敘事並不要求我們一味責難她，而要看到她從哪裡來，儘管我們仍可能認定她錯了。

一八八六年，契訶夫寫信給哥哥亞歷山大（Alexander），想幫他在作家之路上更進一步，他列出的條件就包含客觀性。下面就是契訶夫闡述作品要達到「藝術性」應符合的條件：

- 看不到有關政治、社會、經濟的長篇大論
- 完全的客觀性
- 誠實敘述角色和物品
- 極度簡練
- 大膽，有原創性；避開陳腔濫調
- 有同情心[20]

契訶夫說到完全的可觀性，意思是作家應該說出發生了什麼事，但不加以論斷。他不是指我們要努力創造出能讓讀者客觀看待的作品，也不是說作品不會在讀者心中激發強烈的感覺，而是我們要避免引導讀者的想法。就我來說，這份清單的中心應該是同情心，透過憐憫，我們不只能愛上所有的角色，也能給每個角色同等的愛。儘管很難做到，但絕對會有解放的感覺，很值得練習，在寫作時不要對每件事都表明意見，只要如實陳述。當然，我們不要求角色保持客觀，只要求敘事者。瑞海兒可以討厭寶寶克加瑪；讀者想要的話，也可以討厭寶寶克加瑪；只有敘事者不能。敘事者站在神的位置上，但不是舊約聖經裡那種苛刻的神，擬定計畫來折磨和懲罰祂的造物，而是比較像書名說的，微物之神。

不帶評斷的自由間接風格大師頭銜或許可以頒給托爾斯泰，在他筆下，連安娜不講理的丈夫卡列寧（Karenin）似乎都能贏得同情。在《安娜．卡列尼娜》裡，實際上幾乎無法評判任何人。托爾斯泰一開始看似要譴責安娜，卻發現自己做不到。身為作家，他人太好了，筆下的每一個字都散發出同情心。吉蒂（Kitty）和安娜，我們比較喜歡哪一個？很難說。比起卡列寧，我們會比較喜歡列文嗎？對，但可能只是因為他出場的時間比較多，也因為在小說裡，列文走「凡人」路線，更容易得到認同。但重要的是，在整本書裡，我們不會討厭任何一個角色，即使每個人都有自己的缺陷。

在《安娜．卡列尼娜》裡，自由間接風格似乎有幾個執行的規則：比《微物之神》多。《安娜．卡列尼娜》分成許多短短的章節，每章通常只有一個場景，每一個場景裡我們通常只進入一個人的意念。在第一部的第二十三章裡，吉蒂等著伏倫斯基來請她跳馬祖卡舞。我們只能知道吉蒂的想法；她看著伏倫斯基和安娜共舞時，我們只知道她在想什麼，不知道伏倫斯基和安娜的感覺。當然，我們可以從客觀事實和吉蒂的描述來推測他們的感受。儘管我把托爾斯泰的敘事（也適用於所有第三人稱的敘事）描述成「自由間接風格」，但這個風格有個特色，也會用間接敘述句（「她覺得跳馬祖卡舞的時候，一切都有了決定」）。托爾斯坦也會用直接敘述句，把角色的想法放在引號裡，如這段摘錄的開頭：

「那他呢？」吉蒂看著他，一臉驚愕。安娜臉上對著吉蒂清楚反射出來的東西，他臉上也能看到。他那沉靜堅定的態度，與無憂無慮的鎮定聲調哪去了呢？不，他現在每次對安娜講話的時候，會微微低頭，彷彿想倒在她面前，眼裡只有順從和恐懼。[21]

吉蒂看得出來，伏倫斯基敬畏安娜；他或許很愛她。還有誰能告訴我們答案？安娜當然不會親自告訴我們這一個場景的真相：會顯得太自負，太虛榮。或許，要靠外人才能提供的清晰度看明白。如果這是第一人稱的敘事，採用安娜的觀點，描述這個時刻就很尷尬。

在這場戲裡，我們只占據了吉蒂的意念，看不到其他人。然而，托爾斯泰在一個場景裡也會不時在意念間移動，艾略特在《米德爾馬契》裡也一樣。兩位作家的手法似乎都讓一個場景「屬於」一名角色，其他人的比較少，而這個角色的意念占有優勢，其他人的意念或許也涵蓋在內。在《微物之神》裡的系統比較複雜，但還比不上艾莉．史密斯在《迷》裡面的敘事系統。

《迷》有五個主要角色：史瑪特一家人，有媽媽夏娃、繼父麥可、兒子麥格納斯、女兒愛思翠。第五個是安珀：來到鎮上的陌生人。有些第一人稱敘事的模糊區段牽涉到安珀，但小說主要以第三人稱現在式敘事，使用自由間接風格。史瑪特家的成員輪流「擁有」自己的章節。儘管有敘事者訴說他們的故事，但沒有像《米德爾馬契》裡面的「我」，有自己的想法、感覺、意見。這個第三人稱非常非常接近第一人稱。

> 愛思翠還沒完全破碎。但麥格納斯心想，如果一扇窗戶能對著自己丟磚頭考驗自己，她也會這麼做，她會擊破自己，然後會用碎片來測試自己有多鋒利。坐在這桌的每個人都已經變成碎片，彼此拼不起來，彷彿皆來自不同的拼圖，被蠻不在乎的慈善二手商店店員全混進一個盒子裡。不是慈善商店，就是其他老拼圖可能去的葬身之地。只是拼圖不會死。[22]

在這裡，麥格納斯不光提供了敘事的許多字詞，還有敘事的標點符號和節奏。為什麼這裡不用第一人稱就好了？對啊，為什麼不使用多重敘事者，讓家庭成員個別訴說自己的故事呢？這段摘錄可愛之處，在於拼圖的比喻以完美的自由間接風格呈現，絕對來自麥格納斯的腦袋，使用麥格納斯會說的話，如果用第一人稱敘事，我不相信他會費心想到這個比喻。有些人需要第三人稱的敘事者，像麥格納斯，幫他展現他自己。敘事者進去了，進到他的腦袋裡，找到他會用的比喻（如果他願意想要怎麼比喻的話）。但麥格納斯並未直接講給我們聽。事實上，假使這家人用第一人稱敘事，我不覺得他們能誠實，當敘事者強迫他們進入自由間接風格的時候。在多重第一人稱敘事裡，夏娃會怎麼做？她或許會寫出遠遠不及她想法有趣的日記，但若使用自由間接風格就可以比用第一人稱的任何形式得知更多想法。

為什麼？為什麼在多重第一人稱敘事裡，她就需要寫日記？傳統上來說，第一人稱敘事呈現的方式被要求比第三人稱更被排入情節，必須更可信。沒有人會問《安娜．卡列尼娜》裡這個角色是誰，他似乎能走進每個人的想法，也知道每個人確切碰到了什麼事。我猜我們就認為他是托爾斯泰吧，既然這是他的故事，我們也不會和他爭辯。沒有人在意《米德爾馬契》裡的「我」是誰，也不關心他怎麼能遊走到故事的每個角落。

然而，一旦你用第一人稱寫作，大家就會開始納悶這故事會怎麼被述說。《瓶中美人》或《孤星血淚》明顯使用第一人稱敘事者，似乎沒問題，情境很可信，彷彿這個人要我們坐下來，向我們講述他的故事，如同大夥坐在酒館裡聊天；又或者像他們打了通電話過來。因此，單一敘事者的第一人稱敘事就這麼「懸而未知」似乎沒關係。敘事者有些會解釋敘事出發的時間或地點，但讀者基本上不會預期要知道這些。我們不會要求寫作本身被排入情節，雖然有些第一人稱敘事會用這種手法，以日記或信件或其他類型的虛構作品呈現出來。但一旦加入「另一位」第一人稱敘事者，合理性就崩解了，我們開始疑惑什麼樣的意念能納入另一股意念——或納悶是什麼樣的巧合讓這兩個敘事者碰在一起，在同一時間訴說同一個故事的兩面（巧合度更高的話，兩名敘事者會緊接著彼此說故事）？

那看起來就是很奇怪，讓人不舒服。突然之間，我們離開了熟悉的酒館，也不是一般的電話交談。想像一下《危險關係》由梅黛侯爵夫人和凡爾蒙子爵輪流敘事，告訴我們他們怎麼打了這個賭，以及賭局的悲劇結尾。首先，不能用過去式敘事，因為在故事結尾他們都死了。但就算使用現在式也一定有過去的感覺。[23]總之就是不合理。但就算我們不予質疑，我想那樣感覺也會很單調。看到書信體，我們會有種感覺，這兩個人並非不自覺地說起「一個故事」（或許還會用恰克那種「Reading Aloud voice」〔朗誦的聲音〕）。畢竟，他們全然耽溺於自己的人生，體驗所有的戲劇事件，只因為我們能讀到他們的信，見識到兩人之間發生了什麼事。敘事再度融入故事，對這些角色來說也算合理。我們相信有人找到了這些信，用來創造出敘事：我們不相信書中的人物會坐下來，講故事給我們聽。

因著這些理由，大多數多重第一人稱敘事會採取虛構作品的形式——信件、日記、故事中的故事等等——以一種在虛構世界裡合理的方式組合在一起。在道格拉斯・柯普蘭（Douglas Coupland）的《嘿，大預言家！》（*Hey Nostradamus!*）裡，四名敘事者輪流訴說一九八八年高中槍擊事件的經過和餘波：雪柔（Cheryl）是一名受害人，從一種來世的狀態用第一人稱過去式講她的故事。傑森（Jason）負責說下一段的故事，雪柔在槍擊案之前才剛與他密婚。他在一九九九年把自己的故事寫在給侄子的信裡，大多用第一人稱過去式，不過寫信過程以現在式敘述放入了情節之中。

> 所以你們知道，我在我的貨車駕駛座寫完了這封信。貨車停在貝威爾，靠近安布賽德海灘那邊，旁邊的碼頭上有一堆穿直排輪的屁孩，和拿螃蟹籠尋求大腸桿菌的越南人。我的筆上凸印了「旅客之家」，我把信寫在萊斯粉紅色出貨單的背面。風愈來愈暖——吹在臉上感覺真好啊——我感覺到就像休旅車廣告裡說的——一股自由。[24]

下一段的日期是二〇〇二年，敘事者是海瑟（Heather），也用第一人稱，混合過去式和現在式。海瑟是法庭速記員，在製作法庭紀錄的時候經常（雖然不至於總是）寫起自己的日記。「不知道過去幾十年來，有多少個速記員坐在這裡不斷吐露心事，但仍表現得一本正經，有條不紊？」[25]最後一段的敘事者是傑森的父親雷吉（Reg），時間是二〇〇三年。這一段用信件的形式，但風格比傑森寫給侄子的信更直接。在信裡，雷吉幾乎都稱傑森為「你」。

在大衛．米契爾的《雲圖》裡，每段敘事都包含前面那一段，創造出俄羅斯娃娃般層層套疊的結構，類似卡爾維諾的《如果在冬夜，一個旅人》，事實上靈感也來自該書。[26]《雲圖》並非所有的敘事都用第一人稱，但在使用第一人稱的敘事裡，一段是日記，另一段是信件，還有一段則像錄影。但這些文件和加工品似乎由單一的意念精確地按目前的順序排給我們看。在小說的世界裡，我們假設有人找到這些文件，整理排序，甚至動手編輯。布拉姆．斯托克（Bram Stoker）的《吸血鬼伯爵德古拉》（*Dracula*）也按這種邏輯組合成書。有時候，組合的方式本身也有生動的描寫；有時候則沒有。

最後，每種可行的敘事形式似乎都回歸到只有一個說故事的人，或許是作者兼敘事者，或者是第一人稱的角色，或許是找到文件和作品的「編輯」或「策展人」。看來，不論文本內被襲擊的意念有幾個，我們都希望敘事由一個意念來敘述，或至少由這個意念組合起來。理由之一或許是因為我們期望這個意念能用某種方式限制敘事，把敘事框起來，就情節和主題來說都能保持連貫。史瑪特一家人為什麼要輪流讓敘事者進入他們的意念？我們為什麼不能只傾聽在每個當下想法最有趣的那個人？因為，這樣故事才更有戲劇性。安珀向夏娃宣布，她要和夏娃十多歲的兒子麥格納斯去村子裡做愛，我們在那個時刻進入麥格納斯的意念，感受到他的感受：目瞪口呆，直到他（以及讀者）發覺夏娃一定會覺得安珀在開玩笑。夏娃確實這麼覺得，或看來如此，因為既然我們在麥格納斯的段落裡，我們不會知道夏娃的想法。

在《光彩年華》裡，我決定要限制我的第三人稱現在式敘事，每一章「屬於」一名角色。我決定焦點將按著排定的順序走——安（Anne）、傑米（Jamie）、希亞（Thea）、布林（Bryn）、愛蜜莉（Emily）、保羅（Paul）——絕對不會脫離這個順序。書中的角色大多時候都在一起，所以我們通常能聽到每個人說的話，但當下只能知道其中一名角色在想什麼，或偷偷在做什麼。當小說裡將出現只關乎一兩名角色的戲劇性時刻，我必須決定事件要出現在「他們」的章節裡面還是外面，以及說故事的方法要怎麼變化。我為什麼要對自己設下這樣的限制？嗯，因為唯有透過限制（或障礙），才能產生戲劇性。起碼會迫使作者思考，解決問題，鋪陳情節。放任自由發展的敘事可能會歪七扭八，變得索然無味。故事或小說有某種一致的內在結構，奠基在作者創造的規則之上，實際上幾難找到不是如此的。敘事都會組織成連貫的模樣。[27]下面引述大衛．米契爾，說到他怎麼決定組織《雅各的千秋之年》（*The Thousand Autumns of Jacob de Zoet*）的方法。

> 我試用第一人稱寫作，感覺就是不對。這本書好麻煩，所以花了四年才寫完。我重寫了兩次，改成第三人稱之後才有了生命。然後我必須決定我們能聽到哪一個角色的想法。最後我設計了一個規則：每章都有一個主要的觀察者，穿戴想像的數位攝影機，就像礦工的帽子，上面有支探針在竊聽他的腦子，因此讀者就能知道他在想什麼，但僅限於這個角色的想法。[28]

你為敘事風格設定的規則不光關係到什麼時候去探訪哪個人的意念，或誰用什麼順序敘事。比方說，當你決定了一個特定時態，就踩緊這個時態，保持一致。學生一開始寫作的時候，我常看到一個問題，就是時態隨興地變化。要確定自己是否一致，只有一個方法，就是大聲讀出來。你也要思索你的時態結構用什麼邏輯。在《嘿，大預言家！》裡，根據目前描述的事物，會在現在式和過去式之間轉換。有四分之三的篇幅用很清楚的「現在」和「當時」，時態的用法也合乎邏輯：現在式用於現在，過去式用於當時。角色告訴我們，他們現在在哪裡、正在做什麼，再繼續反省不久以前或很久之前的事情，這些變化通常會很生動地寫進敘事裡。在《九號夢》裡，只要詠爾（Eiji）出場，一定用第一人稱現在式敘事，不論實際的時間是什麼時候。只要保持一致，為自己定好規則，遵守規則，就可以隨心所欲。但是，如果沒有明顯的理由，大衛．米契爾突然用過去式搭配詠爾，或《嘿，大預言家！》裡的角色突然全用現在式敘事，看起來就會很奇怪。

每一個敘事選擇都會影響所有其他的選擇。前面我們討論過，誰可以敘述克萊兒在租片店裡的故事，光想「誰來敘事」這個問題，我們基本上就必須回答其他所有的問題。只要一開始想敘事者，就一定會想到他們會知道多少事情、他們有什麼限制，以及他們在什麼時候說故事。你現在明白了，文法上的人稱只是知道多少的問題：第一人稱的敘事者知道的比第三人稱敘事者少，因為第一人稱敘事者所知僅限於自己的思緒。但我們也看到了，此事的複雜之處在於，不論寫什麼樣的故事，每個寫作的人都會自動占據第一人稱的位置（「作者」），很矛盾，因為這個人無所不知（但可能不到「無限」的程度）。無論如何，接下來的重點在於放在敘事上的限制。在第一人稱敘事裡，我們可能會納悶，這個故事怎麼來到我們眼前。比方說，寫成日記？有多少人在敘事，直接或間接？我們要檢驗的意念有多少個？在其他段落也可以隨時探訪那些意念嗎？我們造訪的這個虛擬世界，有什麼規範和慣例？

說到底，重點就是連貫一致。你怎麼讓所有的材料團結起來？留住形式？保持協調？決定敘事風格雖然看似複雜，等你決定了你要說誰或哪些人的故事，你就可以按著邏輯找出其餘的答案。有些人先寫了再說，但這種做法很容易出錯，因為你會自然而然落入自己最保守的風格，不如試試看反其道而行。可以試試看這個做法，用幾種不同的方法檢驗你的想法，看哪種方法最適合自己。做這個練習後，起碼你會從新的觀點來看你的故事。

在附錄三裡，我放了假設性故事的技術矩陣，故事裡有個男孩和一隻兔子，很適合用來練習，尤其是因為主題「很蠢」，不會讓你坐立難安。從每欄選一個東西，隨機亂選即可，然後把組合出來的敘事風格運用到想法上。在做練習的時候，完全釋放你的想像力。比方說，你決定奧麗芙已經一百歲了，沒問題。你或許會自己寫一個技術矩陣，包含所有你要考慮或有興趣的敘事選擇，畫出幾條可能的路徑。然後按著你選擇的參數來寫文章，看看結果如何。選擇三種不同的做法，例如一個傳統的、一個冒險的、一個荒謬的，然後嘗試寫一段出來。

角色塑造
Characterisation

你也應該盡量用動作來發展情節。假設天生的才能都一樣，能實際體驗到情緒的人最有說服力；憂傷或生氣的人表現出的憂傷和怒氣最為真實（這就是為什麼寫詩的技藝屬於有天賦的人，或瘋子）。

——亞里斯多德[1]

別花心思在描繪官員上。要描述無情的官僚主義，再簡單不過了，雖然有些讀者會看得津津有味，他們卻是最不討喜、最畫地自限的讀者。

——契訶夫[2]

你必須斷然下定決心，你來，是為了提供藝術，為藝術犧牲，還是為了開拓個人的權勢？

——斯坦尼斯拉夫斯基[3]

想像你在一場盛大的派對裡，滿屋子人，如果要穿越人群，你得想好自己要往哪個方向。正前方是食物：桌上擺滿了你心目中的珍饈美饌，或許是麵包和乳酪，或許是好幾種不同口味的咖哩。右邊的桌子上擺了少量的上等香檳，或你最喜歡的派對酒飲。穿過落地玻璃門，就是灑滿月光的花園，你可以在這裡一個人靜一靜。在眼前這個房間裡，你的好友坐在角落裡，她剛和男友分手，分得很不愉快。另一個角落裡有位你信賴的友人，可以讓你歡樂地抒發抱怨大小事至少一個半鐘頭。在一切的中心則是派對的主人，你有點怕他。你聽到音樂從某個地方傳出來，你猜想另一個房間有舞池。

你大概已經想好了要先去哪個地方了吧。我知道我會先去拿香檳，再速速確認一下朋友沒事，然後去花園走走，最後去跳舞。我覺得美好的派對就像亞斯坦和羅潔絲電影裡的夜晚，一切美好，沒有衝突。然後我會避開能對之抱怨的人。我想向主人道謝，但我可能會不小心忘了。畢竟，每個人都不一樣，你呢？先喝香檳，還是先找主人？還是完全不一樣的選擇？親近的朋友或你熟識的親戚呢？他們會怎麼辦？我有一個朋友，一定要中規中矩，我想，她會先去向主人道謝，然後去和飽受情傷打擊的朋友聊天，接著才去拿酒。我認識的另一個人會直奔美食。再假設在同樣的情境下，你暗戀的人也加入了（如果那人現在是你的伴侶，就假想你們在一起之前的模樣）。你沒想到他或她也來參加派對了。對方還沒看到你，這時你會怎麼做？你會做出與先前不同的選擇嗎？如何不同？又為什麼？

角色塑造的基礎就是在不同情境下每個人做的選擇。亞里斯多德已經告訴我們，我們透過行動看到角色，而行動裡一定有選擇：我要做這件事，還是另一件事？選了這件事，我要怎麼做？有些選擇有意識，有些選擇無意識。有些選擇根據障礙，有些則根據誘因。其他的則很隨性（或看似隨性）。我們做的選擇大多微不足道，總和起來也不過就是在派對上要先拿飲料還是食物。但在這些選擇裡我們看到角色（性格）浮現了。角色不是某人認為自己該有的樣子，或希望自己有的樣子，或嘗試變成的模樣。有所選擇的時候，真正會去做的事情，就映出角色。不論我心中的自己是什麼模樣，如果我爬上桌子，對整個房間的人大喊「我真的很害羞」，大家都能看出，我一點也不害羞。我做出選擇，採取行動，就證明了我的性格。

角色（或性格）就像膠水，把一整個人拼湊起來。如果我們熟悉這些人，就能預料他們的行事。這也不是壞事，人生就是這樣。大多數人能推斷某個朋友今天晚上想看肥皂劇，還是想看足球賽。我們知道某個朋友很在意哪些事情，會因為什麼事情開心或發怒。就算熟識的人行事讓我們嚇一跳，通常在知道原因後，也不會那麼驚訝。如果虛構角色的行動嚇到我們，應該是因為我們早就知道的事情，而不會不相關。角色塑造得好，就有很棒的逆轉，只因為就某種程度來說可以預料角色的行動，但不代表我們能確切預測他會怎麼做。馬格維奇回來後皮普的反應、哈姆雷特對奧菲莉亞的怒氣，以及卡索朋死後拉迪斯拉夫的反應，都具有深度和戲劇性，因為令人震驚的同時，卻也不難想見。不是隨機；這些行動都來自我們熟悉的人物，卻不一定符合我們的預期，有戲劇效果，但仍「符合角色性格」。每個行動都是從不同選項裡做出的選擇，或許不是放在每個人身上都合理，但放在這個角色的這個情境下卻很容易理解。

在一些學習角色塑造的教材內容裡，可能會要你要考慮角色會怎麼辦，比方說有人殺了他的爸媽、他開車輾過了小孩，或必須選擇是要幫朋友動救命的手術，還是把一百萬英鎊收進自己的口袋。但這些不是你可能常會碰到的問題，因此你的角色也不太可能會碰到。請也要小心，一旦你開始想「角色」這種抽象的東西，就可能會想到謀殺、復仇、一大堆不符合實際的行動。一定要問自己，我會怎麼辦？在這個情境我可能有哪些選擇？你比較可能碰到的選擇題是，今天要穿藍色還是黑色的襪子；早餐要吃吐司還是燕麥粥。平凡的選擇來自瑣事，要去哪裡、見誰、吃什麼、喝什麼以及要說什麼，就像前面提到的派對。要把平凡的選擇寫成小說已經夠難了，更不用說重要的事物。很多選擇當然不「隨興」，來自障礙、問題、妥協、誘因，也需要細讀，才能欣賞其中的複雜度。如果我發現熱愛英式橄欖球的朋友陪老婆一起看肥皂劇，不表示他突然愛上了肥皂劇，只能說他很愛他的妻子。[4]在大多數情況下，我們要穿透表面，才能看到真正的性格。當我們細看，也會找到一種很特別的連貫性。

新手作家會犯一個錯誤（我當然也犯過），就是讓角色來到派對，然後從事模糊的「派對行動」，但並未面對適合其性格的真實選擇。舉例來說，或許我的角色喜歡感到舒適自在。她從不喝醉（因為喝醉會讓她不舒服），不大和她不喜歡的人講話，但會享用蛋糕和其他能帶來慰藉的食物。這個角色不會來到派對，環視整個空間，與主人打招呼，拿杯酒，從桌上拿點吃的，一一和其他人寒暄對話，然後在花園裡駐足。這一組動作對這個角色來說不合理。這些都是一般派對賓客的行動，但事實上沒有所謂的「一般賓客」。[5]我們的角色會走向食物，或許對自己說，開了這麼久的車，她「值得」吃點好東西。然後她有點內疚沒先去向主人打招呼，或只是草草問候了一下。我們要記得，這些是正常人的行動，不是反派的。如果我們開始走說教路線，她應該這樣那樣，並且因為她的不完美而懲罰她——比方說，如果我們決定，她沒有好好問候主人，或者吃了太多蛋糕，所以要跌一跤——那麼，就像殘酷的神祇，我們貶低了自己的創作。這一點稍後再詳細討論。

剛開始寫作的時候，我一竅不通。我記得我試著學寫打鬥的場面（這個場景本身很不合情理），但我無法想像出角色會用哪一隻拳頭揍人，那個人又可能倒往哪個方向。十幾歲的時候，我很迷演戲。我通過ＬＡＭＤＡ（倫敦音樂戲劇藝術學院）的考試，拿到獎章，也夢想成為專業演員。所以我就到走廊上，想「概略描繪出這個場面」。試了，光一個人沒辦法，我拐來一個朋友，演出打一場架的場景，寫下我學到的東西，比方說四肢怎麼擺放。之後我心想：「寫作很像演戲」。又想：「喔，天啊，寫作真的很像演戲。」

之後，我寫第一人稱敘事變得容易多了。我發現，我就是在腦袋裡做角色扮演。只要我的角色做了我可能會做的事，就很有真實感，很可信。因此我的角色會起床，穿上和我差不多的衣服，可能是T恤配牛仔褲，先穿上球鞋左腳，再穿上球鞋右腳。她會抽根菸，因為我那時也會抽菸。她會喝杯茶。然後她或許會出門買東西，不帶手提包，而是把錢放在牛仔褲口袋裡。到了店裡，她會看看所有特價的商品，對店內的客群和烤豆的價格發表評論，不管這符不符合小說的主題。她會和店主人鬥嘴聊幾句，店東可能會發表高見，這一區愈來愈沒落之類的話。她……

午餐時間到了嗎？天啊，好枯燥的場景。但如果你和我有相像的地方，你應該也曾迷失在類似的場景裡。你沒有什麼理由就把角色帶去某處，然後訝異於他們似乎什麼都不想做。當其他作家用興奮的口氣說起他們的角色「接管」了他們的小說，你的角色只會呆呆站著。我的角色為什麼要去店裡？我不知道。或許我覺得，在我苦思情節該怎麼往下走的時候，得找點事情給她做。或許，如果我們看到她和店東互動的樣子，就能「確立性格」。但是，當然不可能，沒有戲劇性，讀者也看不下去。沒有人去商店裡只為了和店主人說幾句俏皮話，或確立自己的性格。這類事情都可以不經意發生，但現實中的人（也是小說角色的根據）去店裡是為了買東西。他們去是基於需要。他們選擇去店裡，是因為渴望生活出現變化，即使變化只是多了一條麵包。如果買麵包能構成小說裡的場景，通常店裡麵包售完了，或者放太高拿不到，或者麵包前站了裸女，或者角色伸手去拿麵包的時候，母親打電話來告訴他或她很重要的消息。但如果你的角色一開始就不需要去店裡，以上所述都不會真實。

我漸漸明白，在腦海裡或在書房外面的走廊上演戲，並不足以構成完整的角色塑造。畢竟，演技也分好壞。我寫的有沒有可能出自很糟的演技？角色的行事合情合理、「逼真寫實」，有沒有可能還不夠？我又想到青少年時期演戲的日子，記起我愛死了偉大的俄羅斯劇場導演斯坦尼斯拉夫斯基。我當然沒真的讀過他寫的書，但和那時候的多數人一樣，聽別人講過方法演技（method acting）的原則，演出前你就過那個角色的生活，愈真實愈好——勞勃狄尼洛（Robert de Niro）就是這樣揣摩《計程車司機》（*Taxi Driver*）的角色。的確，那時我常夢想住在紐約（或其他令人嚮往的地點），必須用方法演技演出醉倒而不失態的輟學生、芭蕾舞者或命運多舛的愛人……

但接下來的十年，我一直把自己寫進許多困境裡（也寫進不少街角小店裡），才發覺角色塑造不只是演得像，或能「做這種人會做的事」。我發現，演戲不光是用行動表現。感受角色的痛苦，意味著要真的去感覺，而不是表演出代表痛苦的種種動作。全然的可信度一定表示角色有理由才去店裡，如此到了店裡，她才有真實的演出。[6]演得真實，表示了解角色做出的每個小小選擇的動機。意思是一定有動機，也一定有選擇。意思是了解幻覺中的真相並不是真相。牢牢記著以上的想法，我去到圖書館，認真閱讀斯坦尼斯拉夫斯基的著作，發現作家要創造角色，絕對不能不讀他的作品。

斯坦尼斯拉夫斯基（一八六三－一九三八）鼓勵演員在心中找到角色的真相，才能在舞台上呈現出真實而心理狀態精準的角色，顛覆俄羅斯戲劇界。斯坦尼斯拉夫斯基發覺，演員有可能採納單調普通的角色塑造形式，在某些形式的劇院裡，這也是一種溫和平淡的娛樂方式，但是要追求更深層的真相，表演要：一、展現出對角色的真實理解（也能理解人性）。二、從演員身上挖掘出這樣的理解，也從他／她身上挖掘出其所演的角色。演員不是模仿「展現出愉悅」的人；而是演出自己在感受到愉悅時會有的舉動。

斯坦尼斯拉夫斯基讓我們看到，老套單調的角色最主要的問題在於沒有推動力，當然無法推進情節，因為他們無欲無求，沒有目標。斯坦尼斯拉夫斯基說：

> 在舞台上確實可以用概括的方式表現一個角色——商人、軍人、貴族、農人等等……比方說，職業軍人一般而言會挺直身體，大步前進，走路的姿勢不像一般人，擺動肩膀來展現肩章，把鞋後跟碰在一起，讓靴刺發出響聲，習慣厲聲說話。農人會吐口水，擤鼻涕時不用手帕，走路的姿態笨拙，講話沒有條理，用羊皮外套的下擺擦嘴巴。貴族一定會戴著高帽子，戴手套和單片眼鏡，講話的樣子很做作，喜歡玩弄錶鏈或單片眼鏡的飾帶。這些都是描繪角色時用到的刻板印象，來自生活，真有其事。但這些不包含角色的本質，也沒有個性。[7]

這幾個例子來自斯坦尼斯拉夫斯基的時代，但我們也可以套用地說小混混都穿帽T和球鞋，拿著一罐啤酒或一袋麥當勞；宅男的皮膚蒼白，滿臉痘，戴眼鏡；辣媽的頭髮挑染，太陽眼鏡幾乎罩住整張臉，喜歡豪華假期；婦女協會的成員穿著過時的毛呢裙，自己做柑橘果醬，習慣聽廣播肥皂劇《亞齊這一家》，討厭年輕人。按這種觀看角度，學生會賴床到午後，一天到晚醉醺醺，從不洗澡，沒有金錢觀念，每天不是做愛，就是討論哲學。這些例子來自後千禧世代的英國（除了對學生的描繪，我發覺大多來自一九八〇年代的影集《年輕人》〔*The Young Ones*〕），但在每種文化裡，都有不同的版本。正如斯坦尼斯拉夫斯基指出，在這些相當粗略的角色塑造裡，找得到真相，但沒有個性，也是靜態的，不是動態的。這些角色無法帶來改變，因為他們不需要變化。如同塑膠公仔一樣，已經定型了，塑好了，完成了，永遠不換衣服，更不用說可以給人醍醐灌頂的感覺。

斯坦尼斯拉夫斯基的作品極度抗拒陳腔濫調、刻板模式、平庸的假設。他的作品充滿憐憫，認為我們都有潛力，能了解和體驗痛苦、愛、恨、挫折、抱負、失敗等讓我們充滿人性的東西。藉由演出或寫作，我們能彼此分享憐憫和理解，也能以最真實的方式表現出人類情感的深刻糾葛，與其他人緊緊聯繫。如果我能恰到好處地表現憤怒（寫下來其實和表演差不多，因為兩者都需要選擇特定的細節），很有可能你會認同你也有同樣的憤怒，而能探察到其中的細節。但我懂憤怒，是因為我有過這種感覺。我能有所感覺，用更科學的角度來說，只因為我經歷過戲劇化的情境，碰到了障礙讓我無法達成目標。正因這個理由，我才能對寫小說開始有點概念。我痛苦過，我體驗過戲劇性的事件，我準備好要與你分享了。

斯坦尼斯拉夫斯基的系統鼓勵演員在普遍中找到特點，找出獨特的方法來表現深奧的角色，而不是平板的陳規。如同他的首席劇作家契訶夫，[8]斯坦尼斯拉夫斯基希望觀眾能體驗敘事，但不需要別人一直告訴他們要怎麼思考，要怎麼評斷角色。早在「新批評」和《作者之死》之前，斯坦尼斯拉夫斯基就指出，劇本通常需要先演出，才能抓住「主題」。「有時候大眾幫我們了解真實的定義。」他如是說。[9]這種理解就是藝術的重點，劇作家製造出有深度的角色，幫我們更了解世界，更深入探索事物，劇院裡演員在這點上不亞於劇作家。如果一齣啞劇裡全部都是舊有的框架，無法挑戰我們對人生的看法，以及我們在人生裡的地位，它就不是藝術。

為了呈現表演的理論，斯坦尼斯拉夫斯基虛構了關於一群新手演員的課堂故事，故事裡他們師承一位偉大的導演托爾佐夫（Tortsov）。[10] 斯坦尼斯拉夫斯基這一系列的著作包括《演員的自我修養》（*An Actor Prepares*）、《塑造一個人物》（*Building a Character*）、《創造一個角色》（*Creating a Role*）。在《塑造一個人物》裡，敘事者和其他的學生與「扮老」遭遇的問題搏鬥。

過了一分鐘，凡尼亞舉步維艱地前進，彎下了腰，彷彿剛中風不久。

「不行。」托爾佐夫制止他，「那不是人類，那是烏賊，或某種怪獸。不要誇大。」

又過了一分鐘，凡尼亞用年輕人的速度一拐一拐行走。

「這樣又太活潑了！」托爾佐夫說，再度打量著凡尼亞。「你犯了一個錯，用最省力的方法循規蹈矩：你縱容自己接受純粹的表面模仿。但模仿不是創作，那種規矩不值得遵守。你最好從頭開始研究老衰的本質。然後你才能看清楚，在你自身的本質內你要找到什麼東西。」[11]

也許你還年輕，寫不出老年（就像你很有錢，寫不出貧窮），但我們確實常常碰到這種時機，得寫出自己沒體驗過的事。舉個例子，我想描述主角的祖母從房間那頭走過來，我就需要了解老年。我要讓這位老太太拖著腳走過來，在一個維度中盡可能誇大？還是我需要把焦點放在構成這個行動的微小客觀細節上？既然我不是演員，我或許有此等奢侈，能夠只寫「老婦人從房間那頭走過來」，而不需要表明她怎麼走過來。[12] 演員沒有選擇，必須要創造出動作的每時每刻。但如果我決定要描繪老婦人的模樣，我可以從斯坦尼斯拉夫斯基身上學到，不要誇大、貶低、責怪或表現得高人一等。

我寧可知道，我應該深入思考「老」是什麼意思。我也會知道，光靠想像或甚至光靠觀察老年人也不對，而是要思索，如果我很老，我會怎麼做某個動作。我必須在自己身上找到這個角色。[13]

斯坦尼斯拉夫斯基也教我們，要探尋行動背後的動機。竭力思索後，我也能極為詳細地傳達長者怎麼坐在椅子上。但我也需要知道，他／她為什麼這時候坐著，為這麼選這張椅子。因為行動一定有理由，亞里斯多德說，情節會推動角色，而不是靠角色推動情節。我們不會看到角色只是「存在」著，我們看到他們「做事」，有所「行動」。再一次地，我看自己就可以確認答案。我做事都沒有理由嗎？還是我做的每一件事都有動機？在小說裡，角色從快樂的開頭走向傷心的結尾（好運到厄運），也可能相反，我們前面也看過，就很多方面來說就這麼簡單，但寫出這種軌跡並不容易。

鋪陳出可信的情節會這麼難，原因之一就是我們要處理因果關係的複雜性。我們知道敘事的每一塊都相互連結，因此如果你拿走一塊，其餘的也會跟著走。舉例來說，因為伊底帕斯的父親底比斯王拉伊俄斯，覺得伊底帕斯受到詛咒（會弒父娶母），就把嬰兒送走，要別人殺死他。但嬰兒獲救，被柯林斯的一對夫妻收養。伊底帕斯回到底比斯，在途中殺死父親（對他來說是陌生人）。他娶了自己的母親，等他發現底比斯因為拉伊俄斯被殺而受到可怕的詛咒，具有英雄氣概的他著手調查兇手是誰。當然，就是他自己。

你會發現，因果關係總由角色驅動。但不僅止於此，驅動的角色一定有欲望。拉伊俄斯送走嬰兒並非任意而為，也不是為了幫助蘇福克里斯推進情節。先知告訴他詛咒的細節，他想活下來，也相信詛咒的結果，因為他就是那種人：正因如此拉伊俄斯才選擇把嬰兒送走。伊底帕斯著手調查誰殺了拉伊俄斯，也非任意而為，沒有其他的事情好做。底比斯的市民說一定要找到兇手，伊斯帕斯渴望真相與正義，便採取行動。這些事件環環相扣，是因也是果，接得天衣無縫，便是《伊底帕斯王》情節出眾的原因。在每一個時刻，每一角色都有目標，這些目標引發事件。變化就出現了。

在《演員的自我修養》裡，斯坦尼斯拉夫斯基介紹了兩個概念，單位和目的。我們後面會討論，在場景的層次上處理內容，可以幫助作者組織材料，產生焦點。演員的場景已經寫好了，但他們需要把場景分成明確的單位，如果他們的角色正在演一個「單位」，而另一個角色正在忙自己的「單位」，更需要分清楚。假設我要寄信，我走出家門，走在路上，看到樹木、行人、空中的飛機等事物。天空落下幾滴雨。一隻狗嗅嗅我，我和狗主人聊了兩句。然後我停步望進某家店裡，因為我想買一個新的手提包。我繼續走，走到郵筒前把信投進去。這裡有幾個明確的單位？街道、樹木、行人、飛機、雨滴、小狗、遛狗的人、店舖、郵筒，都是不同的單位嗎？這些都算是單位（或插曲），構成「我走到郵筒前面」的事件？斯坦尼斯拉夫斯基認為不是。分別看到這些東西只會讓「去寄信」的事件變得無味、不連貫、沒有重點。

相反地，他建議把行動分成更明顯的單位，各有自己的目的。這裡我們看到一個主要的目的：去寄信。也有一個次要的目的：想買新的手提包。這兩個目的不屬於同一個單位，而是不同的單位。在主要的單位裡，我要走到郵筒前面，而看看樹、向狗主人打招呼和後續的動作，都包含在裡面。在完全不同的單位裡（含在第一個單位裡），我想買新的手提包。這些目的能配在一起嗎？還是不行？如果我在主要單位裡的目的略微改變，我必須在下午四點前走到郵筒前面，我的情書才能在隔天送到收信人手上，那麼突然去看手提包似乎就不適宜。如果我是演員，在寄信的路上就不會浪費時間。我會放棄尋找新的手提包，說不定也不會向遛狗的人打招呼。身為作者，我也不想創造出這些涇渭分明的行動。我會依循這個角色在這個場景裡的主要目的，把兩個單位減成一個。[14]

我們可以清楚看到每個單位都源自目的，而目的本身則由欲望創造出來。斯坦尼斯拉夫斯基強調，演員一定要選擇動詞來表達目的。他說：「每個目的本身都帶有行動的源頭。」[15]行動的形成來自作為，而不是存在：來自具體的動詞，而不是抽象的名詞。肯尼斯．史提爾森（Kenneth L. Stilson）、查爾斯．麥克羅（Charles McGaw）、拉瑞．克拉克（Larry Clark）在著作《相信，就有好戲》（*Acting is Believing*）中探討「存在」和「作為」的差異：

> 存在的狀態無法演出來，因為沒有具體的行動。演員只有泛泛的情緒，使得他只能進入刻板的動作和手勢——握緊拳頭表示他很生氣，手按著頭表示他在沉思，或扭曲臉部肌肉表示他很痛苦。
>
> 燒到手或許很痛，但你會想要塗軟膏、奶油、冷水或其他藥物來舒緩疼痛。在人群中看到名人，你或許會覺得好奇，但你會想要占個好位置，才能看得比別人更清楚……[16]

演員用墨守陳規的方法表達含糊的「憤怒」，他的表演就變得廉價，一如我們光寫一個字，或用陳腔濫調來描述，也讓概念變得廉價。我們應該想角色這時想要什麼，他／她會怎麼達到目標（會做什麼），就是角色塑造的基本原則。所以我們一定要記得欲望是什麼，以及欲望引起的行動。角色進了店裡，因為她要一條麵包；她走到郵筒前面，因為她要寄信。處理欲望有一點很有用，就是一直問為什麼。這個角色為什麼要買一條麵包——或者換成是我，為什麼我要麵包？因為她很餓？

不一定。有時候我買麵包，是因為我覺得我隔天早上想吃烤吐司，或因為我媽來我家住，或者我是幫伴侶買的。我買麵包，是因為我想安排好事情，或因為我明天有其他事要忙，或因為我想讓某人留下深刻的印象。當然，也有可能我想做三明治當午餐。想想看在這些情境下，買麵包的行動有什麼變化。如果我的目的是趕快做個三明治，我會怎麼和店老闆對話？

我們必須在每個場景中找到正確的目的，不要做「顯然」或過度簡化的假設，免得落入膚淺的角色塑造。正如前面說過的，我不光在肚子餓的時候買麵包。設身處地為角色著想，問你自己，正好碰到這種情況時，你的目的是什麼。羅伯特・麥基的話很有幫助：

> 如果你的角色心懷不軌，你把自己放在他的位置上問：「如果我是他，碰到這種情況，我會怎麼做？」你會努力避免這個狀況。因此，你的表現不像反派，你不會捻著你的鬍鬚搓啊搓。[17]

以小孩看的卡通為例，反派只需要當反派，就是捻弄鬍鬚、大聲咯笑就行了。這是普遍的描繪，不會深入探索任何東西；只是淺薄的娛樂。但真正的反派當然會竭盡所能逍遙法外。以前我會在禁止放開狗的地方鬆開愛犬，但我不會到處亂跑大笑，宣布我打敗了地方議會。但我真的會更小心留意周遭，把皮帶拿在手上，而不是裝進口袋裡。我有這些行為，是因為我不想被抓。這是我的目的。我不想把自己塑造成「角色」。我們前面也看過，刻板印象還有一個問題（軍人、小混混、宅男等等），就是它們是靜態的形象，不是活躍的角色。好啦，軍人或許會去打仗，小混混或許會和人打架，宅男可能一直待在家裡，但我們不知道為什麼他們會做這些事，除了「嗯，他是軍人，軍人就那樣」，或「他是小混混，小混混就那樣」。我們不會看到這些角色做出選擇。的確，刻板印象沒有選擇，因為一切都事先決定好了。

寫刻板印象很簡單，簡單到可怕的地步。但是不要忘了，如果你真的要寫刻板印象，你會陷入扭曲人性的危機（正如你不是某種刻板人物，別人也不是），另一個危機則是差勁的情節鋪陳。宅男走在路上，與小混混擦身而過，小混混不問來由就揍他一頓。這個情節很糟糕，因為沒有問題要解決，行動也沒有動機，找不到因果關係，我們卻期望這些刻板的角色有所行動。要讓「小混混」角色的行動有意義有說服力，只有一個方法，就是先剝除「小混混」的標籤，接著認真思考他想要什麼，面對什麼障礙。他的單位是什麼，障礙是什麼？他有什麼故事？這裡有個危機，我們可能會過於多愁善感，我們或許會說，小混混會變成小混混，都是因為政府，或因為他的父母，或因為他念不好的學校。可憐的小混混，被虐待、霸凌、壓迫……我們也可以為宅男打造完整的故事，「解釋」他是什麼樣的人。或許他爸媽工作很辛苦，把他丟給冷漠的保母照顧。或許他發現，只有電玩才能讓他覺得快樂。或許因為他的父母不夠愛他，他一直學不會怎麼愛自己。他逃進幻想世界，愈陷愈深，卻永遠學不會基本的個人衛生……那不是角色塑造：只是更多的陳腔濫調。

我記得第一次教碩士班學生角色塑造的情形。現在作法不一樣了，但當時在課堂上我會叫學生想一個刻板印象，加以描述，然後想想看要改什麼，角色才能全面發展，變得討喜。學生一而再再而三去掉需要留下來的人物缺點，或幫角色找藉口。因此，有刺青的吧台女服務生只是因為小時候痛苦的皮膚疾病，才會去刺青加以遮掩。駕著白色貨車的粗漢開快車，只因為他擔心家中初生的嬰兒。注意他們在編校時加上的評斷。刺青，不好。開快車，不好。只要牽扯到小孩和嬰兒，都好。

學生漫無目標，想用情感或消極的理由抵銷「不好」的行動。那不是學生的錯，這個練習其實很糟糕。但我從這個錯誤教學中學到很多。我學到一件很重要的事，我們一定要從角色的欲望開始，然後慢慢成形，否則角色塑造會變得高高在上。我打了朋友一巴掌，不是因為我「冷漠殘酷」，也不是因為我童年受虐所以只懂得暴力相向，或許是因為在這個情境下我想得到關注，或者我要她閉嘴，不要再講我妹妹的壞話。或許我從來沒有打過人；或許我打人已成習慣。但在這一個場景裡，在這一刻，我想要某個東西（儘管意識不到），因此我採取行動。

斯坦尼斯拉夫斯基認為，角色的目的應該合在一起，合成偉大的最高目標（superobjective）。[18]我覺得，在他的教導中，這是最深奧的一課，對作者來說也最有用。以前在教角色塑造的時候，我要學生想一想他們為什麼要來聽課。在生命此刻的這個「單位」裡，他們有什麼目的？既然他們不是以程式設計好時間表的機器人，他們為什麼在這裡？畢竟，有很多學生會翹課，因為我們會把課程內容錄起來放在網路上，學生躺在床上聽課似乎更有效率。所以，學生為什麼來上課？我可以確定，很多學生沒辦法立刻回答他們為什麼在教室裡。可以肯定當中有些人純粹循規蹈矩，有些人或許為了讓我留下好印象，有些人可能怕被當。有些人或許向爸媽承諾不會翹課，有些或許存錢存了很久才能付學費，想要盡可能不浪費學校生涯，或許有個學生愛上了另一個學生，或許有人來上課只是因為教室有暖氣。

在表面的目的下，必然有更深層的欲望——要當更好的學生、成為更好的人、不要惹麻煩、變成更好的作家、墜入愛河，諸如此類。在欲望背後，有更深刻的東西。需要主控權、完美、愛、成功、認同、知識，或忠於自己。去上課、去店裡或在派對上拿飲料的表面理由是你的「動機」，或你的「目的」。等你問夠了「為什麼？」，到最後，動機或目的就是你的性格，也可以說是你的角色——這個角色的本質是像最高目標的東西：是心中大盼，終極願望，是你對之渴望勝過一切的東西。

不論你要不要在心靈中翻找最終的最高目標（即使可能，難度也很高[19]），不論你相不相信自己有最高目標，如果你可以給每個角色一個極度渴望的事物，絕對很有幫助；你可以定一個最高目標，然後在每一個場景裡放一個相關的小目標。聽起來可能太過簡化了，就像這本書裡寫的許多原則一樣。然而實踐起來卻不簡單：很難做得好。首先，我們需要足夠的內省，查知自己的真實動機。我真正想要什麼？我到底為什麼要做這件事？我罵這個人賤，是不是為了凸顯自己好？或許那就是為什麼，我的角色也有點「賤」。她不「賤」，她只是沒有安全感，和我一樣。她希望別人喜歡她。她為什麼希望別人喜歡她？她希望誰喜歡她？或許有人喜歡能給予她安全感，感到被愛，有主控權。寫作就是要深入探索自己，對我們的動機極度誠實，才能創造出坦誠而真實的角色。

接著，則要審慎陳述每個角色的最高目標。實踐上可能每個角色都要花很長的時間。斯坦尼斯拉夫斯基在下面這段意味深長的文字中，討論提出最高目標的問題：

> 假設我們在製作格里博耶多夫（Griboyedov）的《聰明誤》（*Woe From Too Much Wit*，另譯《智慧的痛苦》），決定劇作的主要目的可以用「我要為了蘇菲而奮鬥」來描述。情節裡有不少篇幅可以證實那個定義。從那個角度來處理劇作，則有一個缺點，社會譴責的主題看起來只有片段的、附帶的價值。但你能用「我想要奮鬥，不為蘇菲，而是為了我的國家！」來描述最高目標。那麼恰茨基對國家的熱愛就會移到前景。同時，社會主題的控訴也更顯眼，賦予整齣戲更深層的內在意義。如果

你用「我要為了自由而奮鬥」當作主題，意義還能更加深刻……至此整部戲在主題上，便失去了只連結蘇菲時的那種個人私己的調性，甚至範圍不再只限於國族，而是指涉全人類和宇宙。[20]

注意在辨明最高目標的時候，意義的層次如何從個人移到國家，再擴展到人類和宇宙。不用說，我們在創作時，一定把目標放在最高層次的意義。這不是說在個人的層級上什麼都沒有，但那些屬於個人的事件對所有人都能引起共鳴，可涵蓋在整個大主題之下。從上面的引文中也可以看到，斯坦尼斯拉夫斯基常模糊劇作主題或最高目標和主角最高目標之間的界限。那是因為就整個虛構故事來說，主角的最高目標和整個敘事的最高目標通常有密切關係。等一下我們會看幾個例子。

角色的最高目標就是他們的主要欲望，他或她最想要的事物。就某種意義而言，幾乎每個人的主要目的都是快樂。但每個人快樂的源頭都不一樣。最高目標的例子有「我想感到自在」、「我想變得完美」、「我想要控制一切」、「我想要有人愛我」、「我想要成功」、「我想要知識」、「我想要得到娛樂」、「我想要變得重要」、「我想要擁有權力」、「我想要高人一等」，還有很多。[21]我喜歡斯坦尼斯拉夫斯基用「願望」框住最高目標的方法。用「我想要……」開頭也很有用，假想你或你的角色碰到可以許一個願的魔法寶物。只有一個願望的話，你的角色想要什麼？應該不是你會告訴全家人的東西。那個你想要但或許羞於公開的祕密事物是什麼？很有可能你不知道，但你的潛意識知道。

假設你剛贏了一百萬英鎊。你會怎麼花？可能會買棟漂亮的大房子。你會花較多時間打理裝潢或警報系統嗎？你會設置健身房或電玩房嗎？這個例子很粗糙，但我確定你能明白，會花更多時間研究警報系統的人比較在意主控權，而一直在想買什麼沙發的人可能比較在意舒適，即便他們自己沒發覺。我們的懸念和問題（當然也是角色的懸念和問題），都要回溯到最高目標。我可以想像得到，一心要變得完美的人或許更容易飲食失調，只想要舒適的人就不會。當然，某些行動不會立刻讓我們推論出最高目標。飲食失調的人或許最終想要的是安全感、有人愛、擁有權力、成功，或其他目的——還需要更多行為才能描繪全貌。但我們可以確定，在他／她心目中，舒適自在沒那麼重要，因為飲食失調絕對一點也不舒適。

在大多數情況下，最高目標並不會告訴你某人會怎麼做，在很多情境下，大家會做的事一模一樣，比方說在小孩的生日派對上吃塊蛋糕，或到海灘上日光浴。最高目標通常傾向透露某件事會怎麼被執行。想像三個不同的最高目標，再假想這三種情況下的日光浴會有什麼差異；然後，同樣的方法用在兒童生日派對上吃蛋糕的情境。思索這個人如果碰上推銷電話或大雷雨會有什麼反應。很多我們碰到的事（例如推銷電話或大雷雨），完全不在掌控之內，我們只能做出反應。

有一點很重要，你需要考慮到你的角色可能沒察覺到自己的最高目標。大多數人在對自己和別人講故事時，會講到自己的個性，聽起來都是好事，卻不一定是真相。或許我相信自己只想做好事幫助人，但走在路上碰到不快樂的人時，我卻從沒想過伸出援手，那麼助人便不是我的最高目標。助人或許是我想做的事，但絕對沒有凌駕一切之上。在我的小說《Y先生的結局》裡，主角愛莉兒想要很多東西（賺更多錢、交男朋友、拿到博士學位），但她最想要的卻是知識：她的最高目標便是「我想要無所不知」。因此在第一章裡，她去一家書店，找到一本受詛咒的奇書，售價五十英鎊（幾乎是她僅有的錢），她買下這本書，決定先不管能不能填飽肚子。最高目標是「我想要舒適」或「我想要安全感」的人物就不會買這本書。

最高目標還有一個重要的特質，是角色尚未達成且感到永遠無法企及的事物。為角色設定能達成的最高目標，感覺很仁慈虛懷，但你的主題會嚴重受到限制。如果我們認為皮普在《孤星血淚》裡的最高目標是「我要成為紳士，贏得艾絲黛拉的愛」，企圖心就遠低過「我要求勝一切」。仔細看看這兩個選項。一個有可能，有限度有止境；另一個則不可能，沒有限制，無邊無際。角色承認想要的東西，也就是宣稱目標，通常是第一種；最高目標則是第二種。只因為皮普陳述：「我深愛艾絲黛拉，愛她好久了，儘管我失去了她，必須過沒有她的生活，和她有關的東西對我來說，仍比世界上的一切更親近，更可愛。」，[22]並不表示他說的話絕對屬實。

皮普有部分感染力，來自他相信他為了冷酷的狐狸精艾絲黛拉拋棄了好心人喬。皮普或許認為，要當個合乎道德的好人，他應該和比蒂（Biddy）定下來，不要一心想著不計代價成為紳士。我們當然喜歡有這種想法的皮普。我們愛他的懊悔，展露出人性。但這本書不光是這樣。《孤星血淚》讓角色從個人的層次考慮道德觀念，但就整體來說，則用普世的方式框住這些問題。《孤星血淚》要我們思索，如果再給皮普一次機會，他是否會換個做法？我們希望他改變嗎？我們會希望他和比蒂定下來，放棄生命中的抱負嗎？我們要他變得和喬一樣嗎？

此外，我們真的相信，如果皮普沒看見艾絲黛拉，沒有她嚴厲批評他的雙手和皮靴，皮普還會想成為紳士嗎？《孤星血淚》的主題不是艾絲黛拉能帶來的傷害，或女性能帶來的傷害，也不是性吸引力能造成的傷害，而是自尊能造成的傷害，以及我們每個人為了超越一切而犯下的錯誤。到最後，皮普上進的欲望真的改變了自己，也恰如其分地執行他對馬格維奇的義務：竭盡所能地幫他。最高目標就像「核心詞」（之後會談到），具多重意義時就有效果。「我要勝過一切」意思不光是物質和道德的改善。勝過一切也代表得到知識，超越一切，獲勝。全都與自尊心有關，就像皮普，我們每一個人或許也一樣。

角色不只一個，表示最高目標也不只一個，有兩個以上的最高目標彼此競爭或衝突，就生出了戲劇性。角色一定要面對重大的障礙。前面說過，最高目標是無法企及的。但想要舒適的角色或許十分鐘就能達成，有一大桶冰淇淋就夠了——若不是他妻子一直叨念要他去健身房，別吃冰淇淋，他就達成了。如果他想要舒適，而她想要成功，這兩人就會處處起衝突。

斯坦尼斯拉夫斯基用易卜生（Henrik Ibsen）的劇作《勃朗德》（*Brand*）當例子，來示範無法並存的目的和最高目標如何發揮作用。在《勃朗德》最主要的場景中，安涅絲（Agnes）為小小年紀就死去的兒子哀傷。當初搬家有機會挽回兒子的健康，但她的丈夫勃朗德牧師卻拒絕了。現在兒子死了，他堅持安涅絲把嬰兒的衣服送給鄰居。下面是劇中「原則的牴觸」：[23]

> 勃朗德的職責與母愛搏鬥；理念與情感拉鋸；狂熱的傳教士與哀傷的母親；男性的原則對上女性的原則。[24]

當然，這些原則仍需要轉譯成目的。在某一刻，托爾佐夫的學生決定透過腦力激盪得出目的，我們發現，勃朗德的職責讓他希望「能控制安涅絲，好說服她做出犧牲，以拯救她，引導她走上正途」，而安涅絲的愛讓她想「記住我死去的孩子」以及「貼近他，我們永遠不會分離」。此時，勃朗德想要「她了解男性更宏大的命運」。[25]我們更能看清兩人之間的衝突。勃朗德感到自己是在為普世的原則奮戰，對抗那些純屬個人的原則。

在《蘭花賊》裡，也可以說查理．考夫曼這個角色的最高目標是「有人愛」。他苦惱自己的長相，想要討好別人。這剛好與蘇珊．歐琳的最高目標相反，她要「愛別的東西」，要「充滿熱情」。愛與客觀性對立；虛構故事與新聞工作對立……但是等等，來檢驗一下。考夫曼真的只在乎愛嗎？在電影情節中，他的第一個次要目的是寫出成功的劇本：這與愛無關；的確，他集中精神寫作，寫到失去了艾美麗雅。他寫劇本也不是為了在好萊塢大放異彩，不然他絕對會馬上撰寫《偷天蘭花賊》之類的電影。因此，他的最高目標不是愛，也不是權力或財富。他似乎比較想要真相。他想寫真實的生活。實際上到最後，他也不想要有人愛，不像他的弟弟會滿口胡言只為求愛。他的最高目標像是：「我要說出人生的真相」。而不是「我希望別人覺得我很真誠」，兩者不一樣。「我想要說實話」。但他寫虛構的故事，因此產生一種很特別的內在衝突。我覺得，蘇珊．歐琳的最高目標仍是想要充滿熱情，而她是記者，又想要保持客觀，這就是障礙所在。

《微物之神》裡的阿慕則是另一個渴望真相勝於一切的角色。她的所有行動一再表現出這份渴望：她覺得得到真愛固然重要，她也想把維魯沙的事情向警方坦白。但從她日常的行為也可以看出來她渴求真相，比方說用挖苦的口氣回應念過牛津大學的哥哥恰克。有位馬克思主義抗議人士幫他們蓋上車子的引擎蓋，恰克說了聲謝謝，就出現了下面的情景：

「同志，別那麼巴結。」阿慕說。「這純屬意外。他不是真的想幫忙。他怎麼可能知道這台老車有顆真正的馬克思主義心臟？」。

「阿慕，能不能別讓妳這種厭世的憤世嫉俗沾染到所有的地方？」恰克的聲音平穩，刻意帶著隨性。

寂靜如吸飽了水的海綿，塞滿了車內的空間。26

在這裡，我們看到阿慕對真相的渴望與恰克的樂觀主義對立。他繼續把注定飛不動的模型飛機送上天，她則繼續用隱喻射下他的飛機。如果阿慕挖苦的對象只有恰克，沒有別人，她的行動就限制在個人的作用範圍裡。但是，她的憤世嫉俗來自吐露真相的深切渴望。對真相凌駕一切的追求讓她體現了普遍的概念。

在大衛・米契爾的《九號夢》裡，我們可以看出詠爾的最高目標是「我要找到我父親」，但整本小說似乎和這個目標無關。為什麼有幻想的戀愛？為什麼有幫派分子的情節？為什麼要探索現實和幻想？「我要找到我父親」事實上只是更大整體中的目的。如果我們把詠爾的最高目標重訂為「我要當英雄」，整體情節就合理了。英雄主義、身為英雄，以及現實生活英雄與虛構英雄的相對地位，都是普遍的主題，但尋找詠爾的父親，只和詠爾有關。好的最高目標能幫我們了解我們的角色，讓他們採取行動——它們把小說中的角色連結到情節中規模更大的主題，要是寫得好，還能連結到情節以外的事物。

我建議大家用最高目標來塑造角色。但在實踐時，幾乎不可能在開始動筆，對角色有稍微認識前做到這點。在我開始雕琢角色前，我想看看角色有什麼自發的行動，因此我會等小說寫了幾章，才開始密集發展角色。我先寫了《流行公司》，然後讀到斯坦尼斯拉夫斯基的書，之後才寫了《Y

先生的結局》，因此愛莉兒是我筆下第一個有最高目標的角色。小說寫到一半，我才開始想最高目標。角色通常會有自己的連貫性，我不需要知道愛莉兒的最高目標，就知道她會買下那本詛咒之書。但是為了之後的需要，我要讓她的行為前後一致。她陷入對流層，因為她渴望知識，勝於安全感、自由、愛或主控權。

學到了最高目標後，我也應用在《我們悲慘的宇宙》上。有時候，最高目標真的很難解，解開了就會很有收穫。在《我們悲慘的宇宙》裡，我花了很長的時間鑽研梅格（Meg）的最高目標。寫這本小說的時候，我做了一個表格，其中一部分參見第二二〇頁。

我以前真的就那麼寫，埋在「角色塑造」的資料夾裡面，歸在「我們悲慘的宇宙」資料夾裡面。寫小說的時候，我習慣會一直「琢磨」，本來用紙筆，後來漸漸移到電腦檔案裡。這個表格並未正確呈現角色後來在書裡的模樣，但記錄了當初寫作時的想法。寫小說的時候，思考過程多半自然發展，如果你不喜歡這種程度的琢磨，也別驚慌。在寫《外出》或《光彩年華》的時候，我不確定自己能不能幫書裡的角色處理這麼多細節。現在再看這個表格，我看到我處理了每個角色的內在衝突，但角色間的衝突就不如我現在的寫作著墨得多。

在這個階段，創造角色時一定要確定自己不是在有意識或無意識地描繪一個你認識的人。當然，創造的角色會呈現出你或「一般人」的某些質素（但你也只從自己身上真正認識這些質素），而非其他人。如果你知道角色在現實中是你的母親、室友或表親，談論他們或賦予目的和最高目標時，你會覺得不自在。別人說的話做的事當然會影響你，但你應該要審查自己的內心，從這些觀察中能創造出什麼。我每每看到學生在寫人物的行動時陷入困境，因為他們真的認識這些人，綁手綁

梅格	**我要言之有理** （……書寫〔定義、創造、製作、限制〕現實，訴說真實故事、辨明現實與小說，了解什麼是真的，定義現實，找出理由，讓這個世界「合理」，讓小說有真實感或注重實際，抓住物質的世界，而不是信仰、故事、語言，創造連結，靠自己言之有理，或成為真實的作者，而不是被動的小說讀者，能預測未來—主動創造出意義和觀念，但本身也要有意義，對其他人和宇宙來說「合情合理」）	但是……我寫小說，我滿口胡言，或根本不合理；我有男友，但不是真的愛情關係，但看來它當成虛構故事才有「意義」。現實的限制並未留在我設下它們之處。我能感覺到我不喜歡的事物。
莉比（Libby）	**我要遵循模式** （……想當英雄；人生才會像小說。如果我做了好事，我希望能有獎賞，如果做壞事，我要接受懲罰）。莉比想要指示、模範、虛構的版本。確切來說不是忠告，而是模式。她喜歡一段關係開始時的模式。《戀愛必勝守則》（*The Rules*）出版後，她就看了這本書並加以嘲弄，但私底下會遵循守則。是否因為這個理由，她也喜歡科幻小說，也會看梅格的書？	但是……真人能感覺到痛，悲劇發生在你身上時，就沒那麼好玩了。
薇（Vi）	**我要消除戲劇性** （……故事、英雄、克服）	但是……這個願望讓我想成為英雄，克服某樣東西，因此我就是個活生生的矛盾……

腳的，感覺很尷尬，道德上也很可議。因此，讓你的角色變成你的一部分，據此發展。問你自己，如果你碰到這種情況，會怎麼辦。有時候，或許你會發現，你需要最高目標的輔助，才不會讓角色變得了無新意。角色真的真的很容易陷入陳規。在《我們悲慘的宇宙》裡，莉比一不小心就會變成刻板的形象（「情婦」、「淫蕩的女人」），還好我為她設定她想要遵循某種模式。然後她才變得有趣。

最近在指導博士班學生的時候，我做了一個練習，頗具啓發性。她正在揣摩一個重要的配角，我問她假設某天晚上，這個角色的丈夫出遠門了，她去超市會買什麼當晚餐。學生說她不知道。想像現在有個在超市裡的中年婦女，你覺得她會買什麼？不知道，因為我們不了解她的個性，因此也不知道她的最高目標。那麼，我們就會跌入刻板印象。我們可能會想，中年婦女一定喜歡蛋糕和巧克力。或許她在節食，她會買本雜誌，也可能買一盒沙拉。為什麼？我們不知道。或許在電視廣告裡，中年女性都會買這些東西。但我猜，我們不會自然想像她會買一箱啤酒和一大塊牛排。我們創造了刻板印象，選擇接受共識現實，而不是深層現實。

現在，給她一個最高目標吧，就選我學生選的那一個：我想要平衡。我們看到她在超市裡，不想要太多，也不想要太少。她不會縱情買餅乾，或買酒。她會什麼都來一點。她可能根本不知道她在追求平衡；只是順性而為。如果她的最高目標是達到平衡，在理想的情況下，她有份可以把這個最高目標放在第一順位的工作（如果她沒有，這點就會成為無限緊張的源頭）。她可能是瑜伽老師、芭蕾舞者、會計師或室內設計師。如果碰到障礙，很有可能造成某種不平衡：會讓這名角色覺得緊繃的事物。或許，伴侶或同事的最高目標與之牴觸。或許她其實很窮，除了生活要平衡，帳務更需要平衡。

她在超市裡的行為和其他人沒什麼兩樣。畢竟，大多數人都想省錢，會快速行走，忽略別人。但如果她對平衡的渴望表示她也追求這世界上的公平公正呢？如果她是慢消費的實踐者，她的籃子裡其實裝滿了有機、本地、公平交易的貨品，因為這樣似乎才最「平衡」，也最公平，對嗎？別忘了，我對平衡的看法可能和你的不一樣。只知道角色的最高目標，無法預測他們確切的行動，或最高目標會怎麼浮現。來想想看，如果她看到特價商品會怎麼做。如果買三罐超市自有品牌的咖啡，總價等於一罐公平交易的品牌，她會怎麼做？試著想想看吧（但要記得，她不知道自己一直在追求平衡）。

除了障礙，還有其他會產生緊張與戲劇性的來源。誘因也會產生戲劇，我們為之不得不選擇這個，放棄那個，或修正行動，以為這樣才有利。大多數人願意為了金錢獎賞而做某件事，也會為了避免受罰避開某件事。起碼理論上如此：我們碰到誘因有各式各樣有趣的反應。在暢銷的經濟學書籍《蘋果橘子經濟學》（*Freakonomics*）裡，聽說有家托兒所，要對晚接小孩的家長開罰。突然之間，晚接的比例上升，而不是降低。為什麼？因為家長覺得他們為晚到受罰，因此不需要感到內疚。[27] 同樣地，圖書館的罰款是二十便士，換個角度來看，能換得今天不用在雨天出門，感覺很划算。能把車子停在鎮上最好的位置，付罰單感覺也合理。或許這就是為什麼英國的地方議會現在用車輪鎖對付亂停的車子，而在立陶宛的首都維爾紐斯（Vilnius），市長居然開坦克車輾過違規停車的保時捷和勞斯萊斯。

現代行為經濟學就講到這件事，假設有機會偷東西而不被看到，大多數人仍不會下手。在完全理性、利己的世界裡，我們一有機會就會偷東西，不是嗎？當然某程度上，我們確實這麼做。西方世界的每樣「特價商品」都代表某個地方的某個人遭到剝削。但大多數人去員工餐廳用餐時，不會想辦法少付錢。[28]就某方面來說，我們當然認為自己是好人、有自主權、富裕，或人品超越「外面那些竊賊」，諸如此類。畢竟地球上，有很高比例的人相信自己在離世之際甚至之前會受到審判。

行為經濟學一再證實，儘管有時候我們不由自主，理性到奇怪的地步，[29]但更有可能剛好出現相反的情況。諾貝爾獎得主伊利諾．歐斯壯（Elinor Ostrom）揭開所謂的「公地悲劇」（tragedy of the commons），讓我們看到，如果理性代表我們不顧其他人，只為自己攢積資源，我們其實沒那麼「理性」。前面也看到，心理學家丹尼爾．卡內曼（也是諾貝爾獎得主）證實，「快速思考」雖然感覺合理，卻通常會出錯。到處都可以看到證據，儘管人類的行動出自複雜的理由，但在大多數情況下，我們不理性、情緒化、講道德，奇怪的是行為也落入俗套。對，我們或許是利己的動物，但有某個東西讓大多數人不會拿著大砍刀跑來跑去，竊取別人的資產。說到底，我們不光要「東西」。在我們想要的事物裡，多半涉及與他人的良好關係，前面也說過，這一點幾乎找不出理由。這就是為什麼我們需要小說。如果每個人都和電腦一樣由程式控制，我們就知道每個人在特定情況下會怎麼行事，閱讀托爾斯泰會變得索然無味（或毫無收穫）。我們發現，如果真的要深入探索某個行動，可以花上數小時、數星期、數月。我們或許不想那麼深入探究，但我們確實會想進一步了解，而非光是快速作出假設。

想想看你上次去買新鞋子的時候。你買新鞋，只是因為舊鞋穿壞了嗎？還是為了犒賞自己？你買鞋是因為無聊，或心裡不踏實？想想看你買的鞋子（對，就算你覺得鞋子一點也不重要，只有「笨蛋」才會思考鞋子的問題）。那雙鞋漂亮嗎？舒服？實用？昂貴？便宜？我猜，如果你認真想，你會發現你上次買的鞋子和你早餐吃的東西有異曲同工之妙。比方說，如果你穿實用的鞋子，我猜你的早餐也很實惠，可能吃了穀片。如果你的鞋子很舒服，比方說Ugg的靴子或你最愛穿的舊球鞋，我猜你早餐吃了含糖或含油的東西（也可能走健康風格，例如葡萄乾、蜂蜜或椰子），因為這些食物會讓人覺得舒適。

當然，事情不是有一就有二這麼簡單。知道某人買了很貴的鞋子，我們也不一定能猜出她早餐吃了什麼。在預測之前，我們需要更多細節。我們要知道這人為什麼買很貴的鞋子。但如果我們針對她所有的決定追問「為什麼」，或許每次都會得到類似的答案，就像我們發現喜歡舒服鞋子的人也喜歡來點安撫人心的食物（參加派對時也會先往食物區走……）。只因為一般人不一定像教科書上定義的那麼理性（比方說，舊鞋子穿破了才會買新鞋子），並不表示他們的行為沒有某種一致性。

上一次去買鞋子的時候，我買了一雙有點醜的實用款。如果朋友看到我，她或許會擔心我的個性出了變化，才會突然買那麼醜的鞋，而非我真正喜歡的款式。但事實上，我買這雙難看的鞋，理由和我買其他的鞋一樣：我有點虛榮。怎麼說？好，前一陣子我必須停止跑步，因為脛骨疼痛，然後就變胖了。我不喜歡自己變胖。要等脛骨恢復，我才能重拾跑步習慣。於是我去看了物理治療師，對方建議我也去看足科醫生。醫生說，我必須穿實用、難看、牢固的鞋子（搭配矯形鞋墊），最好穿一整天。但我偶爾可以穿高跟鞋。簡而言之，我有兩個選擇：隨時穿著好看的鞋子，放棄跑步（我也對足科醫生說：「我要是很胖，穿漂亮鞋子有什麼意義？」），或者去跑步，變得苗條，但只有百分之三的時間可以穿好看的鞋。我們細察這個情況會發現，相較於買好看的鞋子，買難看的鞋子此時更像一種虛榮的舉動。

買雙鞋就要解釋這麼多！但我敢打賭，好好想想的話，你的鞋子也會有類似的一番解釋。事實上，關於你的種種行動，都有類似的一番解釋。我上段的解釋只刮掉了我這個角色的表面。我為什麼希望自己有吸引力？我為什麼一定要向醫護人員開玩笑？我為什麼要跑步？為了贏，還是為了參與？為什麼？儘管看似我對你很坦白，但我真的夠坦白嗎？我買的鞋子真的那麼醜，還是我尋尋覓覓，只為了買到最漂亮的醜鞋子？我為什麼要改動上一段，不願意承認我「很虛榮」，只肯承認「有點虛榮」？

好好思索這些事情，就是作家的習慣。如果你還沒有養成這個習慣，快點開始吧。想想看你最近買的東西或做的事情，問自己為什麼。問到底，問到得出一個大的目標，例如「我要舒舒服服的」或「我要有主控權」。這需要長期的練習，你無法馬上找到最終的大目標。我可以給你一個線索：所有的鞋子都設計成愈舒服愈好，愈堅固愈好，以此類推。你或許會選擇舒服、實用、好看的鞋子。你要問自己，最重要的因素是哪一個，為什麼對你來說很重要。你或許很聰明，買了好看又好穿的鞋子。但如果你在店裡，營業時間將屆，要在「好看而不舒服」和「舒服卻不好看」的兩雙鞋子之間做出選擇，你會選哪一雙？在壓力下做出選擇，最能看出性格。但是，我們現在也該發現了，毫無壓力時也能看出性格。沒有人在看時，大家的行動也不失連貫。獨處時，我們會怎麼做，又為什麼？假設他們要對自己說故事，講述自己在做什麼，他們會怎麼說？故事有多符合真相？

創造角色時，你就是神。不論你有沒有宗教信仰，都得做出神會有的表現。角色塑造不光是呈現，因為在小說裡，（我希望）你並非在書頁上呈現出真人。這是在從事創造。就算你在敘事中避開造物主的地位，創造角色時仍無法避免。因此，你就表現得像你心目中的神吧。就我的經驗而言，沒有宗教信仰的人覺得別人口中的神都不夠好。祂們可能讓人餓死，可能不回應所有的禱告。那麼，在你創造角色時，你必須當個完美的神，符合你心目中的形象。起碼，這表示你要愛你的角色——對，連反派也愛。你不能批判他們，你必須表現出憐憫，給他們自由意志、最高目標、一些障礙和誘因，看看會發生什麼事。他們會犯錯，因為我們都會犯錯；他們有時候很寂寞，因為我們都是；他們希望景況會變好，我們也是。如果寫得好，我們會在他們身上看到自己的影子。

寫出好句子
Writing a Good Sentence

具體性、精確、簡練，用在語言上，把我們推往同情。相反地，所有統治世界的意圖，一定從軟弱、含糊、客觀的語言起步。

——喬治・桑德斯[1]

盡你所能，劃掉愈多形容詞和副詞愈好……當我寫「男人坐在草地上」，可以看得懂，因為清楚明瞭，完全展示個人的意圖。另一方面，如果我寫「那位長窄胸膛、中等身高的紅鬍子男人，在已被行人踏平的綠色草地上沉默坐下，羞怯擔心地環顧四周」，人腦無法一次領會所有的資訊，藝術必須一看就懂。

——契訶夫[2]

好的作家能讓語言有效果。也就是說，夠精準，夠清楚。

——埃茲拉・龐德（Ezra Pound）[3]

有了殺人犯，就有花俏的作文風格。

——弗拉基米爾・納博科夫（Vladimir Nabokov）[4]

小時候，我很喜歡伊妮德．布萊頓（Enid Blyton）。大概八歲時，我會烤片吐司，泡杯濃茶加三顆糖，在那時候住的社會住宅裡，躺在咖啡色的地毯上讀《遠方的魔法樹》（*The Magic Faraway Tree*）或《迷幻森林》（*The Enchanted Wood*）。我說不出我有多愛躲到這個世界裡，那裡的小孩彼此很友善，不缺吃食，到處冒險。我記得我讀書的速度很快很快，吸奶昔似的瘋狂吸收故事。大人總說我看書很快。還好那時候有不錯的圖書館，因為我一天可能要看三四本書。我看書很快，和大多數看書飛快的小孩一樣，我不會每個字都看，看到足以了解發生了什麼事就夠了。我不覺得我曾看完完整的句子。在那個年紀，我絕對會跳過特別長的敘述，直接看對話。多年後，我帶的博士班學生告訴我，她在速讀課學的就是這些技巧。但或許八歲大的孩子天生就會速讀。八歲的時候，沒有人要品味比喻的意義。八歲的時候，你只想知道「發生了什麼事」。但就算我重看一本書第二次或第三次，我的讀法還是一樣。

那不代表我養成了不好的讀書習慣。這些書似乎就鼓勵我快快讀。那些句子都不需要專心，沒有哪句告訴我：「停下來讀我，因為我要告訴你人生的真相。」八歲大的時候，我的人生真相就是無聊、令人困惑，我想逃離，彷彿這些書知道我的想法。它們帶給我撫慰，讓我鎮定。這些書裡有好角色和壞角色，好事會發生在好角色身上，壞角色會得到教訓。句子很容易讀，至少可以說很容易跳過。我馬上發現很多句子就是「填充物」：無法改變既定事實的形容詞和副詞，講的東西你早就知道了。我不後悔小時候的閱讀體驗，但長大後我不想再用這種方法讀書。現在，我盡可能找到寫得好的作品，好好品味。選一本書來讀的時候，我期待有好情節、好角色、深刻主題、幽默段落。我也希望自己寫得好。

大家說到「寫得好」的時候，通常是指句子的層次，指的是作家選擇把字詞組合在一起的方式。「寫得好」和「寫得差」的差別就像精緻美食和垃圾食物；世界級的板球賽和海灘上的家庭競賽，或開創性的建築和布滿灰塵的老舊活動房屋。當然我們也知道，這些分類一定有問題。儘管不完全主觀，大多數人仍可以辨認出精緻美食、高級運動、激動人心的新建築。有時候有些事物會讓人咋舌，像是某些精緻美食（比方說蝸牛冰淇淋）、高級運動（奇特的西印度群島快速投球攻擊）或偉大建築（現代主義混凝土房屋），但我們也應該承認，如果有意見不合的地方，多半出現在那些最新和最激進的事物上。除此之外，大多數人都能享受米其林星級餐點，也懂欣賞從板球場打出來的六分打。大多數人抬頭看著倫敦眼、西班牙的聖家堂或克萊斯勒大廈，也會有種震顫的感覺。

寫得好的作品是藝術。當我們一句一句讀下去，應該會有喜悅的感覺。我們會覺得興奮，因為閱讀，文字有了意義。夜深人靜時，我們說不定會背下帶來慰藉的句子。每次翻頁都覺得很興奮，能看到作者接下來寫了什麼。這種感受並非來自別人的教導，也非因為閱讀的作品讓我們覺得畏懼或受到威脅（好比說裡面都是重要正式的字眼）。我們應該能發現我們會自然而然愛上的句子類型。我花了很久的時間才明白該怎麼做。小時候的讀書習慣讓我變懶了，我也說過，我是那種寧可讀賈姬・考琳絲的羅曼史而非托爾斯泰的青少女。我讀的「經典」都是學校作業，通常我也讀不完。十九歲的時候，在字典的輔助下我才努力啃完了安伯托・艾可的《傅科擺》（*Foucault's Pendulum*）。最後我發現了道格拉斯・柯普蘭，終於能感覺到有人在對我說話。我的閱讀習慣有了突破。然後朋友借我一本破破爛爛的平裝本《倫敦戰場》（*London Fields*），作者是馬丁・艾米斯（Martin Amis）。

二十二歲的時候，我擔任看護，與我照顧的人同住，她眼睛看不見。我養成早早上床睡覺的習慣，睡前會準備止痛藥（我當時牙疼）、威士忌（增強止痛藥的效力）、《倫敦戰場》。這本書讓我耳目一新，我特別著迷於裡面貫穿全書的「死雲」。

> 死雲。就在那時，可怕的景象出現。就在那時，他看到一朵死雲潛伏在附近的屋頂上，可怕的景象。他覺得那朵死雲在那做什麼，如此不合常規？死雲，那些永遠迷失的死雲，迷失在低空裡，醉茫茫顫抖著往下穿過升起的暖流，一直在錯誤的地方尋找兄弟姊妹。[5]

在那些漫長寂寞傍晚的某一刻，馬丁．艾米斯讓我相信，我想成為作家。或許，一開始是伊妮德．布萊頓讓我想提筆寫故事，然後道格拉斯．柯普蘭幫我確認我有話要說。但馬丁．艾米斯讓我想成為作家，他讓我想寫出好句子。最初我只想像他能寫出那樣的句子，很難。[6]當然，我沒成功。我寫出的句子像「我感覺到一股突然的噁心感吞沒了我，不到幾秒就搭著暴衝的腎上腺素從腳底衝到喉嚨。」[7]真可怕。我現在寫的東西仍不像馬丁．艾米斯——誰做得到呢？原來，我比較像個極簡派作家，崇拜那些遼闊的東西，只是自己做不到。但我仍很愛他的句子。事實上，各式各樣的句子我都愛：長的、短的、複雜的、簡單的。我也同意喬治．桑德斯說的，句子是「主戰場」：[8]能找到真相的所在。

所以，好句子有什麼要素？要怎麼寫？我們怎麼讓自己寫的東西盡量充滿美感和意義？只有一個方法能做到嗎，而且要搭配很多規範性法則？還是我們可以邊寫邊訂法則呢？這個主題教起來很複雜，因為要確切告訴別人該怎麼寫很困難。沒有人可以說他們明確知道好的文筆是什麼模樣，確切該怎麼做。如果真能做到，寫作就不是藝術了。但我們可以說，我們想寫出美而有意義的文字，我們也要有足夠的知識，才能定義什麼是美，什麼是有意義。我們也可以說，我們想了解偉大的作家心目中對寫得好的定義。我們可以看差勁的文字，從中學習，也從自己的錯誤中學習。我們可以用自己的方法，嘗試訴說真相，無論我們認為的真相為何。

一九二〇年代，年輕的海明威住在巴黎，寫得愈來愈差，怎麼辦？他用下面的方法處理：

> 我會站著看向外頭巴黎的屋頂，心想：「不要擔心，你以前一直在寫，你現在也會繼續寫下去。你只需要寫出一個真實句，寫出你所知道最真實的句子。」最後，我會寫下一句真實句，以這個句子為起點。這很簡單，因為總有一句真實句是我知道，或看過，或聽別人說過的。如果我開始用心寫，或把自己當成一個要介紹或呈現某樣東西的人，我發現我可以刪掉多餘的裝飾，把它們都丟掉，從第一個真實而簡單的陳述句開始。[9]

我覺得這是作家所能給出最好的建議。對極了：如果你能寫一句自認真實的句子，完全符合真實的意義，你就可以當作家。你只需要寫出一句，而後再一句。你一直寫，直到寫出一個段落，寫出一個場景，然後成一個故事或一本小說。那麼，什麼是真實句？海明威的定義是「簡單的陳述句」，但那只是海明威會寫的真實句子。對海明威來說，真實句就像下面這句，也就是《白象般的山丘》（*Hills Like White Elephants*）的開頭：

橫越埃布羅河谷的山丘又長又白。[10]

按著同樣的精神，下面這句來自雪維亞．普拉絲的《瓶中美人》：

草地被醫生站成一片白。[11]

這兩句都是我所謂的「極簡風格」。每個很好的極簡句幾乎都是密集地打草稿和重打草稿而來的最終呈現。極簡句在寫作時，刪掉了所有不必要的字詞，以便留下來的能以最高效能傳達想法。極簡主義有不同的程度，因為「不必要」的定義也大不相同。雖然一如所有頂尖作家，阿蘭達蒂．洛伊也寫極簡句（「身纏髒繃帶的痲瘋病患者在車窗外乞討」[12]），對她來說，真實句會擴張得更大，可能像下面這樣：

恰克穿著「我們的民眾代表怎麼了」的西裝，打著肥大的領帶，得意洋洋地領著瑪格麗特克加瑪和蘇菲默爾走上九階紅色的樓梯，兩人就像他最近贏得的一對網球獎杯。[13]

對妮可拉．巴克來說，真實句還可以更展開。在她的小說《離外面的希望五英里》裡面，這種句子挺有代表性：

之後，彷彿沒發生什麼大事般，他立刻對入了迷的帕奇說起他在南非充滿憂慮的學生生活，鉅細靡遺（他穿難看的短褲，髮型超級糟糕，還有體罰和強制參加的英式橄欖球。噢，上千次的屈辱留下永久的刺痛！），我則靜靜坐在一旁濕滑的磁磚上，擦一方地板，抓上一塊乾淨的布巾、懶骨頭、甘草甜餅，然後冷冷地滑開去處理小菲利那架太脆弱、機腹濕漉漉的單輪飛機殘骸。[14]

這兩段的句子自有其美，我希望你也覺得美，即便它們沒有極簡句明亮爽快的清晰度。這些句子仍有海明威要刪掉的東西（「裝飾」），但自成一種裝飾風格。開展文字中的裝飾不是為了存在而存在，必須為句子的美或意義增添一些東西。

真實句有可能看起來蠻不對勁的。傑佛瑞・威蘭斯（Geoffrey Willans）的莫爾斯沃思（Molesworth）系列是現代經典，世界各地的書評家都予以讚揚，但看看他怎麼寫：

板球只講一個東西，就是直直的板子。孩子你唷，板子拿直，一輩子就不用擔心了，和打板球一樣。校長們說，但我要是板子直還是給人投殺，那就是很爛的兆頭。其實我呢比較喜歡濺一身泥：一樣被投殺，但是比較爽。[15]

該怎麼做結論？真實句的概念就這麼主觀嗎？每個人都可以寫點東西就宣稱是真實句嗎？嗯，沒錯，當然可以。但除非讀者也認同，否則不會被視為真實句。為了有真實之處，該句子必須符合以下至少一項形容：寫實、可信、正確、真誠、忠實、可靠、誠實、非捏造假裝、與事實呈一致性、準確或自然狀態。當然，這不完全是我們口中的客觀事實。真相可以用比喻呈現，就像阿蘭達蒂·洛伊關於網球獎杯的明喻；有些象徵性，像雪維亞·普拉絲的「草地被醫生站成一片白」；或（近乎）完全符合事實，像海明威對山丘的描述。真相可能很複雜；真相可能簡單到讓人迷惑；真相可能是某人的視角，或其眼中的某樣事物，例如妮可拉·巴克的敘事者梅德維，在她「長大後」的聲音裡，我們看到的卻是她的年輕時代，或莫爾斯沃思，用不精準的語言完全精確呈現出某種童年的景象。

說實話的時候，某人可能直接說：「半夜的時候，我站在奧迪安電影院外面。」這是一句真實句。不一定要符合事實才能在書頁上看來真實。這種真實就像木頭上紋路的存在。非真實句則會有至少一個下面的屬性：含糊、冗長、碎嘴、不確定、拘謹、重覆、被動、沒有幽默感、用老派的字眼（取悅權威人士？）、陳腔濫調、抽象。因此，虛偽句或許會是這個樣子：「約莫在午夜，也就是介於十一點到凌晨一點之間，可以說有人看到我在某間電影院附近，附近的人大多知道那家電影院叫奧迪安。」廣告垃圾郵件也會用這種語言，就像我今天收到的這封：「首先，我必須徵求您對這次交易的信任；這筆交易之本質屬於極度保密和最高機密。儘管我知道，如此大規模的交易會讓人恐懼擔憂，但我向您保證，一切都沒問題。」的確，一封電子郵件寫成這樣，立刻就能看出只是垃圾。

這並不表示短的句子就是真實句，長的句子就不真實，但我們要記得，如果要用裝飾，必須深思熟慮。就像海明威說的，短的陳述句就是好的開始。有了重點的真實想法，你要擴展也不會碰到阻礙：但不管怎麼擴展，都要保持全然的真實。不能聽起來像謊話；不能模稜兩可、含糊其詞、混淆不清；不能聽起來像你會告訴警察的話，或寫給姨婆的信；不能聽起來像你在吹捧自己好迎合某人，也不是不顧一切地要讓別人相信你。

真實或優秀的寫作通常有創意、有原創性、大膽，意即敘述或寫出差勁的文字，比寫得好、寫得真要容易得多。如果你在寫商業報告、介紹信、使命聲明、造作的羅曼史小說或某種趣味計畫，那麼你或許會用到某種「差勁的文字」。當然，換了厲害的人，最糟糕的文字類型也能起死回生。米歇爾・法柏（Michel Faber）寫了《烈焰福音》（*The Fire Gospel*）來諷刺丹・布朗（Dan Brown）風格的小說，內容非常好笑。但多數時候你的目標應該是寫出最好的作文。這不是指作文要充滿張力，看起來很費勁，而是指你會怎麼寫「草地被醫生站成一片白」、寶寶克加瑪的「蝴蝶袖」或艾米斯的死雲。你要找到方法，把你的世界置於紙上，而不要讀起來好像出自不正派的政客之口。好消息是，當好作家有好幾千種方法，當壞作家只有幾種方法。托爾斯泰就暗示過：寫得差的東西都一樣，寫得好的作品則各有自己的好。

開始教句子寫作時，我有點不安，因為課程內容似乎就是在指出寫得差的句子錯在哪裡，而不是讚揚令人驚豔的句子。但重點是，你可以界定不好的文字，卻不能界定好的文字。我們可以看著「草地被醫生站成一片白」，嘖嘖讚歎一整天，但我永遠沒有方法能告訴你怎麼寫出來。你想寫站在草地上的醫生時，我可以建議你從句子裡刪掉不必要的字詞，但你或許只能寫出「草地上有醫生」之類的句子。沒關係，這個句子很好，很真實，只是不出色。好，在達到出色的程度前，我們必須先把目標放在簡單的事實上（要是做對了，精確的簡單事實或許就很出色）。但同樣地，除非我們能說出沒做好的地方，否則很難界定。我們唯有研究虛偽句，才能看出哪種類型的句子算真實句。

要學寫真實句，第一步就是研究虛偽句長什麼樣。因此，我們需要識別出差勁的寫作，我們需

虛偽句可能有以下特質	真實句可能有以下特質
抽象	具體
含糊	精確
囉嗦	簡潔
正式	不正式
重覆（並非出自有意）	清楚
不可靠（語調、詞彙……）	可靠（語調、詞彙……）
被動	主動
老派	現代
淺薄	深刻
常見	不常見
陳腔濫調	有創意

要研究差勁的寫作是什麼模樣。因此，我現在就要來做個實驗，看過虛偽句與真實句的特質表格後，我要盡力寫得很糟，寫得不真實，看看結果怎麼樣。就用我在〈汲取靈感〉一章裡的想法吧，有一個場景是克萊兒發現凱亞要走私古柯鹼去牙買加。畢竟，最戲劇性的場景很容易寫得最糟糕，來吧。

她整個人緩緩轉過來，面對我，我看到她全身因痛扭曲。一向滑順的秀髮毛躁蓬散，昔日時髦的服飾看似極度需要洗滌。我不敢相信自己的眼睛。我不敢相信我的朋友，曾經擁有那麼陽光快樂的脾性，現在淪落成這樣。當然，我知道她在幹嘛。查理對我說了要做最壞的打算，但我還沒準備好接受驚嚇，因為我清清楚楚看到她床邊小几上的東西。那裡，就在我眼前，二十個鼓鼓的保險套，滿到快爆炸了，裝滿明亮的白色粉末。我看著她平靜而冷酷地準備好吞下下一個，我全身充滿嫌惡，腎上腺素突然激烈流過我的靜脈，讓我焦慮難安。我想尖叫，但聲音卡在喉嚨裡。我想叫她停下來，不要毀滅自己的人生，但我知道來不及了。我匆匆跑出去，胃液一湧而上，我讓兩條腿盡快帶著我離開。樓下，雞蛋被喬許不熟練地烹煮著。

光是寫這段本身就令我痛苦，只花了兩分半鐘吧，且唯一費勁的是寫完後不馬上刪掉它。我必須老實說，這不是「我」的差勁寫作：這不是我在場景的草稿階段會寫出的爛文字類型。這是故意戲謔模仿我在其他地方看到的「差勁的寫作」。為什麼？我在炫耀身為專業作家，所以我可以在兩分鐘內輕鬆亂寫出我覺得很爛的東西嗎？（當然，這沒什麼好炫耀的……）不是的。事實上，你何不試試看？花幾分鐘想想，你覺得「差勁的寫作」是什麼樣。想一個不真實的句子，寫一個誇大的版本，花五分鐘寫，然後看看你會寫出什麼。如果你無法輕鬆想到情景，寫談情說愛好了，或者英雄與反派第一次的會面（親愛的，我終於抓住你了／你這個軟趴趴的懦夫……）。我希望你會發現沒那麼難。這也是我要強調的點：每個人都可以寫得糟，其實挺簡單的。這就是為什麼差勁的寫作（通常）不會贏得重要的文學獎，在寫作課程上也不會拿高分。

有時候，寫得好也很簡單。如果你知道一句真實句，寫下來就好（但是要寫得正中紅心，寫得全然真實，或許要花不少時間削減和修訂）。等暖身完成，認識你的角色，知道他們在做什麼，找到你的「寫作聲音」，或許就能在兩分鐘內寫出一小段很好的文字（或至少寫出草稿）。這不容易，但做得到。然而，糟糕的文字總是很容易寫，糟糕的句子很容易「自行生長」，老掉牙的東西前仆後繼進入你的句子裡，彷彿今天開始大拍賣。你的腦子可以就此放空，何不呢？畢竟，地球上的動物一有機會就會節省精力。任何人寫過糟糕的東西都知道（我當然也知道），差勁的寫作一開始雖然簡單（簡單到幾乎能上癮），最後卻會殘酷地對待你。虛假很容易接著虛假，字數愈來愈多，整體愈來愈站不住腳，直到情節、角色、敘述都失去了意義。

差勁的寫作通常形狀不明，雖然很容易針對某個想法一直寫下去（我很震驚和厭惡，因為我從來沒見過這樣的事，一次也沒有，真的在我有生之年從未見識過……）當該句子結束了，便不知道下一句該是什麼。差勁的寫作也會導致情節出問題，有可能發展得太快，你跟不上，有可能變成通俗劇和歇斯底里。如果角色老在跳進跳出（我從跳下床；他跳進淋浴間），他們會蠻累的。如果他們老是擔心快死了，心臟在胸膛裡猛擂，恐懼在腦袋瓜裡狂敲，很快就會油盡燈枯。讀者也很難相信他們有什麼渴望，應該只想睡場好覺吧。差勁的寫作只會說，不會演，也會扭曲敘事的步調。但差勁的寫作主要有個問題，就是誰都可以寫，怎樣都沒有特色。我不覺得我們該羞於承認這一點，這不是「全然的主觀」。世界上沒有一個書評家會覺得我上面那段寫得好。承認這世界上存在差勁的寫作，就在我們眼前，我們才能細細檢視到底出了什麼問題。

我們先來看這整段文字，找出問題在哪，之後再逐句檢討。整段在寫有人進入一個房間，看到朋友正在吞裝滿古柯鹼的保險套，十分震驚，話都沒說就跑出去了。首先，這是一個場景縮減在一段文字裡，基本上沒什麼問題，但寫成一場完整有對話的戲不會比較好嗎？看看這個場景發生的事，可信度有多高？凱亞為什麼要在沒上鎖、隨時都會有人進來的房間裡吞裝滿古柯鹼的保險套？她為什麼不等到去機場再吞？床邊小几放了「二十個鼓鼓的保險套，滿到快爆炸了，裝滿白色粉末」，合乎實際嗎？這麼多古柯鹼的黑市價格至少十萬英鎊吧。如果從來沒吞過，真能一次吞二十個嗎？凱亞想被人抓到嗎？她正等著克萊兒來嗎？真有人把古柯鹼走私到英國境外？回頭想想，我很確定我朋友練習的技巧應該是從牙買加回英國時要用的。這些問題都在質疑場景的真實度。場景有問題，就寫不出好句子。就算你寫出來了，最後也會刪掉。

現在來看句子。第一句，我很不喜歡副詞「緩緩」，但是無大礙。這句的問題是太含糊，而且仔細思考也有點荒謬。什麼叫她的「整個人」？太抽象且沒有必要。這幾個字沒有意義，直接「她」或「她轉過身」就可以了。「因痛扭曲」是什麼意思？牛津大辭典的定義，「扭曲」的意思是「扭轉或扭彎的動作；被扭擰；扭轉造成的變形」，如果拆解第一句，即有一個人轉過身來，同時身體也扭轉變形。這是很怪異的動作，比較像現代舞表演，而不是青少年房間裡的景象——我也完全不相信。再來是「痛」？用一到十評量，有多痛？砸到腳趾的痛？瘀青的痛？牙痛？在這裡只寫「痛」，太懶惰了。就像在告訴讀者，我們不在意他們到底懂不懂凱亞所經歷的，真的就是個「就這樣，隨便啦」等級的選字。這個字意思太廣，因此用在句子裡也過於籠統。

句子不適合用來介紹背景故事。如果我們要讀者知道凱亞的頭髮通常很滑順，之前就該展現出來。事實上，如果在前面的場景就描繪她的滑順秀髮，現在詳細描述凱亞毛躁的頭髮，就能很恰當地展現（而不是光用文字說）她的感覺。當然還是可以做得到，只要回去前面補足就行了。但在現在這一個場景，恰當的描述並不是「毛躁蓬散」。這幾個詞模糊抽象，重複同樣的意念。毛躁的頭髮，在一個頭髮通常很滑順的人身上，就等同蓬散。「蓬散」還有一個問題，我十八歲的時候不會用這個詞，甚至現在也不會用，有點老氣過時。怎麼會冒出這個詞？我認為這些過於正式、寫信給姨婆的用詞來自小時候被迫閱讀的讀物。這些來自疇昔的「增進能力」經典作品無法改善今日的寫作。寫出你自己的聲音，不要像我使用什麼「疇昔」，除非你很確定那是你會用在電子郵件和朋友間對話的詞彙。

在同一句裡，我們讀到「昔日時髦」四字，什麼意思？凱亞的危機應該沒持續這麼久，久到衣服都過時了？這個詞組含糊抽象又嘮叨，與其說「昔日時髦的服飾看似極度需要洗滌」，能不能只說「她的501s上都是菸灰」？寫作時如果你要用品牌名稱，確實有優點，就是非常明確（只要別人知道你在說牛仔褲就好），你也想盡量丟掉無聊的字詞。但是，既然我們在檢視這個句子，曾經時髦、現在很髒的衣服實際上更不合理。這是一九九〇年代初期：頹廢搖滾的全盛期。克萊兒為何要突顯凱亞看起來有點邋遢？情形應該要比她描述的更糟糕，不然指出這一點也沒意義。要挽救局面，必須補足細節。印著雷鬼教父巴布・馬利（Bob Marley）的T恤上沾了湯漬如何？但又來了，我們得考慮為什麼凱亞把湯灑了，甚至她為什麼要喝湯。「極度需要洗滌」？光說「該洗了」不好嗎？記得，你在寫作，不是填公家機關的表格，也不是在警察局做筆錄。

「我不敢相信自己的眼睛」，老掉牙的說法。然後緊接著「我不敢相信我的朋友……」這顯然就是重複了「我不敢相信」，一般我們會認定這寫得很糟，要把重複的地方刪掉。這種情況是牽連造成的糟糕文字，但重複也能很有效力：看看《瓶中美人》的開頭就知道了。[16]我們也不需要讀到「我的朋友」，因為我們已經知道克萊兒是凱亞的朋友。好的寫作不會陳述顯而易見的事實。這句很長，但沒有新資訊。一開始就重複，接著說了我們已知的事情，然後想用三分之一的句長來提供背景故事和塑造角色。然後又重複我們知道的事，凱亞淪落了。「曾經擁有那麼陽光快樂的脾性」是另一句來自童書的餘毒。哪個青少年陽光快樂？什麼樣的青少年有脾性？「脾性」也是姨婆的用詞，警察筆錄的用詞，未免太正式了。英文寫作裡的正式用詞通常來自拉丁文，而莎士比亞和喬叟都知道，用盎格魯撒克遜的方言詞彙才能寫實，更接地氣。

接著又是背景故事。克萊兒和查理討論過這個問題，我們知道嗎？如果知道，就不需要提醒了。如果不知道，和前面一樣的問題，場景壓縮到一個句子裡，嗖一下丟進來，速速填入背景故事。有時候，場景會壓縮在句子裡，我們不想慢慢磨角色的每一個小動作。但是此刻加入這項細節沒有必要，也破壞了這一個場景。如果要探究凱亞的臥房裡發生了什麼事，就必須放對重點。「但我還沒準備好接受驚嚇……」這還要說嗎？這種時刻一定要用行動表現，而不是用敘事訴說，否則就是在講大家都知道的事，或低估了情緒的力量。再來：「……清清楚楚看到她床邊小几上的東西……」。這裡竟然用了三重描述講同一件事：克萊兒看到某樣東西。在這一堆多餘的敘述中，只有床邊小几夠精確。然後我們又第四度「看到」該物（「那裡，就在我眼前」），然後才來到這一段的重點：裝滿古柯鹼的保險套。

讀者並沒有機會欣賞重點，因為還在被重複轟炸。「鼓鼓的」和「滿到快爆炸了」是同一件事，都不太適合這裡該有的心情。「明亮的白色」也是沒話找話說，差不多也算重複。接下來則有「平靜而冷酷」，與段落一開始時的痛苦扭曲不連貫。除此之外，我們也要記得，用抽象字詞卻不加以探究，就是對讀者的一種剝削。我們對讀者說：「來啊，這裡給你『平靜』的概念，但我沒心情寫得活靈活現，你自己想辦法吧。」我常想，作者用這種方法寫出副詞或抽象名詞時，應該要退一點書款給讀者。「平靜」和「冷酷」要有生命，是作者的責任，不光是把字打出來就算了。

這一段的下一個問題是偽生物學：「……我全身充滿嫌惡，腎上腺素突然激烈流過我的靜脈」。大生物學的描述在小說裡幾乎都行不通，很多是陳腔濫調，（比如說「腎上腺素流過我的靜脈」）。大多數也不正確，比方說，腎上腺素不會流過靜脈。先不說別的，腎上腺素會把肝醣轉成葡萄糖，提高肌肉的效率。關於人體的陳腔濫調多半不科學，因此要避免。但還有一個因素則是無聊，我體內腎上腺素釋出的方法和你的一模一樣。但藝術應該要超越生物學。如果要描述我體驗過的感受，我會希望你的寫法能讓我用新的眼光去看自己的體驗。一如說到愛，我們不會用充血的生殖器來描述，所以說到恐懼，也不該用腎上腺素。也要注意太含糊的生物學說法，例如「恐懼在我的腦袋瓜裡狂敲」或「我的心臟感覺快要爆炸了」。這些描述沒有給讀者留下感覺的空間，屬於懶惰、單憑共識形成的情感描述：這種情感寫法，多半出自沒有真正感受過的人。快寫完第一本犯罪小說的時候，我發覺我已用完所有描述某人心跳很快的寫法，應該就不難想像吧。

下兩句就是徹徹底底的謊言。如果克萊兒真的想尖叫，她就叫了。如果克萊兒真的想叫凱亞住手，她會的。但克萊兒顯然想做其他事。所以她想要什麼，她怎麼辦？這個場景儘管有問題，卻非常需要對話讓我們脫離克萊兒的腦袋。所以在這裡，她最好說兩句話，而不光是跑開。下一句則用了三種方法重複「跑」這件事，其中一個都聽爛了（「讓兩條腿盡快帶著我」）。每用一個不需要的字詞，都讓句子更凌亂，偏離你的本意。別用不需要的字詞。跑本身就是加快的動作，所以句子裡的人應該都不需要「匆匆」快跑。

最後一句直譯是被動句，而不是主動句。寫出「雞蛋被喬許烹煮著」（「不熟練地」先不要了，或寫出鍋裡有蛋殼會比較生動）讓雞蛋變成句子的焦點，而不是喬許。像這樣的句子，應該要改成「喬許在烹煮雞蛋」。太多被動句會讓你的作品有種公文感，很像警察的筆錄，都是不承認自己做了什麼的受害者，而是動作的承受對象。被動語態從好處想，有點發牢騷的感覺。從壞處想，「炸彈在夜深人靜時被投出去了」，沒說目標為何，沒說誰投的，也沒說理由。這寫法膽小軟弱，不承擔責任。

所以，我寫了三四千字來解釋那三百字為什麼行不通。所以我應該要覺得幸運，第一個合作的編輯寫了十七頁的信給我，列出我文字上犯的錯誤。編輯建議裡有些很好笑，尤其她提議女主角應該被綁在椅子上，最後被她喜歡的人救走。那封信真的讓我獲益匪淺。我學到英文裡盡量別採分離不定式（現在大家都不在意了），因為我寫女主角「燒開水」，一直用put the kettle on，而不是put on the kettle（我必須承認，我力求自然，所以最後依舊留下了更真實的前者）。我還學到不要寫被動句，也不要讓主角變得太負面。我學到不要重複自己的話，不要講大家都看得到的東西。但我學到最重要的一點則是細細查看句子，檢視裡面有什麼。我發覺我從來沒好好看過自己寫的句子，從來沒仔細看每個詞。我從未真正從句子的層次思考。

之後，我愈來愈著迷於用詞和構句。我尤其想知道別人怎麼造句，為什麼這樣寫。我要到很久以後才學到海明威「寫下一個真實句」的概念，但是透過瑞蒙．卡佛，我對短短的極簡句愈來愈有興趣。幾本犯罪小說的合約履行完之後，我立刻開始尋找自己的聲音。我開始實驗現在式的簡短陳述句，例如《光彩年華》的開頭，「房間裡有一張桌子、一個女人、兩大疊紙」；或《外出》第六章的第一段只有一句「老鼠。」我開始努力縮減我的句子，同時不讓角色的聲音失真。我的作文不一定優美，但總是踏出了第一步。

喬治．桑德斯讀過伊斯特．福柏斯（Esther Forbes）的小說《強尼．特雷蒙》（*Johnny Tremain*）後就一心只想著構句，且看看他相當怡人的描述：

> 讀過福柏斯後的那些日子，站在校園裡，我試著造句，想用和福柏斯一樣的精確度來描述正好看到的情景：「琳內特姐妹在走廊上徘徊，就像一個在走廊上徘徊的修女，手裡拿著花生醬

三明治，那可能是喬治等一下午餐也會選擇的食物。」修改之後變成：「琳內特姐妹，拿著三明治，站在門邊。」然後改成：「姐妹，三明治，門邊。」呃，似乎改太多了。[17]

每位發展自我風格的作家一開始都會這樣，頌揚一種他們心目中覺得出色的風格，或詆毀他們認為「糟糕」、「失效」或有點討厭的風格。因此，有些寫作潮流變了。現在，真實性比完全的正確度重要，因此分離不定式不一定需要修正。的確，英文報紙上就看得到，包括出現人們說「OMG」一類的用詞。但有些事情永遠不變，我很確定上面凱亞和古柯鹼的段落永遠不可能變成眾人心目中的好文筆。不管過多久，這些句子都不會得到真實性。莎士比亞和喬叟都用他們自己方式混用日常真實白話和傳統作文寫出真實句。他們的句子今日讀來依然真實，也會永保真實。好的文筆放諸四海皆準，甚至能超越語言：別忘了，契訶夫對於句子寫作的勸告譯自俄文，運用在英文上精妙極了。他鼓勵我們刪掉所有的形容詞和副詞，因為這兩種詞性在所有的語言裡都同樣模糊而抽象。

好的作品都很具體，而非抽象，精確而不含糊。剛開始教這個論點時，我在課堂上用電腦打出一張照片，一名男子獨自走在海灘上。照片裡有很多細節，比方說，只有一隻鳥在遠方空中，沒有船，連腳印也沒有。海灘大到男人顯得很渺小。他弓著身子，彷彿世界太過沉重。我會給學生看圖片，然後關掉，再換上「寂寞」一詞。我問他們，文字和影像，哪個比較有感覺？哪個比較具體？哪一個試圖描繪出我們心目中的寂寞，哪一個只是提示我們自行補足搭配字詞的具體細節？

每次使用抽象字詞，而非具體的詞或影像，不是說了等於沒說，就是至多只是說了幾百萬個人都說過的話。「她滿心妒恨氣惱，感到受傷」，誰都可以寫這樣的句子。沒有具體的東西，一點都不實在。我們的腦海裡不會浮現影像。還記得嗎？亞里斯多德說，以動作展演，勝過以敘事訴說。作家應該要創造場景和戲劇性來探索抽象概念和複雜的情感。如果只寫下某人的感受，當然是取巧。如果只說「她滿心妒恨氣惱，感到受傷」，怎麼能期待別人買我們的作品，或花好幾個小時閱讀？然而，如果找到新的或特別有力的方法來表達、探究或描寫嫉妒、惱怒、傷害，我們基本上就創造了藝術，而不是公式化或無聊的東西。

下文摘錄自喬治．桑德斯的〈海橡樹〉：

> 在海橡樹，沒有海，也沒有橡樹，只有幾百間國民住宅，能看到聯邦快遞大樓的背面。敏敏和小玉邊給嬰兒餵奶，邊看電視節目《橫死的孩子》。敏敏是我妹妹，小玉是我們的表妹。《橫死的孩子》主持人是麥特．墨頓，一百九十五公分的金髮男子，總是揉著父母親的肩膀，說痛苦已經讓他們成聖。在今天的節目裡，一個十歲的孩子殺了一個五歲的孩子，因為後者不肯加入他的團體。十歲的孩子用跳繩勒死了五歲的孩子，在他嘴裡塞滿棒球卡，然後把自己鎖進廁所，他爸媽答應帶他去FunTimeZone玩他才出來，他在那裡坦承犯行，然後尖叫著鑽進裝滿塑膠球的網籠裡。[18]

整段找不到抽象的東西：所有的細節都很具體。桑德斯給我們空間，能花一點時間審查這種世界——以他的視角中那種特殊清晰的方式。想像一下，如果用抽象字詞取代具體來改寫這一段：

我住在海橡樹，很無趣的地方。我妹妹和表妹在看很蠢的自白節目，同時幫嬰兒餵奶。今天的節目說有個十歲的小孩用殘忍的手段殺了五歲的小孩，還有他爸媽怎麼讓他說了實話。

儘管字數比較少，簡潔和簡短也是我們的目標，但我們應該能看出來，這個版本的資訊少多了，也沒那麼出色。我們看不到圖片。還有，抽象的版本要讀者多花不少心思。我們應該從小就知道，努力才有好成果，寫出好作品很費力，努力描繪出圖像不是讀者的工作。作者應該要提供影像給讀者，讀者才能把心思放在文字的意義上。

瑞蒙．卡佛說，用「清楚具體的文字」呈現出來的細節會「為讀者照亮整個故事」。[19]契訶夫也說：

我覺得對大自然的描述要很短，一定要恰如其分。「海洋愈來愈暗，陷入海浪的落日投射出金紫色的光芒」、「掠過水面的燕子，快樂地啾啾叫」都很普通——普通的就不要了。描述大自然時，選擇小細節，加以分類，讓你讀完後閉上眼睛，還能描繪出完整的影像。[20]

你看，差勁的寫作就連契訶夫也玩得很高興。這裡的重點在於，你選的細節一定要小。也就是說，要很精確。它們必須是你在這世界注意到的小東西，或許別人根本看不到。小細節不光能為讀者創造出更完整的畫面，也能創造出深度。小說的世界因此增添了維度，給我們更多玩味的材料。在《微物之神》，阿蘭達蒂．洛伊以小細節為基礎，打造出完整的世界。性侵艾斯沙的不光是個「男人」，而是香橙汁檸檬汁小販。瑞海兒在前往科欽（Cochin）的路上，不光把頭髮「綁起來」，而是：

瑞海兒的頭髮幾乎都在頭頂，堆得像座噴泉。頭髮用「愛在東京」束著——這款彈性髮圈上有兩顆珠子，與「愛」或「東京」都沒有關係。在喀拉拉邦，「愛在東京」已經通過時間的考驗，即便到了今天，找一家體面的A－1女性用品店問一下，就會拿到這種髮束。有兩顆珠子的彈性髮圈。[21]

在這一段裡，「愛在東京」不單得到清楚指名，也經過細細檢視，我們得以花一點時間了解這項細節輕輕地塞進了歷史，讓我們更了解瑞海兒的世界，也增加對喀拉拉邦的認識。

我一直想讓學生用上更具體的細節。句子不太可能無法再增加一兩項更具體的細節（「草地被醫生站成一片白」畢竟不多見）。在這點上，你真的需要找出自己的風格。你是極簡風格的作家嗎？像海明威、卡佛、普拉絲？還是你喜歡廣納百川，像阿蘭達蒂・洛伊、馬丁・艾米斯、妮可拉・巴克？極簡和廣納並不是真正的分類，之間的界線有時候比我領會的更加模糊，但依然值得先決定你目前的目標。每次開始一本新的小說，我都會想，這次我要比前一本更開闊，但結果不一定符合預期。你要有自信，才能廣納百川，你的感情必須是由內而外的。妳內心愈開闊，愈容易重複具體的細節，或把它們轉成疊句，或開始押韻。你的具體程度就和極簡風格的作家一樣，但你很容易創造新詞、寫出長長的清單，或用諧音和頭韻等英文詩歌的寫作技巧。你可以寫得像阿蘭達蒂・洛伊，「寂靜撈起了裙擺，像蜘蛛女一樣滑上了浴室滑溜溜的牆壁。」[22]大聲念出來，品味這句話的質地。

你愈想走極簡風格，包含的細節就愈少，但你可能得花不少時間才能選對細節，然後盡可能寫得具體。大聲讀出寫好的句子，並無法賦予其生命：事實上，對的句子看起來就是適合在書頁上，清楚簡單。極簡風格的文字如果大聲念出來，聽起來冷酷而低調，就像你在酒吧裡講話的方式。兼容並蓄的開闊寫法則更有展演效果。我認識的極簡作家有的不使用超過兩個音節的詞，有的不會讓一句對話超過一行文字。也有像喬治．桑德斯和雪維亞．普拉絲一樣，盡量放入具體的細節，但每個詞都很有價值。下面的敘述裡沒有一個冗詞：

他們直接從堪薩斯進口貝西，帶著她活潑的金髮馬尾和姐妹會甜心的微笑。我記得有一次，我們兩個被叫到穿著條紋西裝、鐵青著臉的電視製作人辦公室，他想知道我們有沒有可以發展成節目的觀點。貝西立刻說起堪薩斯的雄玉米和雌玉米。她講那該死的玉米講到非常興奮，連製作人都眼眶含淚，只是他說，很不巧，這些都不能用。23

步調、角色、情節也會影響某一刻需要多少具體細節。並非小說裡的每一樣東西都能用與「愛在東京」髮圈等量的細節來描述（其實也可以啦，但是小說可能就沒有篇幅給其他的東西了）。但如果角色在火車上看書，讀者應該想知道是什麼書（或起碼是什麼類型的書），以及火車要去哪裡。這就一定要簡明，不能含糊。「貝絲買到查令十字車站五點三十一分那班車的最後一個位子」，通常優於「貝絲搭上從倫敦開出的擁擠火車」。如果角色邊看報紙邊吃早餐，讀者應該會想知道是哪一份報紙，以及早餐有什麼。如果角色要去看電影，讀者會想知道他／她要看什麼片。當然，我們不能把細節一五一十講給讀者聽。但根據海明威的冰山原則，你應該知道有哪些細節。

小說裡處理到流行文化時，總會碰到問題。有三個可能的作法。第一，所有的東西都用真實的名稱，例如布列特．伊斯頓．艾利斯的《美國殺人魔》（*American Psycho*）、馬丁．艾米斯的《錢》（*Money*）、我的《光彩年華》。這個做法直接而真實，但會讓你的文字有種廉價感：彷彿與真實的關聯讓你的作品變成用完即丟的流行文化製品。第二個選擇，描述流行的文化製品，但不指名道姓，我在《外出》裡就有少數實例。[24]這會有一種微妙的陌生化效應，但如果作者和讀者都知道描述的是什麼，會感覺不太坦率。第三個選擇則是創造虛構的電視節目、品牌、時尚，能擬真地呈現你要探索的流行文化。喬治．桑德斯有很多短篇故事就採取這個選項，我的《流行公司》也是。你虛構的事物可以獨立存在，或結合真實的流行文化。這個選項頗有樂趣，但也會讓你的虛構世界失去真實感。你也會忍不住誇大或諷刺。諷刺當然也可以，但處理流行文化時還有其他的方法。[25]

當然，每個選項都有很多機會讓你發展出自己的風格，對世界上的事物發表自己的評論。要小心，別讓具體性變成批判，儘量保持契訶夫口中的「客觀」。「塗了紅色唇膏的女人」很客觀。更具體的說法可能是「那家店的老闆塗了香奈兒的口紅，是一種集結了一百萬個郵筒的紅色」，也很客觀。但「她殘暴的老闆塗了昂貴的紅色唇膏」就不客觀，句中明確評價了女人和她的唇膏。同樣地，我們可以說「貓坐在墊子上」，客觀的事實陳述。「波斯貓坐在羊絨墊上」也陳述事實，但有比較具體的細節。但「被寵壞的貓坐在奢華的墊子上」就有批判性。在句子裡出現的批判其實遠超過我們的想像，必須小心避開。

這裡，我們也看到副詞和更為抽象的形容詞有什麼主要問題。不光是它們常帶著批判性，想灌輸想法給讀者，而且也很含糊。如果我知道貓咪坐在羊絨墊上，我可以在腦海裡描繪出形象。羊絨不光是奢侈品：溫暖、舒服、柔軟、毛絨絨、安全、有放鬆感。但「奢華的墊子」就要讀者自行想像。

這也將書中的世界變成一片死寂灰泥。過了五百年，那時候的人或許會納悶二十世紀初有哪幾種布料特別奢華，如果當時的書只寫「奢華的布料」，他們便永遠無從知曉了。他們必須把自己所處時代的奢華布料嵌入小說裡，得不到真正造訪二十一世紀的樂趣。在《傲慢與偏見》的開頭，達西先生到拉特菲爾山莊（Netherfield）作客，他人來了，而且搭乘四匹馬拉的四輪馬車。每次用上具體的細節，你就記錄下你的世界中很重要的一部分。而那很可能除了你之外，沒有人注意到。

在大多數情況下，慎選的名詞比形容詞更能在我們的腦海裡建立關聯和影像。名詞是人事物，動詞是行動，你的作品必須充滿這些，因為它們是真的。桌子上的杯子或跑上小丘的人，都無法予以爭議。副詞和形容詞則是負責描述或修飾的字詞，會出現在句子的裝扮箱裡：熟悉的、磨損的舊帽子和舊西裝，上面通常都是洞。副詞和形容詞可以讓句子從遠處看起來更正經，有意義，然而一旦細看，就發現其實會分散注意力，甚至沒有意義，也會讓你的作品變得嘮叨冗長，和我們所謂的廣納風格不一樣。冗長表示有額外的、沒有意義的字詞，想引導讀者的想法。大多數的字詞都可以刪掉或重新排列，改出更好的句子。

在威廉．吉布森的《神經喚術士》（*Neuromancer*）裡，我很喜歡開頭的一行。

> 港口上的天空是電視的顏色，轉到死寂的頻道。[26]

看看所有的名詞：天空、港口、顏色、電視、頻道。整個句子幾乎都是名詞。精簡而生動，言簡意賅。假想吉布森很嘮叨，這段會是什麼樣子：

凱斯獨自站在港口附近，看著頭上的天空，用一種令人膽怯的方式逼近。天空是一種灰暗、不確定的顏色，很接近那個顏色，不白但同樣也不黑，就是收訊不盡理想時，有時候會在電視螢幕上看到的顏色。

我不是說吉布森一開始寫了這麼可怕的描述，然後「編輯得很精簡」，絕對沒有那個意思。但如果你發現自己寫了類似的東西（我開始寫小說的時候絕對也寫過），不要放過。抓住它用力搖，搖到所有的垃圾都掉出來，只留下名詞和動詞。「港口上的天空是電視的顏色，轉到死寂的頻道」沒有垃圾。關於港口天空的顏色，讓我們讀到真實的東西，具體而美，也讓我們讀到敘事者的語氣。這句話告訴我們，我們在一個墮落的世界裡，退化到就連大自然也像壞掉的技術，但句子裡並沒有「壞掉的技術」這種蠢話：而是展現出它看來像什麼。我現在可以用「壞掉的技術」，因為我寫作的語體半正式、半學術，花俏的拉丁衍生字詞正好派得上用場。並不是說這些字詞「很糟糕」，在小說裡，我們分析事物前，得要能先細看它們：才能決定我們的想法。

我很久以前就知道，好的句子只有少許的副詞和形容詞。一旦我發現好的句子其實名詞和動詞比較多，我就發明了下面的練習。

必要的詞彙——字詞銀行練習

假設你的寫作有預算，意思是每次用一個詞，就必須付費。問題在於，有些字詞便宜，有些字詞昂貴。要怎麼表達想法，同時不超出預算？

假設每寫五百字詞，你有一百英鎊可以花（這個預算額度你若想調整也是可以）。我建議，用一百個字詞左右的描述性段落來開始練習（你的預算就是二十英鎊），然後再擴展到一整頁。但開始下筆練習前，找一本已經出版的小說，摘出一百個字詞的段落，算算看多少錢。哪些作家的文字比較符合經濟效益？這個練習的重點在於教你經濟用字，不光是把字刪掉就好了（很有可能你就只想著縮減字數），而是要用最好的字詞。

- 「如」「的」「其」「這」……這類的字詞免費。
- 對話、自由間接敘述或「扮演角色」相關的描述都可以忽視，但那些詞對

詞或詞組		費用
具體名詞	看得見、摸得到或可數的東西，例如桌子、碗、貓、水	免費
抽象名詞	看不到、摸不著或不可數的東西，例如正義、友誼、恐怖、懼怕	十英鎊
具體動詞	你可以看到的動作，例如走路、交談、說話、製造	免費
抽象動詞	你永遠看不到實際發生的動作，例如愛、感覺、查明、決定	十英鎊
具體形容詞	「描述的詞」，可以看到描述的對象，例如裝有窗簾的、泥濘的、濕濕的、紅色的、褪色的	免費
抽象形容詞	「描述的詞」，與抽象的特質有關，例如大的、小的、沉重的、可悲的、毫無生氣的、美麗的、驚人的	五英鎊
副詞	用「地」結尾的詞，例如悲慘地、迅速地、憂愁地、愚蠢地	二十英鎊
修飾詞	通常是副詞或形容詞，但可以用來修飾形容詞、副詞、名詞。包括全然、很、有一點、相當。例如，很小或相當濕	五英鎊
陳腔濫調	大家都知道的象徵性詞組，例如「終於美夢成真」或「海闊天空」	整句五十英鎊

角色應該有真實感。你可能需要討論真實的意味。

- 注意：這是文法規則的極簡版，有少數虛構的地方，以方便使用（動詞和形容詞分成抽象和具體的方法通常和名詞不一樣）。

附錄四有幾段原文約一百個英文字詞的文字，可以用來練習，你也可以自己找文字段落來試。我建議，至少試一次非常商業性的文字，以及文學性比較高的文字，看看兩種不同的風格會不會產生巨額的成本差距。

過去七年來，我發明了不少寫作練習，這是學生玩得最高興的，對他們的衝擊也最強。碩士班畢業的學生仍會寫電子郵件給我，信裡每次用到副詞，就會加一句「糟了！扣二十鎊」。很多學生因為這個練習，才想到要細察句子裡的每個字詞，檢查它們的用途。因此，把寫作變成貨幣系統，我一點也不覺得愧疚，畢竟，這也是風格的經濟結構：我們有多看重某些字詞，用錯字詞，又會讓藝術的意圖付出多高的成本。我們要考慮每個字詞，再看它們組合的成效。當然，在課堂上一定有人指出，「花」最多錢在句子上的作家最後賺回來的錢也最多。其實不然。若說到賺不到錢和沒人要出版的作家裡，差勁的絕對遠多於優秀的。幾個不擅文句的作家能賺那麼多錢，是因為他們特別擅於情節鋪陳，打動不少讀者，而不是因為他們是差勁的寫作者。

字詞銀行練習也教我很多東西。開始教書時，我胸懷使命要滅絕副詞。我嚴禁學生用任何老掉牙的說法。我沒想到別的選擇，句子層級的教學全圍繞著安全的極簡風格，在教材裡使用偉大極簡主義者的勸告。大家會吃驚於有多少作家是在開始撰寫構句的方法後，才發現自己走極簡風格。或許，只有極簡主義者才能解釋得了自己的構句。就連史蒂芬．金在其出色的《史蒂芬．金談寫作》中，都講明了他偏好的風格沒有副詞，對話只用「他說」或「她說」開始，而且只在屍體必須被抬出去的時候才用被動語態（他在書裡也承認，他有時候也不聽自己的忠告）。我真覺得我找到了一切的答案，其實這也暗示，我並沒有找到解答。我對別人說，刪、刪、刪。當然，如果有人的創作風格像馬丁．艾米斯（真有這種人），我不會阻止他。但大多數人不像馬丁．艾米斯，我也繼續支持我的極簡主義。我發明了另一個練習，我到現在還蠻喜歡的，要學生從自己的作文裡找一段，改成俳句，三個乾淨精簡的句子，然後放回段落裡。[27]我訪問過喬治．桑德斯，基本上我們都在談刪減。事實上，喬治．桑德斯甚至說：「刪減才是寫作。」我深有同感。[28]這論點在一定程度上非常中肯，也很實用，絕對是個很好的起點，但也會帶來特有的問題。

從古至今都有很多偉大的作家完全不遵守嚴格的極簡主義規則，我一直找不出理由。我想拿妮可拉．巴克的小說來當教材，而經過訓練害怕副詞的學生卻因此宣稱它們「太冗長」、「令人不耐煩」。我讓一位表現優秀的研究生讀托爾斯泰，但她「和書裡的語言合不來」。另一名博士班學生看到我在看珍．奧斯汀。他說：「妳怎麼能看那種書？那麼抽象，都是副詞。」都是我自作孽，我知道。但我怎麼要怎麼教課，才能解釋我喜歡的這兩種創作而不衝突？妮可拉．巴克、馬丁．艾米斯、阿蘭達蒂．洛伊可以用副詞，但學生不能用，我該怎麼處理這個奇怪的情況？我不正面回答，只說托爾斯泰、珍．奧斯汀、凱瑟琳．曼斯菲爾德、喬治．艾略特的作品，「在他們那個時代很真實」。但如果副詞可以流行，也可以退流行，那我教大家鄙視副詞，只是在教「今日潮流」？

這個問題在我發明字詞銀行的練習時，有了答案。每次設計新練習的時候，我會自己試試看，和食譜一樣，關於這個練習，我第一個注意到的是，如果其對話的處理方式同於主文的其他部分，這個方法就行不通。畢竟，人講話的時候確實會用到副詞和陳腔濫調。的確，口語和「藝術」不一樣，是不同層次的會話。假設我去上瑜伽課，同學對我說：「外面雨下得超大。」我不會費心想找出最有藝術感的回應，我可能會說：「對啊，真的很大。」因此，第一次測試練習的時候，我要學生忽略對話。然而，幫他們選練習的摘文時，我發現我有點作弊。我不是任選一篇好作品來證實我的想法，我只選了極簡風格的創作。我當然不會選凱瑟琳．曼斯菲爾德的作品：

哈利對生命熱情無比。噢，她多欣賞他這點。還有他對打鬥的熱愛——只要碰到不合他意的事，他就想藉機測試自己的力量和勇氣——這一點她也了解。即使這使得他有時候在與他不熟的人眼中，顯得有點可笑……因為，有時候他急著投入根本不存在的戰鬥……[29]

或者取自妮可拉．巴克的這一段：

太快她就發現我居然就在那裡，怕不夠醒目似的，盤著腿坐在雞尾酒櫃檯上，費力切下煩人的疣（多年來，我已經學到了，如果把腳浸在放了少許鹽的溫水裡，過了足夠的時間，再用鑷子拉扯那長來惹是生非的東西，那整塊可以一次扯下來，就像外型完美的迷你花椰菜）。[30]

妮可拉．巴克的例子讓我特別困擾。如果學生能寫成這樣，會拿到高分，儘管表面上看來這段話打破了所有的「規則」。要從字詞銀行裡購買到這句所有的要素，一定很昂貴。但這段描述如此真實、生氣勃勃、個性十足。太真了，即使含有那麼多「假的」字詞，以及十足十的陳腔濫調。按著極簡主義的基本規則編輯，結果可能會像下面這樣：

她不久就看到我盤著腿坐在雞尾酒櫃檯上。我學到，如果你把腳在加了少許鹽的溫水裡浸了夠久，再用鑷子拉扯疣，那整塊東西就可以一起拉下來，像個迷你花椰菜。

改這樣更清楚了，也更精簡。但也變得很嚴肅，失去個性，再也不好玩了，沒有變成更好的句子。

正在大傷腦筋的時候，我對自由間接風格的潛力愈來愈有興趣。事實上，我當時正開始在下一本小說裡使用這個風格。剛開始的幾頁，我意識到不僅應把對話排除於字詞銀行的練習：所有合乎角色性格的描寫都應不受此限。在《幸福》裡，說出「哈利對生命熱情無比」的敘事者並不客觀，也不「中立」。那是柏莎的話。不是中立的敘事者想說服我們柏莎「欣賞」這項特質：是柏莎想說服自己，也說服我們。如果柏莎的語氣帶點遲疑或虛偽，那是因為她對哈利沒那麼有把握。句子裡的不確定是他們的真實。而梅德維在《離外面的希望五英里》裡的語氣就是故意不走極簡、雅致、安靜的風格，而是刻意要太過火、貧嘴、自大、詼諧、不懂裝懂、狡黠到邪惡的地步。這個角色就該有這樣的語氣。同樣地，真相藏在做作裡。

所以，抽象詞在小說裡確實有一席之地。當然，絕對不能是中立、「客觀」的敘事者對我們說謊。但角色對自己和別人說謊（或只是說故事），抽象詞就可以上場。但抽象詞也要可信，我不覺得我能寫出某個角色「對生命熱情無比」，因為我不會用這種表達方式，照理來說我的角色應該也不會用。但這是柏莎會說的話，因此合情合理。這並不表示「隨便寫都行得通」，一切又回歸主觀。除非真的是角色會直接或間接說出口的話，否則副詞仍要扣二十英鎊。我依然建議新手作家培養出可行的極簡風格作為基礎，然後才嘗試廣納。畢竟，每一位作家都該知道怎麼寫出簡單的陳述句，最走廣納風格的也不例外。

我們已經看到，寫極簡風格的方法之一是用最少的字詞「如實地」說出發生了什麼事。比方說，「那人坐在椅子上」或「花在桌子上」。但象徵的說法也可以達到經濟的目的，以及相當不錯的深度。透過隱喻，可以把某樣事物的特質套用到另一樣事物上，有時候可以讓讀者更了解兩者。隱喻有可能出錯，但就句子的層次來看，靠隱喻最有可能創造深度。深度表示有好幾層意義，隱喻不光讓我們具體化一樣東西，而是至少相疊的兩樣東西。如果把一個詞想成一個維度（點），一個句子則是兩個維度（某種時間軸），象徵語言則又添加了一個維度。句子向下延伸出意義，同時也向下延伸到時間裡。

舉例來說，我說「彼得在戰場上是頭獅子」，和獅子有關的想法就套用到彼得身上。一個東西的特質覆蓋到另一個上面，表示每次我們看到「彼得」，我們不光看見彼得這個人，我們也看到了一頭獅子。如果我們曾經看過或想過一頭以上的獅子（在電視上、在野生動物園裡、圖片或詩句裡），那麼這些影像和想法都會疊在彼得的概念上。彼得現在更有深度，因為我們對獅子有什麼看法，都會在他身上看到。當然這只是一個基本的例子，但我們可以看到隱喻多好用。隱喻的意思是，與其列出一大堆抽象的詞（「強壯」「勇敢」「兇猛」「光滑」「獸性」等等），甚至用具體的描述來證明彼得強壯兇猛，也不容易（他一小時比別人多殺了十幾個人，甚至沒停下來吃午餐），我們可以找到一個影像，含有所有我們想喚起的想法，把這個影像套用到人身上。因此，說彼得在戰場上是頭獅子，也非常符合經濟效益，等於同時說出他既強壯又兇猛等等的一切特質。我們不橫向發展句子，而是向下延伸，有更深的意義。

很多常見的隱喻都是陳腔濫調，例如「他在戰場上是頭獅子」。有些老掉牙的說法原本是很好的隱喻，後來太多人用了，變得太常見。但很多隱喻一開始聽起來不錯，細細思索後卻發現不能用。男人在戰場上其實不會那麼像獅子，因為獅子不會掀起戰爭。這個形象似乎無效，變得淺薄，缺乏深度。我們一天到晚都用隱喻：在日常對話裡，大多是陳腔濫調，沒關係，這很正常。例如，我可能會說「我快無聊死了」或「我被工作淹沒了」。但說話或寫作中常看到一個錯誤，有人說「我『真的』快淹死在工作裡」，彷彿隱喻太「假裝」，因此不夠「強效」。在最近一場英式橄欖球賽上，播報員說全國人民的目光「不誇張，都在球員身上」，令人無言。

隱喻整體來說，就是與字面不符，提示我們有更深層的真相。隱喻在老掉牙的例子裡也能起作用，我們來看看。你對別人說，你快無聊死了，就是用隱喻誇大，想讓人發笑。這裡的「讀者」或聽你講話的人知道你沒死，因為你還在講話。但他們知道死亡是暴力、剝削等極端事件造成的結果，你要他們想像無聊能到什麼程度，居然能致人於死地（或許無聊太久了，你因此餓死了），再說到死人，屍體和棺材之類的東西，都會讓人聯想到平躺的人。你其實想說，你就是非常無聊。如果你說「我無聊到想哭」，一樣也用隱喻，只是不訴求死，訴求哭；同樣地，也是過分誇大的「無聊」。在這兩個例子裡，以略微不同的方式都在暗示我們說話者的性格，告訴我們他們很有趣，因為無聊會讓他們死掉或想哭。隱喻的功效在這裡遠超過抽象的詞，給我們具體想像的材料。

隱喻最清楚的描述可見亞里斯多德的《詩學》。他說：

> 隱喻是名詞的應用，指其適當運用到另一個東西上，或許從屬（genus）轉成種（species）、從種轉成屬、從種轉成種，或者用類比。[31]

如果我們不想扯到分類學去，可以把這裡的「屬」當成「抽象」，「種」當成「具體」。大多數隱喻都會用具體的東西取代抽象的特質。假設我說，「我有一座山的衣服要洗」，一座山是抽象類別「大量物品」的具體實例，因此，我用這個詞來取代「我有大量的衣服要洗」。也可以換個方向。如果我說，我要在明天上課前讀完「一整座圖書館」，我的意思是，我有好幾本書等著讀。好幾本書只是圖書館裡的一小部分，所以在這裡，我用抽象（屬）取代具體。海明威的故事《白象般的山丘》用隱喻當作書名（應該說是明喻，我們後面會討論）。山丘和白象的概念都用來表示「大的東西」。女孩說山丘看起來像白象，她用一個大東西取代另一個大東西：當然是用白象取代山丘，但言外之意則是用白象代表意外懷孕的重擔。所以這是用具體取代具體。

亞里斯多德說：「類比的意思是，B和A的關係類似D和C的關係；那麼就可以用D取代B，或用B取代D。」[32]這是最簡單易懂的隱喻形式。例如，亞里斯多德說，老年或許可以描述成人生的暮色，因為老年和人生的關係等於暮色和一整天的關係。如果我描述一棵樹其「樹臂」有「花朵組成的手環」，那我就是把枝幹和樹的關係比喻成手臂和人的關係。這種嚴格的類比不能倒轉（我不會對朋友揮動我的樹幹）。但《米德爾馬契》裡有類似的東西，費爾布拉德先生（Mr Farebrother）同意把佛瑞德的愛意傳達給瑪麗．加爾斯：

> 就在那天，費爾布拉德先生幫老馬上好鞍轡，前往洛伊克的牧師住宅。他心想：「沒錯，我就是根老草莖，新生的草莖都把我推到旁邊了。」33

這個類比比較複雜。不光是一個男人像草莖，還會變老（因為男人和草莖都是生物，終究會變老死去）。草莖變老的時候，通常會被植物新生的部位推開。既然新生的重點最後就是繁殖，這個隱喻更有內涵。某個人被更年輕、更有活力、性能力更強的人推開了。想法很複雜，描述卻很精簡。我們現在能將費爾布拉德先生男人和老草莖的意象都具體化，彷若就在眼前。

隱喻之所以有別於語言其他的象徵形式，是因為隱喻會把一個概念或影像直接用另一個取代。然而，還有其他類型的象徵表達方式。比方說，明喻會把一個想法和另一個比較，而不是直接交換。在《幸福》裡，柏莎這個角色想描述她體會到的新奇感覺。

> 假設你三十了，然後轉過住處街口，突然之間，一股幸福的感覺席捲而來，純粹的幸福！彷佛突然吞下一大塊向晚的明亮太陽，在你的胸口裡燃燒，把小小的火花束射進身體的每顆粒子、每根手指、每根腳趾。你該怎麼辦？
>
> 噢，要怎麼表達才不會像在「發酒瘋」呢？文明多麼愚蠢啊！如果要把一樣東西像珍貴稀有

的小提琴一樣收藏起來，擁有身體的意義何在？

「不對，小提琴這說法不太符合我的意思。」她想著跑上了樓梯……34

用得好的明喻有種輕巧、不實際卻宜人的不確定感。如果凱瑟琳．曼斯菲爾德沒加彷彿，而是直接寫柏莎吞下一塊向晚的太陽，在她的胸膛裡燃燒，意象會突然沉重起來。同樣地，「珍貴稀有的小提琴」一段的重點正是這描述不太正統。如果曼斯菲爾德寫「柏莎的身體這些年來就像珍貴的小提琴，一直封在盒子裡」，就不慧黠，也無法引人深思。當然，這不是說隱喻一定不幽默，但就這個情形來說是如此。曼斯菲爾德取而代之用了兩層明喻：身體像某樣東西，那樣東西則像珍貴稀有的小提琴。明喻用得好，意思通常有點朦朧不確定——不能說是含糊，但也非定案，這在《瓶中美人》也有一例：

我的手向前移了幾英寸，又收回來，軟軟地垂下。我強迫我的手再度伸向話筒，卻再一次突然止住，彷彿撞上了一片玻璃。35

轉喻的手段則要用上關聯，通常（雖非必然）會用某物的象徵符號來取代該物。因此，或許我們會聽人說他「是個酒罈子」，儘管他酒癮期間只喝盒裝葡萄酒。或許我們會聽到「來自」唐寧街、布魯塞爾或白宮橢圓辦公室的消息，但指的是來自我們會聯想到這幾個地方的官方機構。要在句子裡展現創造力，轉喻或許是最難的一種象徵表達方式，因為需仰賴已經存在的關聯。隱喻把一個東西置換成另一個很不同的東西（但有類似的特質，例如把人換成獅子），轉喻則一定有種連續性：結合了想法或概念。轉喻要互換的想法不一定有同樣的特質，但在文字關聯遊戲裡一個接一個。豎起耳朵連結八卦；玫瑰連結愛；墨水連結指印。

在《微物之神》裡，將電影《真善美》（*The Sound of Music*）裡面的小孩描述成「乾淨的孩子，像一包薄荷糖。」[36]之後更延展這個比喻：

> 馮特拉普上校的七個薄荷糖小孩洗過他們的薄荷糖澡，排成一列薄荷糖，頭髮梳得滑滑順順，用順從的薄荷糖聲音對著上校差點娶回家的女人唱歌。[37]

在這裡，薄荷糖不是直接透過隱喻代表小孩，怎麼可能呢？薄荷糖又黏又甜，但這裡想傳達的是乾淨、清新、天真、純潔、雪白。這裡或許可以說是轉喻，一部分因為薄荷糖是白色，但主要則是因為薄荷油是牙膏的香氣來源。因此，薄荷糖暗示口氣清新，進而暗示口腔乾淨。轉喻關聯通常跟文化有關，非關自然。只要有男人、獅子、睡眠，我們就能理解人怎麼睡得像頭獅子。但乾淨與薄荷糖之間的連結則沒有絕對，現在是這個意思的事物，過了一百年或一千年可能又換成別的意思。

提喻則是用一部分來描述整體，或用整體來描述部分。這很像亞里斯多德的「屬到種」和「種到屬」的隱喻，但不是一模一樣。如果我稱幾本書是「整座圖書館」，我就是在用整體描述一部分。提喻或許是小說中最重要的象徵手段，因為我們可以藉著提喻在句子和世界間悠遊，為兩者建立重要的連接。來看看威廉・布萊克（William Blake）詩作〈追隨先人的腳步〉（And did those feet in ancient time）裡的提喻：

上帝聖容
曾否高照我們烏雲密布的山丘？
耶路撒冷
曾否建於此地立於黑暗的撒旦磨坊之中？

這裡，「烏雲密布的山丘」暗指整體農村，「黑暗的撒旦磨坊」指整個工業界。

使用象徵手法，就是試圖加入兩個以上的不同元素好製造深度，最好手法還能新穎且有原創性。有時候（其實常會碰到），你會在同一本小說裡用「一組」意象。比方說在某個故事裡，你決定全篇的描述都與水有關。然而，或許更常見的做法是，你把一個隱喻擴充成好幾行。此法的關鍵在於，隱喻延伸後不能失去合理性。首先，要找出你想從哪裡延伸隱喻。如果我寫，「她的聲音聽來像隻痛苦的貓咪。她哭喊不停，像一把壞掉的小提琴」，這是一次召喚兩個不同的意象，而且有衝突。我們要決定留下哪一個（作為延伸的基礎），要貓的意象還是小提琴的。兩者都不算特別有創意，但想要的話，我們可以任選一個延伸：

她的聲音聽來像隻痛苦的貓咪，彷彿剛失去了所有的小貓。

她哭喊不停，像一把壞掉的小提琴，還是醉鬼拉的。

注意，儘管說或寫某人的聲音聽來像痛苦的貓咪很容易，旨在表現幽默，但一旦深入探究，會發覺這其實是個相當悲傷的意象。一把由醉鬼所拉的壞掉的小提琴，這說法不錯，也很合理（醉鬼很有理由去拉壞掉的小提琴），但如果「她」像這把壞掉的小提琴，那麼誰是演奏她的醉鬼？隱喻常牽連到某種奇特的情節鋪陳，因為我們創造出的意象本身要合理，然後才能套用到我們試圖描繪的文中世界。

如果我們延伸隱喻，但不理會隱喻連結到真實或字面世界的邏輯，就會得出混合隱喻：這會出現在情節鋪陳得不好，或用了陳腔濫調卻未思索其意的時候。舉例來說：

她並不是罐子裡最明亮的餅乾。

怒火在我心中狂奔，彷彿一道閃電。

你不能只看封面評斷一本書，但你可以舒適地沉浸在書本鋒利閃耀的真相裡，只是很可惜，真相總在你搆不到的地方。

在湯姆．史達帕（Tom Stoppard）一九六八年的劇作《謎探》（*The Real Inspector Hound*）裡，一名角色（頗

為慎重地）對另一名說：「櫥櫃裡的骨骸要回家歇息。」我上Google查這個講「難言之隱」的句子，發現有人也用了，在一本關於戰爭和責任的書裡，完全沒有諷刺意味。不論混合隱喻有多麼引人訕笑，我們都很容易不小心就創造出來了（很奇怪，不是故意的），尤其在匆忙的時候。我知道我在講話的時候常不知不覺創造出混合隱喻，尤其在教課的時候。體育評論員常講出混合隱喻，多到諷刺雜誌《私家偵探》（*Private Eye*）開了一個叫作「柯爾曼球」（Colemanballs）的專欄，重現評論員的失言，例如傑佛瑞・博伊科特（Geoffrey Boycott）的評論：「有時候，你無法選擇你要在哪裡出生。」或約翰・因沃戴爾（John Inverdale）的抒發：「最棒的馬贏了，不管在哪一項運動，你都只能期望這樣的結果」。

看了這麼多，我們更應該思索我們寫下的字詞，起碼要確定每個字都有意義。有個很好的通則，就是每段的象徵表達不要超過一個。但你可以盡情延伸你的象徵想法，只要合乎邏輯就可以，如艾略特在《米德爾馬契》裡的做法：

> 在分派給她的這處院落裡，多蘿西婭感受到一股特別的魔力，她總覺得過頭了。你們可以看到，她很盲目，其他人一眼就能看到的事物，她卻渾然不覺——很容易走進不該去的地方，西莉亞也警告過她；這種對於與她自身純淨目的無關的事物都視而不見的盲目，卻把她安全地帶到斷崖旁邊，在那兒因為恐懼，看得見反而危險。[38]

這裡的隱喻就是好的隱喻。將一個抽象難懂的東西，改成我們看得見的東西，而且很合理。盲目的人很有可能「走進不該去的地方」，但在某些方面也可能因這種無視帶來無懼。大多數人看了這段文字，都會自行想像多蘿西婭走在懸崖邊的模樣，然後用這個影像去考慮和探索她這個人，既有教養又容易受騙，十分耐人尋味的組合。

凱瑟琳．曼斯菲爾德在《我不會說法語》（*Je ne parle pas français*）裡讓第一人稱敘事者雷歐（Raoul）說出下面這段話：

> 我不相信人有靈魂，從來不信。我相信人比較像旅行皮箱——裝進了某些東西、出門、到處亂扔、丟得遠遠的、重擲在地、遺失了又找回、突然空了一半，或塞到前所未有的肥滿，直到最後，終極腳夫把它們甩上終極列車，它們匡噹離開……
>
> 雖然這些旅行皮箱充滿魔力。噢，魔力十足！我看到自己站在它們前面，你可能沒想到，我像個海關官員。[39]

同樣地，這個隱喻的延伸很合乎邏輯。如果人是旅行皮箱、行李箱，你會認定裡面裝滿了東西。事實上，你也能想到皮箱會被丟來丟去，或許扔在火車上。突然之間，我們能看見人類的情況（或雷歐對之的想法），容易視覺化，也很容易明瞭。但只因為我們能想像畫面，不代表已經有了解答。有時候，能在腦海中想見某件事，只表示這件事比較容易玩味。把人變成行李箱，曼斯菲爾德要我們思考人生短暫的本質，身體也是某個東西的容器，即便這個東西不是靈魂。在《六人行》（*Friends*）試播集裡，喬伊（Joey）說，跟女人談戀愛，就像選冰淇淋的口味。因而當羅斯（Ross）後來說，他剛「抓了一支湯匙」，我們就知道他的意思是他想交一個女朋友。有時候，隱喻幫我們拐彎抹角地說出很難直接說出口的話。

隱喻不光用來描述抽象的概念、感覺、物品。作文裡所有的東西都可以作為隱喻，整段描述、場景，或甚至整篇敘事，都可以發揮隱喻的作用。舉例來說，在海明威《白象般的山丘》的背景便可視為代表其他的事物。故事講到岌岌可危的關係和重大的決定，背景則是火車站。火車站卡在一個地方和另一個地方中間；是你等車的地方；是你不會久待的地方。這裡的火車站代表故事裡的關係狀態嗎？還是想表達吉格（Jig）的猶豫不決？兩者皆是？敘事中的物品、地點或一組動作，以象徵方式呈現出一個或多個角色的情緒狀態，就稱為「客觀對應物」。[40]在這裡，隱喻開始漂離純粹的象徵，流入物品的世界（雖然都是虛構的）和戲劇之中：因此，我們才能讓多蘿西婭走在「真正的」懸崖旁邊，而不光是想像她走在假的斷崖旁。注意，在凱瑟琳．曼斯菲爾德的故事裡，敘事者直接引導我們到隱喻——雷歐明確告訴我們，他拿人體和旅行用的皮箱比較。但在海明威的故事裡，我們必須自行讀懂隱喻的內容。你不需要清楚告訴讀者你用了象徵手法（「火車站讓他想起他們的關係……」），讓讀者自行發現關聯通常比較好。

隱喻不論是用來描述個人感覺或整體社會，當其功能發揮得當時，應該能提供我們真正看得到的東西，而不是難以理解的抽象想法。上乘的隱喻會用我們可以檢驗的東西來取代我們無法檢驗的。就某種意義而言，所有的小說都是隱喻。小說都會用提喻，拿一部分（例如不健全的中產階級家庭，像《迷》裡面的史瑪特一家人）來暗指更重要的整體（英國的中產階級）。蓋茲比也是一個例子，代表那些格格不入的暴發戶。《安娜．卡列尼娜》裡的列文和《孤星血淚》裡的皮普，從某個角度來看，這兩個角色代表我們所有人。在《瓶中美人》裡，愛瑟．葛林伍德代表年輕一代的女性，受到文化定見的束縛，指示她們該做和不該做的事情。隱喻是用特定個體來暗示整體的絕佳方法，也是小說使用的方法。但要小心，有些隱喻沒什麼功能，頂多為你的句子增色。也要小心，不要在創作裡堆疊許多隱喻。你可以用某樣東西來描述另一樣東西，並不表示要一直用。但是，一定要多練習。如果人生就像一盒巧克力，那麼死亡呢？拿一些常見的老掉牙說法來多方嘗試，然後練習延伸自己的隱喻。要記著，延伸隱喻需要一點點情節鋪陳做基礎。完成後的隱喻必須要合情合理。

若說隱喻是象徵，得說出某個東西像什麼，但不真的是該物，那麼陌生化的技巧就是說出某個東西確切為何物。陌生化（俄文的ostranenie）是俄羅斯形式主義學家什克洛夫斯基在一九一七年的論文〈作為手法的藝術〉（Art as Technique）裡初次提出的說法。在這篇論文裡，什克洛夫斯基指出，藝術的目的在於讓我們用新的眼光看事物。他說：

> 藝術存在，我們就能找回生命的覺知；藝術存在，讓我們能感覺到東西，讓石頭有石頭的感覺。[41]

應該有很多人能感覺到有這個需要，要用方法「找回生命的覺知」。什克洛夫斯基描述了一些我們可能無意識用以行事的方法，做了也像沒做。面對熟悉的事物（例如把車開過某一段路，或泡一杯茶），我們常把這些東西忘得一乾二淨，從不注意細節。的確，你或許有這種體驗，忘記是否做了某件習慣性的事，比方說關掉直髮夾或烤箱的電源，或把鑰匙放進口袋裡。對什克洛夫斯基來說，這是行屍走肉。他說：

因此，生命等同虛無。習慣化吞噬了工作、衣物、家具、配偶，以及對戰爭的恐懼。42

同樣地，我們對熟悉的事物或許有些想法和意見，並因為太熟悉而從不存疑。我們可能相信，只有最重要的故事才會變成新聞，或認為去購物中心和超級市場只是日常慣例。陌生化要我們再度審視這些熟悉的事物，或許把自己當成外星人，或來自遠處的人類學家。什克洛夫斯基用了好幾個取自托爾斯泰的例子闡述他的說法：

托爾斯泰讓熟悉的東西陌生化的方法，是不講出此熟悉物的名稱。他描述物品都彷彿第一次見到，描述事件也彷彿第一次發生。（中略）例如，在〈恥辱〉中，托爾斯泰用這種方法「陌生化」鞭打：「犯了法的人被剝掉衣服，猛推到地板上，用鞭子拍擊他們的臀部」，過了幾行，「在赤裸的臀部上急速抽打」。然後他評論說：「只是為什麼要用這種愚蠢野蠻、讓人疼痛的方法，而不是別的做法——為什麼不用針刺肩膀或身體的其他地方、用老虎鉗擠壓手腳之類的？」對不起，我用的例子有點刺眼，但托爾斯泰常用這種方法來刺痛良知。43

鞭刑當然不是我們現在熟悉的做法，但我們可以看到，這是托爾斯泰熟悉的，也明白他為什麼用這種方法加以陌生化。經典的陌生化技巧也會用小孩子的眼光來描述一個物體，或扮演成一個社會化程度不是很高的人，看到什麼就是什麼。什克洛夫斯基也用托爾斯泰的〈邁步者〉（Kholstomer）舉例，故事的敘事者是一匹馬。這匹馬叫謝爾普霍夫斯基（Serpukhovsky），牠描述人類眼中的世界。他說：

他們同意，只有一個（人）可以說這個、那個或另一個東西是「我的」。按著他們自定的遊戲規則，說「我的」最多次的人，也是大家眼中最快樂的人。[44]

用小孩、動物或其他「不知情的外人」當成敘事者，描述物品時彷彿初見，因為用這些敘事者的時候，他／她／牠並不熟悉要描述的物品。但我們也在某些作品中看到，知識更淵博的敘事者會幫我們分解某個東西，讓我們覺得也是第一次看到。

收到祝早日康復的卡片時，大多數人只會匆匆一瞥，心想「啊，真貼心」，然後把卡片收起來。但《瓶中美人》的敘事者愛瑟．葛林伍德費了不少心思來描述她看到的卡片：

> 我伸手去拿「淑女日」那些人寄給我的書。
>
> 書一打開，就有一張卡片掉出來。卡片正面是隻貴賓狗，穿著花朵圖案的睡衣外套，一臉哀愁地坐在籃子裡，卡片裡面則是貴賓狗躺在籃子裡，面帶微笑，蓋著刺繡毯子安穩而眠，寫著「多休息，多休息，才能真正康復」。卡片下面有人用薰衣草紫的墨水寫：「快點好起來！『淑女日』全體好友敬致。」[45]

在這裡，熟悉的東西看似陌生，我們突然發覺，別人不舒服，還送有貴賓狗的卡片給他們，真的很荒謬。普拉絲不需要誇張：她只須讓愛瑟用簡單的陳述句告訴我們她看到什麼。在這本小說裡，愛瑟的憂鬱讓她用一種特殊、陌生化的方法來看世界。她看到了真相，沒有花樣和裝飾，能如實講給我們聽。

因此，我們可以說廣納風格的寫作有很多隱喻，極簡風格就沒有嗎？廣納的寫法用象徵，極簡寫法用陌生化？不是。無法簡單回答是或不是——我不覺得我們可以在這兩種寫法中間拉出界線。事實上，極簡主義者常用隱喻，各種程度都有。先看看海明威的白象吧。雪維亞・普拉絲的鐘形瓶不光提供了小說的中心符號，也帶來不少玻璃的意象。

細細查看，你會發現極簡和廣納寫法的句子其實遵循相似的「規則」。兩者都應該沒有不必要的字眼。兩者都應該盡可能具體和精確。兩者都應該提供相當的深度，通常都透過象徵手法。讀者在閱讀的時候，都應該能看到句子在眼前演出；文中都應該充滿名詞、動詞，以及多采多姿有趣的事物。句子不管容納多少東西，都不應該變得「鬆散」。到最後，廣納的句子只是用了更廣幅的詩意寫法；用新詞、重複、頭韻、諧音、非全韻吸引注意力。當此法要玩弄文字，不會直接說「蘿莉塔」，而是「蘿－莉－塔：舌尖要彈三次上顎。蘿－莉－塔。」[46]或稱人「the foil, the fool, the poor foal（配角、傻瓜、可憐的仔駒）」。[47]但極簡寫法也會賣弄，比方說，「你看我多乾淨，你看我就這麼一點點」。或許在編輯後只剩「看到了嗎？這麼乾淨」。很有可能，你用每種風格寫的文字都還過得去，你可能會偏好某一種，但更重要的是，會有一種風格比其他風格更愛你。你先試試看哪一種對你比較有吸引力，再決定你要怎麼以之開創新局。細看你句子裡的每個字，確定你知道每個字的意思，知道你為什麼選用這個字。

開始寫小說
Beginning to Write a Novel

寫作就像在夜間駕車，你只看得到頭燈照亮的地方，但你可以就這麼一路開到終點。

——E・L・達克托羅（E.L. Doctorow）[1]

年輕的寫作人有麻煩了，因為他們仍太浪漫。你要出海，就一定會暈船，想要一只嘔吐盆。嗯，他們為什麼沒有這些嘔吐盆的勇氣呢？

——凱瑟琳・曼斯菲爾德，《幸福》[2]

如果你曾有那麼一絲念頭，想寫本小說，我鼓勵你寫吧。我的碩士班學生常發現，他們來上第一堂寫作課，不到一個小時就開始寫小說了。我為什麼要鼓勵大家做這麼雄心勃勃的事？因為我要他們放下恐懼，我要他們看到寫出一部小說會讓人心情暢快，就像跑完一場馬拉松。或許你寫不出一部會得獎的小說，甚至連出版都不夠格；很可惜，事實總是傷人。然而跑馬拉松的人就算沒贏，也很享受過程。多數人想寫小說就能得寫出來，就像經過適當的訓練，多數人都能跑完馬拉松。很多人（包括我在內）必須先寫一部很糟糕的小說，然後才能寫出好小說（以我來說，我必須寫完四部，然後才寫出自己滿意的小說，不過像我這樣的情況不多）。[3]因此你就寫吧，寫一部出來。[4]

小說是持續不斷的敘事，通常篇幅是九萬個英文字。假設你每天都要工作，但星期六和星期天有幾個小時的空檔，你可以每天寫一千字。[5]以一個星期寫二千字的速度，一個月可以寫八千字。不到一年，就能寫完一本小說。如果你希望能更快完成初稿，每個星期能撥出三天來，每天寫二千字，一個星期就能產出六千字，一個月就有二萬四千字。三個月就能寫完草稿。只是，以上的計算還沒算到你會刪掉的字。我們後面再好好討論刪除。現在先假設你寫得愈快，要刪的愈多，再加兩個月（感覺差不多），假設每個星期寫六千字，你在五個月內就有不錯的初稿。但我們也會注意到，不是指從現在算起的五個月，而是等你抓到竅門後持續不懈地寫五個月。

我開始寫小說時，真的亟欲知道上述的資訊。當時我以為我已經懂得怎麼寫出好句子（其實不然，但是沒關係），但我想知道（我需要知道）大概要寫多少，我才能自稱「小說家」。現在網路會告訴新手作家不同類型的小說有多少字，但我開始寫的當年，要知道小說有多長，沒有簡單的方法，只能算一行幾字、一頁幾行、一本書有幾頁，得出粗略的估計，我在家裡找到最短的小說是《巴斯克維爾的獵犬》（*The Hound of the Baskervilles*），就拿來算了。我估計大約有英文六萬字，[6]這個總數看起來不錯。我的意思是，不至於令人望而生畏。畢竟，只是六個一萬字，或三十個二千字，就像寫三十封長一點的信或電子郵件，聽起來不難。[7]那個數字一直到現在我還銘記於心，我期待寫書時寫到六萬字的那一刻，因為就在那時，我知道我寫了和《巴斯克維爾的獵犬》一樣長的東西，就覺得我寫了「一部小說」。

真的很瘋狂，因為我寫的小說長度幾乎都超過《巴斯克維爾的獵犬》。[8]但在到六萬字的那一刻，我可以告訴自己，做完了，我再一次成為小說家，所以其他多做的一切，都是「額外的」。我一向很喜歡寫這些「額外的」字數，遠勝於前面那六萬字。你看懂了嗎？我在和自己玩心理遊戲。你需要找到自己的心理遊戲。總之不計手段：將整體目標分成小塊，並將字數訂得比我預期自己能完成的低；這招對我有效。但你可能需要完全不一樣的策略，比方說與朋友打賭。寫作天份會給你想法、角色、深度、主題，或努力想就能想出來，但內心深處那位狡猾（而絕望）的私人教練才是重點，能在合理的時間內把字放到書頁上。

所以，你是否有了念頭，打算每天坐在書桌前寫，直到完成一部小說？假設你符合別人的想像，每天早上九點坐到書桌前寫七小時（中間休息一小時吃午餐）。在這七小時內，如果你一直寫，不上推特也不上YouTube，大約能寫七千個英文字。意思是你在兩星期內就能寫一本小說，真的嗎？我不覺得。即使在我寫得最快的時候，寫出「我感覺到一股突然的噁心感吞沒了我，不到幾秒就搭著暴衝的腎上腺素從腳底衝到喉嚨」的期間，也要花三十天才能寫一部小說。如果我真的每天寫七小時，就會寫出二十一萬字。一口氣寫出這麼多爛東西，宇宙可能都嚇得要坍塌了。起碼我的手會斷掉，不可能用那種速度寫作，沒有人會這樣做。除此之外，寫那麼快，你也需要一直刪，如果一整天都在寫，就沒有時間刪除。因此，我們現在用科學的方法證明了作家的一天不光是寫作而已，也無法一直寫。因此我們該問，作家一整天在做什麼？小說家一整天應該做什麼？

首先，要看你寫到哪裡了。讓小說決定自己被寫出來的速度。你與所有的角色都很熟，能預測他們碰到的每一件事嗎？如果答案是肯定的，寫吧，飛快打字，打到指尖瘀血。還是你像我們多數人一樣，卡住了？或許這本書要先閒置幾個星期，讓你好好想想你要探索什麼。在快寫完的時候，你花在梳洗上的時間愈來愈少，愈來愈不愛說話，幾乎都黏在書桌前面，或許一天寫作的時間遠超過七小時。這是我個人的體驗（手指頭也真的瘀血了）。但在一開始的時候，你真正寫作的時間應該不多，或根本不寫（這裡的寫指組成文字，而不是做筆記，我們後面會討論）。

有了初步的想法，就需要讓想法萌芽，在心裡好好扎根。在這個階段，你要做的事情應該不是寫作，而是能讓你投入體力，但腦子還能到處遊蕩。弄花蒔草很不錯，任何動手做的工作也很好，做家事、遛狗、開車、低強度的照顧工作，夠單調就好。在這個階段，你只需要一本厚厚的筆記本，差不多就夠了。我喜歡線圈筆記本，可以攤開在桌上，不會自己闔起來。買一本夠厚的，專門給你的小說用。

這時，你有三種不同的思考方法，可以一天進行三種，只練習前兩種也行。第一種只是溫和的白日夢，工作、幫嬰兒洗澡、打毛線、除草或在高速公路上開車的時候都可以做白日夢。先不要去想小說的內容，而是告訴自己，你想聽聽看內心的聲音。如果你的心立刻噴飛，開始規劃場景和角色，沒關係，這種情況確實常常出現，但你要找方法記住或記錄你想到的東西。看當時的環境，我會拿張廢紙或用手機上的筆記應用程式記下，但如果你隨身帶著小筆記本，就更好了。我聽說湯瑪士·哈代（Thomas Hardy）到外面散步時，如果手邊沒有紙筆，會用小樹枝刮樹葉做筆記。有時候我會寫電子郵件給自己，效果也很好，除了做筆記，也提醒我做過這則筆記。不管用什麼方法，不要和上面那本「正式的」小說筆記本混在一起，那本可能太大，沒辦法隨身攜帶。無論如何，不要去想需要馬上記下來的那些想法。放輕鬆，繼續做你手邊正在做的事，一定要給你自己安靜的時間。如果你停不住費心思考的習慣，可以學習冥想，每天練習。

第二種類型的思考比較活躍，但仍走放鬆路線。這適合進行於晚間你在家坐著看電視或讀報時，又或在講睡前故事給小孩聽，或與朋友共進晚餐時；也可能是在你開車上班，聽著廣播之際，以之取代做白日夢。同樣地，你不需要有意識地想著你的小說，或為了素材而挑選要看的電影、書本、電視節目，只需要敞開心胸迎入有趣的對話、點子、想法、影像，仔細注意周圍發生的事情。別人穿什麼衣服？在做什麼？他們怎麼移動到世界各地？看看牆面、花朵、泥巴、鐵塔、毛毯上的針腳——感興趣的事物都仔細查看。在第一種思考方式裡，你或許只會注意到上班路上的運河橋樑。而在這個模式裡，你可能會開始數有幾座橋，想知道造橋的材料，或甚至問人有關橋樑的歷史；你或許會深思足球的規則，以及新聞報導寫成的方法；感受到刺激，重拾童心，問蠢問題，盡情閱讀。如果你的心願意接納，不管做什麼，都會給你真誠的刺激。想要的話，也可以看愚蠢的電視節目，但不要一直看同樣的東西，免得落入安逸的常規。這種思考方式沒有固定的方向，因此能容納快樂的偶發事件。[9]

第三種思考模式有比較多的指引，也比較刺激（更耗腦力）。你就對著筆記本，努力腦力激盪。在電影《蘭花賊》裡就能看到這種思考模式有多瘋狂，在一段旁白裡，考夫曼這個角色正在思考他的劇本要怎麼開始：

> 好吧，我們就用拉若許開場好了，他很好笑。好，他說——好，他說：「我喜歡讓植物變種。」他說：「變種很好玩。」嗯，畫面上有花……嗯，要加那個刑事案件。這麼吧，拉若許出場。好，他說：「我小時候被變種了，所以我才這麼聰明。」這好笑。好的，我們從前面的時間點開始。不對，這樣吧，我們從拉若許把車開進沼澤裡開場。[10]

在電影裡，考夫曼常用小錄音機記下想法。我試過這個方法，在第一本小說快寫完的時候就用過，但你錄下的資料會多到讓你無所適從。現在我只用筆記本，但腦力激盪時確實會講個不停。我與自己的對話常始於：「好，要是這樣的話會怎麼樣？」以此測試某串情節或角色塑造，看看合乎邏輯的出路在哪裡。通常這一串會行不通，我就再從頭開始。我只會寫下看似可行的想法，因為我怕自己忘記。不論如何，在這個腦力激盪的階段，我覺得大聲說出想法很有幫助。不光是為了之後實際的寫作，這也是你會需要自己的房間，或私人空間的階段。如果你在家沒有私人空間，可以開車去遠一點的地方，在車裡與自己對話，或提早一小時起床，在廚房裡喃喃自語。

所以，在這個階段究竟要腦力激盪什麼？其實什麼都要。畫個矩陣，或列出清單，或用類似的方法激發出想法的雛型。或許矩陣裡什麼想法都沒有，你就努力生出來。回頭看看我在〈汲取靈感〉一節中所舉的從矩陣發想的例子。「艾比在切姆斯福德郡板球俱樂部工作，當時西印度群島正在英國參加巡迴賽。她愛上念政治系的黑人學生伊利歐特，他熱愛板球，也支持西印度群島隊。她不懂板球，只好跟俱樂部負責計分板的鮑伯學。他教她板球的規則，她則請他喝茶作為回報，有時候還加塊蛋糕。」對於這個想法（或任何想法），我會先想出結局。不是我會寫下的真實結局（因為我要寫到最後才知道），而是籠統制定這段敘事的方向。記得吧，結局其實只有三種：這個是快樂、難過，還是開放的結局？快樂的結局對這些角色來說有什麼意義？如果這是浪漫喜劇，那麼艾比和伊利歐特最後一定會在一起。但如果這是成年禮小說，結局就不一定是這樣。

假設這是成年禮小說。誰要經歷成年禮？只有艾比？還是所有的角色？他們需要學什麼？或許艾比要學著變得更獨立。碰！可能的結局就此出現。現在可以往回推，艾比為什麼需要獨立？這句話暗示她曾陷入困境或十分依賴。或許她曾獨自照護罹癌的父親或母親？不會吧，太悲慘了，雖然朋友有這樣的經歷，但我個人對這類情境不熟悉。還是她去墮胎但不順利，正在努力從過程裡得到的恐慌症中恢復呢？又或者，伊利歐特假設她是十全十美的白人女孩，結果發現她有過這場不順利的墮胎手術，那會怎麼樣？

不，這個設定不好，因為：首先，會把伊利歐特套上刻板印象（「那個忿忿不平的黑人」），老是在擔心「白人」如何如何）。再則，發現某人動過不順利的墮胎手術不浪漫，除非……如果整體的調性就是飽經風霜的，艾比和伊利歐特都有很多問題，或許講出內心深處的祕密對他們而言很暢快。或許把艾比寫成一個複雜的人物是不錯的選擇。注意，從「或許艾比要學著變得更獨立」，我們已經進展了多少。或許這根本不是重點。或許伊利歐特一開始不是板球迷，但了解板球後也經歷了成年禮。或許他不重視板球，將之視為殖民地的運動（小心落入陳腔濫調），後來卻跟艾比一起學板球規則。還是讓艾比教他怎麼打板球？他們最後會來場球賽嗎？誰會贏呢？不要忘了尋找終點，然後從終點往回走。

寫小說有點像踏上旅途。你得先知道目的地，才能研究出怎麼到達那裡。我們很少踏出家門前往「任意地點」；大多數人都是要去特定的地方。如果你要從倫敦去愛丁堡，你經過新堡的可能性就遠大於經過威爾斯。[11]有了起點和終點，你才會察覺到經過某些地方似乎很合邏輯。我記得有人告訴我目標（aims）和標的（objectives）的差別，但我一直不懂（說老實話，也沒有特別想懂）。目標是完整的任務，例如「午夜前到達愛丁堡」。標的則是目標的一部分，可以用某種方法衡量，例如「十點前到新堡」。因此，如果我要午夜前到愛丁堡，我需要在十點前經過新堡。我一直忘不了這段描述，因為說來跟鋪陳情節很像。一旦知道目標（艾比和伊利歐特從此過著幸福快樂的生活），就知道至少一個目的（他們要先相愛）。為了增加驚喜和趣味，他們之間必須先有衝突（假設伊利歐特在學校裡霸凌過艾比的弟弟）。不知不覺中，你已有了粗略的地圖，上面有目的地，以及一路上你必須經過的關鍵點。

每次碰到一個可能的變數（例如艾比和伊利歐特之間出現過的「壞事」），能有愈多不同的想法愈好，然後才選出你要哪一個。這裡我選了「伊利歐特在學校裡霸凌過艾比的弟弟」，但也有可能是伊利歐特與人打賭要約艾比出去，藉此羞辱她，或艾比用類似手段對待伊利歐特。或者她母親是他家的清潔工，或者他母親是她家的清潔工，然後發生了某件事……一般來說，你要丟棄的想法遠多過你最後接受的。你也要知道，為了解決某個問題，你第一個想到的東西很有可能太老派。畢竟，第一個湧上的念頭，很有可能就是最廉價，腦子最快丟出的。你的腦子想節省能量，但你不能放過自己，再努力想想。

在你的筆記本裡繪製情節的圖表。事實上，等你的情節有了一些細節，試試看用不同的方法串聯。如果這是悲劇或現代寫實主義的小說，個別會是什麼樣？你也可以用筆記本規劃和記錄你的研究過程。為了這個作品，你需要先讀什麼書嗎？幫自己列書單，也要列出「待辦事項」。如果情節裡有一九九一年的西印度群島板球巡迴賽，重要的比賽能找到DVD嗎？有沒有相關的運動傳記？如果你一直對存在主義很有興趣，讀沙特（Sartre）的書吧。開始創造有最高目標的角色，為每個角色積聚印象。如果角色有血緣關係，畫出他們的家譜。開始規劃場景，寫下對話的片段和簡略的描述。你也需要繼續研究敘事，但用你自己的方法。從前面的章節你已經看到我怎麼做了。你何不找五本你最愛的小說，分析它們怎麼寫的？[12]寫出你的作家宣言，你心目中優秀和差勁的寫作是什麼模樣。你要當極簡作家，還是想廣納一切呢？試著寫幾句，看看是什麼樣子。你最愛什麼類型的句子？

我看過其他作家的筆記本，奇怪地都非常相似。筆記本前面幾頁或許列出許多可能會用的可怕標題、棄而不用的角色名字之類的東西。通常有你問自己的問題，避免情節偏離軌道（也是推進情節的方法）。在我的「流行公司」筆記本裡，我列了很多我要寫的物品，在〈汲取靈感〉裡面已經討論過。這裡則是「Y先生」筆記本裡面的一頁，快到結尾了，我也知道自己在幹嘛，但仍想研究出怎麼寫好特定場景裡的細節。

Some almost solutions, and solution-related things.

- Voices in heads. Has Apollo Smintheus made Adam go to the church? Now he's Ariel's sort-of guardian. He'll be doing everything he can to help her. Does he ever tell her that Adam is trustworthy? This stuff is interesting because of the questions it poses about free will, determinism, omniscience etc.

- Abbie Lathrop scene. As is getting his payback (economy of plague). Also, Ariel learns about surfing through generations. The stepping stones soon become painful, as these are lab mice. Ariel learns that she's good and quick at doing this - but does get stuck in the Troposphere and has to get back. She realises she will die of starvation if she doesn't get out. Also begins to consider the limits of the Troposphere: what happens if you keep going in one direction?

The edge of the Troposphere is actually collapsed into a single point because the edge is time + space.

這裡的第一段記事如下：

腦子裡的聲音。阿波羅・史鳴修斯（Apollo Smintheus）說服了亞當（Adam）去教堂嗎？他現在有點像愛莉兒的監護人，什麼都願意為她做。他該不會甚至告訴她亞當很可靠吧？這種事情很有趣，因為這關乎自由意志、決定論、全知一類的問題。

這裡感覺我想考慮不同角色的目的（亞當不

想進教堂；阿波羅・史鳴修斯想幫愛莉兒），來解決情節的問題（必須把亞當弄進教堂裡）。我也在考慮這項行動的哲學觀點對整本小說有什麼影響。你的細節不需要跟我一樣多，但值得思考不同的決定在哲學上或道德上「意味」著什麼。在前面的例子裡，艾比教伊利歐特打板球，或者反過來，各有什麼政治意涵？前者有種殖民感，讓人想到電影《榮耀之役》（*Lagaan*），但會寫的作家可以玩得很開心，尤其是角色覺得這件事很荒謬或幽默的話。後者則可能有點性別的定見，但比較符合現實，也可能變得好笑。幽默可以解救很多尷尬的場景，只要你寫的是給大人看的文學小說，而不是給小孩子看的議題劇，可以冒個險。但你真的要想想看你的書有什麼言外之意。如果你創造的角色愛穿迷你裙，唇膏塗得很厚，結果遭到強暴，你真的要很謹慎，你不是在暗示她自作自受。

筆記記了一陣子，思考方式也練習了一陣子後，你的想法會開始成形。你對你小說的開頭和結尾有了概念。你可能也想到了幾個角色、幾個地點，或一些場景的開頭。開始的規劃階段，你愛花多少時間都可以。投入的愈多，寫出來的小說可能就愈好。有時候，我可憐的學生在動筆前只有幾個星期能準備。我自己希望能有一年的時間。寫第一部小說時，通常不需要那麼多事前準備，因為就某種程度而言，你已經花了一輩子思索它的內容。但不論你有多少時間，如果能在開始寫之前找出三個主要的東西，會很有幫助。你會需要：

- 敘事性問題（其實需要好幾個，但有一個是主要的）
- 主題性問題
- 核心詞（Seed word）

敘事性問題會勾起讀者的興趣，讓他／她一直讀下去。灰姑娘會去舞會嗎？哈姆雷特會不會殺死克勞迪亞斯？奧德修斯能回家嗎？桃樂絲能不能回到家？E.T.呢？《九號夢》裡的詠爾能不能找到父親？像這樣的問題通常是我們開始一頭栽入一部小說的主要理由。我們想明白的不限於「發生了什麼事」（畢竟，隨時都有事情發生），而是某個問題有沒有解答，以及特定的角色是否得到想要的東西。我們在本書的第一部討論過這個想法，發現情節的基礎若是單一的行動，就是好情節。小說通常有很多小的敘事性問題，但總有一個主要的大問題。在《孤星血淚》的開頭，我們就對皮普的身分很感興趣，之後則想知道他是否逃離了馬格維奇，然後是否被喬太太痛揍等等。很多小問題最後會將我們引至大問題。皮普會成為紳士嗎？他會發現贊助人的身分嗎？當然還有主要的敘事性問題：他會贏得艾絲黛拉的芳心嗎？《米德爾馬契》一開始就讓我們好奇多蘿西婭的身分。她為什麼一身樸素？她比妹妹聰明，會引發什麼樣的緊張？然後到了第二頁，則是整部小說的大問題：她會跟誰結婚？

雖然小說通常只有一個主要的敘事性問題，每個主要角色通常也有自己的問題。在《米德爾馬契》裡，我們很想知道布爾斯特羅德的惡行會不會被揭穿，還有之前為什麼拉佛斯（Raffles）可以勒索他。我們想知道利德蓋特會不會愛上羅莎蒙（Rosamund），以及他們兩個在一起會不會快樂。《孤星血淚》是第一人稱敘事，比較著重於皮普的問題。但我們也想知道赫伯特（Herbert）會不會有事，喬會不會再婚。這不是嚴謹的科學，你只要明白，你需要至少一個主要的敘事性問題，這個問題或比較小的敘事性問題，一定要在小說的第一頁提出來。選五本你最喜歡的小說，翻開第一頁，明著暗著問了幾個問題？看看你能不能找到在第一頁上沒有敘事性問題的小說或其他類型書籍（應該很難找到)。你覺得這本書好看嗎?

接在知名的開場陳述[13](本身問了一個主題性的問題,等一下會討論)之後,《安娜.卡列尼娜》以此起頭:

> 奧勃隆斯基家一團混亂。妻子發現丈夫跟之前的法籍家庭教師有染,對丈夫宣告,她不能與他住在同一個屋簷下。這個狀況已經持續三天了,讓這對夫妻痛苦,家裡的其他成員也跟著痛苦。[14]

儘管奧勃隆斯基家的狀況不是小說的主要敘事焦點,但我們立刻受到吸引,想知道這兩人出了什麼事。這段提出了很多問題。這對夫妻會分居嗎?過去三天究竟發生了什麼事?「丈夫」會繼續與以前的法籍家庭教師外遇嗎?這個不快樂的家庭會變成什麼樣?

不快樂家庭的概念(或者更精確地說,是不快樂的婚姻)不光帶來敘事性問題;也讓人要問人類關係的本質,尤其是愛情關係。在寫得好的小說裡,我們會發現,這本書從頭到尾不光要我們思考發生了什麼事以及發生在誰身上,還有這件事為什麼重要。讀到安娜注定失敗的戀情,以及列文一生的旅程,在某種層面上,我們在讀自己的故事。你比較像安娜,還是比較像列文?到最後,兩者有什麼差異?一個充滿熱情,另一個則想保持理性。因此我們可以說,這部小說裡的主題性問題繞著熱情和理性打轉。我們是否應該屈服於欲望,過著享樂的生活(而享樂到最後總以痛苦作終)?還是應該承擔某種道德責任,儘管在短期內會覺得痛苦?生命的重點是感官愉悅,還是別的東西?

你的主題性問題會是你永遠不會給出答案的重要問題。你塑造問題的方法非常重要；主題性問題應該是個普遍而開放式的問題（「什麼是權力？」），而不是個人而受限的問題（「我該對我的馬好一點嗎？」）。這不是說關於權力的小說不會關切比較小的問題，例如角色是否該和善對待自己的馬。但如果有比較小的問題，都應該與更大的主題性問題有關（斯坦尼斯拉夫斯基所謂情節的最高目標）。你的主題性問題應該是小說的重點。你的小說不只寫出發生了什麼事，也會展現這些事為什麼重要。

在這裡值得詳盡引用契訶夫的話。下文摘自他一八八八年寫給朋友出版商蘇沃林（Alexey Suvorin）的信件。

> 只有沒有寫作經驗或處理過影像的人會說在他的領域裡不存在問題，有的只是答案。藝術家觀察、選擇、猜測、合成——這些行動本身就已經假定在源頭的問題；如果藝術家在開始沒問自己問題，就沒有猜測或選擇可言〔……〕要求藝術家有意識地處理作品是對的，但你弄混了兩個概念：問題的解法和問題的正確表述。藝術家只需要做到第二個。《安娜．卡列尼娜》或《奧涅金》裡沒有問題得到解答，但你得到全然的滿足，只因為裡面所有的問題都正確表述出來。[15]

你滿腦子都是形形色色的有趣問題，一定有，否則你也不會想寫小說。有些人寫小說只是為了賺錢（很難），有些人則為了滿足虛榮心（無益），都會得到我的斥責。我以前的講課態度略帶高傲，說小說是藝術形式，不是為炫耀而炫耀，也不是為了賺幾塊錢而把一堆陳腔濫調串在一起。然後我發覺，如果坐在我面前的人把賺錢當成首要目的，應該去念商學課程，不要學創意寫作。說到賺錢的方法，當小說家應該最難。我相信大多數小說家去織毛衣可能還能賺得多一點（除了J．K．羅琳等少數幾人外）。我發現，腦海中曾閃過一絲寫作念頭的人，早就已經想到主題性問題了，他們有想要探索的東西。看看你的矩陣，看看問答區段，你有興趣的東西在那裡，或許包含一些重要的東西。也檢視一下你的沉迷清單，或許那兒也有一些好題材。

表述主題性問題可能很簡單，也可能很難，端視你當下對什麼有興趣、有沒有認真想過這個問題、你有多大的野心，以及你要你的小說多「大」。我在寫《光彩年華》的時候，我知道這本小說的重點是年輕人，以及以娛樂為基礎的一種文化，每個人為他們看的電視節目和聽的音樂所定義。我把我的角色放在荒島上，因此敘事性問題是「他們逃得了嗎？」，主題性問題就變成「逃離是什麼？」對這些沉迷於流行文化與快節奏都會生活風格的角色來說，困在島上會不會其實就是一種逃離？像這樣的簡單問題也可以很深奧，在敘事裡不需要變得過於複雜。好好論述主題性問題的話，通常要給讀者考慮問題的空間。動手寫《我們悲慘的宇宙》前，我用更複雜的方法思考主題，有很多關於後設小說的錯綜想法，而這些也都反映在內容裡。[16]

把主題考量的主要本質濃縮成一個詞也大有幫助：也就是我所謂的「核心詞」（因為小說裡所有的東西基本上都含在裡面，也都由之萌發）。每個學期我都會安排一堂課，要學生帶詞典和同義詞詞典來，找出他們在小說裡要作為焦點的詞。他們找到恰當的詞時非常振奮。你也可以試試看。第一步很難，就是拿你熟知的小說來練習。列出這本小說似乎想「探討」的所有東西，看你能否找到共同的主題，一個能涵蓋其他詞的詞。整個練習過程都別忘了使用詞典，即使是很熟悉的詞，查起來也很有趣，可以看到完整的意義解釋。

珍．奧斯汀的《艾瑪》談到責任、愛、社會、真誠、權威，內容講一個人對其周遭世界的嚴重誤解，在談某人想控制其他人的人生。是什麼把這一切連在一起？我覺得是「體面」。「體面」的概念涵蓋兩個想法：一個是某人受人景仰、值得人尊敬，並有其重要性；另一個是體面的本質牽扯到禮貌的社會。艾瑪在巴克斯山羞辱貝茨小姐，引發小說的中心危機，啟動角色對尊重和體面的了解。艾瑪不尊重貝茨小姐，因此流失了自身的體面。艾瑪太在乎要別人尊重哈麗葉．史密斯，也因此失去別人的尊重。這本小說就像個脆弱的經濟體，尊重有得有失。這本書問我們，誰值得尊重？誰有尊重的權利？哪些行動值得尊重？

大衛．米契爾的小說《九號夢》講到一名年輕人去東京尋父，對整個過程心懷各種男性的幻想。這本書是關乎家庭？還是男子氣概？還是幻想？小說裡雖然含有這三個元素，但它們無法涵蓋彼此。還有另一個詞能涵蓋這三個想法嗎？或許是「代理」（agency），在英文裡與自由人（free agent）和特務（secret agent）有關聯，也有一個說法「自身命運的代理者」。又或許是「精通」，因為大師是一名年輕人，也是一個能掌控一切的人。但事實上我認為是「英雄主義」，談身為一名英雄（如同奇幻故事裡甚至家庭裡的主要角色，通常是男性），也可以說是動作英雄的種種。《九號夢》的主題性問題可以是「什麼是英雄主義？」甚至問「怎樣算英雄？」突然之間，小說裡看似迥然不同的元素全都聚合在一起。我們有任務敘事的「英雄」羊作家（Goat Writer）；我們有核子潛艇的成員，正在寫他最後一本日記；我們還有電腦駭客須賀（Suga），想駭進五角大廈，當另類的英雄。這些都疊加於詠爾把自己當成英雄的中心幻想之上。對閱讀或寫作來說，這不算簡化；我覺得正好相反，這是開展，而不是封閉。這本小說突然提供了空間，讓我們可以在其中用最深刻的方式來思考英雄主義。而英雄主義跟其他值得書寫的主題一樣，非常廣闊。

如果你已經有主題性問題，為什麼還需要核心詞？兩者畢竟關係密切。當你為你的創作找到正確的核心詞時，你會激動到無以復加。建構主題性問題，能幫你找到焦點和目的，而找到正確的核心詞就像體驗到魔力。雖然我在寫《光彩年華》時，沒有想到能用來聚焦的詞，但現在我應該會選「逃離主義」。多美好的詞，比「逃離」大多了（總之涵蓋逃離）。在這裡我們發現，敘事性問題、主題性問題、核心詞都聚焦在逃離上。但核心詞讓我徹底明白，在這本小說裡，我有興趣的其實是逃離主義，一切都涵蓋在這個詞裡，從真實、實際的逃避，到整體的消費者文化。「主義」二字很重要，我們要逃進文化裡，還是該把目標設在逃離文化？當逃離成了逃離主義，意味著什麼？

你怎麼找到你的核心詞？翻開你的詞典和同義詞詞典，好好找一找。[17]以《流行公司》為例，假設我才開始要下筆，列好了我想納入書中的物品（參見第一五〇頁）。我知道我想寫關於資本主義的東西，但我也想提及填字遊戲、玩具、當青少年的感覺。因為提到了金錢和數學，也考慮到東西的價值和成本，小說的主題就是經濟學嗎？我在詞典裡查「經濟學」，發現這個詞不錯，意義頗深刻，指資源管理，但不太切合我在《流行公司》裡想寫的東西。那寶藏呢？這本小說其實想談「寶藏」嗎？這個字同樣有趣，英文裡treasure也有雙重意義，名詞指「密藏的寶物」，也有動詞「珍視寶愛」之意，但太受限了。同義詞詞典帶我從「同等」到「平等」到「充足」，都不太對。「革新」似乎不錯，尤其是《牛津英語詞典》裡載明的一條過時意義，「政治革命；反叛或起義」，但這個意思太老舊，已經不適用了。

這本小說談的是「平衡」嗎？收支平衡帳本、生活的平衡等等。還是不太對。那麼「規範」（code）

的概念呢？對，接近了一點。這本小說的焦點是規範，時尚與青少女等等的「規範與習俗」，但同時也有暗號之意。查了詞典和同義詞詞典，我從「規範／密碼」來到「密碼分析」，這步是個大錯。密碼分析太具體。你需要「最大」的詞（深度上，而非長度上）。再往另一個方向去，我得到「解密」，很符合小說裡的許多東西，從填字遊戲和伏尼契手稿（Voynich Manuscript）到行銷對象是青少女的問題。這也暗示與精讀有關的東西：找出隱藏於好比說動物產品行銷背後的意涵。這詞也關乎著成年禮：艾莉絲一定得破解或解釋她周遭的一切事務。「解密」一詞初看似乎受限，只是指「解出密文」。但當我查到密文的意思是「任何用密碼寫出來的東西」，因而選它我亦可保留所有與密碼相關的意義。

確定你找的詞是抽象名詞，因為抽象名詞最有效。一旦你找到了，找一大張紙，把你的核心詞寫在正中央。現在，用你最喜歡的方法腦力激盪（列清單、心智圖、流程圖，不管哪一種都可以），寫下這個詞之於你的所有意義和關聯。這時你不再需要詞典和同義詞詞典。這裡的重點是你與這個詞的關係，以及它對你的意義。寫下意象、記憶、物品、關聯。「解密」一詞旁邊，我會先寫下的其中一項就是我兒時記憶中的書：《偵探入門手冊》（*How to be a Spy*）和《間諜入門手冊》（*How to be a Detective*）。在《流行公司》的開頭，艾莉絲正在研究類似的書名。我也會寫下小孩與玩伴間使用的規範，用來決定誰比較受歡迎。比方說，艾莉絲擔心要穿去學校的裙子不對，因為一條裙子有許多解讀。當你寫完，看看你的成果。提醒自己，抽象的詞彙和其中涵蓋的一切多有威力，發誓以後都會以敬重的態度看待這些詞。這不是句子裡可以刪掉的地方或陳腔濫調，這是你在接下來幾個月或甚至幾年內要心心念念的詞彙。你要確保你愛你的核心詞，確保它對你很特別。

一旦你覺得自己找到了核心詞，想像你在一個吵雜的派對裡，跟你仰慕的人談天。「你在寫什麼小說？」你的偶像問。這時大家都會回答：「呃，天啊，嗯，我其實不知道該怎麼說，太複雜了，我不覺得我能講得出來。嗯，好，小說裡有個傢伙，他妹妹離家出走，加入邪教團體，這是部分情節。但還有跟電力有關的一大堆東西，比方說電力的歷史，你知道吧？可能還會加進第一次世界大戰的東西，但這塊我還沒決定。但基本上，這個叫葛蕾絲的女人，一天到晚節食……喔，對了，我剛有沒有提到故事大概發生在一九一五年，可能在新堡吧？啊，對了，還有礦工，有幾個礦工……」在公開場合講這些話，別人會覺得你精神錯亂，像考夫曼對著他的迷你錄音機。當別人問到你的小說要寫什麼，什麼也別說，或著語帶威嚴告訴他們，「我希望主題是動力」，或「我想我應該會寫與能源有關的小說」。如果對方還想知道更多，你可以透露你的主題性問題：「嗯，我其實想探討力量（power）的移動。你知道的，電力會四處移動，但政治權力似乎不會。我對這一點很有興趣。」對方還要問的話，你可以說出你的敘事性問題：「故事主線是關於一個人的妹妹被邪教綁架了，該教聲稱他們能把神聖的力量存到這些奇怪的電池裡……」。

在這個過程中會有某個時間點，你會迫不及待想趕快動筆，這就是開始的好時機，即便你覺得還沒完全準備好。的確，你很可能準備過頭了。記著，不論你事先做多少規劃，只有在寫作時你才能想出角色、主題、情節。你可以坐下來盡情發想，甚至乾脆在筆記本裡寫出一整章的內容，但更有可能，當你正式坐定寫作，會發生不一樣的事情。角色會開始彼此對話，開始「自發」行動。這一點也不神祕或奇怪，只表示唯有在情節真正進行的時候，你才能看到情節的走勢。我最近讓兩名角色到外面一起喝下午茶，她們一坐下來看菜單，我就發覺這兩人不可能忍受共進一餐。沒關係——她們決定喝點東西就好了。但直到她們坐下前，我都沒想過這點，根本預料不到。小說裡有太多東西不在規劃內的事了，所以到了某個階段，你只能正式坐定開始寫。

到底你實際該怎麼做？一天寫二千字說來不難，但當你對著空白的螢幕，這個理想字數便顯得難如登天。你寫電子郵件給朋友，或寫一篇日記時的行雲流水到哪兒去了？這種輕鬆的對話口氣就是你寫作時需要的，尤其是初稿。如果你對著自己感覺不自然，假想你要寫給某人，寫給一個態度輕鬆、對你有興趣的人，他最喜歡你妙語如珠的電子郵件或苛刻的部落格文章。假設「完美的讀者」就在你面前，坐在一張科幻風的扶手椅上，想像他／她的模樣，他／她是什麼樣的人。你完美的讀者應該不像你的父母，而是跟你同輩。你希望這人刮目相看，他／她居然現身來聽你的故事讓你激動不已。這個人渴望絕佳的敘事、美好的意象、動人的角色。你想討好他／她，希望他／她享受你的文字。

所以第一行該寫什麼？你的小說要怎麼開始？你需要某人在某處說話或行動。你會採用什麼樣的語調？完美讀者會怎麼回應？你想讓他／她發笑嗎？流淚？思考？寫作時要時時把完美讀者放在心上。這種時候不適合假裝成別人，完美讀者要聽你說故事。不要害羞，也不要覺得尷尬。不要拙劣地模仿別人，現在不適合模仿你最喜歡的作者，或一本正經嘮嘮叨叨。完美的讀者不想聽業務報告或冗長的解釋。他／她想要戲劇性、美，以及諒解，而且是你的版本。許多作者主張不要為讀者而寫。的確，有一次在座談會上，七位作者中只有我承認我要寫給讀者看，不光是為了「我自己」。我仍然不了解為自己而寫的概念。一個人若想構組一個句子，只給自己看，不就只會用想的嗎？那不就是思考的目的嗎？寫作涵蓋溝通，溝通需要同時有傳達方和接收方。把思緒記錄下來，表示你希望有人讀，這點你也必須誠實以對。

好，你坐在書桌前，心裡某處放著完美的讀者。你甚至寫下了第一句，甚至可能已經刪了第一句，重寫了一句新的。但你要怎麼寫出整本小說？或許在一位作家所能得到的忠告中，最重要的是這一條：沒有人能坐下來就寫完一部小說。即便有人這麼做，也沒有人能寫到完整。這條路道阻且長，你得分段進行。前面我提過把一千字分成二百五十字一組，依此類推。用字數當目標，可以幫你動筆，但要分解小說，這並不是最好用的方法，二百五十字裡放不下太多情節。在《孤星血淚》一開始的二百五十字裡，我們得知皮普的名字，他是孤兒，姊姊嫁給鐵匠。接下來的二百五十字敘述他哥哥的墳墓。再來用二百五十字描述沼澤遍地的鄉間。然後馬格維奇出現，約莫用上二千五百字的對話，馬格維奇要皮普給他銼刀和食物：「『這兩樣東西都要拿來。』他又把我往後按。『你要是不拿來，我就把你的五臟六腑都掏出來。』」[18]這些元素構成皮普初次見到馬格維奇的場景。我相信，從場景的層次來寫作，最能掌控你的小說。

場景是小說的基本單位。為什麼是場景？為什麼不是章節、段落、二百五十字的段落或句子？因為場景裡有「變化」，場景是戲劇性出現的地方。場景裡會發生某件事，可以是大事，可以是小事，更常見的是大小交錯。你需要一直自問，我的角色需要什麼樣的變化，才能從現在這一點移到我想要他們去的那一點？此外，我寫這個場景的目的為何？在《Y先生的結局》裡，我要我的主角愛莉兒從沒有這本受詛咒的書到擁有它。因此在第一章裡，她在二手書店發現一本受詛咒的書。但為了讓她買到書，我必須先讓她進書店。我必須有個理由讓她去書店，因為她通常不會走進那家店，需要某個改變讓她進去。這一章有以下幾個場景：

- 愛莉兒在辦公室裡，地板開始晃動。
- 她跟著大家跑出大樓，目睹大學的建築物倒塌。
- 她想去開車，但停車場封鎖了，她只能走路回家。
- 走著走著，她覺得很冷，又迷路了。
- 因此，她進了一家二手書店，看到一本奇書，叫《Y先生的結局》。

注意這些場景怎麼用因果關係串起來：第一個場景導致下一個出現，依此類推。也請注意這些場景怎麼串連而構成主要的行動：得到那本書。這裡我們有五個場景，總和起來是不到半天的敘事時間，若是在托爾斯泰或喬治．艾略特的書裡，很可能涵蓋數星期或數月。現在我偏好集中處理一個較長的場景，而不是讓行動從一個簡潔有力的場景移到下一個。但兩個方法都可以。

場景不一定會這樣按先後順序排列。另一個組織素材的方法則是一開始愛莉兒就在書店裡，然後比方說，讓她告訴店員她為什麼在這裡（大學的建築物倒塌，還有接下來發生的事），如此可以把五個場景縮減成一個。如果我在小說裡訴說兩個主要的故事，愛莉兒只是其中一個，我可以從另一個故事插入這裡的場景（比方說索爾．伯蘭〔Saul Burlem〕的敘事線）。寫小說總有很多選擇，你可能需要多方嘗試，才能找到最有效的方法。

如果你決定用非線性結構，或者在結構中織入不同的敘事，在場景和場景之間就沒有確切的因果鏈，一個場景不一定是下一個的起因。但你應該要能把場分切出來，讓一個（或好幾個）按時間順序的故事能依著因果關係的規則運作，就像我們在前面討論過的一樣。也要注意角色的欲望如何推動每一個場景。在《Y先生的結局》第一章裡，愛莉兒想要離開辦公室；她想要知道外面發生了什麼事；她想要回家；她想要覺得溫暖；她想要那本書。

寫小說的時候，你必須決定行動有哪些地方要擴展成場景，有哪些地方只會提一下。時間很長的行動可以用短短一句暗示就好（「我一整天都躲在被窩裡哭泣」），時間很短的行動可以延伸，賦予戲劇性，占據半頁或好幾頁篇幅，甚至一整章。你要決定這個場景的焦點是什麼行動，或什麼變化。或許敘事者對著朋友講話，說她星期三一整天都窩在床上哭，但到了星期四，她收到一封重要的信，細細加以描述。順帶一提，情節裡出現這件事的時候（角色收到一封重要的信），你必須決定，你要直接寫出角色收到信的情景，還是後來再告訴讀者。誰負責說這件事，他／她知道多少細節？每個情境都有很多展現方法。

場景是生活中令人興奮或有趣的地方。你寫作時通常應該省去與角色、主題或情節無關的細節。舉例來說，你的角色不會去上廁所，除非這個動作會透露一些資訊，或者情節的重點出現在廁所裡，像《黑色追緝令》（*Pulp Fiction*）或《猜火車》（*Trainspotting*）。要注意了，在整本小說裡，角色可能都不會去上廁所、吃早餐或梳頭髮。如果你要向朋友說起你剛跟母親大吵一架的事情，你不會從早餐吃了什麼開始，除非有關聯。根據經驗法則，在場景裡，把動作拖得愈晚愈好，然後儘快離開（對了，這個法則適用於小說的每一部分，通常也適用於整本小說）。好的場景應該用敘事性問題開始和結束，讓人一開始就想要讀下去，結束時想要繼續讀下面的場景。

場景就是一段段的插曲，合在一起（用因果關係集結起來），最後就變成一整個故事。但場景的好處在於，使用得法的話，能讓我們看到故事的內容，以及故事的重要性。好好使用場景，就再也不需要告訴讀者小說裡發生了什麼事。讀者走過一個個場景，就會明白故事內容。如果你習慣長篇大論解釋誰要去哪裡、他們有什麼感覺、他們為什麼要採取行動，改從場景的層次來寫作，你會覺得完全被釋放了。給大家看發生了什麼事就好，讀者可以自行詮釋。新手作者很容易解釋過度，這是一個最嚴重的問題，別這麼做。

如果你想立刻抓到場景的概念，讀舞台劇或電視劇，看電影或肥皂劇。你會注意到，在電影、戲劇或小說裡，最容易看到的場景變化是改換地點。時間也會改變。下一個場景可能是倒敘，但更常見的則是發生在前一個場景之後——但時間上不是立刻接續，通常會有一段時間差，角色可能會移到下一個場景的地點，中間可能去補補粉、上上廁所、看看電子郵件。場景通常就像獨立的單位，觀眾或讀者會清楚看到一個場景結束，下一個開始。在電視節目裡，或許會有一小段音樂——配上時間和地點的明顯變化——顯示從一個場景移到另一個場景（例如《六人行》、《歡樂一家親》等等節目）。寫作時，我們通常用分隔線，間距比段距更大，在一個場景的結束和下一個場景的開始之間留下一行空白。有些人則用符號或星號來標示。

並非每個人寫作時都用上工整的場景結構，但我建議，第一次寫小說的時候試試看。你的素材會更容易管理，表示你可以更輕鬆地實驗線性和非線性的結構。看書的時候，研究一下書裡的場景如何安排，有沒有你覺得特別有趣或有力的經典場景？有的話，怎麼連在一起？《孤星血淚》中皮普第一次參觀沙提斯莊園（Satis House）的場景；《米德爾馬契》中多蘿西婭和卡索朋第一次吵架的場景；《安娜．卡列尼娜》在森林裡賽爾基並未向瓦倫卡求婚的場景：這些是我的最愛，值得細細檢驗其中的深度以及結構，三個場景都很複雜。想用更現代的方法來細看場景，大衛．米契爾的《九號夢》和喬治．桑德斯的短篇故事〈海橡樹〉都很容易抓住梗概。兩者都是很好的例子，可以解釋我現在討論的場景結構。

我喜歡事先構思數個場景（有時候，場景的規劃可能就一兩句，比方說，「梅格和克里斯多福吵了起來，這時屋頂漏水了。」），因此我總有接下來要寫的東西。但坐在書桌前寫作時，怎麼把規劃轉成場景？或許要結合快寫、刪除、概述、填空、修改。快寫是你飛快打字，打到指尖瘀青的階段（或寫得很快，筆把手指都磨出了水泡），幾乎就像無意識書寫，但透過規劃輔助（希望有幫助）。這很適合用在步調快速的第一人稱敘事或對話上。不要失控，但也別擔心快寫產生的材料不夠好。假設星期一開始寫，你快寫了二千二百字（你會發現快寫很容易超過一天的字數目標）。到了星期二，第一件工作是刪掉愈多字愈好。如果你發現自己對快寫得心應手，不要被字數迷住，因為你會花很多時間刪除。沒關係，因為習慣了刪除後，會覺得很有樂趣。你的句子變得俐落好看，漂亮地框住你的場景。

所以在星期二，你坐到書桌前就開始刪星期一寫的東西，把不喜歡的都刪掉。你現在剩下形似提綱的東西。你的角色在某個地點，說話行動，但場景需要更豐富一些，或許加入意象，或許加入更言之有物的對話。或許上面有你給自己的註記，「此處要描述茶壺」，你就能開始慢慢地填滿和修改目前的成果。我建議，用前半的寫作時間刪修昨天的成果，用後半的時間繼續往下寫。可能你不太習慣快寫，那也沒關係。我以前走這個路線，現在也變了。那麼，你或許可以先寫大綱，再慢慢填肉。之後你或許會刪掉一些字，或許邊寫邊刪。但不論你星期一如何字斟句酌，星期二都能回頭大改特改。如此一來，你不會一大早就面對一頁空白，對作家來說夫復何求？

你該在哪裡寫作？基本上哪裡都可以。不知道多少次在接受訪問時，對方問到我的寫作習慣，彷彿裡面有什麼魔法。我每天早上都在固定的時間動工嗎？我有特別的桌子嗎？我喜歡用特殊的紙筆嗎？這些東西愈不挑剔愈好。我承認，我的圓珠筆和墨水筆都是藍色的。除此之外呢？我不在乎寫作的地點、時間或情景。事實上，如果一個小時後有事情要做，我的寫作成果最好。假設下午四點有場研討會，我決定利用三點到四點的這段時間偷閒寫作。或許我其實有行政庶務要做。我可能用五分鐘左右的時間暖身，但在剩餘的時間裡，我能寫的可能超過平日五個小時的總產量。如果到六點前都無事可做，我到了三點四十五分可能還無法如此流暢。為什麼？或許知道後面得停下來，心理上的效果強於後面能繼續寫。不知為何，這反而解除了壓力，你利用的每一分鐘都變成美德，你只會想到寫了的充實，而非沒寫的沮喪。

所以，當你只有一小時空閒，甚至只有十五分鐘，別以為就不能寫小說。我認識一個人用這些不可思議的小空隙寫出她的第一本小說，同時要養育兩個年幼的孩子、操持家務，還兼顧全職的學術工作。你不需要全然的和平寧靜、乾淨的書桌、空白的時間表才能寫小說。事實上，對我來說，那些條件適得其反。我寫作的地點包括爸媽家的餐桌、火車上、公共圖書館，也在研討會間的空檔寫過。當然，你得要能專心一致，坐火車的時候我也不常寫作，寧可讀書和看窗外的風景。要在一個每個人都在讀《鐵達尼號》（*Titanic*）的空間裡寫作，我必須剛好在寫小說裡某個適合此刻寫的點（不過這是我的真實體驗）。你要找到自己的極限。我的意思是，你不需要找個隱密的地方，閉關三個星期才能好好寫。事實上，那可能有害無益。閉關思考，不錯，但閉關寫作，或許沒有必要。

我不覺得一天專心寫小說的時間能超過四個小時，因此花更多時間寫作可能有反效果。真正的作家會每天朝九晚五寫作？也不會。強迫自己一直坐在書桌前，覺得沮喪、能力不足、失敗，真的很糟糕。到外面走走、運動、看電影、看藝術展覽，甚至洗衣服，都對寫作有益，好過逼自己一直看著螢幕。尼采說過類似的話，如果你一直看著螢幕，螢幕也會識破你，你不會想要那樣的。寫作是思考的工作，不是打字活，出去吧，動動腦筋。

最初開始寫作時，我習慣把東西存到磁碟片裡。啊，多麼單純的日子，那時基本上要有資訊工程學的學位才能把電腦開機，你也不知道你到底在用新檔案取代舊檔案，還是反過來。磁碟片一夜之間遭到淘汰，要打開舊的檔案，突然變得很不容易。你想要的話也可以買台新電腦，但上面不會有軟碟機。磁碟片也有可能丟失、壓壞或不小心燒了。老是有人把磁碟片掉在公車上。我不記得磁碟片和USB隨身碟之間出現了什麼儲存裝置，但不論如何，在我寫這本書的時候，USB裝置最適合把你的檔案轉成《孤星血淚》裡溫米克口中的「動產」。你依然搞不清自己是把裝置裡的檔案移進了電腦，還是反過來，刺激到心臟都收縮了。

可能這就是我不愛USB隨身碟的理由，除了偶爾把電腦硬碟上所有的內容都備份到隨身碟裡。每天結束工作後，我會把小說用電子郵件寄給自己，然後把郵件留在大學的伺服器上，放到要繼續寫的時候，那時我再把更新過的檔案寄給自己，舊的移進一個命名為「備份」的資料夾（我有囤積癖，不然應該要把舊的檔案刪了）。相信我，這個方法要按滑鼠的次數最少。基本上就是DIY雲端運算：在我能想到的方法裡，這是最安全的備份方式。[19]不論到什麼地方，只要能用電子郵件，我就可以拿到小說的最新版。不管你用什麼方法，小說一定要存一版在你家以外的地方。你可以把檔案存在USB隨身碟裡、印出來，以及放一版在筆記型電腦上，但如果你去看展覽，你家失火了，所有的備份都完蛋了。如果你會因此煩惱到睡不著，你也可以跟我朋友一樣，存進USB裝置，然後掛在脖子上。

另一件我希望寫作之初就有人告訴我的實用方法就是如何命名檔案。我寫第一本小說時，很蠢地命名為「我的小說」，然後存在電腦桌面上。到了某個時間點，我想我也應該有一個叫作「我的小說」的資料夾（因為我只寫了這一本）。到了編輯的時候，我還算明智地用了「另存新檔」功能，讓原本的「我的小說」也在新檔案外留了一份下來。到那個階段，新檔案可能叫「狗與小丑編輯版」之類的名字。下一次大修改時，我可能命名為「狗與小丑最終編輯版」。下一個檔案可能是「狗與小丑終極編輯版」，然後是「狗與小丑真正終極編輯版」等等，檔名愈來愈長，根本看不出哪個才是最新的版本。不要步我後塵。開始寫小說時，開一個新資料夾，用書名命名（或暫定的書名），之後反正可以改。然後把第一個檔案取名為「第一版」，第二個取名為「第二版」，依此類推。最後來到「第二十版」或「第五十版」，都沒有關係：起碼你能搞清楚自己改到哪裡了。

在每個階段最好都問問自己，如果你的小說燒掉了，或因為電腦的意外而丟失，你會多在意。我一定會問學生這個問題：如果你的小說只有一份，困在山頂上，你會上山救你的小說嗎？我告訴他們，如果答案是「不會」，就應該好好思索這本小說的意義。如果受困山上的例子對你來說不切實際，那你就自己想一個情境，有望達成只是難度極高的情境。你願意付出什麼樣的代價？如果你因著某個理由把唯一的一份掉在公車上，你會多椎心？這些問題的答案讓你知道，這本小說對你有多重要，那麼它之於讀者的意義也約莫在此。

寫完初稿後，接下來要做什麼？最好放幾個星期（理想情況是六個星期），然後印出來，拿好筆，徹頭徹尾讀一次，增減字詞，在空白處記下新的想法，或需要大幅改動的地方。這時會有很多地方要改。在這個階段，你可能會出現以下兩種感覺其中一種。如果你放得夠久，重看這部作品，你可能會覺得自己是天才，或至少感覺良好：酷，我居然寫了一本小說，我覺得寫得真不錯。但更常出現的是另一種感覺：糟透了，我居然寫出這種垃圾。這時你只能保持冷靜，想著每個人面對自己的作品在某個階段都會有這種感覺，很正常。至於我呢，常在最後的校對階段有這種感覺。到那個階段我已經修改了無數次，外加編輯和審稿，但寧可把我的稿子帶到山頂丟在那裡。對其他人來說，想丟稿子的時刻則隨時可能來到，這點不用懷疑。

找人讀你的草稿，並給出誠實善良的回應，對你會很有幫助。這是你找到你宇宙風格讀者的真人版，並了解他們真正想法的時機。道理在於，這個人不像你這麼熟悉你的題材，或許更能享受這本小說，更能看清它的優缺點。事實上，這個階段讀者的正面回應會讓你覺得振奮非常，給你力氣繼續改出下一版。但你要慎重選擇你的讀者。大多數情況下，這人可能是你的伴侶。因著許多複雜的理由，不太適合找父母親。這人也可能是你的摯友，最好是一個愛你的人。但如果找不到這個人，起碼要找小說愛好者：不一定指你的小說，而是市面上所有的小說，這種讀者應該看了不少當代小說。選擇一個出色的讀者，好過選三個搞不清楚你意圖的讀者，後者只會給出雜亂的意見。

寫作團體呢？除非你的目的在於社交，或你很幸運，參與的團體都是這一行的專家，對你的努力也很有同理心，否則我會選擇不參加。寫作團體常變得很像焦點團體，專門測試產物，而非產出藝術作品。我碰過一些人，他們一定要先把作品給寫作團體的人看，否則就拿不定主意。但團體的運作有時很難理解。我就親身體驗過不少寫作工作坊，有兩次特別令我困擾。第一次，有名年輕女生大聲念出場景，可能是我看過最好的學生作品，細緻、微妙，就是藝術。其他學生立刻發出質疑。有人不明白場景結束的方式，另一個人覺得應該換個地點，有一個人說他覺得對話很生硬。[20]幾乎沒有人表示讚賞。我說我覺得很棒，教室裡似乎飄過一陣憎恨。我花了數小時的單獨指導，才讓該名學生相信其他人錯了，她原本寫的場景根本不用改。

另一次體驗則相反。教室裡最弱的學生貼出她的作品，她顯然費盡力氣才寫出來，拼字和文法都有很多錯誤，因為她的母語不是英文。此外，這部作品抽象、冗長、無趣，如果當作業交上來，分數會不及格。其他學生的反應呢？他們異口同聲表示。「太棒了。」「哇！我很想看後面的稿子。」沒有人給出負面的評論。因此我盡可能保持和善，開始指出無數的錯誤。我擔心這個可憐的學生會就此以為她的作品很成功，但事實上相反。然後呢？其他的學生開始幫她說好話，彷彿我太苛刻了。我很困惑，立刻去問同事是否碰過類似的事情。「喔，有啊，很奇怪，對不對？」她說。自此之後，我和這名同事常思索，群體為什麼會有這種行為，我們只能想到，他們想當好人，保護最弱的學生「避開麻煩」，但我們不確定理由是否為此。還有一個有趣的理論，某個主題的初學者常相信他們不了解的東西一定是好作品，容易了解的東西一定比較差。

總而言之，你終會走到寫完開始讀初稿的階段，很多人說這才是寫小說的開始。第二版草稿會讓你樂在其中，因為你會認真打造句子，產出「好作品」，不只是敘述發生了什麼事。本章的開頭我說寫小說很容易。其實不然。如果很容易，大家都去寫了。但如果你能看完一本像這樣的書，遵循書中某些勸告，你就更有希望寫出一本來。寫小說就像跑馬拉松，簡單到可笑，也困難到荒謬的地步。就某個程度來說，只是把字寫到頁面上，或把一隻腳放到另一隻腳前面，可行，甚至可說發乎自然，但要持續下去，需要不少力氣和決心，尤其在感到困難的時候。我只能說，別忘了呼吸，保持平靜，有幫助的話，你現在只要寫二百五十字就好（一般電子郵件的長度）。當你這樣寫的次數夠了，就是一部小說。一次處理一個場景，不要嚇自己，以為一坐下來就得寫出「一整部小說」。請試著感受到樂趣：如果你不覺得享受，別人也不太可能喜歡你的書。最後希望以下這些提點也能有所幫助：

- 我有能當作起點的敘事性問題嗎？
- 敘事是否合理？「運作方式符合或然率」？
- 我有主題性問題嗎？
- 我覺得這部作品重要嗎？其他人會覺得重要嗎？
- 我尊重我的讀者嗎？
- 我的角色有沒有最高目標？他們的最高目標正確嗎？
- 我有能用來支持主題／角色的意象嗎？
- 我是否會把我的作品大聲讀出來，修正聽起來不太對的地方？
- 語態一致且真誠？
- 我夠誠實嗎？
- 我避開了陳腔濫調嗎？
- 我放棄的爛點子是否超過二十個？
- 如果我的小說僅此一份，而且困在山頂上，我會上山救回嗎？

附錄一：空白矩陣

小說矩陣

角色的名字	你熟悉的四個地點	你做過的工作（曾有過的身分）	曾碰到的問題	你懂的技能／知識	你擔心的問題	列出你最愛的四本小說，說出一個你喜歡這本小說的理由	你目前迷上的事物

其他問題

- 你對宗教有什麼看法？
- 你對愛情關係的看法？
- 我們在宇宙中的定位？
- 你對後現代主義有什麼看法？
- 世界變得更好，還是更壞？
- 說出一個你特別有興趣的宗教理論或想法。
- 造句：「大多數人猜不到我……」

說明：把矩陣全部填滿，上面的問題也都要回答。

注意：填矩陣的時候，盡可能保持誠實，會很有幫助。

附錄二：填好的矩陣

小說矩陣：史嘉麗．湯瑪斯，一九九一

角色的名字	你熟悉的四個地點	你做過的工作（曾有過的身分）	曾碰到的問題	你懂的技能／知識
伊利歐特	艾塞克斯郡的切姆斯福德	服務生	墮胎出了問題	編髮辮
小辣椒		建築師助理	十二歲的時候發現我的父親另有其人	我很懂嘻哈、浩室音樂、雷鬼音樂
艾比	英國劍橋	在市場擺攤賣衣服	親近的人有憂鬱症	我來自混雜的階級——我在東倫敦的公共住宅區長大，十四歲的時候卻進了私立寄宿學校
查理		在板球俱樂部工作	家庭衝突	我很會記數字
喬許	東倫敦的巴金	學生	德國籍的祖母勉強我變成不一樣的人	我會說法語
克萊兒		工黨、青年社會黨、核裁軍運動成員	被學校退學	政治知識
凱亞	倫敦的伊斯林頓	在租片店工作	性向混淆	給予他人支持
鮑伯		女友	愛上不愛我的人	我很會打電動

你擔心的問題	列出你最愛的四本小說， 說出一個你喜歡這本小說的理由	你目前迷上的事物
種族主義	愛麗絲．華克（Alice Walker）的《寵靈的殿堂》。這是我最喜歡的書。我喜歡書裡的政治，以及肯定認同的感受。也有女性主義、幽默、深度。	伊拉克戰爭——我反對打仗，也有點害怕
我想要讓別人印象深刻，我想要知道正確的答案		看電影，尤其是幽默的鬧劇
我想要保持真誠	露西．伊爾文的《逃亡》(*Runaway*)。我愛書裡堅定的寫實主義。我和幾個朋友傳閱這本書，也細細討論了裡面的強暴場景。	拉斯特法里派
朋友的母親快死了		跳舞，尤其是去雷鬼俱樂部
我會成功嗎？	賈姬．考琳絲的《幸運》。我喜歡小說裡搭雲霄飛車的情節。書裡的世界我從未體驗過。每個人都很有錢，常常做愛。好人過得很好，壞人得到懲罰，有點老套，但我喜歡詳盡的細節。	烹調——尤其是加很多辣椒
我忙著當風雲人物，該怎麼兼顧學業？		朋友的姊姊真美，我希望能變成她
朋友計畫要走私毒品到牙買加	互動式兒童遊戲小說《多重結局冒險案例》叢書！	我的家人
不受歡迎或沒人愛		Kiss FM電台

其他問題

- 你對宗教有什麼看法？

我很奇怪，介於無神論和拉斯特法里派之間。我相信某處有個東西，但我不知道是什麼。我有點相信阿比阿弟（Bill and Ted）的哲學，每個人就是要「對彼此超級好」。

- **你對愛情關係的看法？**

曾經有人狠狠傷害過我，所以我很難投入感情。現在我表現得像個浪漫的人，但事實上我最愛的人是我自己。

- **我們在宇宙中的定位？**

我相信我們活在世界上有個目的，但我不確定是什麼。我還蠻喜歡不知道的感覺。

- **你對後現代主義有什麼看法？**

我不確定什麼是後現代主義。如果有實驗性，我應該會很喜歡。

- **世界變得更好，還是更壞？**

更壞。美國太強大了。在人類發明的東西裡，最糟糕的就是核武。

- **說出一個你特別有興趣的宗教理論或想法。**

存在主義。我喜歡無意義（meaninglessness）這個概念。

- **造句：「大多數人猜不到我……」**

私下很喜歡數學。

- **說出三個你覺得很有趣的物品、動物或影像：**

完美迴圈的概念、刺蝟、彩虹。

小說矩陣：史嘉麗．湯瑪斯，二〇一一

角色的名字	你熟悉的四個地點	你做過的工作（曾有過的身分）	曾碰到的問題	你懂的技能／知識
艾奧尼	倫敦	作家	親近的家庭成員死去	寫作和說故事
娜奧蜜		大學講師	戒菸	我很懂科技
維吉尼亞	坎特伯里	記者	結束認真的愛情關係	健康和營養，尤其是順勢療法等另類療法
法比安		採果工人	焦慮和恐慌症發作	烹飪
馬克	迪爾	健康照護助理	雜亂無章	我的運動知識豐富，尤其是板球和英式橄欖球。我會打板球、網球、羽毛球
桃樂絲		服務生	工作太辛苦	我略懂葡萄酒
葛萊德溫	桑威治	慈善商店的店員	被貼上標籤，或擔心有人幫我貼標籤	我會玩很難的填字遊戲
佛瑞斯特		夜店的酒吧服務員	維繫友誼	哲學

你擔心的問題	列出你最愛的四本小說，說出一個你喜歡這本小說的理由	你目前迷上的事物
我太有野心了嗎？	托爾斯泰的《安娜．卡列尼娜》。理性和熱情之間的對比非常迷人，我不確定到最後理性是否獲勝。	植物
我不確定能不能再度面對死亡		餵食花園裡的鳥兒
人生的意義是什麼？	狄更斯的《孤星血淚》。可愛的人物。善加利用由窮致富的情節。得不到回報的愛。一本思考大哉問的大部頭小說。	跑步
老化		異教信仰／泛神論
錢：我的錢太多？還是太少？我該怎麼辦？錢用完了該怎麼辦？	喬治．艾略特的《米德爾馬契》。極度需要推敲和引人入勝的小說，叩問讀者過得好是什麼意思。	幫學生變得更有野心
釣魚比賽		葡萄酒
我的健康。腫塊一定是癌	雪維亞．普拉絲的《瓶中美人》。第一人稱用得很好。她的語氣很有說服力，很好笑。她的體驗似乎很真實。她的寫作有一種具體美。	時尚
寂寞		爵士

其他問題

- 你對宗教有什麼看法？

以前我認為自己是佛教徒，每天都會冥想，最後卻覺得很沮喪（我很確定當時沒把冥想做對）。我希望找到那股力量，但我卻很怕那股力量會讓我失望。目前的宗教信仰是異教信仰和泛神論。我相信，所有的生命都值得尊重。我也做瑜伽。但如果你在路上看到我，你可能會覺得我是無神論者，平常都看《衛報》。

- **你對愛情關係的看法？**

年紀愈大，愛情關係愈複雜，但也更能帶來滿足。談戀愛的時候，你會更了解自己。你永遠無法改變另一個人，但你可以改變自己。

- **我們在宇宙中的定位？**

我們可能比自己想像的更重要，或更不重要。我覺得有很多隱而未見的地方。

- **你對後現代主義有什麼看法？**

要看是「好的」後現代主義，還是「壞的」後現代主義。藝術要有深度，要讓我們深思人生。但我們不能假裝過去八十年不存在。

- **世界變得更好，還是更壞？**

就某些方面來說，變得更好了。一百年前，我的祖先在救濟院裡。現在我的書賣到世界各地。但並非每個人都有機會達成，或活得充實。環境問題、新自由主義、戰爭、飢荒都讓我憂心。

- **說出一個你特別有興趣的宗教理論或想法。**

演化。

- **造句：「大多數人猜不到我……」**

以前法語說得很流利。

- **說出三個你覺得很有趣的物品、動物或影像：**

蘭花、羽毛、南瓜。

附錄三：技術矩陣

這是羅伯特的故事，十歲的他是個天才，造出了火箭，帶著會說話的兔子馬丁和朋友奧麗芙飛到月球。

注意：表格裡還可以填入其他的值。這些只用來示範，你不妨自己寫一個……

文法上的人稱	時態	敘事者	觀點	時間範圍	風格	結構
第一人稱（我）	現在式	未知	自由間接風格	二十四小時	日記	線性，向前
第二人稱（你）	過去式	羅伯特	羅伯特	兩星期	信件	線性，向後
第三人稱（他／她）	未來式	奧麗芙	馬丁	三個月	告白	A／B／A／B（重複的矩陣）
第一人稱複數（我們）	混合	馬丁	奧麗芙	一年	童話故事	三部曲
好幾個敘事者（從敘事者一欄選三個）	每章都不一樣	馬丁的母親	混合	一輩子	中立	環形（在開始時結束）

附錄四：字詞銀行練習

這裡舉出一些原文大約一百個英文字的段落，在〈寫出好句子〉一章以「字詞銀行」練習「必要詞彙」的單元，可以用這些段落「算成本」。

（編按：此練習與原創語言高度相關，轉譯其他語言已失練習要義，因而此處作者精選摘文乃針對英語寫作，中譯文僅供文意理解參考，華文讀者可自選其他喜愛的華文經典作品練習。）

The crisp April air whipped through the open window of the Citroën ZX as it skimmed south past the Opera House and crossed Place Vendôme. In the passenger seat, Robert Langdon felt the city tear past him as he tried to clear his thoughts. His quick shower and shave had left him looking reasonably presentable but had done little to ease his anxiety. The frightening image of the curator's body remained locked in his mind.

Jacques Saunière is dead.

Langdon could not help but feel a deep sense of loss at the curator's death. Despite Saunière's reputation for being reclusive, his recognition for dedication to the arts made him an easy man to revere.

——摘自丹・布朗《達文西密碼》，一百一十四個英文字詞

（一台雪鐵龍ZX向南急馳，經過歌劇院，穿過旺多姆廣場，清冷的四月風從開著的車窗吹進車裡。副駕駛座上的羅柏・蘭登想清理思緒，卻只感到城市從他身邊飛馳而過。他匆匆淋了浴，刮了鬍子，外表上堪稱得體，卻無法減輕他的焦慮感。博物館長屍體駭人的形象在腦海中揮之

不去。

賈克・索尼耶死了。

對館長的死，蘭登不禁感到悵然若失。儘管大家都知道索尼耶離群索居，但他對藝術的奉獻卻使他輕易贏得別人的敬重。）

I reached for the book the people from *Ladies' Day* had sent.

When I opened it a card fell out. The front of the card showed a poodle in a flowered bedjacket sitting in a poodle basket with a sad face, and the inside of the card showed the poodle lying down in the basket with a little smile, sound asleep under an embroidered sampler that said, 'You'll get well best with lots and lots of rest.' At the bottom of the card somebody had written, 'Get well quick! From all of your good friends at *Ladies' Day*' in lavender ink.

——摘自雪維亞・普拉絲《瓶中美人》・一百零一個英文字詞

（我伸手去拿「淑女日」那些人寄給我的書。

書一打開，就有一張卡片掉出來。卡片正面是隻貴賓狗，穿著花朵圖案的睡衣外套，一臉哀愁地坐在籃子裡，卡片裡面則是貴賓狗躺在籃子裡，面帶微笑，蓋著刺繡毯子安穩而眠，寫著「多休息，多休息，才能真正康復。」卡片下面有人用薰衣草紫的墨水寫，「快點好起來！『淑女日』全體好友敬致。」）

But halfway down the stairs, he is *gone* – my hand is blank on every side. The caterpillar must have let go and dropped. I can't see him. The stairwell is dim and the stairs are painted dark brown. I could get a flashlight and search for this tiny thing, in order to save his life. But I will not go that far – he will have to do the best he can. Yet how can he make his way down to the back door and out into the garden?

I go on about my business. I think I've forgotten him, but I haven't. Every time I go upstairs or down, I avoid his side of the stairs. I am sure he is there trying to get down.

——摘自莉迪亞・戴維斯（Lydia Davis）《毛蟲》（*The Caterpillar*））・一百二十六個英文字詞

（但樓梯下到一半，牠不見了——我的手不管哪一側都空了。毛蟲一定鬆開了手腳，掉落了。我不見牠蹤影。樓梯間很暗，樓梯漆成深棕色。我可以去拿手電筒回來找這個小東西，以便救牠一命。但我不想要那麼麻煩——牠得自己努力。然而牠如何能下樓去到後門，再回到花園呢？我繼續做自己的事。我以為我忘了牠，但我沒忘。每次上樓或下樓，我都會避開牠掉下去的那側。我猜牠還在那裡，努力想下樓。）

Fran nudged me and nodded in the direction of the TV. 'Look up on top,' she whispered. 'Do you see what I see?' I looked at where she was looking. There was a slender red vase into which somebody had stuck a few garden daisies. Next to the vase, on the doily, sat a plaster-of-Paris cast of the most crooked, jaggedy teeth in the world. There were no lips to the awful-looking thing, and no jaw either, just these old plaster teeth packed into something that resembled thick yellow gums.

——選取自瑞蒙・卡佛〈羽毛〉・九十九個英文字詞

（法蘭推推我，朝電視點點頭。她輕聲說：「你看上面。我看到了，你看到了嗎？」我朝著她的視線看過去。有一只纖細的紅色花瓶，塞了幾朵花園裡的雛菊。在花瓶旁的桌巾上有座熟石膏模，是一副全世界最扭曲、最不平整的牙齒。那可怕的東西上沒有嘴唇，也沒有下巴，只有那些很老的石膏牙齒，裝在看起來像厚實黃色牙齦的東西裡。）

Not that his whole year at Hogwarts had been fun. At the very end of last term, Harry had come face to face with none other than Lord Voldemort himself. Voldemort might be a ruin of his former self, but he was still terrifying, still cunning, still determined to regain power. Harry had slipped through Voldemort's clutches for a second time, but it had been a narrow escape, and even now, weeks later, Harry kept waking in the night, drenched in cold sweat, wondering where Voldemort was now, remembering his livid face, his wide, mad eyes . . .

Harry suddenly sat bolt upright on the garden bench. He had been staring absent-mindedly into the hedge – *and the hedge was staring back.*

——摘自J．K．羅琳《哈利波特：消失的密室》（*Harry Potter and the Chamber of Secrets*），一百一十九個英文字詞

（哈利波特在霍格華茲的一整年並不全然好玩。上學期結束時，他與佛地魔本尊面對面接觸。佛地魔或許只是其前身留下的殘體，但仍很嚇人而狡猾，一心想奪回權力。哈利二度逃開了佛地魔的掌控，但真的很驚險，即便數星期過去，現在哈利還是會在半夜醒來，一身冷汗，想著佛地魔不知在哪，憶起他鐵青的臉孔，他睜大瘋狂的雙眼……

哈利突然在花園長椅上坐直起來。他本來一直心不在焉地盯著樹叢——現在換樹叢盯著他。）

At Sea Oak there's no sea and no oak, just a hundred subsidized apartments and a rear view of FedEx. Min and Jade are feeding their babies while watching *How My Child Died Violently*. Min's my sister. Jade's our cousin. *How My Child Died Violently* is hosted by Matt Merton, a six-foot-five blond who's always giving the parents shoulder rubs and telling them they've been sainted by pain. Today's show features a ten-year-old who killed a five-year-old for refusing to join his gang. The ten-year-old strangled the five-year-old with a jump rope, filled his mouth with baseball cards, then locked himself in the bathroom and wouldn't come out until his parents agreed to take him to FunTimeZone, where he confessed, then dove screaming into a mesh cage full of plastic balls.

——摘自喬治・桑德斯〈海橡樹〉，一百三十一個英文字詞

（在海橡樹，沒有海，也沒有橡樹，只有幾百間國民住宅，能看到聯邦快遞大樓的背面。敏敏和小玉邊給嬰兒餵奶，邊看《橫死的孩子》。敏敏是我妹妹，小玉是我們的表妹。《橫死的孩子》主持人是麥特・墨頓，一百九十五公分的金髮男子，總是揉著父母親的肩膀，說痛苦已經讓他們成聖。在今天的節目裡，一個十歲的孩子殺了一個五歲的孩子，因為後者不肯加入他的團體。十歲的孩子用跳繩勒死了五歲的孩子，在他嘴裡塞滿棒球卡，然後把自己鎖進廁所，他爸媽答應帶他去FunTimeZone玩他才出來，他在那裡坦承犯行，然後尖叫著鑽進裝滿塑膠球的網籠裡。）

I light a cigarette – Kool, the brand chosen by a biker ahead of me in the queue – and watch the traffic and passers-by on the intersection between Omekaido Avenue and Kita Street. Pin-striped drones, a lip-pierced hairdresser, midday drunks, child-laden housewives. Not a single person is standing still. Rivers, snowstorms, traffic, bytes, generations, a thousand faces per minute. Yakushima is a thousand minutes per face. All of these people with their boxes of memories labelled 'Parents'. Good shots, bad shots, frightening figures, tender pictures, fuzzy angles, scratched negatives – it doesn't matter, they know who ushered them to Earth.

——摘自大衛・米契爾《九號夢》，九十八個英文字詞

（我點起一根菸——Kool，排隊時在我前面的騎士選了這個牌子——看著奧姆大街和北街中間那個十字路口的車流和行人：穿著條紋的機器人、穿了唇環的髮型師、大白天就喝醉的酒鬼、帶著小孩的家庭主婦，沒有一個人在原地靜止。河流、暴風雪、車陣、位元組、世代，每分鐘好幾千張面孔。屋久島則可能過了一千分鐘才看到一張臉。這些人都帶著標記了「父母」的記憶盒子。好的照片、壞的照片、駭人的人形、脆弱的照片、模糊的角度、刮傷的底片——沒關係，他們知道是誰把他們接引到地球來的。）

注釋

1 出自寫給出版商蘇沃林（A.S. Suvorin）的信裡。收錄於《契訶夫短篇小說選》（*Anton Chekhov's Short Stories*）（1979: 275）。

引言

1 1995: 286

2 2004: 62

在柏拉圖的洞穴裡

1 古瑞維奇（Gourevitch）編著，《巴黎評論作家訪談錄》（*Paris Review Interviews*）（2007: 194）。

2《詩藝》（*The Art of Poetry*），出自莫瑞和度許（Murray and Dorsch）編著的《古典文學評論》（*Classical Literary Criticism*）（2004: 101）。

3 377a（2003: 68）

4 在《小說面面觀》（*Aspects of the Novel*）裡，E．M．佛斯特（E. M. Forster）堅持，沒有鋪陳情節的故事就沒有因果關係。他有一個很有名的例子：「國王死了，然後皇后也死了」是故事。「國王死了，然後皇后悲傷而死」是情節（2000: 87）。然而，佛斯特的書提供很有趣又十分有魅力的觀看小說方法。然而，就這點來說，我比較同意亞里斯多德和俄羅斯的形式主義者，後者把情節定義為組織事件的方法，而且這些事件已經彼此連結在一起。這裡要記住一個重點，說什麼和怎麼說是有差別的。

5「主題」（Thematics），出自勒蒙和瑞斯（Lemon and Reis）編著的《俄國形式主義評論》（*Russian Formalist Criticism*）（1965: 67）

6 故事裡當然有導致後續事件的元素，但本身卻沒有起因。這通常適用於按時序故事的開頭。比方說，我們不知道《伊底帕斯王》裡面的第一道預言從何而起，但這道預言引起所有其他的事件。很多故事都有導致事情發生的環境因素，但這些因素沒有起因，可能出現在故事的任何一個地方（例如我們編的故事裡有雪）。然而，要小心別讓你的情節幾乎都取決於這些隨機的環境因素。舉例來說，迫使大家進入鬼屋的暴風雪，已經是老掉牙的事件了。

7 1977: 111

8《詩藝》（2004: 102）。

9 儘管蘇格拉底是真實的歷史人物，柏拉圖也沒完全把他變成小說人物，但我們要知道，在《理想國》裡他確實是故事裡的角色，被放入很有趣的戲劇設定裡。《理想國》常見的解釋是，書中詳細敘述柏拉圖和蘇格拉底想在理想的城邦裡看到什麼，但對話其實比較像思想實驗，詢問在要求奢華的社會裡，你會需要什麼，「想要躺椅和桌子，以及其他的家具，還有各式各樣的精緻美食、香氛、香水、應召女郎、糖果糕餅」，因此必須靠戰爭取得資金。大家可能沒發覺，柏拉圖的文風充滿諷刺。我覺得《理想國》在嘲弄某種「文明」，而不是偏好這種文明的論點。這本書的情節鋪陳也很棒。

10 討論出現在《理想國》的第三卷，標題是〈教育：第一個階段〉。蘇格拉底對阿德曼圖斯（Adeimantus）描述孩子的教育應該包含什麼，對話開始時，他們在討論孩子應該看什麼樣的故事。蘇格拉底建議，小孩子應該從虛構故事看起（對比於「真實故事」），不過他說這些故事要有真相（也應該要有）（377a）。他接著盤詰，當時的文學並未反映某種程度的真實性，他認為「目前的故事幾乎都應該納入拒絕往來戶」（377c）。

11 378c–d (2003: 70)

12 378a (2003: 70)。控管虛構故事的想法存留到今日，我想大家都很熟悉電影、電玩或甚至音樂都有年齡分級制度。或許，我們並不會在敘事裡提到要小孩犧牲「大型且難以取得」的動物，藉此來勸阻他們，但卻把這些敘事藏在報攤最高的架子上，用Sky Box Office頻道的密碼鎖起來，或有得藏就藏。孩童的虛構故事預期要比成人的更有「教育性」，道德結構明顯不一樣。不光是沒有髒話和暴力（事實上，很多兒童故事挺暴力的）。但在兒童故事裡，沒有人會吸毒吸得很開心。或許會有人吸毒，但也會受到懲罰，發覺吸毒是壞事。雖然這也是基本的成人故事（克里斯多福．布克稱之為「重生」），但在不少成人的虛構故事裡，有人狂吸毒狂喝酒，但不一定會遭到懲戒。一個很好的例子是《廣告狂人》（*Mad Men*），小角色可能喝酒遭譴，但佩姬和唐恩是重要的角色，酗酒吸毒都不會影響他們的故事情節。在寫這本書的時候，第五季還沒演完，假設應該沒事。但像《廣告狂人》這樣的長壽影集需要複雜的故事過程，佩姬和唐恩已經完成好幾個循環，敘事裡並未安排要懲罰他們的放縱。

13 386 b–c (2003: 77)

14 蘇格拉底舉出很多看了會讓勇氣凝結的篇章，應該從現存的文學裡剪掉，主要來自荷馬（Homer）的《奧德賽》和《伊利亞德》（*Iliad*）。下面是最後三段：

> 他脫離肉體的靈魂飛向冥王之府，為他的命運以及靈魂留下的少年期和成年期痛哭（386b）
>
> 心靈如一縷煙，消失了，在地底下嘟嘟噥噥（387a）
>
> 像蝙蝠一樣說著聽不懂的話，在神秘的洞穴裡尖叫拍翅膀，其中一隻從頂上的岩石落下了，沒抓穩聚集在一起的同類，在喧鬧的尖叫聲中，一大群蝙蝠飛走了（387a）

蘇格拉底也認為，去掉「所有這些冥界可怕嚇人的名字——哭河與暗河，以及鬼魂和屍體……」（387c），詩人則該剪掉「名人可鄙的悲嘆」（387d）。理想國的市民必須平靜承受損失和失望，因為這些事件會變成家常便飯，有同樣反應的人也該封為英雄。蘇格拉底說：

> 我們應該再次要求荷馬和詩人不要把女神之子阿基里斯（Achilles）描述成「有時側躺，有時正躺，接著換成俯臥」，然後站起來，「心煩意亂，漫步走在尚未收割的海洋邊」，或「用雙手抓起深色的塵土，倒在自己頭上」，以及詩人描述的所有涕泣與悲嘆。（388a-b）

如果我們同意《理想國》是諷刺作品，那麼這些段落也該是開玩笑罷了。

15 Mimêsis，比較適合翻譯成「模仿」。

16 我們已經看到，柏拉圖要求「真實」和「虛構」的故事都要呈現或模仿真實世界。

17 我們前面說過，可以透過故事讓孩童準備好面對戰爭，說服他們不要懼怕來生；我們也看到怎麼鼓勵孩子們不要痛苦悲嘆。柏拉圖的作品都寫成虛構對話和神話，他的虛構故事本身說服力就很強（尤其是因為很多人認為，西方哲學就以他的作品為基礎）。

18 同樣地，這在柏拉圖的虛構故事裡也可以看到。他的很多故事類似思想實驗，在敘事中讓一個想法達到合乎邏輯的結論，或經過檢定的假設，暗示結果會對應到現實中的結果。在很多情況下，在柏拉圖和其他人的作品中，接受檢定的假設有特定主題，文字會留下想像空間。像這樣的文本顯然是可以稱為藝術的東西，但藝術有很多定義與功能，稱這個功能為哲學似乎會比較清楚，縱然很多人相信虛構文本就某種程度而言落在非虛構的理性之外，而理性通常會讓我們聯想到哲學。或許這是因為這些文本代表沒有目標的理性；沒有結論，只有互文性。

19 「……我們不知道過去的真相，但我們可以發明與過去有最高相似度的虛構故事。」(382d)

20 這連接到亞里斯多德的「同情與恐懼」，後面我們會討論。敘事似乎與情緒有種複雜的關係，偶爾讓我們感到恐懼和難過，但最後總會讓我們快樂起來——可能是亞里斯多德的淨化解法、尼采的毀滅性、喬伊斯（James Joyce）的頓悟，或在缺乏最後結局時，甚至來個巴特的極樂（jouissance）。

21 當然，最令人愉快的故事含有快樂與悲傷或失調與均衡的極端狀態，根據柏拉圖列出的理由，《理想國》不歡迎這些故事。針對「荷馬與其他詩人」，蘇格拉底說：

> 並不是說這些詩不好，或不受歡迎；的確，寫得愈好的詩歌愈不適合孩童或男性的耳朵，他們想要自由，害怕為奴更甚於死亡。(387b)

22 《理想國》第七卷：〈哲學家皇帝〉，第七書，《洞穴語言》。

23 機器一問世，就有故事描述機器占領世界，把人類當成奴隸，十九世紀的小說家巴特勒（Samuel Butler）就是一例。

24 第一個將超真實境理論化的哲學家布希亞（Jean Baudrillard），據華卓斯基兄弟說，對他們的電影影響很大，眼尖的觀影者也會注意到他的書《擬仿物與擬像》(*Simulacra and Simulation*)出現在《駭客任務》的一個鏡頭裡。然而，布希亞對電影的評語很苛刻，說「《駭客任務》是那種母體自己也拍得出來的關於母體的電影」(2005: 202)。布希亞認為用「柏拉圖式的方法」來處理擬像的想法是個「重大缺陷」(2005: 201)。

與亞里斯多德共枕

1 《詩學》，6, 50a (1996: 11)

2 考夫曼兄弟 (2002: 68–69)

3 提爾諾（Michael Tierno）有本書值得一讀，叫作《給編劇的亞里斯多德詩學》(*Aristotle's Poetics for Screenwriters*)，把亞里斯多德的重點一一發展成實用的編劇忠告。有些地方感覺熱心過度，但確實闡釋了亞里斯多德幾個比較難捉摸的概念，也有很多很好的例子。

4 3, 48a (1996: 5)

5 9, 51a–b (1996: 16)

6 4, 48b (1996: 6)

7 6, 50a (1996: 11)

8 6, 50a (1996: 11)

9 6, 49b (1996: 10)，我的重點。

10 7, 50b (1996: 13)

11 8, 51a (1996: 15)

12 7, 50b (1996: 14)

13 7, 51a (1996: 14)

14 8, 51a (1996: 15)

15 我們會漸漸明白皮爾格林（Billy Pilgrim）一生的故事，以及他對德勒斯登轟炸的說法，但不是按時間順序。相反地，皮爾格林「穿梭時光」，通過他的一生，更遠到行星特拉法馬鐸（Tralfamadore），那兒的居民看什麼都是四個維度，因此一碰到某個人就知道他一生的故事。也要注意這個情節推進器定型的結構：因為皮爾格林相信他能穿越時間，我們才能隨他一起旅行，看到他的過去、現在、未來。

16 6, 48b (1996: 10)

17 普羅斯（Francine Prose）在《像作家那樣閱讀》（*Reading Like a Writer*）裡，提及孟若（Alice Munro）作品〈紅藻〉（Dulse）的開頭完美強調了這一點。普羅斯說：「文學中有很多場景，說比演更有效。要是孟若相信，她應該告訴大家莉迪亞是編輯、會寫詩、和愛人分手了、要照顧孩子、離婚、變老，以及走過所有的步驟來到故事的開頭，才能開始這篇故事，就會浪費不少時間。」（2007: 25）其他人或許認為，這種資訊不需要變成引言，但可以後面再透露，或許透過對話說出來（「妳有小孩嗎？」）。但寫得不好、笨重的解說性對話遠遜於簡單的敘述。但不同的作家有不同的作法。海明威有他的冰山理論，絕不會納入那種資訊。他說：「如果作家停止觀察，他就完蛋了……有需要知道的話，我會盡量用冰山理論來寫。看到冰山，就有十分之七還在水面下。任何你知道的東西都可以消除，那只會增強你的冰山，增強沒有顯露出來的部分。如果作者省略了他不知道的東西，故事就有破洞了。」古瑞維奇編著，《巴黎評論作家訪談錄》（*Paris Review Interviews*）（2007: 57）

18 6, 49b (1996: 10)，我的重點。

19 電影開場於茉莉和泰倫斯的表演。他們生了一個小孩，然後又一個，再一個。他們讓孩子加入表演，卻發現他們不適合這種候鳥般的演藝生活。所以孩子都送到寄宿學校。儘管我們看不到小孩在學校做什麼（除了短暫的插曲——他們想從學校逃走），我們得知史蒂夫個性奇怪，提姆則有領導潛質。小孩念完書，回到紐澤西的家。但同時他們的雙親必須熬過經濟大蕭條，能找到的工作都要去做。很快地，這家人回到演藝界，只是史蒂夫宣布他要去當牧師，我們也看到他用功讀書，最後成功擔任神職。提姆這時養成飲酒習慣，每晚與不同的女人廝鬧。他遇到薇琪，愛上了她。她似乎不為所動，但不知道為何他們就在一起了，後來她叫提姆攜妹妹凱蒂參加她更為成功的表演。凱蒂結婚，很快有了身孕。

薇琪的成功變成提姆的困擾。她和他約好吃飯卻遲到了（因為她找人討論要穿的禮服），他勃然大怒，對她發脾氣，差點動手。不久之後，他醉醺醺地撞爛車子，進了醫院。父親來探望他，他們大吵一架。接著提姆不知所蹤，接下來很長時間家人都在努力找他。表演依舊繼續，茉莉（提姆的母親）取代提姆上場，不過茉莉對薇琪很冷漠，因為她覺得提姆失蹤都是薇琪的錯。後來，茉莉在慈善音樂會上演出，提姆突然出現，一家人又團圓了。現在大家都愛他，薇琪也愛他。全體角色一起唱《銀色星光》的主題曲，歌詞說演藝生活「很吸引人」，但我們看到的卻並非如此。

悲劇與複雜情節

1 改編自弗萊爾斯（Stephen Frears）一九八八年執導的電影《危險關係》（*Dangerous Liaisons*），而這部電影又改編自一七八二年出版的小說《危險關係》（*Les Liaisons Dangereuses*），作者是德拉克洛（Pierre Ambroise François Choderlos de Laclos）。小說裡的悲劇故事情節錯綜複雜到難以想像，比後來改編的兩部電影好看多了。我選《危險性遊戲》來討論，因為我知道大學部的學生很多人都看過，為了讓沒看過的人了解劇情，我在課堂也播了YouTube上的預告片。但小說真的很棒，我把它選為「此生必讀的好書」，心得刊在《獨立報》（*The Independent*）上，內文如下：

> 我在讀這本書之前，大概都知道內容了，但那對我來說向來不是問題。還沒打開《伊底帕斯王》《哈姆雷特》《安娜．卡列尼娜》前，我已經知道故事大綱，沒差。或許對於偉大的悲劇，這一點特別不是問題。偉大的歌劇一定是哲學難題，重述上千次也得不到解答。你對故事有多了解並不重要，因為總有更多的故事要去探索。
>
> 按這個定義，《危險關係》這本書確實是偉大的悲劇。很多人說它是一本勾引手冊，如果你的目的是找人上床，或許它就很有用。但光這樣，這本書算不上此生必讀的好書。這本小說的力量在於探尋下面幾件事的結果：如果我們想控制愛情、如果我們想強求愛情的理性、如果我們想利用愛情騙人會是如何。當然，激情與理性對立的情節很常見，尤其在這個時期（十八世紀晚期）。但這本小說的內容絕對不是兩人彼此熱烈渴望，屈服於欲望，然後付出代價。複雜多了，有一個理由，這部悲劇不是愛得太多，而是愛得不夠。
>
> 兩位主角，梅黛侯爵夫人（Marquise de Merteuil）和凡爾蒙子爵（Vicomte de Valmont）從不循規蹈矩，刻意藐視愛情的習俗，看對眼的人就要勾引（和毀滅）。梅黛的丈夫已經去世，富裕的她不靠別人支援，當然更不怕做壞事。凡爾蒙定位為大家熟悉的浪蕩子，而梅黛更有政治手腕，在小說中的關鍵時刻發表宣言，（對凡爾蒙）聲稱她「生來就要為女性復仇，征服男性」。為了這個目的，她精通表演技巧，閱讀文學和哲學，似乎也找到了方法，能放縱欲望但不怕反彈。
>
> 但我們在這本小說裡看到，儘管能縱情性愛，不怕不良後果，但愛情很不一樣。我們看得出梅黛和凡爾蒙相愛，或曾經愛過彼此。他們一定有一段過去。然而，梅黛太過耽溺於復仇的規劃，忽略了他，直到他許諾要引誘天真的德杜薇夫人（Madame de Tourvel），然後毀了她。梅黛答應，如果他

成功，她就是他的獎品（也把他綁到復仇計畫裡）。但凡爾蒙愛上德杜薇，這個結就打不開了。梅黛最後不肯把獎品給凡爾蒙，告訴他：「或許我說過我能把自己後宮裡的人全換新，但我從沒想過要成立後宮。」她愛他，但她知道他們沒有未來，尤其是他已經愛上了別人，或根本不懂愛。因為愛的力量，或放蕩形骸的限制，或理性的失敗，一切都毀了。

2 9, 52a (1996: 17)

3 III, I, 121

4 III, I, 138–140

5 10, 52a (1996: 18)

6 11, 52a (1996: 18)

7 11, 52a (1996: 18)

8 11, 52a (1996: 18)

9 2003: 762–63

10 簡要列在《詩學》的第六章，54b–55a (1996: 26–27)

11 標記可能引來「假的」發現，或誤識，例如《奧賽羅》裡面的手帕。

12 第五幕，第二景，213–218行

13 當然，我們知道這不是真的，實境節目和虛構故事一樣，情節都鋪陳好了。《老大哥》的參賽者常抱怨他們的「場景」經過改編，以及製作人用自己的方法製造緊張和戲劇高潮。以古蒂為例，我們可以確定，沒有人害她變成種族主義者，也沒有人編寫她的日記間場景。但製作小組確實負責「海選出了角色」。發現場景出現時，會一刀不剪，結構的處理方式一如悲劇的發現場景。

14 13, 53a (1996: 21)

15 2003: 80

16 2003: 35

17 2003: 39

18 2003: 105

19 我的小說《Y先生的結局》（*The End of Mr. Y*）是悲劇。一旦有人把吃飯錢拿來買受到詛咒的書，從書裡學到不該知道的東西，結果一定是悲劇。這是我第一次殺死重要的角色。愛莉兒（Ariel）最後不光死在「真實」世界裡，也永恆困在語言的平行世界裡，那兒有所有的知識，但沒有對真相的實質了解。因此，這是雙重悲劇，或許還是諷刺的悲劇，想逃入被遺忘的狀態，完全不可能，透過主角之死也不可得。這本書有很多缺點，但卻是我寫過最令人振奮的小說，或許是因為在寫作期間酒神式精神似乎把文字接掌過去了。

如何把童話故事轉成方程式

1 1998: 259

2 辨別「情節」和「敘事」有一個很有用的方法，就是認出一個敘事結構（以《米德爾馬契》為例）可以有好幾個交疊的情節或故事線。因此多蘿西婭和拉迪斯拉夫的愛情故事（或稱「浪漫喜劇」）有自己的故事線，不同於利德蓋特（Lydgate）變得平庸的故事線，也不同於布爾斯特羅德（Bulstrode）的悲劇。之後我們會看到，小說家的作品大多可以組合及交織不同的情節，尤其在長篇或複雜的小說裡。

3 這是出現在考夫曼電影《蘭花賊》裡的寫作手冊，會在下一章討論。

4 威廉．吉布森（William Gibson）的小說常遵循這種結構。儘管《神經喚術士》（*Neuromancer*）的最後一行是「他再也沒見過莫莉」，主線情節的結尾還是讓凱斯與莫莉相守了。後來的小說，如《零歷史》（*Zero History*），就讓戀愛中的主角永遠在一起了。

5 在現實中，過程不一定按這個順序。夢見林間小屋的人可能會想像住在那兒的生活，然後才畫建築設計圖。同樣地，小說通常不是始於有人說：「好，我想寫一部悲劇，裡面有條成年禮敘事的輔線。」小說的想法來自各處，通常有想法後，我們才會找出結構。我們用結構讓某個東西保持挺立或完整。

6 這本書在一九五八年初次翻譯成英文。影響到巴特、克勞德．李維史陀（Claude Lévi-Strauss）、安伯托．艾可（Umberto Eco）等人，艾可也用類似的方法分析龐德小說。

7 他的研究根據亞歷山大．阿法納西耶夫（Aleksander Afanašev）收集的俄羅斯童話。這種作品不同的翻譯會用不同的術語，我提到的「民間故事」和「童話」指同樣的東西。

8 鋪陳情節時，要懂得怎麼處理這些變數——你要了解，很多元素其實會改變，你想到的第一件事（人有問題；問題是酗酒）或許不是最好的。這對文學作家來說尤其重要，因為可以幫我們遠離陳腔濫調。主角在母親家弄壞的東西？可能是花瓶、裝飾品或杯子——這些東西平淡無奇。但也有可能是母親最愛的DVD、一瓶白蘭地、編織針、手提包上的釦子、貓門、手機，什麼東西都可以。如果行動的重點在於有東西壞了，引發爭執，因而引發某種改變，那麼有經驗的作家會發覺壞掉的那個模模糊糊的「某物」同時是場景中最重要也最不重要的東西。對情節來說，東西壞了不重要，只要有東西壞了就好。但在更深刻的層次上，壞掉的東西就有關係。這是開始處理意象的最佳方式。我們會在後面討論這一點，但現在先拿出你寫的東西，把變數都圈起來。現在選一個，寫下其他二十個可能性。你的第一個選擇是最好的選擇嗎？

9 豌豆屬於豆科。玫瑰換了名字，聞起來依舊香甜，但改了名字，我們在薔薇科裡就找不到玫瑰，注意薔薇科裡其他植物蘋果、梨、黑莓等等有什麼共同特徵。玫瑰之所以是玫瑰，因為有這些特色：五片花瓣、五個萼片、（通常還有）子房上位，以及其他東西。卜羅普特別指出，這種分類提供一個方法，讓我們可以討論找不到方法提起的東西。他說，如果沒有術語來描述語言的文法元素，比方說把某些字歸類成名詞或動詞，就無法討論語言的發展。然而，在這裡別搞混了，不要以為卜羅普想涵蓋的範圍和林奈一樣。林奈創造出完整的分類系統，但卜羅普其實在描繪「敘事」科裡面的一屬。

10 2008:6

11 2008:13

12 就主題或角色來說，自然效果不一樣，但那不是這裡的重點。的確，多變的元素就是主題和角色的基礎。

13 2008:61

14 2008:61

15 出自牛津英語詞典的「麥高芬」條目。定義是：「在電影中（現在也有可能在小說或其他形式的虛構敘事裡）：特殊的事件、物品、要素等等，一開始呈現出來的時候，對故事有重大的意義，但對於情節發展的實質重要性卻不高。」

16 在美國肥皂劇《歡樂一家親》（*Frasier*）裡，中心行動不光聚焦在主角費瑟．克雷（Frasier Crane）身上，焦點也會移到配角奈爾斯．克雷（Niles Crane，費瑟的弟弟）和他們父親的物理治療師達芬妮．孟恩（Daphne Moon）之間的羅曼史。讓兩人無法在一起的障礙主要是其他的關係。在敘事一開始，奈爾斯已經結婚了。等他分居後，又有其他的障礙，因為達芬妮不會考慮仍有婚姻關係的對象。她交了好幾任男友，奈爾斯也和別人約會。一個人單身的時候，另一個卻剛好不是。最後，達芬妮和東尼（Donny）訂婚，東尼是律師，幫奈爾斯安排離婚的程序，經過重重混亂，在達芬妮的婚禮前夕，奈爾斯和達芬妮才表達對彼此的心意。顯然在這個敘事裡，疾病、旅遊或其他障礙都能妨礙兩人的關係，但都相差無幾。然而，在《米德爾馬契》裡，多蘿西婭和卡索朋的婚姻或許有結構的考量，讓她無法和拉迪斯拉夫在一起，但就主題來說很重要，無法用別的東西取代，比方說長期生病臥床。因為多蘿西婭嫁給卡索朋，我們才能看到她的真實個性。也因為嫁給卡索朋，她才有機會認識拉迪斯拉夫，所以這個行動在結構上成為後續事件的起因，同時也是阻因。

17 這是一個很好的例子，敘事裡有變數。注意每個人都有祕密（除了年幼的夏洛特）。鋪陳情節，把細節轉回抽象概念，才能把它們變成更好的（或不一樣的）細節。因此在這裡，如果我們把敘事轉回抽象概念，有位母親得到財富和權力，但沒有人知道。她的兩個女兒愛上不該愛的人，也沒有人知道。但如果細看，我們會看到在社會上最保守的元素裡，維吉尼亞的祕密才是禁忌，她母親如果發現，應該也會贊同。但莎拉的祕密則是恥辱真正的源頭，和她父親的一樣。如果改變細節，艾莉森或許祕密身分是公主，從很久不見的親戚那裡繼承財產，或主使眾人搶銀行（儘管文化上「可接受度」沒那麼高，但看處理的方式，說不定還算可接受），或就是在職場上高升了，或贏了《X音素》（*The X-Factor*，英國的選秀節目，不過這個祕密很難守），或趁著空閒時間發明了厲害的產品。維吉尼亞可能是間諜（但她從未讓父母知道），或大家都不知道她是天才。她或許愛上了年紀更大的男人，或許偷偷結婚了（很有趣，要幫維吉尼亞想替代方案很難，因為你要一個文化上勉強可以接受的祕密，又要能讓大家吃驚）。但是莎拉和大衛有很多可能性。莎拉在學校受辱的方式可以換成任何一個——我們不在乎她愛上的人是戲劇老師。她或許遭人霸凌，或許考試不及格（或者考太好反而很丟臉），或許在性教育課上哭起來。這裡的可能性無窮無盡。大衛外遇的對象是誰都可以，不一定是他的祕書。但他的祕密可以完全不一樣，或許意外殺了人，或許發現自己不是父親親生的，他的生父是謀殺犯，又或許他有酗酒或嗜賭的問題。注意，這些變化比和祕書有一腿黑暗多了，會完全改變敘事的語氣。或許也有點走偏了，因為關鍵在於，他必須背叛艾莉森，不光基於有事瞞她，而是基於他暗中做的事本身。在尋找變數時，我們多半會先想到沒什麼新意的套路。最好花點時間，發揮自己的創意。假設大衛和艾莉森吃純素，他卻偷吃牛肉漢堡呢？假設他們反對蓋新的超級市場，大衛卻私底下投資那家公司呢？假設他們有聯名儲蓄帳戶，大衛卻偷偷用這筆錢在網路上賭博呢？處理變數時，選擇你熟悉的事物。

18 2008: 21

19 標題取自卜羅普，2008: 26–63。卜羅普給每個功能定了一個代碼（「簡稱」）以及一個或好幾個關鍵字（「定義」）。例如21.「主角被追殺」的定義包含「追蹤」(pursuit）和「追趕」（chase），簡稱是「Pr」。

20 這個功能「主角接受考驗、盤詰、攻擊等等，為後續收到魔法道具或幫手鋪路」的簡稱是「D」，裡面的變數用D^1、D^2、D^3等等來表示。「贊助者考驗主角」是D^1，「有人要求得到主角的憐憫」是D^5。在每個變數中，卜羅普舉出幾個童話裡的例子。在D^1下面，例子包含「女巫要女孩做家事」及「主角必須聆聽古斯拉琴的演奏，不能睡著」。儘管卜羅普的系統感覺很讓人困惑，在他的書裡其實很容易懂。

21 2008: 79

22 2008: 110

23 如果基本情節可以用這種方法推翻，難道根本就沒有基本情節這種東西嗎？我們怎麼辨別某件事是個錯誤，還是作者的惡搞？在前面幾章已經看到，敘事確實有我們能辨認的模式。浪漫喜劇或許有動物、機器人，說不定還有玩具，但重點在於克服混亂，讓兩名或好幾名角色幸福快樂在一起。我們也看過，結尾的婚禮可以有各種形式，但沒有人會死。要找出有哪些基本情節，以及它們的結構，關鍵在於找出模式，在某些情況下，說不定還會偽裝起來。

24 坎伯認為，構成這個「神話基本的魔法擂台」的原型角色和情境（1973: 3）從我們一出生就在我們的下意識裡。他引用佛洛伊德、榮格、尼采及人類學家鮑亞士（Franz Boas）的想法，根據人類共有的一組符號，而且這組符號是我們意識的基礎，他聲稱有一種「原始的超自然角色」。

25 1973: 30，引自坎伯。

26 這種基本結構被諾思洛普．弗萊（Northrop Frye）用來辨別「羅曼史」情節，以及克里斯多福．布克所謂的「任務」，後面會討論。

27 但他很明顯地偏好喜劇。「童話的快樂結局、神話、靈魂的神聖戲劇，讀的時候不要當成矛盾，而是人類普遍悲劇的超越。」(1973: 28）

28 他認為，我們能找到一個方程式，代表每一個神話。然而，為了提出實際的方程式，他主張，法國政府要提供更多的資金和資源。除此之外，這些資源必須包括「今日在西歐尤其難得的寬敞工作室」(1963: 229）以及「IBM設備」。似乎一旦收集到所有的神話，開始分析，需要很大的空間來留存所有的資料。

29 希臘文裡的μῦθος，意思是「故事」或「情節」，而弗萊定義為「文學形式的結構性組織原則」。（2000: 341）

30 2000: 210

31 2004: 227

32 2004: 227

33 然而儘管這麼說，在閱讀時，尤其在寫作時，對精神分析的理論還是要小心，特別是榮格對原型的概念。太在意要讓自我克服自大，很可能會變得太自我中心。文字有些無意識的地方，一定會揭露主角和父母之間的深層原型戲劇，要克服某種陰影等等。但只用這種方法閱讀（和寫作），除非我們已經很老練，否則會封閉了許多其他很有趣的深刻結構，例如意識形態、政治、美學。對於解夢、分析關係、了解人生階段，精神分析理論已經有深厚的基礎，但作者和讀者可能會被理論帶上錯誤的方向。《伊底帕斯王》提供「伊底帕斯情結」的情節，確實善用了精神分析。但了解伊底帕斯情結，無法幫我們讀懂這部戲。如果認為這部戲是在表達伊底帕斯無意識的意願，要殺了父親並與母親亂倫，就等於對知之悲劇和推理故事都沒抓到——兩者其實都更豐富。我們也感受不到伊底帕斯有意識的動機。情節的重點（和悲劇快感）在於不論有意識還是無意識，他都不知道雙親的身分，後來知道也來不及了。如果伊底帕斯不知道為什麼，確實有目的地謀殺父親和亂倫母親，情節就變成巧合與元素的荒謬混亂，沒有意義。如果要有意識地寫出無意識，就有很嚴重的問題。畢竟，原型很容易變成刻板印象。最好能讓這個層次的寫作自發出現。

34 甚至故意錯解，好使其不符合。布克對《孤星血淚》的結局有這樣的分析，「……我們看到長大的皮普在郝薇香小姐破敗大宅的花園裡，與長大後依舊美麗的艾絲黛拉在一起，以及『我看不見會讓我與她再度分離的陰影。』」（2004: 289）

35 我們怎麼確定什麼是黑暗，什麼是光明？比方說，我能不能確定自己是主角，而不是另一個人的暗影？有沒有分類敘事的方法可以用某種方法留存其神祕？在我的小說《我們悲慘的宇宙》（*Our Tragic Universe*）裡，我探索過這些想法。

八種基本情節——

1 2004: 169

2 第五幕，第一場，58–59行

3 2010: 129–130

4 這與弗萊的「反諷」神話很不一樣。我這裡說的反諷是一個概稱；覆蓋住情節的面紗，將其作某種程度的改變或渲染。我和學生也討論過這本小說是反諷的任務，三名主角踏上複雜漫長的旅程，通過幾項測驗（他們在活動屋裡用瓦斯生火），最後來到侯氏兄弟的工廠，「宏偉的堡壘」。但任務在這裡結束了。三個人要的不是永生或有魔力的戒指：他們只想要有足夠的錢，能每天晚上去酒吧。他們的任務不成功。任務的目的應該是很重要的東西，通常能圓滿解決達成。這裡我們看到某種反任務：任務的目的在於抵觸任務本身的概念。

5 《駭客任務》是由窮致富情節，還是任務情節？值得爭議。尼歐確實要對抗黑暗力量，拯救世界，比較像任務情節，而不是由窮致富。然而，光看第一部的話，我們看到尼歐收到邀請，有人告訴他他是「救世主」，然後得到等同於「財富」的技能和知識。在電影的高潮，他終於明白自己真的是救世主，能用別人沒見過的特殊能力對抗幹員。這部片的重點在於得到這些能力，而背景則是人類文明縮減到貧乏的狀態，只為了讓機器享有財富，所以我覺得可以放在這個類別。

6 《哈利波特》小說第一集的情節類似《駭客任務》，或許可以算是由窮致富，但整個系列的敘事比較接近任務。

7 本書所謂的「主角」或「英雄」指敘事的中心人物，男女都有可能（或者讀者可以從上下文推斷），除非我特別指出性別是男性。

8 當然，中產階級作者的消息終究還是比較多。但就新聞而言，「入圍曼布克獎的公車司機」效果很好，因為窮與富之間可察覺到的距離非常遠。最後，我們發現米爾斯並不是傳統的公車司機。他確實開車開了一陣子，但也當過記者。注意基本情節怎麼樣把事實塑造成更像虛構故事的形式。

9 騙局要成立，幾乎都要靠參與者（無意識地或用其他方法）相信自己是由窮致富情節的主角。畢竟，要是虛構角色都能碰到這種事，為什麼我不可能碰到……我們原本就知道由窮致富的情節表示只要幾個觸發關鍵，我們就能看到自己變成得到巨大財富的幸運兒。連超市也會利用這一點，提供買一送一。超市裡沒有「免費」的東西，不然怎麼賺錢？但我們心裡有個聲音，要我們相信這是真的。花超過七十英鎊，就能得到一百四十點？大放送！如果我買了六十五英鎊，我或許會急急忙忙再拿一瓶葡萄酒，確保我能集到「免費」點數。但點數其實只值七十便士，遠遠不及一瓶酒的價格。賭博、老鼠會、「非洲商人」寄來的垃圾郵件都以由窮致富情節為基礎。

10 我們發現依芳當服務生是因為前夫拿走了她所有的錢，留下債務。她和查理失去財富後，紐約的人用「小費」的形式送錢給他們——不足以讓他們變成富人，只夠平衡開銷。

11 這個情節只有一個缺陷，壓迫的「權威」人物是中心角色的配偶。儘管這個設定能給電影一種當代的感覺，就情節來說還是不太對。前夫或前妻因此無法得到自己的快樂結局。假設查理有個壓迫他的母親，在他把錢分給依芳，開始各種慈善計畫時，要他聲稱自己是心神喪失，就比較符合基本情節。另一個可能性則是把這個故事歸類為陌生人來到鎮上的情節。之後我們會看到，陌生人撼動了社群，然後犧牲了。這部片裡金錢的結局不就是如此？

12 成年禮小說通常稱為「成長小說」（Bildungsroman），這個德文詞的意思是「根基小說」。這種小說可追溯到十八世紀，把焦點放在年輕角色的教育和發展上。成長小說有一個子類別叫作藝術小說（Künstlerroman），重心特別放在年輕藝術家的發展上。然而，這裡我們主要討論基本情節，而不是小說的類型，因此我用「成年禮」的說法。

13 2005: 80。我們也看到，愛瑟記得巴迪．威拉德「用邪惡而刻意的口氣說，等我有了孩子，我的感覺就不一樣，我會放棄寫詩。所以我覺得，或許是真的，結婚有小孩後就像被洗腦了，之後就麻木了，跟一些與世界隔離的極權主義國家裡的奴隸一樣。」（2005: 81）

14 2005: 72

15 另一方面，其實也有可能。以我早期的小說《光彩年華》（*Bright Young Things*）為例，在一個星期左右的時間內，六名流落荒島年輕人物決定（可以這麼說）不要想辦法逃離這座島。這是反諷的成年禮情節，故事的教訓出乎意料，也違反一般的社會道理。

16 這很像我們在現代寫實的短篇小說裡常看到的喬伊斯的頓悟，但有幾個地方不一樣。整體來說沒那麼難以捉摸，啟蒙的形式比較不複雜。成年禮頓悟比喬伊斯的頓悟更完整，確定度更高。能在物質和精神的層面真正改變某人的人生。

17 2007: 423

18 2002: 224

19 蘇．西蒙斯（Sue Symons）的巴斯修道院雙聯畫（The Bath Abbey Diptychs）透過刺繡和書法講述基督的故事，特別有力。總共有七十幅，各自呈現基督從生到死又復活的場景。在一系列的畫作中，基督用白圈表示，織入各種象徵的場景裡。白圈是一個強大有力的形象，代表基督與世隔絕，也代表祂的入世。

20 以賽亞書 53: 2–3

21 2006: 97

22 2000: 113

23 1978: 26

24 1978: 27

25 1978: 30

26 前面簡短提過，當你有想法或理論時，構成假設，開始調查，這叫作演繹。你先調查，再從細節推出理論，就是歸納。福爾摩斯在執業時兩種方法都用，但雷斯垂德和格雷森失敗，而他成功的案子，他多半用的是歸納法（而他們用了演繹法）。

27 1978: 30

28 1978: 81

29 2011: 17

30 詹明信（Fredric Jameson）（一九八四）批評後現代文化有一個問題，懷舊而沒有深度。《真愛挑日子》確實有懷舊風。對於在一九八〇年代晚期和一九九〇年代早期正值年少的人來說，這本小說確實提供「能喚起過去美好記憶的事物」，讓人無法抗拒。是不是這種特別鮮明的假懷舊和模仿的悲傷，讓這本書充滿了說服力？我到現在還找不出答案。

31 考夫曼兄弟（2002: 68）

32 2002: 174

33 2002: 177

34 2002: 178

35 原文用法文的「Table d'Hôte」。

36 2002: 185

37 在眾人的意見裡，維基百科上的「幸福：短篇故事」可以算是代表性的例子：「柏莎或許對珍珠有同性戀的感覺，因為她認為珍珠激發了她內心的幸福感受，也讓她對自己的丈夫重新有了性欲。這些想法引導讀者思索，在二十世紀初期，同性戀者的身分有什麼含意。（二〇一一年十一月二十八日的版本）

38 2006: 97

39 2002: 181

40 我最喜歡的大衛．林區電影是《史崔特先生的故事》（*The Straight Story*）。這部片的敘事比他其他的電影更清楚，但仍是現代寫實主義的好例子。片中年老的阿爾文（Alvin）開著除草機出發，去探訪重病的哥哥，他們之前鬧翻了。電影的重點在於阿爾文在這段漫長複雜的旅途中碰到的問題。到達目的地後，我們以為他會和他哥哥和好，尤其在阿爾文這段艱難冗長的旅程後，但我們不確定。電影就在這裡結束。或許可以說，這是一場反諷的任務。畢竟，阿爾文開的是一台除草機。但我認為，除草機讓這部片脫離窠臼，而不是反諷。因為沒有解答，這一定是現代寫實主義的例子。

41 我猜影評人從新聞稿和訪談得知這一點，而不是從電影裡面。

42〈從作品到文本〉（From Work to Text），出自《影像、音樂、文本》（*Image, Music, Text*）（1977: 159）。

43 2001: 49

44 雖然我現在並沒有把哥德羅曼史算成基本情節，但如果我在十八世紀寫作，或許就會加到我的清單上。

45 2003: 15

46 2003: 18

47 2003: 150

48 後設小說是否都是諷刺文學，有待商榷，因為所有的後設小說最後都以小說為嘲諷的對象。B.S. 強生（B.S. Johnson）說，在《克莉絲蒂的複式記帳》（*Christie Malry's Own Double Entry*）裡，他沒有描述主角母親的模樣，乃不嘲之嘲，我不確定算不算。《如果在冬夜，一個旅人》批評虛構故事很容易推測情節，也相當溫和。這不算嘲弄，比較接近陌生化。但我覺得，珍．奧斯汀在《諾桑覺寺》裡對哥德羅曼史的解釋比較像正統的諷刺。我們會看到，這種文體的特色為了趣味效果而誇大了。

49「現在很適合來描述一下艾倫太太（Mrs Allen），好讓讀者判斷她的行動之後會怎麼提升這份工作常有的苦惱，以及她可能會用什麼方法提供助力，用她的魯莽、粗俗或嫉妒，在最後一卷中把可憐的凱瑟琳化為絕望的慘境——或許攔截她的信件、破壞她的人格，或把她拒於門外。」（2003: 21）在這裡，敘事者不光對讀者講話，也「打破框架」；換句話說，這是承認敘事內容是虛構故事，而不是真實，而且小說也有常規。想更了解後設小說的常規，可以參考的帕特里莎．渥厄（Patricia Waugh）的著作《後設小說》（*Metafiction*）。

50 這有好幾個例子，但特別好的則在倒數第二頁，敘事者承認她「發覺作文的規則禁止帶入與我的寓言無關的角色。」（2003: 234）

51 考夫曼兄弟（2002: 5）

52 2002: 70

53 2002: 5。跟珍．奧斯汀一樣，考夫曼告訴我們他想讓我們了解的情節類型，也提供一些細節，讓我們了解他怎麼用後設小說的方法處理。

54 2002: 42

55 2002: 56

56 2002: 74

57 2002: 3–6

58 2002: ix

59 威洛比（Willoughby）邪惡嗎？韋克翰呢？都不是。他們是迷失方向、自私的浪蕩子，但不算來自黑暗的一方。在《理性與感性》裡，威洛比顯然真的很愛瑪麗安（Marianne），但必須找個經濟上更有幫助的配偶。他當然犯了一些嚴重的錯誤，但是為了追求自身的快樂，而不是為了傷害其他人。

60 2002: 280

61 諾貝爾獎得主心理學家丹尼爾．卡內曼（Daniel Kahneman）指出，我們的心智預先設定好，要透過敘事來了解世界，而不是邏輯。在《衛報》（*The Guardian*）的專題報導裡，奧立佛・柏克曼（Oliver Burkeman）給了一個例子：「來看看知名的『琳達問題』：琳達單身，三十一歲，很聰明，非常關心社會公義的問題。下列哪個陳述比較有可能是事實：（a）琳達在銀行工作，或（b）琳達在銀行工作，積極參與女性運動？回覆的人幾乎都選b，多得驚人，儘管邏輯上完全不可能（很有可能其中一項是真的，但不太可能兩者都是真的）。這是「交集偏誤」，貌似有利的細節構成說服力很強的組合，扭曲我們的判斷。我們說故事的能力遠超過邏輯判斷的能力。」（柏克曼，《衛報》G2，二〇一一年十一月十四日）

62 CBC（加拿大廣播公司）的新聞網站。http://www.cbc.ca/news/world/story/ 2009/05/19/f-vp-handler.html（二〇一一年十一月十三日造訪）

汲取靈感

1 一八八八年寫給蘇沃林的信。（1979: 271-2）整封信的內容很棒。契訶夫不光在信中概述他的信念，認為偉大的寫作應該要構想問題，而不是答案，他也講了很多在期限前交稿的事情，要在期限前寫出來的話必須要省去什麼東西，然後才能拿到報酬。

2《衛報》，二〇一一年十月十七日。

3 都是犯罪小說，主角是業餘偵探莉莉・巴斯卡（Lily Pascale）。我現在看到這些小說會覺得很窘。不光因為它們是犯罪小說，我在書裡犯的錯也不勝枚舉。我最痛恨的地方就是它們不夠真實。但我也不想完全和它們斷絕關係（我其實幹過這檔事）。我寫這些書的時候，學到很多鋪陳情節的作法，也很讓人興奮，夢想成為小說家，然後真的變成小說家——只是我後來必須更努力，好脫離「犯罪小說家」的身分，成為文學作家。

4「能好好編進小說的自傳性材料」並不是指我拿真實生活的人物來改名換姓，換個髮色，寫出不同的版本。我不曾那樣做過。我的意思是，我用自己的體驗和這些體驗激發的感覺，賦予在小說的人物身上。後面我會更詳細討論小說化（fictionalization）。

5 我對別人說過，如果你不覺得有什麼一定要去探索的東西，寫作就沒有意義，或許我說錯了。某個人想「當作家」，但不知道要寫什麼，或許相當矛盾。畢竟，如果你沒有熱烈的溝通欲望，為什麼要寫？但事實上，想寫作的人都有想溝通的東西，只是不一定知道是什麼。我心裡常想到主題和想法，很多人和我一樣。我關切世界上的事物，想找方法表達出來。成為作家，也等於找到方法來進一步探索你心中某一天浮現的所有奇奇怪怪的想法。

6 2004: 111–12

7 2004: 112–13

8 契訶夫聲稱他沒有「世界觀」。在一八八八年寫給作家狄米崔・格里戈洛維奇（Dmitry Grigorovich）的信裡，契訶夫描述他計畫要寫但還沒動筆的小說。然後他說：「我並不渴求連貫的政治、宗教、哲學世界觀，我的意見每個月都會變，因此我必須限制我自己，只能描述我的人物怎麼去愛、結婚、生子、死亡，以及他們講話的方式。」（2004: 155）契訶夫在他的作品和信件裡，當然表現出前後一致的世界觀。契訶夫的世界觀有個關鍵的特色，似乎就是真實性。另一個特色則是呈現出客觀的真相。正如他說：「作者一定不是賣糖果的人，也不是美容師或藝人。作者受限於他所遵守的義務和良知。既然起頭了，就要走到底；不管他覺得有多丟臉，他別無選擇，只能克服噁心的感覺，讓他的想像力沾染生活中的污物……」(2004: 77)

9 這是我第一次在這本書裡提到經紀人。我不相信任何人應該單單為了討經紀人的歡心而寫（就算你以為他們會喜歡，他們也不一定喜歡），以為這樣就能出版，讓自己成為百萬富翁。的確，文學經紀人的品味很好，整體而言，也會選擇好書來代理。為什麼不要呢？這是他們的生計。他們讀過上千本現代小說。他們知道什麼很新奇、什麼很刺激，最重要的是他們很懂故事。如果二十名經紀人都不肯收你的稿子，在拒絕你的時候也不給你幾句鼓勵的話，這不表示他們是白痴。這表示你的想法還不夠好，想辦法改進吧。

敘事的風格

1 1985: 434

2 他很喜歡《Y先生的結局》，但對於我用的現在式則有點意見，比喻成一個人上氣不接下氣地用錄音機把想法錄下來。有一段是愛莉兒在小廚師餐廳的廁所裡賣身，過程很糟，他覺得在這一幕裡，用現在式的效果特別不好。我反問，為什麼要死忠使用「舒適的」過去式，讓我們假設敘事者熬過了敘事，風平浪靜後坐在扶手椅裡，我們坐在他／她的大腿上，聽他／她講故事。當然，就實踐而言，兩種時態都有優缺點。

3 你同時也選擇了用一個人突然醒來當作敘事的開頭，除了這個橋段本身就老套，也會暗示敘事的時間（故事從某人醒來的時候開始，而非始於戲劇性的事件）。

4 「文法上的人稱」只是「第一人稱」「第三人稱」等等的正式說法。關乎你把某人放進句子裡的方式，並指定在英文裡的三種不同的人：我、你、「第三人」（基本上就是其他人）。想想看，沒有其他的可能性了。除了我和你，他、她、他們、它或對等的說法就能涵蓋宇宙中其他的生物。下面列出文法上的人稱——三個單數；三個複數：

第一人稱（我）
第二人稱（你）
第三人稱（他、她、它）
第一人稱複數（我們）
第二人稱複數（你們）
第三人稱複數（他們、她們、它們）

5 有很多小說訴說的對象是「你」，近代一個知名的例子是郭小櫓（Xiaolu Guo）的《戀人版中英詞典》（*A Concise Chinese-English Dictionary for Lovers*，2008）。這是一種告解的技巧，而不是所謂的第二人稱敘事。完整的第二人稱敘事暗示讀者行使書中描述的行動，你可以想像，寫起來很難有說服力。來看看卡爾維諾的做法：「你正要開始讀卡爾維諾的新小說，《如果在冬夜，一個旅人》。放輕鬆，集中注意力，摒除其他的念頭，讓周圍的世界消逝。最好能關上門；電視一向在隔壁房間。」(1998: 3)

6 1985: 312

7 在理想的情況下會是全知敘事的特色，人物接受觀察，而不是評判，實踐起來，全知觀點一定混合了人物的觀點，因此也有人物對彼此的評斷。因為這本小說的觀點比較接近多蘿西婭的觀點，卡索朋受到評斷的方法和其他人物不一樣。

8 從某種意義上來說，真實的觀點很接近最高目標（superobjective），我們在「角色塑造」的章節裡會詳細討論。

9 小說裡涵蓋的敘事時間超過二十年，但不是一輩子。事實上，小說的敘事時間限定在皮普和艾絲黛拉的關係裡。始於他們相遇，結束時有了某種解答（事實上有兩個，因為狄更斯寫了兩種結局）。

10 2002: 63

11 2004: 3

12 2003: 160

13 當然，如果在寫後設小說，我們或許會考慮用這種方法打破架構。但是注意了，後設小說也很少把維度間的移動（從虛構移到真實，或從真實移到虛構）變成戲劇橋段。後設小說比較可能突顯虛構故事的虛構性，但不會完全破壞幻覺。

14 2009: 23

15 2002: 274

16 2004: 59

17 2004: 82

18 2004: 56

19 受限的第三人稱敘事指作者把一些規定加在敘事的方法上，加以限制。比方說，在《時髦婚姻》裡，我們可以進入威廉和伊莎貝兒的意念，但莫伊拉和故事裡的其他人就排除在外。在我的小說《外出》裡，第三人稱敘事在茱莉（Julie）和路克（Luke）的意念之間交替。我們不會進入小說中其他角色的意念。

20 1979: 269

21 2003: 81

22 2006: 138

23 現在式虛實如果尚未完結，採取立即的意識流，一定是加了偽裝的過去式敘事。即使是意識流，從事件的時間和敘事者寫下事件的時間，一定有時間差（或者像菲力普．普曼一樣，覺得像是上氣不接下氣地對著錄音機朗誦）事實上，《Y先生的結局》就用偽裝的過去式敘事。一開始的用詞把我們帶入其他貫穿整本小說的意念：「你現在只有一個選擇。你……」接下來「體驗到的」則用現在式，但很明白，時間點是敘事的過去：情節講得很清楚；是回憶，用語言加工，儲存在對流層裡。大多數讀者或許在無意識的狀態下發覺，現在式敘事和過去有關，而不是現在。假設我的軼事一開始就說：「好，我坐在辦公桌前，做我自己的事情，老闆走過來……」聽眾會察覺到，我選擇用現在式敘述過去的事情來增添效果，而不是為了要他們相信有我老闆的這一個場景正好是現在。下次讀到現在式敘事時，看看你能不能辨認出用現在式暗指過去式的所有不同方式。

24 2003: 48

25 2003: 198

26 接受《巴黎評論》訪談時，米契爾說：「我有點被騙的感覺，卡爾維諾並沒有貫徹始終——而那當然是整本書的重點。但有個聲音說：要是書末放了面鏡子，使你繼續進入下半部，又被引回到開頭，會有什麼感覺？」全文可參見www.theparisreview.org/interviews（二〇一二年三月十八日存取）。

27 這方面的大師來自法國團體「文學潛能工坊」（Oulipo, Ouvroir de Littérature Potentielle），他們根據相當嚴格的規則和限制創造文學作品，而這些規則和限制常取自數學。一個很有名的例子是喬治．培瑞克（Georges Perec），他寫了一本小說，完全不用到字母「e」（《消逝》〔*A Void*〕）。培瑞克也寫了《生活使用指南》（*Life: A User's Manual*），這本小說根據「騎士巡邏」（Knight's tour）的數學問題，在西洋棋盤上，有n×m個方格，騎士必須用特定的方式移動，每個方格只踩一次。小說設定在虛構的巴黎公寓大樓裡。培瑞克說他的想法是這樣：「描述每一層樓和每一間公寓會非常乏味，但沒有理由把章節的順序交給運氣。因此我決定使用的原則衍生自熱愛西洋棋的人都知道的『騎士巡邏』：在西洋棋盤上，騎士必須移過所有六十四個方格，但同一個方格只能停駐一次……對於《生活使用指南》的特殊情況，必須找出10×10棋盤的解法……我把書分成六部，也根據同樣的原理：方格的四邊都由騎士碰過後，就開始新的區段。」出自《文學潛能工坊手冊》（*Oulipo Compendium, Mathews, Brotchie and Queneau*〔eds〕, 1998: 172）。

28 可參見www.theparisreview.org/interviews（二〇一二年三月十八日存取）。

角色塑造

1 17, 55a（1996: 28）

2 在一八九九年寫給阿列克謝．佩什科夫（Alexey Peshkov，高爾基的本名）的信裡（2004: 407）

3 2008a: 31

4 這個例子很粗糙，還按性別分類，假設男人喜歡體育，女人喜歡肥皂劇。當然這不是絕對的真相。但有時候得用粗糙的例子來突顯既簡單又相當複雜的重點。在這裡我們看到，因為某個人做某件事，不代表他喜歡這件事，或他不會寧可做別的。事實上，後面我們會看到，「看肥皂劇」這麼簡單的動作看得夠仔細的話，也能變得無限複雜。老式喜劇或許會粗略描繪一個人「被老婆吃得死死的」，他「自我閹割」，陪老婆看她最愛的節目。這種角色塑造很淺薄，也沒有意義。沒有人的個性會那麼扁平。或許，做這件事的男人上禮拜和老婆吵架，覺得該賠罪。或許他的妻子昨天已經陪他看過英式橄欖球；或許他今晚想和妻子做愛；或許他覺得內疚，因為他和別人上床了。就算這些更深層的動機有些「顯而易見」，也是個開始。根據動機的選擇可以變得很複雜，我們後面也會看到，你針對每個細節問「為什麼」的時候，還會變得更複雜。

5 就作者的規劃來說，這些行動是為了展露主人的性格，而不是賓客，因為這些行動證實主人做了什麼準備，而不是真實角色在這樣的安排裡會做什麼事。如果這是你要的效果，就不用改了。但是，現在你要透徹了解主人。他買了哪一種乳酪？去哪裡買的？付帳用零錢、鈔票還是信用卡？為什麼？

你不需要把所有的細節放在文本裡，但你要知道細節。

6 可以做個有趣的練習，去一家店裡，沒有特定的目的，在裡面待十分鐘。看看在沒有動機的情況下，要保持自然有多難。最近在聖潘克拉斯車站（St Pancras）等火車的時候，我去大型連鎖藥局「隨意看看」。我不想買東西，進去只為了殺時間。我立刻就覺得我是一個角色，被寫進沒有焦點的場景裡。我東晃西晃，隨便亂看，但沒有實際的目的或欲望。大概過了兩分鐘，店裡的保全就發現我舉止古怪，緊緊跟著我，我只好離開。

7 2008b: 26–27

8 斯坦尼斯拉夫斯基與其他人一起創辦的莫斯科藝術劇院曾把契訶夫所有的劇作搬上舞台。在排練《海鷗》（*The Seagull*）時，契訶夫遇見未來的伴侶，演員奧爾嘉．克尼珮（Olga Knipper，她飾演阿卡汀娜〔Arkadina〕）。莫斯科藝術劇院有三十九位創始成員，包括克尼珮在內。

9 2008a: 273

10 在《演員的自我修養》的開頭，伊莉莎白．哈普古德（Elizabeth Reynolds Hapgood）在翻譯註記中解釋，斯坦尼斯拉夫斯基決定把他的說明書改成虛構故事，有一個理由，他想指明演員的缺點，但不要對實際的演員指名道姓。她也提醒我們：「他自己用托爾佐夫的化名，應該無法瞞過敏銳的讀者，也不難發現，做課程筆記的熱心學生就是五十年前的斯坦尼斯拉夫斯基，他正在摸索自己的方法，找出最適合的方法來反映現代的世界。」（2008a: vi）

11 2008b: 31

12「老」這個字在這裡，如果出自作者所寫，而不是自由間接引語，是一種偷懶。用這個抽象的字，等於是在我答應你（讀者），我會提供「老」的大小細節下（因為在這裡，我是作者，你是讀者），卻要你自行提供細節。我也假設大家對「老」已經有了共識，可以做為所有人的依據，不需要更深入探索。只投注這樣的努力，無法達到藝術的境界。

13 斯坦尼斯拉夫斯基（用托爾佐夫的身分）提醒演員「鹽分沉積和……肌肉僵硬」（2008b: 31），以及其他各種老化的客觀現實。他鼓勵演員用他們對這些客觀現實的知識來創造出角色的動作，而不只是含糊地假設年老是什麼模樣。

14 或許這個場景的另一個單位其實屬於遛狗的人，假設他是我好友的丈夫。他的單位可能只是要及時回家看橄欖球比賽。因此他加快了遛狗的速度，在這種情況下，他的單位可能也包括避開我。因此，我們都過了馬路，避開彼此：我急著去寄信，他急著回家看球賽。如果他因著某個原因不想回家，還真的停下來和我講話，這個場景的衝突就變多了。如果我知道他知道我有外遇，也可能隨口告訴我丈夫，這件事對我的行動和我的單位會有什麼影響？突然之間，有了內在的衝突（我要和他閒談來安撫他，還是要加快腳步趕上最後一次收信），兩個角色和他們的目的之間也有緊張和衝突。

15 2008a: 123

16 2011: 76

17 1999: 385

18 斯坦尼斯拉夫斯基（或至少是他的譯者或編輯吧）把英文寫成有連字號的「super-objective」。我則把兩個字合成一個，我覺得這樣比較好懂，也要突顯我對這個詞的理解和用法不一定等於斯坦尼斯拉夫斯基（但是我對這個主題的想法基本上從他而來）。

19 斯坦尼斯拉夫斯基並未鼓勵我們去尋找最高目標。對於個人「主題」，我的想法比較偏向順勢療法和禪宗，兩者都展示出陷入特定戲劇情節的自我，可能要尋找主控權，可能需要別人的愛。在順勢療法中，桑卡拉（Rajan Sankaran）的作品最適合這裡的主題。

20 2008a: 272

21 我列出的這些最高目標都是靜態的，和斯坦尼斯拉夫斯基有點不一樣，他說所有的目的都應該是活動的。我同意所有的次要目的應該是活動的。但我假設，角色奮鬥的最終目標偏向靜止和完整（實際上不存在，也無法實現）。在這裡，最高目標幾乎要變成角色的核心詞，只要你記得那個字一定要代表某個欲望，就可以採取這個做法。

22 2003: 411

23 2008a: 279

24 2008a: 279

25 2008a: 125

26 2004: 70

27 李維特與杜伯納（Levitt and Dubner，2006: 19–20）。

28 《蘋果橘子經濟學》說，如果我們能說服自己，做這件事不算偷東西，才會真的下手偷。「偷竊的微妙社會微積分」（2006: 48）意味著員工去拿貝果時，投進誠實錢箱的數目可能不對，但他們不會把錢箱偷走。的確，在《蘋果橘子經濟學》裡，我們看到大多數人就算無人在旁，沒有保持誠實的明顯誘因，也不會偷東西。大家都希望自己能當個好人。

29 在《蘋果橘子經濟學》裡，我們也看到，房屋仲介賣自己的房子比賣客戶的房子難，因為他們得到的利潤比例比較高（可能也因為他們要準備搬家！）。（2006: 8–9）

寫出好句子

1 《衛報》「平裝書作家」專欄，二〇〇五年三月十九日。

2 一八九九年寫給馬克西姆・高爾基（Maxim Gorky）的信件內文（1979: 275）。

3 1960: 32

4 1960: 11

5 1990: 344

6 我寫信給他，告訴他我的想法。我說：「我想寫和你一樣的句子，我也想像你一樣在電視上抽菸。」也問他能不能讀讀我的第一本小說。他很親切地同意了。當然，就沒有下文了。出版商嚇死了，我居然真的寫信給他。畢竟，我寫的是一本大眾口味的犯罪小說，在書皮上出現馬丁・艾米斯的引言，會感覺很蠢，就像要J・K・羅琳（J.K. Rowling）評論紐約最新的文學風潮。不論這個人多有名，除非你們有共同的讀者，不然封面上的引言一點意義也沒有。我想在出版商心目中，會讀我的犯罪小說的人應該都沒聽過馬丁・艾米斯。

7 《聰明得要死》（*Dead Clever*，1999 [1998]: 52）

8 「平裝書作家」專欄（2005）

9 2009: 22

10 1998: 211

11 2005: 172

12 2004: 61

13 2004: 173

14 2001: 101

15《當個大咖》(*How to be Topp*，1954)。納入威蘭斯與希爾勒(Willans and Searle)，《莫爾斯沃思全集》(*The Complete Molesworth*，2000: 160)

16「那是個古怪酷熱的夏天，那個夏天他們把羅森堡夫婦送上了電椅，我不知道我在紐約做什麼。」(2005: 1)

17「平裝書作家」專欄(2005)

18 2000: 93

19 2000: 92

20 1979: 269。契科夫這段俄文裡的「小細節」(small details)我也看過有人譯為「小的細項」(little particulars)，也很適合用來表達具體性。

21 2004: 37

22 2004: 93

23《瓶中美人》(2005: 6)

24 舉例來說，我沒有指明路克在看什麼電視節目，卻描述成「節目裡都是閃亮的美國白人購物中心、乾淨的海灘、最好的朋友、青少年的憂慮、有啦啦隊的高中、足球場、宅男、曬得黝黑又挑染金髮的女孩、長長的走廊上有置物櫃和爭吵，以及完美的故事」。(2003: 2)

25 藝術家把平凡的物品放進藝廊，會遭人批評，作家寫「501s」，不寫「牛仔褲」或「長褲」，也會受人批評。但當然了，把普通的物品放進藝廊(或句子裡)，視之為「特殊」，但大多數人並不覺得特別，這也是一種很奇妙的方法，讓我們用全新的眼光來看這個物品，也審視自己以及我們視為理所當然的東西。一九一七年，馬賽爾・杜象(Marcel Duchamp)在小便斗上簽了「R Mutt」，然後拿去展覽。他引發了不少的爭議，但這個「現成物」(或稱「拾得物」)現在常被引述為二十世紀藝術節最有影響力的作品。為什麼？或許，因為它挑戰我們思索藝術是什麼，該用什麼眼光看藝術。就這個例子來說，陌生化的並非小便斗，而是藝術本身。安迪・沃荷(Andy Warhol)知名的作品有很多，最出名的就是瑪麗蓮夢露的版畫，以及重新建構的肥皂鋼絲球外盒。這些物品不是現成物，而是煞費苦心創造出的作品，只是看起來廉價、庸俗、大眾化，把它們放進為正經藝術品保留的位置，安迪・沃荷要我們不要把它們當成電視螢幕上的影像或雜誌裡的圖片。他似乎想說，流行文化很重要。我們欣賞流行文化的時間其實遠超過藝術品。那麼，把流行文化看成藝術來欣賞，會有什麼結果？我們早已習慣在藝術品中尋覓「深刻」或「象徵」的意義，而不會在流行文化或小便斗裡尋覓。在作品裡加入流行文化時，顯然也有等同於藝術的方法。

26 1995: 9

27 俳句是日本的自由詩形式。通常用於呈現或暗示大自然的特定層面，或某個季節中的明確自然情景，不過現代和西方的俳句要講什麼都可以。俳句含有十七個音節，排成三行，每行分別有五個、七個、五個音節。(譯成中文)我可以寫：在我的窗外，鳥兒在餵食器上，又是金翅雀。

28 事實上，我考慮了很久，想在《我們悲慘的宇宙》裡加一個作家的角色，一心只想著刪減，但最後我只留了一行：「我創造了一個來自紐約的作家角色，他把整本書都刪到只剩下一首俳句，後來把俳句也刪了，但接下來，我把他刪掉了。」（2010: 35）

29 出自《幸福》（2002: 180）

30《離外面的希望五英里》（2001: 61）

31 21, 57b. (1996: 34)

32 21, 57b. (1996: 34)

33 1985: 557

34 2002: 174

35 2005: 114

36 2004: 105

37 2004: 110

38 1985: 408

39 2002: 142

40 T・S・艾略特（T.S. Eliot）在論文「哈姆雷特與他的問題」裡（出自他的著作《聖林》〔*The Sacred Wood*〕）提出這個想法，因而廣為流傳。他說：

> 用藝術形式表達情緒，只有一個方法，就是找到「客觀對應物」；換句話說，即為該情緒所設定的一組物體或某種情況或一連串事件；當必須終結於感官體驗中的外在事實一出現，就會立刻引發情緒。（1997: 85–86）

因此，客觀對應物的功能就像隱喻，一個東西「代表」另一個東西。但艾略特很清楚，客觀對應物必須是一組東西（物品、動作、時刻），能激發讀者想到角色的心理狀態。艾略特抱怨，哈姆雷特失敗了，因為莎士比亞無法用客觀對應物來表達哈姆雷特的心理狀態。

41 下面引用的什克洛夫斯基出自里夫金和雷恩（Rivkin and Ryan）編著的《文學理論選集》（*Literary Theory: An Anthology*，1998: 18）

42 1998: 18

43 1998: 18

44 1998: 19

45 2005: 51

46 1960: 11

47 艾米斯。《倫敦戰場》（1990: 1）

開始寫小說

1「喬治・普朗普頓作家訪談錄」（Interview with George Plimpton），《巴黎評論》第一〇一號（1986，網路資源）。

2 2002: 183

3 除了最早的三本犯罪小說，還有我在一九九七年寫的小說《狗與小丑》（*Dog and Clowns*），沒有出版。

4 如果能幫你消除壓力，那就好啦。但如果你想，嗯，如果我第一次寫的東西不能驚動人心，幹嘛要寫？放心吧。也有人第一次動筆就寫出不尋常的作品，我猜，先學會怎麼寫，就更有可能一鳴驚人。

5 主文這一段（英文原文）大約是二百五十字，我大概用了十五分鐘寫完。那麼，要寫一千字，你只需要寫四次二百五十字，應該一小時可以寫完。就像寫四封電子郵件寄出去。我發現，每天開始寫作後，前一千字會有點生硬，有點像暖身，接下來的一千字就容易多了。我的理想是每天能寫三千字，不過前一千字通常會刪掉。

6 事實上，《巴斯克維爾的獵犬》有五萬九千零四十六個英文字。但它算短篇小說，你應該要寫至少八萬到九萬字。不過一開始寫的草稿通常有六萬到七萬字。

7 當然，這意思是一本六萬字的小說，能靠著每天寫二千字在一個月內完成。這正是我算完字數後決定執行下去的事。我多白痴！那本書亂七八糟，需要重寫。但或許不能完全說是慘事，畢竟我在三十一天整把書稿送出去後，找到了經紀人和編輯。但也或許真的很慘，因為我後來簽下了差不多算賣身契的東西，要寫通俗小說到天荒地老。不過，再怎麼埋怨從通俗小說轉到文學小說有多難，現在回首從前，或許由內而外的改變比較容易。這一切終究結果不差。那時我覺得一個月寫一本小說很厲害，到處炫耀，後來才發現，別人欽佩你的程度，和你投入寫小說的時間成正比，不是反比。（在粉絲雜誌裡）我看到一篇書評說：「這本書似乎只用一個月就寫完了，我得說，讀起來也像。」痛啊。

8 我最近期寫的小說英文字數分別如下：《我們悲慘的宇宙》，十二萬八千五百一十五字。《Y先生的結局》，十四萬一千五百四十九字。《流行公司》，一七萬七千九百五十八字。《外出》，九萬四千二百四十八字。我找不到《光彩年華》的電子檔，但印象大約是九萬字。

9 某個星期二工作了一整天以後，我看了《超級名模生死鬥》（*America's Next Top Model*）。當時，我在找方法向新來的學生解釋，為什麼在我們的課程裡文學小說的分數會遠超過類型小說（genre fiction）。主持人泰拉．班克斯（Tyra Banks）對節目裡的一位女孩解釋：「妳不想要變得太商業化，妳不光是拍型錄的女孩，妳要變得更鮮明一點。」我心想：「天啊，我懂了。就連時尚模特兒也有商業版和藝術版……」這件事讓我明白，每種藝術形式都有自身的商業版或產業版。詩句有賀卡詩（「玫瑰是紅的，紫羅蘭是藍的……」），建築有溫配（Wimpey）建築公司造的模板房屋，烹飪有速食餐廳……我們知道這些商業、類型化的形式很安全、符合預期、快速簡單。製造快速簡單，消費也快速簡單。我突然找到了向學生解釋的方法，只因為我碰巧轉到看起來不費力的電視節目。

10 考夫曼兄弟（2002: 49）

11 如果你用這種構思的方法來寫小說，那麼最好要記得，你愛去哪裡就去哪裡——只要讀者願意跟著你就可以。如果從倫敦去愛丁堡，路上經過威爾斯也很合理，那就去吧。只要確定讀者了解你在做什麼——起碼相信他們後面就會了解。

12 我寫第一本犯罪小說前，去達特茅斯（Dartmouth）的港灣書店（Harbour Bookshop）買了六本最新的平裝犯罪小說。我研究了這幾本書的長度（那一陣子我很在意小說的長度），不光是整本的篇幅，還有段落、句子等元素的長度。我記下觀點、時態，包括其他文體的要素。我甚至從已經出版的書裡「複製」風格，自學如何編排對話。新手作家們可以翻閱已經出版的書籍，分析某一頁上的版面和內容，真的很有幫助。

13「所有快樂的家庭都很像；每一個不快樂的家庭則各有其不快樂。」(2003: 1)

14 2003:1

15《契訶夫的短篇故事：諾頓評述版》(*Anton Chekhov's Short Stories: A Norton Critical Edition*，1979: 272)。我在本書另一處也引用過這封很重要的信。很可惜，這封信沒納入《契訶夫書信集》(*A Life in Letters*)。契訶夫在這封信裡討論了很多寫作哲學的重要面向，最重要的是作者必須和法官一樣，客觀呈現案件，讀者則是陪審團成員，必須「按著自己的品味」來決定他／她的想法。(1979: 272)

16 二〇一〇年五月十九日，我去倫敦的瑞登堡讀書會（Swedenborg Society）談這本書，下文摘自演講的內容。大家看了應該能明白我寫這本小說時怎麼思考主題，以及主題能有多複雜：

我在《Y先生的結局》裡探討了一些想法，我知道自己想在《我們悲慘的宇宙》裡繼續探討，所以我決定更仔細地檢查敘事（用語言造出的模式），看看有沒有「出口」。我不知道為什麼我一心只想著「出口」，但我放不下。在我們這個世界裡，我總覺得有個東西不對勁——彷彿大家都少了某個東西。好像是莊子說的，魚在水裡，因而不知有水……開始準備《我們悲慘的宇宙》時，我想寫出偉大的悲劇，儘管我知道我還做不到，因為我讀了尼采的書，我覺得他透過受苦、同情、原始的太一，為理性的有限世界提供了出口。尼采說，有智慧的理性主義世界和厄運、不確定、不可知的消極荒謬世界相比，一定沒有那麼無限和奇妙。他談到「悲劇的神祕教義」(2003: 52)，包括「對事物整體的基本了解，個性化被視為邪惡的原始源頭，藝術是充滿喜悅的希望，能打破個性化的魔咒，給人太一恢復的預感」(2003: 52)。如同許多人，我一看就迷上了。我正在重讀《哈姆雷特》和《安娜·卡列尼娜》，準備在大一的課程上講這兩部作品，我也知道在我的小說裡，我想抓住荒謬的熱情，超越那個耐心等死、卡在小小一球自我裡的個人。

當然，有一個問題很明顯，就是小說不能變成無意義的世界，就算是悲劇也不行：三幕的結構、角色的弧線和逆轉、發現和命運的轉變，一定是有道理、有結構的世界。發覺了這一點，我也想研究一下——我想寫出藏在理性小說裡的荒謬小說……差不多是這個意思。起碼，我想檢驗敘事結構，思索結構會釋放我們，還是會困住我們。敘事會無邊無際，並想要自我限制，還是會反過來？敘事會創造出天堂還是地獄？我也相信有些東西會超越敘事，創造出可以透過敘事稍稍瞥見的世界。

開始想這些東西後，過了不久，我看到法蘭克·提普勒（Frank Tipler）的想法，粉碎了我的希望，人性不能像鮭魚一樣逆流而上——魚兒發現水的另一邊有完全不一樣的世界；人類意識則回歸虛無。提普勒認為，在宇宙結束時，會有足夠的動力讓新的宇宙運轉——模擬。第一次看到提普勒的理論——人類的目的在於創造出自己的無限來生，我覺得很焦慮。這不夠有力，讓我經歷類似精神危機的東西，讓我想到地獄。我這一生有過兩次這樣的體驗：有一次我在《新科學人》(*New Scientist*)裡看到一篇文章說，在某處高維度的實驗室裡，宇宙是一種更高級智能的實驗，還有一次則是看《駭客任務》的時候。這兩種敘事都讓我困擾，因為它們提出不可測量、不可知的無限並不存在(神也不存在)，而是有個理性、走理性主義路線、可懂的創造者，但它一點愛也沒有。我再說清楚一點——我向來沒有宗教信仰。我對靈性的探索到目前為止基本上都透過禪宗和道家——兩者很像，但不一樣。我也算思忖過虛無，我當然偏好不可知神祕的虛無，而不贊同某種可知的實體讓我們卡在試管裡，像很多電池接滿了電線。提普勒的理論愈想愈糟。我很困擾，因為人性會創造出自己的無限並加以控制……他的理論似乎暗示宇宙間全然缺乏信任；你可以說，就是缺乏信念。但我對人造、物質主義的天堂和來世仍很有興趣，因為在目前針對科學和宗教的辯論中，似乎不協調反而有說服力。在提普勒的規劃裡，科學才是創造出天神的東西：來生和永生則合乎理性，可以解釋。透過無限，二十一世紀初的偉大辯論會變成死寂灰泥，再也沒有人會出錯。我並沒有到因此能同意提普勒的地步，我也不認為宗教和科學的動力來自同樣的引擎，努力前往同一個目的地。但我卻開始思索科學和宗教有什麼不一樣，為何不一定能涵蓋彼此。我想，社會不區分科學和宗教的話，或者覺得只需要其中之一，最後的結局就是墮入自己的地獄。

因此，在小說裡我不會讓科學對抗宗教。兩者我都不「反對」，而且我覺得讓兩者彼此對抗大概也會是個錯誤。我喜歡科學的方法，一直問問題，問到得出答案，再引發更多有關宇宙和人類地位的問題。很多科學家，尤其是數學家，都很欣賞問題變得無法回答的那個點(可能會有好幾個點)：開始前有什麼？結束後有什麼？科學送出自己的問題，有時答案會回來：「我們不知道。」對我來說，這就是宗教的領域——不是用假理性的方法來回答這些問題，而是提供思索問題的空間。科學無法處理不能回答的問題，宗教則有獨特的解答方式。但是，一旦宗教或靈性想用科學的方法來自我解釋，就有大問題了。我覺得，宗教的「意義」是個問題。在青少年時期，我們很愛抱怨「結構化的宗教」，我不確定這和「意義」有什麼不一樣，或許其實是一樣的東西。

《我們悲慘的宇宙》並非兩「方」之間的爭議，而是科學、「理性靈性」、信念(和宗教有所區別)之間的三角對話。寫這本小說時，我把自己嚇了一跳，不是因為我不知道答案，而是因為我用了一整本小說來制訂問題。這也沒什麼好驚訝的——畢竟，在契訶夫的說法中，我最喜歡引用的就說到，藝術是用適切的方法來表述問題——但仍令人驚奇，因為這是我第一次寫一本實實在在和表述問題有關的小說，寫到最後我才知道問題是什麼。有意義和無意義，哪個比較好？意義從何而來：作者、讀者，還是文字本身？到最後，有意義一定比無意義更好嗎？想探究無限，還是先不去管無限是什麼，哪個比較好？這本小說要讀者用至少兩種不同的方法嘗試，看你到最後會偏好有意義還是無意義。說到底我不確定，但我覺得敘事採用中立態度，訴說「發生了什麼事」，彷彿從不存在關於事物意義的問題，或世界上到處都有意義和有限的想法，就是最無味的敘事。敘事應該說得很少，保持世界的神祕，變成通往虛無的小洞眼，或說得很多，不放過細微的連結和細節，展現不同的神祕感，因為真實的人生就是很神祕。在《Y先生的結局》裡，神祕也終結了，我思索了一些方法，透過語言來擦除神祕。《我們悲慘的宇宙》延續《Y先生的結局》，在敘事中為不同類型的天堂和地獄賦予戲劇性，也問：到最後，敘事最適合用來描述天堂，還是地獄？當然沒有答案。

17 如果你隸屬於某間英國的大學，或許就可以在線上免費使用《牛津英語詞典》。這本詞典很棒，也可以連到同義詞。不然，到附近的圖書館看看（如果這本書出版時，你家附近還有圖書館的話）。圖書館或許會提供線上的《牛津英語詞典》，或有一整組的詞典可以查找。能用《牛津英語詞典》找核心詞自然最好，不然一本夠厚的家用詞典和同義詞詞典通常就能提供足夠的資源。

18 2003:5

19 還有一個更低階的方法，我以前會把小說寄給我母親，保存在她的硬碟上。事實上，把你的檔案寄給住在別處的親戚或朋友也不錯，只要他們記得幫你存檔。但如果每天寄，可能會讓他們困擾，他們也不一定可靠。不如申請一個專門用來備份小說的Gmail或Hotmail帳號吧。你也可以每寫一本小說，就申請一個新帳號。

20 有趣的是學生說到已經出版的書籍時，也有類似的反應。或許這是英國人獨有的問題，想護衛處於劣勢的人，攻擊太成功、太冒險、太有野心或太奢侈的東西。但其他文化裡的群體也有自己的瘋狂形式，也很值得注意會是什麼模樣。有一次，一群學生在討論兩本當代小說，讓我覺得很氣餒，便要求他們用我們的評分準則給這兩本小說打分數。其中一本進過某獎項的準決賽，他們給了五十八分，按評分系統等於C+。你不會想要這樣的群體來「幫你」讀草稿的。

參考文獻

書籍

Afanas'ev, Aleksander. 1975 [1864]. *Russian Fairy Tales.* New York: Pantheon

Amis, Martin. 1984. *Money.* London: Jonathan Cape Amis, Martin. 1990 [1989]. *London Fields.* London: Penguin

Aristotle. 1996 [3rd century BCE]. *Poetics* Tr. Malcolm Heath. London: Penguin

Austen, Jane. 2002 [1813]. *Pride and Prejudice.* London: Penguin Classics

Austen, Jane. 2007 [1815]. *Emma.* London: Vintage Classics Austen, Jane. 2003 [1818]. *Northanger Abbey.* London: Penguin Classics

Barker, Nicola. 2001. *Five Miles from Outer Hope.* London: Faber

Barker, Nicola. 2005. *Clear* New York: Ecco Press Barnes, Julian. 2011. *The Sense of an Ending.* London: Jonathan Cape

Barthes, Roland. 1977. *Image, Music, Text.* London: Fontana Baudrillard, Jean. 1994. *Simulacra and Simulation.* Tr. Sheila Faria Glaser. Michigan: University of Michigan Press

Baudrillard, Jean. 2005. *The Conspiracy of Art.* New York: Semiotext(e)

Beckett, Samuel. 1990 [1948]. *Waiting for Godot.* London: Faber

Blyton, Enid. 1971 [1939]. *The Enchanted Wood.* London: Dean

Blyton, Enid. 1971 [1943]. *The Magic Faraway Tree.* London: Dean

Booker, Christopher. 2004. *The Seven Basic Plots.* London: Continuum

Brown, Dan. 2004. *The Da Vinci Code.* London: Transworld

Calvino, Italo. 1998. *If On A Winter's Night A Traveller.* London: Vintage

Campbell, Joseph. 1973 [1949]. *The Hero With a Thousand Faces.* Princeton: Princeton University Press

Camus, Albert. 2000 [1961]. *The Outsider.* London: Penguin Modern Classics

Carroll, Lewis. 2007 [1865]. *Alice in Wonderland.* London: Macmillan

Carver, Raymond. 1983. *Cathedral.* New York: Knopf

Carver, Raymond. 2000. *Call If You Need Me.* London: Harvill

Carver, Raymond. 1995. *Where I'm Calling From.* London: Harvill

Chĕng-ên, Wu. 1961 [16th century]. *Monkey.* London: Penguin Classics

Chaucer, Geoffrey. 2003 [14th century]. *The Canterbury Tales.* London: Penguin Classics

Chekhov, Anton. 1979. *Anton Chekhov's Short Stories.* New York: Norton Critical Edition

Chekhov, Anton. 2002. *The Lady with the Little Dog and Other Stories, 1896–1904.* London: Penguin

Chekhov, Anton. 2004. *A Life in Letters.* Tr. Rosamund Bartlett and Anthony Phillips. London: Penguin Classics

Choderlos de Laclos, Pierre Ambroise François. 2008 [1782]. *Les*

Liaisons Dangereuses. Tr. Douglas Parmeé. Oxford: Oxford World Classics

Christie, Agatha. 2007 [1934]. *Murder On The Orient Express.* London: Harper

Collins, Jackie. 1995. *Lucky.* London: Pan Coupland, Douglas. 2003. *Hey Nostradamus!* London: Flamingo Davis, Lydia. 2007. *Varieties of Disturbance.* New York: Farrar, Straus and Giroux

Davis, Lydia. 2011. *The Collected Stories of Lydia Davis.* London: Penguin Dickens,

Charles. 2003 [1860]. *Great Expectations.* London: Penguin Classics

Docherty, Thomas (ed). 1993. *Postmodernism: A Reader.* Hertfordshire: Harvester Wheatsheaf

Doctorow, E.L. 1986. Interview with George Plimpton. *Paris Review,* No. 101. Available online at www.theparisreview.org/ interviews (accessed 18 March 2012).

Donovan, Anne. 2004. *Buddha Da.* Edinburgh: Canongate

Doyle, Conan Arthur. 1978 [1887]. *A Study in Scarlet.* London: Pan

Doyle, Conan Arthur. 2003 [1902]. *The Hound of the Baskervilles.* London: Penguin Classics

Eco, Umberto. 2001. *Foucault's Pendulum.* London: Vintage

Edge, Lucy. 2006. *Yoga School Dropout.* London: Ebury

Eliot, George. 1985 [1871–72]. *Middlemarch.* London: Penguin

Eliot, T.S. 1997 [1920]. *The Sacred Wood: Essays on Poetry and Criticism.* London: Faber

Ellis, Brett Easton. 1991. *American Psycho.* London: Picador

Ellis, Brett Easton. 2005. *Lunar Park.* London: Picador

Faber, Michel. 2008. *The Fire Gospel.* Edinburgh: Canongate

Fielding, Helen. 1996. *Bridget Jones's Diary.* London: Picador

Fitzgerald, F. Scott. 2000 [1926]. *The Great Gatsby.* London: Penguin Modern Classics

Forster, E.M. 2000 [1927]. *Aspects of the Novel.* London: Penguin

Frye, Northrop. 2000 [1957]. *Anatomy of Criticism.* Princeton: Princeton University Press

Gibson, William. 1995 [1984]. *Neuromancer.* London: Voyager

Gibson, William. 2010. *Zero History.* London: Penguin

Gourevitch, Philip (ed). 2007. *The Paris Review Interviews: Volume 1.* Edinburgh: Canongate

Griffiths, Niall. 2002. *Kelly and Victor.* London: Jonathan Cape Original

Guo, Xiaolu. 2008. *A Concise Chinese–English Dictionary for Lovers.* London: Vintage

Haddon, Mark. 2004. *The Curious Incident of the Dog in the Night Time.* London: Vintage

Heller, Zoe. 2004. *Notes On A Scandal.* London: Penguin

Hemingway, Ernest. 1998. *The Complete Short Stories of Ernest Hemingway.* New York: Scribner

Hemingway, Ernest. 2009 [1964]. *A Moveable Feast: The Restored Edition.* New York: Scribner

Homer. 2003. *The Odyssey.* Tr. E.V. Rieu. London: Penguin Classics

Horace. 2004. 'The Art of Poetry' in *Classical Literary Criticism.* Tr. Penelope Murray and T.S. Dorsch. London: Penguin Classics

Irvine, Lucy. 1987. *Runaway.* London: Penguin New Edition

Jameson, Fredric. 1984. 'Postmodernism: or the Cultural Logic of Late

Capitalism' in *New Left Review*, 146: 53–92. Reprinted in Docherty (ed.), *Postmodernism*, 62–92.

Johnson, B.S. 2009 [1973]. *Christie Malry's Own Double Entry*. London: William Collins

Kahneman, Daniel. 2011. *Thinking, Fast and Slow*. London: Penguin

Kaufman, Charles and Donald Kaufman. 2002. *Adaptation: The Shooting Script*. New York: Newmarket Press

King, Stephen. 2000. *On Writing*. London: Hodder & Stoughton

Lasdun, James. 2003. *The Horned Man*. London: Vintage

Lévi-Strauss, Claude. 1963 [1958]. *Structural Anthropology*. Tr. Claire Jacobson and Brooke Shoeff. New York: Basic Books

Levitt, Steven D. and Stephen J. Dubner. 2006. *Freakonomics*. London: Penguin

Mansfield, Katherine. 2002 [1920]. *Katherine Mans eld Selected Stories*. Oxford: Oxford World Classics

Mathews, Harry, Alastair Brotchie and Raymond Queneau. 1998. *Oulipo Compendium*. London: Atlas

McCarthy, Tom. 2011. *C*. London: Methuen

McKee, Robert. 1999. *Story*. London: Methuen

Melville, Herman. 2003 [1815]. *Moby Dick*. London: Penguin Classics

Miller, Arthur. 1989 [1949]. *Death of a Salesman*. London: Penguin 20th Century Classics

Mills, Magnus. 2010. *The Restraint of Beasts*. London: Harper Perennial

Mitchell, David. 2002. *number9dream*. London: Sceptre

Mitchell, David. 2004. *Cloud Atlas*. London: Sceptre

Nabakov, Vladimir. 1960 [1955]. *Lolita*. London: Penguin

Nicholls, David. 2010. *One Day*. London: Hodder Paperbacks

Nietzsche, Friedrich. 2003 [1872]. *The Birth of Tragedy*. London: Penguin

Orlean, Susan. 2000. *The Orchid Thief*. London: Vintage

Ostrom, Elinor. 2003 [1990]. *Governing the Commons*. Cambridge: Cambridge University Press

Perec, Georges. 2008 [1969]. *A Void*. London: Vintage

Perec, Georges. 2008 [1978]. *Life: A User's Manual*. London: Vintage Classics

Plath, Sylvia. 2005 [1963]. *The Bell Jar*. London: Faber

Plato. 2003 [4th-3rd century BCE]. *The Republic*. Tr. Desmond Lee. London: Penguin (first published in this translation: 1955)

Pound, Ezra. 1960 [1934]. *The ABC of Reading*. New York: New Directions

Propp, Vladimir. 2008 [1928]. *The Morphology of the Folktale*. Texas: University of Texas Press

Prose, Francine. 2007. *Reading Like a Writer*. NewYork: HarperCollins

Rivkin, Julie and Michael Ryan. 1998. *Literary Theory: An Anthology*. Oxford: Blackwell

Robinson, Marilynne. 2005 [1980]. *Housekeeping*. London: Faber

Rowling, J.K. 1997. *Harry Potter and the Philosopher's Stone*. London: Bloomsbury

Rowling, J.K. 1999. *Harry Potter and the Chamber of Secrets*. London: Bloomsbury

Roy, Arundhati. 2004. *The God of Small Things*. London: Harper Perennial

Saunders, George. 2000. *Pastoralia*. New York: Riverhead

Saunders, George. 2005. 'Paperback Writer.' *The Guardian*, 19 March 2005

Shakespeare, William. 2007. *The RSC Shakespeare: The Complete Works*. London: Palgrave Macmillan

Shelley, Mary. 2003 [1818]. *Frankenstein*. London: Penguin Classics

Shklovsky, Viktor. 1998 [1925]. *Theory of Prose*. Illinois: Dalkey Archive Press

Smith, Ali. 2006. *The Accidental*. London: Hamish Hamilton

Smith, Zadie. 2001. *White Teeth*. London: Penguin

Sophocles. 2003. *Oedipus Tyrannus*. Tr. Judith Af eck and Ian McAuslan. Cambridge: Cambridge University Press

Stanislavski, Constantin. 2008a [1936]. *An Actor Prepares*. New York: Routledge

Stanislavski, Constantin. 2008b [1949]. *Building a Character*. New York: Routledge

Stilson, Kenneth L., Charles McGaw and Larry Clark. 2011. *Acting is Believing*. Boston: Wadsworth

Stoker, Bram. 2004 [1897]. *Dracula*. London: Penguin Classics

Stoppard, Tom. 1968. *The Real Inspector Hound*. London: Samuel French

Symons, Sue. 2007. *One Man's Journey:The Bath Abbey Diptychs*. Hampshire: Eagle

Thackeray, William Makepeace. 2001 [1847]. *Vanity Fair*. Hertfordshire: Wordsworth Classics

Thomas, Scarlett. 1999 [1998]. *Dead Clever*. London: Hodder & Stoughton

Thomas, Scarlett. 1999. *In Your Face*. London: Hodder & Stoughton

Thomas, Scarlett. 1999. *Seaside*. London: Hodder & Stoughton

Thomas, Scarlett. 2001. *Bright Young Things*. London: Hodder & Stoughton

Thomas, Scarlett. 2002. *Going Out*. London: Fourth Estate

Thomas, Scarlett. 2004. *PopCo*. London: Fourth Estate

Thomas, Scarlett. 2007. *The End of Mr.Y*. Edinburgh: Canongate

Thomas, Scarlett. 2010. *Our Tragic Universe*. Edinburgh: Canongate

Tierno, Michael. 2002. *Aristotle's Poetics for Screenwriters*. New York: Hyperion

Todorov, Tzvetan. 1977. *The Poetics of Prose*. Ithaca: Cornell University Press

Tolkien, J.R.R. 2007 [1954]. *Lord of the Rings*. London: HarperCollins

Tolstoy, Leo. 2003 [1877]. *Anna Karenina*. Tr. Richard Pevear and Larissa Volokhonsky. London: Penguin Classics

Tomashevsky, Boris. 1965. 'Thematics' in Lemon, Lee T. and Marion J. Reis (ed., trans. and introduced), *Russian Formalist Criticism*. Lincoln: University of Nebraska Press

Truss, Lynne. 2005. *Eats, Shoots and Leaves*. London: Profile

Vonnegut, Kurt. 2008 [1969]. *Slaughterhouse-5*. London: Vintage Classics

Walker, Alice. 1989. *The Temple of My Familiar*. London: The Women's Press

Warner, Sylvia Townsend. 2000 [1927]. *Mr Fortune's Maggot* London: Virago Modern Classics

Waugh, Patricia. 1984. *Metafiction*. London: Methuen

Welsh, Irvine. 1993. *Trainspotting*. London: Vintage

Winterson, Jeanette. 1995. *Oranges Are Not the Only Fruit*. London: Pandora

Wood, James. 2009. *How Fiction Works*. London: Vintage

Willans, Geoffrey and Ronald Searle. 2000. *The Complete Molesworth*. London: Penguin Modern Classics

電影

10 Things I Hate AboutYou. 1999. Gil Junger (director); Touchstone Pictures, Mad Chance, et al (producer)

Adaptation. 2002. Spike Jonze (director); Beverley Detroit, et al (producer)

Cruel Intentions. 1999. Roger Kumble (director); Columbia Pictures (producer)

Dangerous Liaisons. 1988. Stephen Frears (director); Warner Bros Pictures, et al (producer)

E.T. 1982. Steven Spielberg (director); Universal Pictures, Amblin Entertainment, et al (producer)

Eraserhead. 1977. David Lynch (director); American Film Institute, Libra Films, et al (producer)

Eternal Sunshine of the Spotless Mind. 2004. Michel Gondry (director); Focus Features, Anonymous Content, et al (producer)

Gentlemen Prefer Blondes. 1953. Howard Hawks (director); 20th Century Fox (producer)

Get Over It. 2001. Tommy O'Haver (director); Miramax International, Ignite Entertainment, et al (producer)

High Society. 1956. Charles Walters (director); Metro-Goldwyn- Mayer (producer)

It Could Happen to You. 1994. Andrew Bergman (director); TriStar Pictures (producer)

Lagaan: Once Upon a Time in India. 2001. Ashutosh Gowariker (director); Aamir Khan Productions (India) (producer)

Le Quattro Volte. 2010. Michelangelo Frammartino (director); Invisible Film, Ventura Film, et al (producer)

Lourdes. 2009. Jessica Hausner (director); ARTE, Canal+, et al (producer)

Memento. 2000. Christopher Nolan (director); Newmarket Capital Group, Team Todd, et al (producer)

One Hundred and One Dalmatians. 1961. Clyde Geronimi, Hamilton Luske, Wolfgang Reitherman (directors); Walt Disney Productions (producer)

Pulp Fiction. 1994. Quentin Tarantino (director); Miramax Films, et al (producer)

She's the Man. 2006. Andy Fickman (director); Dreamworks SKG, Lakeshore Entertainment, et al (producer)

Star Wars. 1977. George Lucas (director); Lucas Film, 20th Century Fox, et al (producer)

Taxi Driver. 1976. Martin Scorsese (director); Columbia Pictures, Bill/Phillips, et al (producer)

The Matrix. 1999. Andy Wachowski (director), Larry Wachowski (director); Warner Bros (producer)

The Straight Story. 1999. David Lynch (director); Asymmetrical Productions, Canal+, et al (producer)

The Truman Show. 1998. Peter Weir (director); Paramount Pictures (producer)

The Wizard of Oz. 1939. Victor Fleming, Mervyn LeRoy, King Vidor (directors); Metro-Goldwyn-Mayer (producer)

There's No Business Like Show Business. 1954. Walter Lang (director); 20th Century Fox (producer)

Toy Story. 1995. John Lasseter (director); Pixar Animation Studios (producer)

Withnail & I. 1987. Bruce Robinson (director); The Cannon Group (producer)

電視節目

At Home with the Braithwaites ITV: 2000–2003

Buffy the Vampire Slayer The Wb: 1997–2001 UPN: 2001–2003

Celebrity Big Brother Channel 4: 2000–2010

Columbo NBC: 1968–1978 ABC: 1989–2003 *DIY SOS* BBC: 1999–present

Frasier NBC: 1993–2004

Friends NBC: 1994–2004

Goodness Gracious Me BBC Two: 1998–2001

Home and Away Seven Network: 1987–present

Mad Men AMC: 2007–present

Sex and The City HBO: 1998–2004

Supernanny Channel 4: 2004–present

The Office BBC Two: 2001–2003

The Young Ones BBC Two: 1982–1984

廣播

The Archers BBC Radio 4: 1951–present

電玩遊戲

Final Fantasy VII Square: 1997

其他

Blaine, David. 2003. 'Above the Below' stunt. London.

木馬文學　138

如果猴子拿到打字機

從柏拉圖談到《駭客任務》的小說創作心法

MONKEYS with TYPEWRITERS

How to Write Fiction and Unlock the Secret Power of Stories

作　　者　史嘉麗・湯瑪斯／Scarlett Thomas
譯　　者　嚴麗娟
社　　長　陳蕙慧
副總編輯　戴偉傑
特約編輯　翁仲琪
行銷企畫　李逸文、尹子麟、余韋達
封面設計　莊謹銘
內文排版　黃暐鵬

讀書共和國集團社長　郭重興
發行人暨出版總監　曾大福
出　　版　木馬文化事業股份有限公司
發　　行　遠足文化事業股份有限公司
　　　　　231新北市新店區民權路108-4號8樓
電　　話　(02) 2218-1417
傳　　真　(02) 2218-0727
E-Mail　service@bookrep.com.tw
郵撥帳號　19588272木馬文化事業股份有限公司
客服專線　0800-221-029
法律顧問　華洋國際專利商標事務所　蘇文生律師
印　　刷　前進彩藝有限公司
初版一刷　2019年7月

定　　價　480元
I S B N　978-986-359-695-0

如果猴子拿到打字機：
從柏拉圖談到《駭客任務》的小說創作心法／
史嘉麗・湯瑪斯（Scarlett Thomas）著；嚴麗娟譯.
－初版.－新北市：木馬文化出版：遠足文化發行，民108.07
面；　公分.－（木馬文學；138）
譯自：Monkeys with typewriters：
how to write fiction and unlock the secret power of stories
ISBN 978-986-359-695-0(平裝)
1.小說 2.寫作法
812.71　　108009820